BASTEI LÜBBE

Von Nancy Baker erschien bei BASTEI-LÜBBE:

12 291 Blutgesang

NANCY BAKER

BLUT UND CHRYSANTHEMEN

Aus dem Englischen von
Heinz Zwack

BASTEI
LÜBBE

BASTEI-LÜBBE-TASCHENBUCH
Band 12 642

Deutsche Erstveröffentlichung
Titel der amerikanischen Originalausgabe:
Blood and Chrysanthemums

Printed in Great Britain April 1997
Einbandgestaltung: Gisela Kullowatz
Titelfoto: Stuart Knox
Satz: hanseatenSatz-bremen, Bremen
Druck und Bindung: Cox & Wyman Ltd.
ISBN 3-404-12642-4

Du sagst das Wort,
und der Herbstwind
läßt die Lippen eisig werden.

Matsuo Basho

Für Richard

Danksagung

ICH SCHULDE VIELEN Leuten tiefen Dank, besonders: Jim Baker und Diane Volkers, die Ausflüge nach Banff, freie Unterkunft, Fruchtbonbons und Klettererfahrung stifteten und die mich halb die Wand hinaufgetrieben haben.

Den Professoren John Brownlee und Yasko Nishimura von der Universität Toronto, die mir unschätzbare Informationen über japanische Kultur und Geschichte lieferten; etwaige, doch noch vorhandene Fehler sind ihnen nicht zur Last zu legen. Zusätzlich danke ich Professor Nishimura für ihre kalligraphischen Talente.

Kim Kofmel, die mir zu einem Zeitpunkt, als ich das dringend brauchte, erklärte, daß dies eine Geschichte sei, die sie hören wollte.

Telemedia Publishing, die großzügigerweise für mich eine Möglichkeit fanden, gleichzeitig meinen Job auszuüben und ein Buch zu schreiben.

Meiner Lektorin Cynthia Good, die an das Buch und mich glaubte.

Mary Adachi, von der ich in so mancher Lektoratssitzung viel über das Schreiben und in gleichem Maße über die japanische Sprache und Kultur gelernt habe.

Und insbesondere meinem Mann Richard Shallhorn, der während eines Geburtsprozesses, der viel anstrengender war, als er oder ich erwartet hatten, dafür sorgte, daß ich ganz blieb.

Hinweis: Ich habe mir bezüglich der Geographie von Banff und der Architektur der Kletterwand einige dichterische Freiheiten erlaubt.

1

ARDETH ALEXANDER HING in der Wand, das rechte Knie angewinkelt, um mit den Zehenspitzen auf einer schmalen Leiste zu balancieren, die Zehenspitze des linken Fußes gegen den Fels gepreßt. Drei Finger ihrer linken Hand klammerten sich gefährlich an einen winzigen Vorsprung, während die rechte sich in die Höhe streckte und vergebens versuchte, den nächsten Griff zu erreichen.

Nicht ganz so wie ihm Kino, oder? spottete etwas in den Tiefen ihres Bewußtseins. Wir schaffen es wohl doch nicht so wie Lee oder Langella und kriechen mit dem Gesicht nach unten an der Burgmauer herunter, wie?

Sie verlagerte ihr Gewicht ein wenig, hob den linken Fuß an der Felsmauer entlang und suchte nach irgendeinem winzigen Vorsprung, der ihr für den nächsten Versuch Stütze bieten sollte. Sie blickte nach oben, konnte aber nicht über den Punkt hinaussehen, wo die Wand einen deutlichen Überhang bildete.

Von der relativ stabilen Position aus, die sie eingenommen hatte, konnte sie den nächsten Griff nicht erreichen. Um es zu schaffen, mußte sie die Füße dorthin bringen, wo jetzt ihre Hände waren, und sich mit den Beinen mit genügender Wucht abstoßen, um den Griff zu erreichen. Sie hatte es geschafft – einmal. Die anderen Male hatten immer so geendet, daß sie recht würdelos an dem Seil baumelte, das an ihrem Sitzgurt befestigt war.

Während Ardeth die Füße in die Felslippen zwängte,

versuchte sie sich daran zu erinnern, wie es damals gewesen war. Das ist leicht, ganz leicht, redete sie sich ein. Du mußt dich einfach abstoßen und zupacken. Du kannst es. Dieser Körper hatte es schon einmal geschafft. Das wußte sie. Alles, was es brauchte, war, daß ihr Bewußtsein aufholte, daß es all das unsichere Herumtasten und all die Fehler vergaß, die ihr altes Fleisch geerbt hatte.

Sie sog die Luft tief in ihre Lungen und spürte, wie ihre Muskeln sich spannten. Denk jetzt an den nächsten Griff, dort oben, hinter der Biegung des Überhangs, denk an das, was du jetzt tun kannst, denk an das Blut und die Kraft und die Nacht und dann LOS!

Sie warf sich nach oben und um die Biegung herum, und ihre rechte Hand fand den Griff, während die rechte Fußspitze nach einem Tritt suchte, den sie nicht fand. Ihre linke Hand klatschte dicht unter dem nächsten Griff gegen das Felsgestein und fing an abzurutschen. Sie fühlte sich stürzen, mit Beinen, die hilflos unter ihr baumelten. Die Finger ihrer rechten Hand klammerten sich an den Fels, verkrampften sich mit aller Kraft, die sie in sich konzentrierte, und sie spürte, wie der Griff zersplitterte.

In dem Augenblick erfaßte ihre herumkrallende linke Hand eine kleine Leiste. Sie stöhnte, als das Gewicht ihres stürzenden Körpers durch ihre Schulter und ihr Handgelenk nach oben ruckte.

»Keine Panik«, sagte eine Stimme neben ihr, und plötzlich floß all das, was sie ignoriert hatte, wieder in ihre Sinne zurück: Die Stimmen der anderen Kletterer an der künstlichen Wand, das Ächzen der Schuhe auf dem Turnhallenboden, der verängstigte Ruf ihres Partners unten.

Ardeth schlug die Augen auf, merkte überhaupt erst jetzt, daß sie sie geschlossen hatte, und blickte nach rechts. Ein Mann ruhte auf seinem oberen Seil dicht über ihr und an die Wand gestemmt. »Weiter. Das Seil hält Sie schon. Sie schaffen es«, redete er ihr zu. Sie wußte, daß das stimmte. Das Seil an ihrem Sitzgurt war sicher durch das Gewicht der Frau verankert, die sie sicherte. Aber sie schüttelte den Kopf.

»Wo ist der nächste Griff?«

»Etwa einen Fuß höher, drei Zoll nach rechts«, antwortete er ihr automatisch. »Aber . . .«

Laß los, sagte sich Ardeth, laß einfach los, und laß dich fallen. Aber irgendwie konnte sie es nicht, nicht, wo sie ihrem Ziel schon so nahe war, nicht, wo sie es doch schaffen konnte. Selbst wenn es Kräfte erforderte, die sie gar nicht haben konnte, Kräfte, die ihre unverändert schlanken Arme nicht liefern konnten. Sie biß die Zähne zusammen und fing an, sich am linken Arm in die Höhe zu ziehen. Aus weiter Ferne hörte sie, wie der Kletterer neben ihr ungläubig etwas ausstieß, was sie nur undeutlich wahrnehmen, aber nicht registrieren konnte. Aber sie ignorierte es, konzentrierte sich ganz darauf, den Ellbogen zu beugen. Sie hob die rechte Hand und ließ sie wie eine Spinne an der Wand emporkriechen, ließ sie nach dem versprochenen Griff suchen. Dann fanden ihre Finger ihn endlich und krümmten sich über dem künstlichen Felsknopf, der in das Holz eingelassen war. Sie entspannte sich, und erst jetzt schrien die Muskeln an ihrem linken Arm ihren Protest hinaus.

Jetzt, da ihre Hände sicher waren, gewann sie die Kontrolle über ihre Beine zurück und hob beide Füße, um sie gegen die Griffe der gebogenen Wand zu stemmen. Noch einmal einen Satz nach oben, dann hatte sie den Überhang hinter sich und konnte jetzt ihr Gleichgewicht sichereren Griffen anvertrauen. Als sie so in ihrem Sitzgurt ausruhte, wurde ihr bewußt, daß der andere Kletterer immer noch ein Stück rechts von ihr schwebte.

»Hätte nie gedacht, daß Sie das schaffen würden.« Zu

erregt und erfreut, um vorsichtig zu sein, ließ Ardeth ein Lächeln aufblitzen.

»Ich bin kräftiger, als ich aussehe«, gab sie zu. »Und ich war es langsam leid, immer wieder an derselben Stelle abzustürzen.«

»Sie kämpfen zu sehr gegen die Biegung an. Lassen Sie ihren Körper einfach gewähren, dann schaffen Sie es«, schlug er vor, und sie lachte. Wie die meisten Kletterratschläge, die man ihr an der Wand und auch unten gegeben hatte, war dieser Rat entsetzlich nebulös und schien mehr Bezug auf irgendein mysteriöses Zen-Verständnis des Felsens zu haben als auf die Physik von Muskeln und Schwerkraft.

»Wenn mir der untere Griff nicht ausgebrochen wäre, wäre alles gutgegangen.« Er drehte sich halb zur Seite, um nach unten blicken zu können und pfiff dann leise zwischen den Zähnen.

»Das erste Mal, daß ich so etwas sehe. Peter – der Geschäftsführer – wird Zustände bekommen.«

»Dann darf so etwas eigentlich nicht passieren, wie? Ich dachte, das gehört mit dazu, eine Art Simulation der realen Welt«, log Ardeth, und er schüttelte lächelnd den Kopf. »Also, jetzt, wo ich weiß, wie es hier oben aussieht, sollte ich wahrscheinlich wieder umkehren. Danke für Ihren Rat.«

»Gern geschehen.« Er sah so aus, als wollte er noch mehr sagen, aber Ardeth war jetzt wieder ganz einstudierte Konzentration auf ihre Route nach unten, und als sie schließlich wieder nach rechts blickte, arbeitete er sich auf die Decke über ihr zu.

Eine Viertelstunde später war sie unten und dankte der Frau, die sich die Zeit genommen hatte, sie zu sichern, verstaute ihre Kletterausrüstung in ihrer Tasche und zog ihr schwarzes Jackett über ihr T-Shirt und ihre Leggings. Es war Ende September, und die Abende in Alberta waren kühl und versprachen einen kalten Winter. Wir sind hier weg, ehe der Schnee kommt, sagte sie sich, war aber nicht sicher, ob sie das auch glaubte.

Nachdem sie die Schuhe gewechselt hatte, ging sie durch die Flure der Highschool auf den Ausgang zu. Es war schon beinahe halb zehn, um die Zeit ging der Donnerstag-Kletterabend zu Ende, und sie hörte die sich entfernenden Kletterer darüber diskutierten, ob sie sich auf eine Tasse Kaffee oder ein Bier treffen sollten, um sich über Kletterpartien in Kalifornien oder Alpintouren in den Rockies zu unterhalten. Einen Augenblick lang spürte sie die Isolation, die sich um sie hüllte und sie auf eine Art und Weise abkühlte, wie die Nachtluft das nicht länger konnte. Das brüchige Gefühl der Kameradschaft, das sie manchmal im Turnsaal empfand, die Aussicht darauf, daß ihr Klettern vielleicht eines Tages einmal mehr als bloß eine amüsante Therapie sein konnte, ging jedesmal in Stücke, wenn es gegen die Mauer der Wirklichkeit prallte. Es gab eine Grenze, die nicht überschritten werden konnte: Die Linie zwischen Tag und Nacht, der Abgrund zwischen dem, was sie war und was jene anderen waren. Sie konnte nicht aus dem Schatten der Wahrheit herausklettern.

Ardeth zuckte ein wenig ärgerlich die Achseln und versuchte, derartige Gedanken von sich zu schieben. Zum Teil hatte sie deshalb mit Klettern begonnen, weil es einfach war, weil es da nur einen selbst und das Ziel gab und nur einen Weg nach oben. Sie brauchte jene Klarheit, jene Direktheit, weil für sie nichts einfach gewesen war, seit ihre Welt vor sechs Monaten sich für immer verändert hatte; sie mußte daraus nehmen, was sie konnte – die physische Freude an der Kraft ihres neuen Körpers, das Vergnügen an der Illusion des Risikos ohne die Realität. Sich mehr zu wünschen, würde die Dinge nur wieder komplizieren.

Sie schob die breite Eingangstür auf und sog in tiefen Zügen die kühle Nachtluft in sich hinein, blinzelte, als sie den sternenbedeckten Himmel sah. Sie brauchte gar nicht erst zu raten, wo *er* heute nacht sein würde; klare Nächte schienen so selten, daß er sie nie vergeudete.

»Nochmals hallo.« Die Stimme aus dem Schatten zu ihrer Rechten ließ sie herumwirbeln. Sie trat einen Schritt zurück und hob gleichzeitig instinktiv beide Hände, wie um sich zu verteidigen. »Habe ich Sie erschreckt? Das tut mir leid.« Der Kletterer, der ihr an der Wand einen Rat gegeben hatte, hatte am Fahrradständer zusammengekauert auf dem Boden gesessen und richtete sich jetzt auf.

»Ist schon gut. Ich war bloß in Gedanken . . . Sie haben mich ein wenig erschreckt.«

Er schob ein ziemlich mitgenommenes Mountainbike ins Licht, während er sich ihr zuwandte. Jetzt, da ihre Gedanken sich nicht mehr darauf konzentrieren mußten, den Überhang zu überwinden, sah sie ihn praktisch zum ersten Mal richtig an. Er war größer, als sie gedacht hatte: über sechs Fuß und massiv gebaut, eine breite Kinnpartie um ein breites Grinsen herum, große Nase, dicke Augenbrauen über blauen Augen. Sein Haar hatte eine schlammig braune Farbe und war mit ein paar hellblonden Strähnchen durchsetzt.

»Ich heiße Mark, Mark Frye.« Er streckte ihr die Hand hin, und sie starrte sie einen Augenblick lang an, ehe sie sie dann zögernd schüttelte. Seine Finger waren schwielig und mit Talkumpuder bedeckt, aber seine Haut fühlte sich so heiß an, daß sie dachte, sie müsse verbrennen.

»Ardeth Alexander.«

»Sind Sie neu hier?«

»Ein paar Wochen.«

»Ich dachte schon, daß ich Sie hier noch nie gesehen habe.«

»Klettern Sie oft an der Wand?«

»Nein, eigentlich nicht ... aber Banff ist eine Kleinstadt. Über kurz oder lang sieht man hier die meisten Leute wenigstens einmal auf der Straße. Besonders jetzt, wo die Touristensaison beinahe vorbei ist.«

Ardeth runzelte die Stirn und erkannte, daß er recht hatte. Ihre in Toronto entstandenen Instinkte konnten sich einfach nicht vorstellen, daß man jeden Mitbewohner in seinem Apartmentgebäude kannte, geschweige denn jedermann in einer ganzen Stadt. Das war eine Komplikation, mit der sie nicht gerechnet hatte – und ein weiterer Grund weiterzuziehen. »Außerdem«, fuhr Mark fort, »arbeite ich drüben bei Domano Sports, und da sehe ich eine Menge Leute, die Skier und alles Mögliche kaufen. Klettern Sie schon lange?«

»Erst seit ich hierhergekommen bin.«

»Sie sind recht gut. Waren Sie schon mal richtig klettern?« Sie schüttelte den Kopf. »Außerhalb der Stadt gibt es ein paar schöne Stellen. Wenn Sie interessiert sind, könnte ich Sie hinbringen.«

Ardeth sah ihn einen Augenblick lang an und wußte, daß das Angebot mehr bedeuten könnte als nur klettern, fühlte wieder seine heiße Haut an ihrer Hand. Sie konnte sein Blut unter dem Schweiß und dem Kreidepuder wittern. Einen verwegenen Augenblick lang malte sie sich aus, ja zu sagen. Zu dem verrückten Risiko des Kletterns das noch verrücktere Risiko von Sex. Und dann das Verrückteste Risiko von allen.

»Das kann ich nicht«, sagte sie schließlich. »Ich habe eine Sonnenallergie. Ich könnte bei Tageslicht nicht klettern. Trotzdem vielen Dank ... war nett, Sie kennenzulernen. Gute Nacht.« Die Worte purzelten förmlich aus ihr heraus, wie um seine Einwände zu ersticken. Sie wandte sich schnell ab und ging zur Straße. Er sagte nichts, aber sie spürte oder glaubte wenigstens zu spüren, wie das Gewicht seiner Augen auf ihrem sich entfernenden Rücken lastete.

Draußen auf der Hauptstraße fühlte sie sich sicherer. Hier waren immer noch Reste einer Menschenmenge, obwohl sie feststellte, daß es wesentlich weniger geworden waren, seit sie vor einem Monat eingetroffen war. Frye hatte recht; die Touristensaison war beinahe vorbei. Oder zumindest war eine Flaute eingetreten, die bis zum Beginn der Skisaison im Dezember andauern würde. Ardeth nahm ihre Tasche auf die Schulter und wünschte sich, sie käme sich nicht plötzlich so exponiert vor. Sie hatten nie vorgehabt, hier Station zu machen; sie waren nach Vancouver unterwegs gewesen. Aber dann hatte ihr Wagen, billig gekauft und kaum in einem Zustand, den man als fahrtüchtig bezeichnen konnte, unmittelbar vor der Stadt endgültig den Geist aufgegeben. Als sich herausstellte, daß die Reparatur mehr kosten würde, als sie sich leisten konnten, hatten sie sich mit einem längeren Aufenthalt abgefunden. Aber als sie sich dann ein wenig umsahen, fanden sie, daß Banff das perfekte Versteck sein könnte. Auf den Straßen drängten sich Touristen, und es herrschte ein ständiges Kommen und Gehen von jungen Reisenden aus der ganzen Welt, die nach Banff kamen und Aushilfsstellen suchten, um sich damit das Geld für den Aufenthalt zu verdienen, der ganz im Zeichen von Klettern, Wandern, Radfahren und Camping stand.

Jetzt, wo sie das alles wie durch neue Augen sah, fühlte sie sich nicht länger unsichtbar. In dem sommerlichen Meer aus japanischen Touristen würdigte niemand ihr kurzgeschnittenes, schwarzes Haar eines zweiten Blickes; jetzt sah es im Vergleich zu den überwiegend langen Frisuren der Einheimischen und Durchreisenden so gefärbt aus wie es auch war.

Ihre dunklen Kleider, die ihr in den Bars der Queens

Street von Toronto perfekte Anonymität gesichert hatten, schienen ihr plötzlich zu kraß mit dar bunten Freizeitkleidung zu kontrastieren, die die meisten Touristen ebenso wie die Ortsansässigen trugen.

Du könntest nicht einmal dann auffälliger wirken, wenn du eine Tafel aufstellen würdest, dachte sie, als ihr Blick auf ihr Spiegelbild im Fenster eines Cafés fiel, während sie an einem Knäuel Touristen vorüberging. Man brauchte bloß die eine herauszupicken, die nicht ins Bild paßt.

Und dann war sie dankenswerterweise am hellen Lichtschein der Geschäfte und Restaurants vorbei, die die Banff-Avenue säumten, und befand sich auf der Straße, die zu ihrem Apartment führte. Vor ihr türmte sich der rundliche Rücken des Tunnel Mountain auf und schien in seinem Schatten Schutz zu versprechen.

Die natürliche Pracht des ganzen Ortes hatte sie von Anfang an überwältigt. Sie hatte sich nie besonders zum Leben in der Natur hingezogen gefühlt, konnte aber jetzt zum ersten Mal seinen Reiz verstehen. Nichts, was sie je auf Fotos oder in Filmen gesehen hatte, hatte sie auf die nackte Schönheit der Felsen und Bäume, die Umarmung der Berge vorbereitet, selbst wenn sie sie nur im Mondlicht oder im langen Zwielicht zu sehen bekam, das hier, wenn die Sonne hinter den Bergspitzen verschwand, lange anhielt. Als sie zu ihrer ersten Jagd hinausgezogen waren, hatte sie Angst gehabt, und ihre das Stadtleben gewöhnten Nerven zuckten bei jeder Brise in den hohen Fichten rings um sie, aber ihr Nachtblick hatte die mondbeschienenen Wälder wie helles Silber erscheinen lassen. Wenn es in seinen Tiefen noch andere Räuber gab, so hielten sie sich ihr fern.

Sie war beinahe zu Hause, als sie ihn rufen hörte. Da waren keine Worte, bloß das plötzliche Wissen in ihrem Herzen, daß er das Observatorium verlassen hatte und jetzt auf der Brücke über den Bow River zu ihr unterwegs war. Für die Jagd war es noch früh, aber sie wußte, daß er den Berg hinaufgehen würde, vorbei an den letzten Häusern, die dem Wald ihre Grundstücke abgerungen hatte. Hunger erwachte zuckend zum Leben, und die Erinnerung an Mark Fryes Hand, die an der ihren brannte, ließ ihre Kehle schmerzen.

Warte auf mich, flüsterte die in ihrem Bewußtsein und spürte seine Zustimmung. Sie bog zur Hauptstraße zurück, überquerte den Fluß und fand den Pfad, der sie zu ihm führen würde.

Er wartete am Rande der kleinen Lichtung, ein kurzes Stück hangaufwärts. Als er aus dem Schatten der Bäume trat, ließ das Mondlicht sein langes graues Haar silbern erscheinen und beleuchtete seine feingeschnittenen Züge. Ardeth spürte, wie etwas in ihr sich verkrampfte, etwas, was gefährlich nahe am Schmerz war. Aber sie bewegte sich nicht, wartete einfach unter den Ästen, während er in den Wald zu ihrer Linken starrte.

Einen Augenblick später hob er die Hand. Sie hörte das schwache Rascheln der Blätter, das Knacken eines Ästchens. Eine dunkle Silhouette schob sich auf die Lichtung und warf den Kopf zur Seite, daß es schien, als würde das breite Geweih über den Himmel scharren. Dann kratzte ein Huf am Boden. Ardeth spürte die äußeren Ränder des Rufes, der den Elch angelockt hatte, merkte, wie ihre Finger sich in einen Baumstamm krallten, um sich nur ja nicht zu bewegen.

Dann sank der große Kopf. Der Elch trat zwei Schritte vor und regte sich nicht mehr. Die Hand fiel auf seine Schulter.

Ardeth trat zwischen den Bäumen hervor und ging quer über die Lichtung an die Seite des Tieres. Über die gesenkten Spitzen seines Geweihs begegnete ihr Blick den Augen

Dimitri Rossokows. Einen Moment lang bewegte sich etwas in dem grauen Blick, etwas Dunkles, das sie nicht identifizieren konnte, dann lächelte er. Sie legte ihre Hand auf dem Widerrist des Elchs über die seine.

Dann nahmen die Vampire im Mondlicht am Berghang ihre Nahrung auf.

2

EINGEHÜLLT IN DIE zarten Schleier des Nebels brannten die Sterne durchs Glas. Dimitri Rossokow drehte leicht an der Stellschraube des Okulars, um das strahlende Bild noch schärfer zu stellen. Kopernikus würde wahrscheinlich seine Seele um diesen Anblick verkauft haben; Galileo hätte vielleicht widerrufen, wenn man ihm ein Instrument dieser Qualität versprochen hätte. Er selbst hatte weiß Gott seine eigene Sterblichkeit für das Versprechen eines Wissens verloren, das weniger phantastisch als dieses war. Für eine Wissenschaft, die weniger mit Wundern angefüllt war. Seine Augen folgten der Spur der Gasfäden zwischen den Sternen.

Wie weit entfernt war dieser Nebel? Widerstrebend wandte er sich vom Okular ab und blätterte in dem Buch, das neben dem Teleskop auf einem Tisch lag. Sieben Millionen Lichtjahre von der Erde. Einen Augenblick lang weigerte sich sein Verstand, die Zahl zu ergründen, mühte sich ab, sie in ein Universum einzuordnen, das er mit Kopernikus entdeckt und zuletzt studiert hatte, als die Menschen noch glaubten, daß es auf dem Mars Leben gäbe und das Sonnensystem nur acht Planeten besitze.

Sieben Millionen Lichtjahre. Und es gab Nebel über

Nebel, Galaxien über Galaxien jenseits davon, weit außerhalb der Reichweite dieses Teleskops, Objekte, die man nur in den großen Observatorien in Südamerika beobachten konnte. Und Legionen von Sternen und Sternsystemen jenseits der Reichweite jener Instrumente, und dahinter endlose Galaxien, bis sie jenseits der Ewigkeit verblaßten.

Aber für die Welt war auch er eine unmögliche Kreatur. Rossokow lächelte und drückte seine Augen wieder an die Okularmuschel und stieß dann eine leise Verwünschung aus, als er feststellte, daß ihm eine Wolke den Blick versperrte. Er überlegte, ob er das Teleskop bewegen sollte, entschied aber nach einem Blick auf den Himmel, daß die Wolke in ein paar Augenblicken vorbeigezogen sein würde, und lehnte sich in seinem Sessel zurück. Bis er den nächtlichen Himmel zum ersten Mal durch das Teleskop gesehen hatte, war ihm gar nicht bewußt geworden, wie sehr ihm die Sterne doch in Toronto gefehlt hatten, wo die Lichter der Stadt alle, mit Ausnahme der hellsten, überstrahlten. Er hatte nicht gewußt, wie sehr er sie brauchte.

Als sie in dieser Stadt gestrandet waren, hatte er nie daran gedacht, daß es so etwas wie dieses Observatorium hier geben könnte. Es war einem Liebhaber der Sterne zu verdanken, der über die finanzielle Freiheit verfügte, seiner Leidenschaft nachgeben zu können. Ein Schuppen, speziell für das Teleskop gebaut, kuschelte sich in einen Hinterhof am Stadtrand, wo der grelle Schein der Straßenlaternen nicht mehr hinreichte. Der Besitzer sperrte es nie ab und hatte die ganze Stadt eingeladen, den Nachthimmel mit ihm zu teilen.

In klaren Nächten konnten sich hier durchaus ein Dutzend Leute versammeln, um einen Blick auf die Sterne zu werfen. Aber gegen Mitternacht nahm die Zahl ab, und um die Zeit, wo Rossokow einzutreffen pflegte, war das Observatorium häufig verlassen. Zuerst hatte es ihn nervös gemacht, das Dach des Schuppens zu öffnen. Aber die Bewohner des Hauses schienen sich an das Geräusch gewöhnt zu haben, und es flammten nie Lichter auf, und es kam auch nie jemand, um ihm bei seiner einsamen Betrachtung des Nachthimmels Gesellschaft zu leisten. Ein- oder zweimal war Ardeth mitgekommen, aber sie war ein Kind einer anderen wissenschaftlichen Fakultät und war mit Dokumentarfilmen über den *Big Bang* aufgewachsen, und deshalb konnte der Anblick sie nicht lange faszinieren.

Bei dem Gedanken an Ardeth runzelte sich seine Stirn. Er hatte durchaus Verständnis für ihre neuentdeckte Leidenschaft für das Klettern; er selbst hatte nach seiner Wiedergeburt auch die eine oder andere Art des Nervenkitzels erprobt. Über kurz oder lang würde sie ohne Zweifel ihren Gefallen daran verlieren, aber er hatte kein Recht, ihr die Freude und die Begeisterung zu neiden.

Schließlich stand ihr eine Ewigkeit zur Verfügung, in der sie mit allem experimentieren konnte, was sie wollte. Erst wenn sie aufhörte, am Wandel Freude zu haben, war für ihn die Zeit, unruhig zu werden.

Auf die Weise war sie beschäftigt, ebenso wie ihm dieser Schuppen hier eine Möglichkeit verschaffte, sich die Zeit zu vertreiben. Es gab auch noch andere Gründe, weshalb sie es tat. Das wußte er. So wie es auch für ihn andere Gründe gab, hierherzukommen. Er schloß die Augen und sperrte damit das Mondlicht aus. Sie flüchtet in diese neue Beschäftigung, sagte er sich, so wie du in das strahlende Geheimnis der Sterne flüchtest.

Vor einem Monat noch hatte er geglaubt, daß er oft genug geflüchtet war, wenigstens für eine Weile. Vor eineinhalb Jahrhunderten war er aus Paris und dem Feuer geflüchtet, das seinen tollkühnen Vampirkumpan Jean-Pierre und Roxanne, ihre sterbliche Dienerin und gelegentlich auch Geliebte, vernichtet hatte. Das viktorianische Toronto war für ihn beinahe dreißig Jahre lang ein sicherer Zufluchtsort gewesen, bis der exzentrische Millionär Ambrose Dale seine Existenz entdeckt hatte. Auch jener Bedrohung war er entkommen, und er hatte sich in einem speziell gebauten Versteck in einem alten Lagerhaus verborgen. Dort hatte er sich in den tiefen Schlaf versetzt, der für ihn dem Tode am nächsten kam. Er hatte geplant, zwanzig Jahre auszuruhen, lang genug, bis der alternde Ambrose gestorben war. Als er erwachte, waren beinahe hundert Jahre verstrichen gewesen, und ein Nachkomme von Ambrose Dale hatte ihn gefangengenommen.

Einen Augenblick lang verkrampften sich die Hände in seinem Schoß, und seine Finger krümmten sich wie Klauen. Bilder aus seiner Gefangenschaft zogen an seinem inneren Auge vorbei: das langsame Pendeln der nackten Glühbirne vor seiner Zelle in der verlassenen Irrenanstalt, das Scheuern der eisernen Kette an seinen Gelenken, der allumfassende Schmerz, den seine Peiniger mit ihrem fremdartigen Gerät, dem Ultraschall, heraufbeschwören konnten. Und die Dinge, zu denen sie ihn zwangen, unbekannte Rituale, die in einer Schattenwelt abliefen, jenseits der Welt, die er bewohnte. Für ihn war es genug, daß ihre obskuren Rituale alle auf dieselbe Weise endeten – mit dem Blut, das seine einzige Realität zu sein schien. Auch ihnen war er entkommen, war in den Wahnsinn und den Hunger geflüchtet, die im engen Kreis seines Schädels herrschten.

Dann war Ardeth gekommen. Vom Schicksal in dasselbe Netz gelockt, in dem er sich verstrickt hatte, war sie nicht die erste warmblütige Blutquelle gewesen, die die Zelle neben ihm bewohnt hatte. Aber sie war die einzige, die mit ihm sprach, die ihm in den langen Nächten Geschichten erzählte, um ihre eigene Furcht in Schach zu halten. Sie war die einzige, die seinen Namen aussprach. Und wenn er aus ihrem Handgelenk oder ihrer Armbeuge trank, dann war ihm, als würde er damit nicht nur Leben, sondern auch ihren gesunden Verstand in sich hineintrinken. Er erkannte die Obszönitäten, an denen sie ihn teilzunehmen gezwungen hatten, wobei seine Mitwirkung, wenn er die Opfer ihres Blutes beraubte, der Höhepunkt der pornographischen Filme war, mit denen sie ein Vermögen verdienten. Er erkannte, daß es für ihn nur eine einzige Chance gab, aus dieser Hölle zu entkommen, und daß Ardeth der Schlüssel dazu war. Irgendwie hatte er es geschafft, ihr diese Erkenntnis fernzuhalten, bis sie selbst zugegeben hatte, daß ihr Tod unvermeidbar war. Bis sie selbst in ihm die einzige Chance für die Befreiung erkannt hatte. Er gab ihr Blut aus seinem Handgelenk, aber sie hatte ihm mehr gegeben: ihren Kuß, ihre Berührung und zuletzt, trotz der Gitterstangen dazwischen, ihre Kehle.

In der nächsten Nacht war sie aus ihrem Grab im Wald zurückgekehrt. Beide hatten sie sich dann dem Wahnsinn hingegeben, räumte er sich insgeheim ein. Es war notwendig gewesen, diejenigen hinzumetzeln, die sie gefangenhielten, aber weder er noch sie hatten an Überleben gedacht, als sie das getan hatten, was sie mußten. Nur die Rache hatte ihr Denken beherrscht.

Und so war es wieder zu einer Flucht gekommen. Er hatte wenigstens ein gewisses Maß seiner Rechtschaffenheit zurückgewonnen: Er hatte Ardeth weggeschickt, weil er wußte, daß die Macht, die hinter denen stand, die sie gefangengehalten hatten, nur ihn suchte. Jeder in seiner eigenen Einsamkeit, waren sie manchmal durch dieselben Straßen gegangen. Er hatte sich hinter der Maske eines Stadtstreichers verborgen und so Kenntnisse über die neue Welt gesammelt, in der er erwacht war. Ardeth hatte aus sich, aus ihrer eigenen perversen Logik heraus, ihrer eigenen alten Wunde, die schöne gefährliche Vampirverführerin der finsteren Träume der Welt gemacht.

Am Ende hatten die Mächte von Ambrose Dales Wirtschaftsimperium – Havendale –, an dessen Spitze jetzt seine, dem Wahnsinn verfallene Enkelin Althea stand, sie erneut in ihre Gewalt bekommen und dabei Ardeths Schwester Sara und ihren Freund Mickey ebenso in den Mahlstrom hineingezogen. Dale beabsichtigte, sie zu Versuchskaninchen zu machen, wollte, daß die von ihr gefangengehaltenen Wissenschaftler ihren untoten Körpern das Geheimnis der Unsterblichkeit entrissen. Auch dem konnten wir entkommen, erinnerte er sich, und zwang sich dazu, noch einmal die Szenen an sich vorüberziehen zu lassen, und wie er der sterbenden Althea lauschte, als diese versuchte, zugleich die Ewigkeit und die unermeßliche Macht zu kaufen; er zwang sich erneut, die Hitze ihrer Haut und die Rauheit ihres Haares zu spüren, als er die Hände an ihren Kopf gelegt und ihr das Genick gebrochen hatte.

Er war mehr als fünfhundert Jahre alt. Tausend Gefahren hatte er zu Lebzeiten ins Auge gesehen: Folter, Hunger, Flut, Pestilenz und Feuer. Und er hatte sie alle überlebt. Ganz sicherlich gab es hier, an diesem ruhigen Ort, unter diesem Himmel der Wunder, nichts, vor dem er zu fliehen brauchte.

Nichts Äußerliches, räumte er ein. Jenen anderen Fragen, denen, die man in sich trägt, und von denen man sich mit der Wissenschaft ablenkt, und die Ardeth wiederum mit körperlichen Herausforderungen verdrängt, kann man sich nicht ewig entziehen.

Er schlug die Augen auf. Die Wolken waren weitergezogen, wenigstens für den Augenblick. Er beugte sich vor und fand den Nebel wieder. In dieser Nacht waren die Geheimnisse, die er barg, die einzigen, die er betrachten wollte.

3

ES WAR KURZ nach sieben ... Zeit für die Dosis Koffin, die er brauchen würde, um durchzuhalten, bis geschlossen wurde. Mark Frye blieb an der Kasse stehen, um Kellie zu fragen, ob er ihr noch etwas bringen solle, und verließ dann Domano Sports. Er ging zu einem der fünf Cafés, die im Verlauf des letzten Jahres entstanden waren. Sie waren auch ein Teil der zunehmenden Verstädterung der Ortschaft, die ihn heute die Hauptstraße kaum mehr als die erkennen ließ, über die er zum ersten Mal vor zehn Jahren mit seinem zerbeulten alten Ford gefahren war. Er wäre glücklich gewesen, wenn all die Ralph Laurens und Monacos wieder dorthin zurückgekehrt wären, woher sie gekommen waren ... aber die Cafés konnten ruhig bleiben. Cappuccino war zu einer Art Lebensnotwendigkeit geworden, kein Luxus. Das gehörte mit zum ewigen Paradoxon des Lebens in einer Touristenortschaft; die Touristen zahlten die Rechnungen und verdarben die Umgebung, ihre Lebensgewohnheiten wurden vom Profit genährt und führten zu zunehmender Kommerzialisierung und manchmal häßlichen Entwicklungen. Weil die Ortschaft sich in einem Nationalpark befand, unterlag das Wachstum bürokratischen Regeln ... Aber, wo Geld war oder allein schon der Geruch von Geld, gab es auch Mittel und Wege. Man konnte sich immer Gründe ausdenken, weshalb die Ortschaft mehr Hotelzimmer, mehr Golfplätze und mehr Shopping-Center brauchte. Der Lebensunterhalt des einen zerstörte die Vorstellung des anderen von der Stadt, und auf wessen Seite man stand, hing häufig davon ab, ob nun der eigene Lebensunterhalt auf dem Spiel stand oder nicht.

Etwas auf der anderen Straßenseite zog seine Aufmerksamkeit auf sich, ein rotes Blitzen vor den Schaufenstern, dann ein dunkler Wischer, wo eigentlich nur Licht hätte sein dürfen. Jetzt, wo seine Aufmerksamkeit von den ohnehin unlösbaren Fragen der Zukunft abgelenkt war, blickte er über die Straße und sah sie. Es war die Frau von der Kletterwand ... Ardeth Alexander. Er paßte sein Schrittempo dem ihren an und beobachtete sie.

Auf der Straße war sie eine noch auffälligere Erscheinung als an der Kletterwand.

Alles an ihr schien schwarz zu sein: niedrige Stiefel, Leggings, kurzer Rock, weite Jacke. Ihr einziges Zugeständnis an die augenblickliche Mode in Banff war ein grellrotes Top aus Polarvlies unter der Jacke. Die leichte Brise fuhr ihr ins Haar, und er konnte einen roten Stein an ihrem Ohr blitzen sehen.

Er erinnerte sich daran, wie er in große braune Augen heruntergeblickt hatte.

Sie bog in die Seitengasse und ging auf die Tür von Snow Rats zu, einem kleinen Laden, der ebenso für seine geschmacklosen, auffälligen T-Shirts wie auch für Snowboards und Skiausrüstungen bekannt war.

Er erinnerte sich, wie sich ihre bleichen Wangen gerötet hatten, als sie sich an einem ihrer unmöglich schlanken Arme in die Höhe gezogen hatte.

Der Duft von Kaffee wehte ihm aus einer sich plötzlich öffnenden Tür entgegen und erinnerte ihn, weshalb er gekommen war.

Er verharrte kurz auf dem Bürgersteig und schwankte zwischen der Aussicht auf Kaffee und einer Pause und der Erinnerung an ihre Finger in seiner Hand. Herrgott, Frye, für einen Typen, der das Risiko liebt, bist du wirklich ein Feigling, verspottete er sich selbst. Wie lange ist es eigentlich schon her, seit du das letzte Mal einer Frau begegnet bist, die auch nur halb so interessant wie die da ist? Der

Kaffee wird morgen auch noch hier sein, aber sie vielleicht nicht. Was hast du schon zu verlieren?

Er rannte über die Straße, ehe er sich selbst die Antwort auf die Frage geben konnte.

Snow Rats wimmelte von Menschen und war laut, Metal oder Thrash oder wie auch immer der neueste populäre Lärm hieß, dröhnte aus der Stereoanlage. Mark zwängte sich hinein und sah sie sofort zwischen einem Gestell mit Skiern und der Wand mit den T-Shirts. Sie war dabei, sich durch die T-Shirts durchzuarbeiten, den Kopf nach vorne gebeugt, das Haar wie Schatten über ihren Wangen.

»Hey, Mark«, rief ihn eine Stimme von links an, und er sah zur Theke hinüber, wo der Verkäufer lehnte und zu ihm hersah. »Steve«, grüßte er zurück, plötzlich verlegen. Er registrierte beinahe geistesabwesend, daß Steve, seit er ihn zum letzten Mal gesehen hatte, sich die langen blonden Dreadlocks abgeschnitten und sich die Nase durchbohrt hatte, in der er jetzt einen Ring trug.

»Bißchen die Konkurrenz bespitzeln?« fragte Steve, obwohl sie eigentlich keine echten Wettbewerber waren. Snow Rats heranwachsende Snowboarder gingen nicht in Domanos Geschäft an der Hauptstraße, und Domanos wohlhabende Kunden neigten zu teuren Ausrüstungen und Kleidung, die den Eindruck vermittelte, als wüßten sie etwas damit anzufangen, ob das nun der Fall war oder nicht.

»Schon draußen gewesen?« fragte Mark und ging zu dem Regal, in dem die Snowboards aufgestapelt waren, ohne dabei Ardeth aus dem Auge zu lassen, die wie ein dunkler Schatten am Rand seines Gesichtsfelds stand.

»Ein paarmal auf dem Norquay. Du?«

»Bis jetzt noch nicht.« Die Glocke über der Tür schlug an, und zwei junge Männer kamen in angeregtem Gespräch herein. Zu Marks Erleichterung schien Steve sie zu kennen und war kurz darauf damit beschäftigt, ihnen die neuesten Snowboards zu zeigen. Mark schlenderte zur anderen Seite des Ladens und sah sich die Skier an.

Ardeth hatte ein T-Shirt über ihren einen Arm drapiert und hielt unschlüssig ein anderes daneben. Mark beugte sich etwas zur Seite, um den Slogan zu sehen: *Fear not – You can only die once.*

»Ein netter Gedanke«, sagte er, worauf sie scharf aufblickte. Ihre Augen waren schmaler und härter, als er sie in Erinnerung hatte. »Ich bin Mark Frye. Wir sind uns neulich abends an der Wand begegnet.« Jetzt schien sie ihn zu erkennen, und ihr Gesicht entspannte sich, ihr argwöhnischer Blick verflog. Ihre Unterlippe war voll und rot, und er gab sich Mühe, das nicht zu bemerken. »Fürchte dich nicht – Du kannst nur einmal sterben –, ein Lebensmotto?« Er registrierte den Hauch eines Lächelns, ein leichtes Zucken der Lippen, die zugleich amüsiert und bitter wirkten.

»Die erste Hälfte ist eine Mahnung an mich selbst«, gab sie zu. »Und die zweite Hälfte stimmt nicht.« Dann schob sie sich an ihm vorbei zur Kasse. Steve riß sich von den Snowboards los, um ihr Geld in Empfang zu nehmen und warf dann Mark einen feixenden Blick zu, der andeutete, daß er ganz genau wußte, an welcher Art »Konkurrenzstudie« Mark wirklich interessiert war.

Mark gab sich gleichgültig, als Ardeth ihr Wechselgeld in Empfang nahm, öffnete ihr dann die Tür und folgte ihr nach draußen. Sie dankte ihm mit einem kurzen Lächeln, schien aber sonst nicht an ihm interessiert, als sie beide auf die Straße zugingen. Sag etwas, sag doch etwas, du Idiot, drängte ihn eine innere Stimme. Ehe sie wieder weggeht.

Und dann kam es ihm in einem Anflug verzweifelter Inspiration. »Ich habe über Ihr Problem nachgedacht . . .

Sie wissen schon, Ihre Sonnenallergie.« Sie blieb stehen und sah ihn an, und er konnte in ihrem Blick eine Art widerstrebender Neugierde sehen. »Ich habe gerade meine Pause, aber ich habe ein paar Minuten Zeit. Ich wollte eine Tasse Kaffee trinken. Kommen Sie doch mit, dann sage ich es Ihnen.«

»Na schön«, sagte sie nach einem endlosen Augenblick.

»Danke.«

Mark hauchte ein kleines Dankgebet – und ein viel größeres, indem er den Gott, der Bergsteiger und Narren beschützte, anflehte, ihm eine Lösung ihres Problems einfallen zu lassen, ehe ihr Kaffee kalt geworden war.

Am Ende war nur er es, der Kaffee trank, als sie sich an einen Ecktisch setzten. Und er hatte eine Lösung.

»Auf der anderen Seite des Tunnel Mountains gibt es ein paar Aufstiege. Sie sind im Augenblick gegen vier Uhr im Schatten und liegen um sieben im Dunkeln. Bis es wirklich dunkel ist, könnten Sie die meisten davon schaffen.« Von plötzlicher Begeisterung beflügelt, holte er einen Kugelschreiber aus der Tasche, sprang auf, um sich ein Blatt Papier von der leicht verwirrten Kassiererin geben zu lassen und fing an, den Berg zu skizzieren. »Das hier ist die Südwestecke, und hier drüben ist Südosten.« Sein Stift zeichnete die lange Flanke des Bergs und fügte auf der Spitze ein paar winzige Bäume hinzu. »Hier im Südwesten sind die Gondarouten, Soulier und Mark One. Und hier drüben«, sein Stift verharrte an der Südostecke, »ist Gooseberry. Die Route blickt überwiegend nach Osten, befindet sich also vom späten Nachmittag an im Schatten. Sie ist ein wenig kompliziert.« Die Rückseite des Blattes füllte sich mit Strichen und Kringeln, die Wandstufen, Gesimse und Kanzeln darstellen sollten.

»Und welchen Schwierigkeitsgrad haben diese Routen?«

fragte Ardeth und beugte sich über ihn, um die langsam Gestalt annehmende Karte zu studieren.

»Meist 5,5 bis 5,7.«

»Und das bedeutet?«

»Mäßig.«

»Also eine mäßige Chance, mich umzubringen?«

»Mäßig schwierig, mit einer ganz geringen Chance, sich umzubringen, wenn Sie es richtig machen«, korrigierte er sie grinsend.

»Und das bedeutet?«

»Mit der richtigen Ausrüstung. Und mit jemandem, der weiß, was er tut.«

»Zum Beispiel mit Ihnen?« Er blickte von seiner Skizze auf und sah ihr in die Augen.

»Wenn Sie Lust haben«, sagte er und merkte dann, wie er den Atem anhielt, um auf ihre Antwort zu warten. Ihr Blick wandte sich wieder dem geheimnisvollen Gekritzel zu.

»Könnte man es auch im Mondlicht schaffen?« Er ließ den Atem aus sich heraus und runzelte die Stirn und dachte daran, wann er die Route zuletzt geklettert war. Am besten war es an trägen, sonnigen Vormittagen gewesen, wenn sein Ehrgeiz ihn nicht zu schwierigeren Partien gedrängt hatte. Er versuchte, die brennende Hitze der Sonne gegen das kühle Licht des Mondes auszuwechseln.

»Möglich ist es, ganz besonders mit einer Stirnlampe«, räumte er ein. »Aber es wird nicht empfohlen.«

»Könnte man es auch solo schaffen?«

»Die meisten sind irgendwann einmal solo gemacht worden. Das waren Leute, die genau Bescheid wußten. Untertags«, fügte er dann hinzu, voll Mißtrauen für ihre Fragen, und versuchte zum ersten Mal auszuloten, weshalb sie sie wohl stellen mochte. Sie hatte doch sicherlich nicht vor, die Tour solo im Mondlicht zu machen? Nur daß ihre Frage genauso klang, als würde sie das im Sinn haben. Herrgott, Mark, was hast du getan? Wenn diese Frau mit gebrochenem Rückgrat unten liegt, wird es deine Schuld sein. Kalte Sorge prallte plötzlich auf heiße Scham. Er hatte nicht überlegt, was sie vielleicht mit dem anfangen würde, was er ihr sagte. Herrgott, er hatte überhaupt nicht nachgedacht . . . hatte bloß ihre Augen und diese volle Unterlippe im Sinn gehabt, und wie lange es doch schon her war, daß ihm so etwas an einer Frau aufgefallen war. War er so ausgehungert nach Sex, daß er bereit war, dafür ihr Leben zu riskieren?

Ehe er die Konsequenzen seines impulsiven Vorschlags ganz verarbeiten konnte, hatte sie seine Skizze zusammengefaltet und in ihrer Handtasche verstaut. Sie sah auf die Uhr. »Ich muß jetzt gehen. Vielen Dank für den Tip.«

»Ardeth . . . tun Sie es nicht alleine. Wirklich nicht. Wenn Sie die Tour gehen wollen, rufen Sie mich an. Mir ist es egal, ob es Mittag ist oder vier oder zwei Uhr morgens. Gehen Sie nicht alleine. Das müssen Sie mir versprechen.«

Ihre Augen lösten sich von den seinen, und er sah, daß sie sich zum Aufstehen anschickte. Er streckte die Hand aus, griff nach der ihren und hielt sie fest.

»Versprechen Sie es mir.«

Er spürte, wie ihre Finger sich den seinen entwanden, dann war seine Hand leer. Er erhaschte einen Blick auf etwas in ihren Augen, das wie Bedauern aussah, und dann war sie verschwunden.

Mark saß reglos da, starrte ihr nach und hatte den kalt werdenden Kaffee auf dem Tisch völlig vergessen.

Du Idiot, sagte er sich, mußtest ja dein Maul aufreißen. Mußtest ja Eindruck auf sie machen. Mußtest scharf auf sie sein.

Das ist nicht deine Schuld, redete ihm eine andere Stimme ein, sie ist schließlich erwachsen und kann ihre eigenen

Entscheidungen treffen. Und diese Routen hätte sie in jedem Kletterführer finden können, und jeder andere hätte sie ihr auch empfehlen können. Aber er hatte es ihr gesagt. Er war von ihrem Interesse zu gebannt gewesen, zu begierig, einen Anlaß zu finden, um mit ihr zu reden.

Sie hatte keine Ahnung von den Risiken. Sie dachte, es würde so wie die Wand sein, wo man sich wirklich Mühe geben muß, um zu Schaden zu kommen. 1m echten Fels konnte alles passieren. Echter Fels konnte Knochen brechen, Wirbelsäulen zerschmettern. Echter Fels konnte einen umbringen.

Vielleicht würde sie am Ende doch nicht gehen. Aber das glaubte er nicht. An ihrem Interesse und der Aufmerksamkeit, mit der sie ihm zugehört hatte, war etwas gewesen, das in ihm die Gewißheit erzeugte, daß sie es probieren würde, über kurz oder lang.

Es ist also deine Schuld. Und was wirst du tun? forderte er sich selbst heraus. Was konnte er tun? Er wußte nicht, wo sie wohnte, oder wie er mit ihr in Verbindung treten könnte. Aber vielleicht würde Sally, die in der Gemeindeverwaltung arbeitete, ein paar Vorschriften etwas verbiegen und ihm einen Hinweis geben können. Banff war ja schließlich keine Großstadt. Irgendwann würde er ihr auf der Straße begegnen.

Und wenn nicht . . .

Er konnte immer noch in den Berg gehen und nach ihr Ausschau halten. Bloß ein kurzer Abstecher, um zu sehen, ob sie dort war. Hm, dachte er, bloß ein kurzer Abstecher von ein oder zwei Stunden mitten in der Nacht. Aber der Gedanke übte eine seltsame Anziehungskraft auf ihn aus. Wenn er das machte, würde das möglicherweise sein Schuldgefühl dämpfen. Und wenn er sie fand . . . nun ja, sie konnte ihn ja schlecht wegschicken, wenn er all das aus Sorge um sie getan hatte.

Aber selbst wenn er das tat – aus welchen Motiven auch immer, selbstlos oder nicht – dann würde das wahrscheinlich nicht die Nacht sein, die sie ausgewählt hatte, und am Ende würde sie doch verletzt, gelähmt oder noch Schlimmeres sein.

Mark seufzte und trank einen Schluck Kaffee und merkte kaum, daß er kalt geworden war. Er sah zum Fenster hinaus und betete zum ersten Mal seit Jahren um Regen.

4

AUF DEM FOTO war ein Autofriedhof abgebildet, endlose Reihen verrostender Autos in der grellen Mittagssonne. Nirgends milderte ein Schatten die harten Kontraste, und kein einziger Grashalm wuchs zwischen den Leichen aus Blech.

Rossokow sah Ardeth an, die die Fotografie studierte, als enthielte sie ein verzweifelt gesuchtes Geheimnis. Nach einer Weile verzog ihr Mund sich ein wenig, und sie sah ihn an. »Was meinst du?« fragte sie.

»Interessant«, sagte er und mußte dann lächeln, als er sich daran erinnerte, wie oft er sich in den letzten fünfhundert Jahren in hundert Galerien und Salons auf jenes für ihn zu nichts verpflichtende Wort zurückgezogen hatte.

»Mir gefällt es«, verkündete Ardeth. »Ich übersehe dabei sicherlich irgendeinen wichtigen politischen oder ästhetischen Gesichtspunkt, aber es gefällt mir.« Sie gingen weiter und blieben bei der nächsten Fotografie stehen. Die Existenz des *Banff Centre for the Fine Arts*, das die Stadt von der Flanke des Tunnel Mountain überblickte, bedeutete, daß die Stadt Zugang zu einer überraschenden Vielzahl kultureller Aktivitäten hatte. Sie hatten hier auch schon einem Kammermusikkonzert beigewohnt – seine Wahl, wie Rossokow sich erinnerte. Die Fotoausstellung war Ardeths Entscheidung gewesen.

»Also das hier ist mehr nach meinem Geschmack«, bemerkte er. Es war eine weibliche Aktstudie in schwarzweiß, und Licht und Schatten verwandelten das Fleisch in ein geschmackvolles Arrangement glatter Formen.

»Das kann ich mir denken. Spießbürger.«

»Stimmt ja. Ich bin ein alter Mann und habe deshalb auch einen altmodischen Geschmack.«

Sie lachte und schob den Arm unter den seinen. »Hast du irgendwelche berühmten Künstler gekannt?«

»Ich bin einmal in Paris Delacroix begegnet. Und eine meiner Geliebten, eine wohlhabende Witwe in Florenz, wollte Cellini beauftragen, eine Büste von mir herzustellen. Ich habe abgelehnt.« Er sprach leise und in lockerem Tonfall, obwohl keiner der anderen Besucher der Galerie in ihrer Nähe stand.

»Gibt es irgendwelche Gemälde von dir?«

»Einmal ein kleines Portrait von einem Künstler, der nicht sonderlich berühmt geworden ist. Das war noch vor meiner Verwandlung. Es hing in der Bibliothek meines alten Heims.« Er konnte sich jetzt kaum mehr daran erinnern. Da war bloß eine schwache Vision eines schmalen, ernst blickenden Gesichtes über einem schwarzen Gelehrtenkittel. »Ich bin solchen Versuchungen aus dem Wege gegangen. Es ist nicht klug, so konkrete visuelle Spuren zu hinterlassen.«

»Also keine Fotos? Nichts aus dem neunzehnten Jahrhundert mit Gehrock und Backenbart?«

»Ich war nicht einmal sicher, ob man mich überhaupt auf Film einfangen kann, bis ... bis zu diesem Jahrhundert«, schloß er zartfühlend, um in ihnen nicht die Erinnerung an die Hardcore-Pornofilme wachzurufen, bei denen man ihn zur Teilnahme und sie zum Zusehen gezwungen hatte. »Und ein Backenbart würde mir wohl kaum wachsen, selbst wenn die Mode mich reizen würde.«

»Wofür ich sehr dankbar bin«, lächelte Ardeth. Sie blieben bei der nächsten Fotografie stehen. Eine Familie posierte vor einem großen Wagen, der vor einem adretten Haus in einem Villenvorort parkte. Wie es schien, war es ein altes Schwarz-Weiß-Foto, aber der Künstler hatte es koloriert. Es hing in einem mit seltsamen Gebilden dekorierten vergoldeten Rahmen an der Wand. Ardeth lachte, und Rossokow warf ihr einen fragenden Blick zu.

»Einen solchen Rahmen habe ich auch einmal gemacht, als ich noch zur Volksschule ging.«

»Was sind das für seltsame Gebilde?«

»Makkaroni, die man mit Goldfarbe besprüht hat. Da siehst du, was dir erspart geblieben ist, weil du hier keine Volksschule besucht hast.«

»Und was soll das Foto bedeuten?«

»Ein ironischer Kommentar zum Traum vom Vorstadtleben, nehme ich an. Das Foto selbst sieht aus, als würde es aus den fünfziger Jahren stammen; und manche Leute behaupten ja hartnäckig, das sei der Höhepunkt der Zivilisation gewesen.«

»Die gute alte Zeit«, zitierte er. »Wie oft ich doch diese Klage gehört habe. Es scheint Teil der menschlichen Natur zu sein, auf irgendeine verlorene goldene Ära zurückzublicken, ob das nun Griechenland oder Rom oder die fünfziger Jahre sind.«

»Goldene Zeitalter, die nie existierten«, bemerkte Ardeth.

»Nein. Für Griechenland oder Rom kann ich nicht sprechen, auch nicht für die fünfziger Jahre, aber ich kann dir versichern, daß ich oft den Mund halten mußte, wenn irgendein selbsternannter Experte in glühenden Farben eine Zeit beschrieb, von der ich aus Erfahrung wußte, daß sie erbärmlich und gewalttätig war.«

»Und was sagst du zur Gegenwart?«

»Sie ist nicht die Zukunft, die man prophezeit hat. Soviel steht fest. Aber ich bin auch nicht sicher, daß die Probleme dieser Zeit in irgendeiner Weise schlimmer sind als die der Vergangenheit. Das einzige, was man zugunsten der Vergangenheit sagen kann, ist, daß es damals sehr viel weniger Menschen gab, und daß all das Häßliche, was diese vielen Menschen bewirkt haben, keinen so großen Einfluß auf den Rest der Welt hatte.«

»Und die Zukunft?« fragte Ardeth, und Rossokow sah sie an.

»Wir müssen alles tun, was wir können, um zu erahnen, was geschehen wird. Um unserer eigenen Sicherheit willen. Darüber hinaus stelle ich keine Prophezeiungen an.« Damit beantwortete er die unpersönliche Frage, die er zu hören bereit war. Über das Schicksal der Welt konnte er mit Gleichmut sprechen. Ihre eigene Zukunft war eine ganz andere Angelegenheit. Er war dankbar, als sie zum nächsten Foto weiterzogen, einem einfachen Bild der Berge, das keine beunruhigenden Diskussionen auslöste.

Während sie so von einem Ausstellungsstück zum anderen schlenderten, sah Rossokow, wie Ardeth sich unter den anderen Besuchern der Galerie umsah. Er folgte ihrem Blick und registrierte die verstreuten Grüppchen von Menschen, die im Raum verteilt waren. Eine ungewöhnlich große Zahl von ihnen schien schwarze Kleidung vorzuziehen, und dann fiel ihm eine Frau mit unnatürlich kupferfarbenem Haar auf, und dann eine andere, der riesige Ohrringe vom Ohrläppchen baumelten. Ardeth sagte nichts, aber er spürte, wie sich die Spannung in ihr ein wenig lokkerte, als habe sie keine Angst mehr aufzufallen.

Als ob irgend jemand sie übersehen könnte, dachte er und musterte sie, als sie näher zu der Fotografie vor ihnen trat, um sie genauer zu studieren. Er wußte, daß sie sich nie für so attraktiv gehalten hatte, und daß diese Überzeugung die Verwandlung beeinflußt hatte, die sie nach ihrer Wiedergeburt durchgemacht hatte. Sie war jetzt vielleicht mit ihrem mitternachtsschwarzen Haar und ihrer Alabasterhaut eine beeindruckende Erscheinung. Aber wenn er an sie dachte, dann meist so, wie sie gewesen war, als man sie beide gefangengehalten hatte; das lange, blonde Haar, zerzaust und schmutzig; das Gesicht mit Staub und den Spuren ihrer Tränen verschmiert. Als er sie das erste Mal im Licht seiner wiedergewonnenen Zurechnungsfähigkeit deutlich gesehen hatte, hatte er gefunden, daß sie unsagbar schön war.

Als sie jetzt von dem Bild zurücktrat, legte er den Arm um ihre Schulter und gab ihr einen Kuß, ohne Rücksicht darauf, ob etwa jemand zusah.

Nachdem sie ihren Rundgang durch die Ausstellung beendet hatten, fanden sie den Weg, der nach unten in die Stadt führte. Wolken verwandelten den Himmel über ihnen in konturlose Dunkelheit, und Rossokow mußte erkennen, daß er in dieser Nacht nicht die Sterne bewundern würde. Aber neben seinem Sesel in der Wohnung wartete ein Stapel Astronomiebücher, die er sich in der Bibliothek besorgt hatte. Man konnte die Nacht schlimmer verbringen, dachte er, als in geselligem Schweigen zu lesen.

Trotzdem gab es noch Dinge zu erledigen, ehe sie die Stille ihrer Räume aufsuchten. Sie mußten mehr als eine Stunde suchen, bis sie einen einsamen Elch fanden, und als sie dann zu ihrem Apartment zurückkehrten, war es schon beinahe Mitternacht.

Als Rossokow von seinem Buch aufblickte, war es beinahe vier Uhr morgens. Ardeths Stuhl war leer, und in dem kleinen Badezimmer brannte Licht. Er stand auf und ging zu der offenen Tür, lehnte sich an den Türrahmen. Sie stand vor dem fleckigen Spiegel, die Schere in der Hand und stutzte sich das Haar. Sie war nur mit einem weißen T-Shirt bekleidet, das ihr bis auf die Schenkel hing.

»Ich bin sehr froh, daß das Haar so langsam wächst, wenn man tot ist«, bemerkte sie und schenkte ihm ein schnelles Lächeln, ehe sie sich wieder ihrem Haar zuwandte. »Sonst würden jetzt überall die blonden Wurzeln durchschimmern.« Sie seufzte, zerzauste sich die unregelmäßig geschnittenen Ponyfransen und sah ihn erneut an.

»Du bist schön.«

»Schmeichler.« Sie sah wieder in den Spiegel, und dann wurde ihr Gesichtsausdruck ernst, und sie schien ihr Abbild nachdenklich zu betrachten.

»Ich habe dir neulich ein Geschenk gekauft«, sagte sie dann plötzlich. »Warte, ich hole es dir.«

Sie schob sich an ihm vorbei, und er trat ins Bad, um sein eigenes Abbild im Spiegel zu betrachten. Er war recht froh, daß der alte Mythos nicht stimmte; es war ihm wesentlich lieber, sagen zu können, wie er aussah, selbst wenn er die meiste Zeit nicht viel darüber nachdachte. Einen Augenblick lang betrachtete er sein Abbild. Der Dandy, der er einmal gewesen war, damals vor hundertfünfzig Jahren in Paris, war er ganz sicherlich nicht mehr, aber er war auch nicht der schmutzige Landstreicher mit dem zerzausten Haar, unter dessen Maske er sich eine Weile in Toronto versteckt hatte. Trotzdem sollte er vielleicht sein graues Haar ebenfalls stutzen, damit seine Länge nicht zu sehr auffiel.

Ardeth schob sich hinter ihn und hielt ihm ein schwarzes Stoffbündel hin. Rossokow nahm es und schüttelte es auseinander. Einen Augenblick lang blickte er verwirrt auf die weiße Aufschrift. »Gefällt es dir? Ich war mir nicht sicher, deshalb habe ich es dir nicht schon früher gegeben«, erklärte sie mit einem Unterton von Besorgnis in der Stimme, und er mußte lachen, überrascht darüber, daß sie so besorgt war.

»Ja. *Dead People Are Cool.* Das gefällt mir.« Es gefiel ihm tatsächlich, obwohl er etwas überrascht darüber war, daß sie ihr spärliches Geld für eine Frivolität wie ein bedrucktes Hemd ausgab. Beinahe hätte er sie gefragt, weshalb sie es gekauft hatte, aber an ihrem strahlenden Lächeln war etwas, was die Frage in seiner Kehle ersticken ließ. Vielleicht war das auch eine Art von Flucht.

»Gut. Und jetzt setz dich hin, damit ich dir auch die Haare schneiden kann. Du siehst ein wenig zottig aus.«

»Werde ich das nicht mehr, wenn du fertig bist?«

»Ich weiß, daß das nicht gerade eines meiner Talente ist . . . dafür bin ich billig«, meinte sie, und er setzte sich auf die Wannenkante und ließ sich von ihr die Haare stutzen, die ihm über die Ohren und in die Stirn hingen. Ihr eigenes T-Shirt trug ebenfalls eine Aufschrift, stellte er fest. *Fear not – You can only die once.* Die Ironie der Aufschrift ließ ihn plötzlich frösteln und sich die Frage stellen, weshalb sie es gekauft hatte.

Er legte die Hände auf ihre Hüften und blickte zu ihr auf. Das weiße T-Shirt war sehr dünn; er konnte ihre Brustwarzen deutlich unter dem Tuch erkennen. Ihr Blick begegnete dem seinen, aber ihre Augen lagen im Schatten ihres Haares und deshalb konnte er nicht in ihnen lesen. Sie legte die Schere beiseite und strich ihm mit den Fingern durchs Haar.

»Dead People are cool – Tote sind kühl«, flüsterte sie.

»Ja, das sind wir doch, oder«, pflichtete er ihr mit leiser Stimme bei und erhob sich, während sie ihn küßte und hob sie in die Höhe, und sie schlang Arme und Beine um ihn, als er sie ins Schlafzimmer trug, und dann gaben sie sich alle Mühe, um zu beweisen, daß solche Sprüche mehr als nur Worte waren, daß Tote keine Angst zu haben brauchten.

Daß Tote ihnen genügten.

5

DRAUSSEN HERRSCHTE DUNKELHEIT.

Lisa Takara spürte, wie ihre Nackenmuskeln sich plötzlich anspannten, als eisige Finger über ihr Rückgrat tasteten. Nach all ihrem sorgfältigen Planen, all dem, was sie sich vorgenommen hatte . . . war es draußen dunkel.

Die Fachbereichssitzung hatte lange gedauert, und dann hatte sie noch ein paar Versuchsergebnisse bearbeiten und sich damit auf das morgige Kolleg vorbereiten müssen. Und damit waren irgendwie die Stunden verronnen, und es war Nacht geworden.

Sie blieb an der Tür des Gebäudes des medizinischen Fachbereichs stehen und blickte durch die Glasscheibe auf den Parkplatz hinaus. Alles in Ordnung, sagte sie sich entschlossen. Dort draußen herrscht nicht die geringste Gefahr. Sie konnte in der Campus-Beleuchtung kleine Grüppchen von Studenten umhergehen sehen.

Lisa atmete tief durch und trat in die kühle Septembernacht hinaus. Den Aktenkoffer fest in der Hand, strebte sie auf ihren Wagen auf der anderen Seite des Parkplatzes zu.

Sie spürte, wie ihre Spannung sich bei jedem Schritt lokkerte. Das würde wie all die anderen Male sein, die sie in dem Monat, seit sie aus Toronto nach Vancouver zurückgekehrt war, diese Strecke gegangen war. Meist war es am Tage gewesen, aber die wenigen Male, wo es spät geworden war und die Nacht sie draußen erwischt hatte, war sie ungehindert nach Hause gekommen.

Aber vorsichtig zu sein, war schließlich nur vernünftig, sagte sie sich. Die finsteren Straßen zu meiden, wenn sie alleine war, und die Abende vorzugsweise im Haus ihres Bruders draußen in einem der Vororte zu verbringen – all das war nur vernünftig. Auch andere Vorsichtsmaßnahmen waren ihr durch den Sinn gegangen, aber sie hatte sich dagegen entschieden. Sie würde nicht ihre Stellung aufgeben, nicht die Stadt verlassen, nicht ihren Namen ändern. Sie würde nicht Knoblauch auf die Fenstersimse streichen und kein Kruzifix tragen.

Sie fuhr fort, vernünftig zu sein . . . aber da war ein anderer Teil ihres Wesens, der überzeugt war, daß all ihre Vorsichtsmaßnahmen, ob nun vernünftig oder nicht, am Ende nicht den geringsten Unterschied machen würden. Wenn die *yakuza*-Gangster sie töten wollten, dann würden sie es tun. Wenn die Vampire sie vernichten wollten, dann würden abergläubische Albernheiten wie Knoblauch und Kreuze sie nicht aufhalten können.

Und all das wegen einer Verpflichtung, die ihr Vater schon vor ihrer Geburt eingegangen war. Sie schob den Gedanken von sich, schuldbewußt, weil ihr Zorn einem Mann galt, der jetzt von einem Schlag halb gelähmt im Krankenhaus lag.

Du solltest ihn heute abend besuchen, sagte sich Lisa und war sich gleichzeitig bewußt, daß die Besuchszeit um sein würde, bis sie zum Krankenhaus kam. Sie hatte ihn schon zwei Tage nicht mehr besucht. Morgen dann, gelobte sie sich. Ganz gleich, was sonst ist, morgen abend fährst du hin.

Irgendwo hinter sich hörte sie jemanden rufen. Sie sah sich um, und ihre Schritte wurden automatisch schneller. Vor dem hell beleuchteten Eingangsportal sah sie, wie sich

Silhouetten bewegten und sich dann zu den Studentenhäusern hin entfernten.

Sie merkte, daß sie den Atem angehalten hatte, atmete aus und wandte sich dann mit einem leichten Lächeln wieder dem Parkplatz zu. Da stand ihr Wagen, wartete in einer halbleeren Reihe auf sie. Sie fand ihre Schlüssel und eilte quer über die Asphaltfläche auf den Wagen zu.

Der Schlüssel steckte im Schloß, als sie hinter sich das Ächzen einer Autotür hörte. Ihre Finger wurden zu Eis, und ihre Kehle schien sich zu verengen. Nicht hinsehen, dachte sie, als sie das Klicken des Schließmechanismus hörte. Bloß nicht hinsehen.

»Dr. Takara.« Es war eine Männerstimme, schroff und mit ausländischem Akzent. Lisa schob die Finger unter den Türgriff und hob ihn an. Sie mußte die Tür öffnen und einsteigen. Wenn sie sich nicht umdrehte, konnte sie im Wagen sitzen, ehe er sie aufhalten konnte.

Sie hörte einen Schritt, dann legte sich ein Arm mit einem schwarzen Ärmel um ihre Schulter, und eine breite braune Hand drückte gegen die Wagentür. »Bitte kommen Sie mit, Dr. Takara.«

Lisa schluckte einmal und drehte sich um. Der Mann hinter ihr trug einen schwarzen Anzug und ein weißes Hemd. Er war nicht größer als sie, aber viel breiter. Bodybuilder-Schultern und ein Schlägergesicht, dachte sie. Hinter ihm, eine Reihe von ihrem Wagen entfernt, parkte eine lange, schwarze Limousine. Die Fenster waren rauchig und undurchsichtig, aber die beiden vorderen Türen waren offen, und der Fahrer stand auf der anderen Seite des Wagens.

Wenn ich jetzt schreie, wird mich jemand hören? fragte sie sich, wagte aber nicht, sich umzusehen, ob jemand auf dem dunklen Parkplatz war. Kann ich sie so lange hinhalten, bis jemand kommt?

»Es tut mir leid«, sagte sie, und ihre Stimme klang atemlos und rauh. »Sie müssen mich mit jemand anderem verwechselt haben.«

»Bitte kommen Sie mit mir zum Wagen, Dr. Takara«, sagte der Mann, als ob sie nichts gesagt hätte. Seine Hand schloß sich um ihren Oberarm.

»Ich bin nicht . . .« Die Worte erstarben ihr in der Kehle, als sie scharf nach vorne gerissen wurde. Sie sah, wie die hintere Tür des Wagens sich langsam öffnete.

Der Schrei erreichte ihre Lippen, als die Hand des Mannes sich über ihrem Mund schloß. Er war hinter ihr, schob sie unwiderstehlich in den dunklen Innenraum der Limousine. Sie schlug um sich, bekam mit einer Hand den Rand der offenen Tür zu fassen. Ihr Fuß verhängte sich im unteren Türrahmen, glitt ab und rutschte auf den Asphalt. Jemand schob ihre Finger von der Tür und stieß sie dann in die wartenden Schatten hinein.

Die Tür fiel dumpf hinter ihr ins Schloß.

Sie fand sich hingestreckt zwischen den dick gepolsterten Sitzen, mit den Knien auf dem mit Teppich belegten Boden. Auf dem Rücksitz saß in der Mitte ein Mann, sein linker Fuß war nur Zentimeter von ihrer ausgestreckten Hand entfernt.

Wenn du etwas tun willst, dachte sie verzweifelt, mußt du es jetzt gleich tun, ehe der Wagen sich in Bewegung setzt. Aber was gab es zu tun? Sie konnte sich rückwärts gegen die Tür werfen, durch die man sie in den Wagen geschoben hatte, oder darauf bauen, daß sie an dem Mann vorbei die andere Tür erreichen konnte. Der Rücksitz der Limousine war durch eine Glasscheibe vom vorderen Teil abgetrennt, die beiden anderen Männer würden vielleicht überhaupt nicht bemerken, daß sie sich bewegt hatte.

Wenn du zu entkommen versuchst, erschießen sie dich

womöglich, flüsterte eine kalte Stimme in ihr. Das ist vielleicht die beste Wahl, die dir bleibt.

Der Wagen erwachte unter ihr dröhnend zum Leben, und sie schloß einen Moment lang die Augen. »Dr. Takara.« Sie blickte auf. Der hier war ein wenig älter, entschied sie, und sein Anzug sah teurer aus. Unter anderen Umständen hätte sie sein kantiges gutes Aussehen vielleicht sogar attraktiv gefunden. Im düsteren Licht konnte sie seine Augen nicht sehen. »Bitte, machen Sie es sich doch bequemer.« Er hob die Hand und deutete auf den Sitz ihm gegenüber.

Lisa arbeitete sich nach oben und ließ sich so nahe bei der Tür, wie sie es wagte, nieder. Sie griff nach ihrer Handtasche, aber er war schneller als sie. Er legte sie und ihren Aktenkoffer mit einem leichten Lächeln neben sich auf den Sitz, hinderte sie aber nicht daran, ihre Wagenschlüssel aufzuheben. Sie steckte sie ein und erinnerte sich dann mit einer Art amüsierter Belustigung, daß sie vor langer Zeit einmal in einem Selbstverteidigungskurs gelernt hatte, Schlüssel als Waffe einzusetzen. Das schien ihr ein schwacher Trost, aber trotzdem schloß sie die Finger um sie.

Ein Blick zum Fenster hinaus ließ sie erkennen, daß sie bereits im Begriff waren, das Universitätsgelände zu verlassen.

»Haben Sie keine Angst, Dr. Takara. Ich bitte Sie um Nachsicht für diese etwas ungewöhnliche Kontaktaufnahme, aber wir hatten den Eindruck, daß Sie uns ausweichen. Sie haben nie die Nummer angerufen, die mein Mitarbeiter, Mr. Moro, Ihnen angegeben hat.«

»Die habe ich verloren.« Lisa sah bewußt nicht auf ihre Handtasche, wo die schon etwas abgegriffene Visitenkarte mit Mr. Moros Nummer in ihrer Geldbörse steckte. Sie brauchte bloß zu lügen. Das sollte eigentlich ganz einfach sein. Sie hatte alle anderen auch angelogen; die Polizei in Toronto, die Reporter, ihren Vater. Um aus dieser ganzen Geschichte herauszukommen, brauchte sie bloß an ihrer Darstellung festzuhalten, ganz gleich, was auch geschah.

»Dann wäre das ja geklärt. Also, es ist ja noch nichts passiert. Sie können einfach mir sagen, was Sie ihm gesagt hätten. Wenn Sie seine Nummer noch hätten.«

»Wer sind Sie?«

»Mein Name ist Takashi Yamagata. Mr. Moro ist mein Angestellter.« Er beugte sich ein Stück vor, und seine dunklen Augen suchten die ihren. »Bitte, fangen Sie ganz von vorne an, Dr. Takara. Wir haben genügend Zeit, soviel Sie brauchen.«

Lisa holte tief Luft und erzählte ihre Geschichte erneut. Wie Mr. Moro sie aufgesucht und verlangt hatte, daß sie, um die alte Schuld ihres Vaters bei den *yakuza* abzutragen, als Immunologin für ihn tätig werden solle. Wie man sie auf das Dale-Anwesen gebracht hatte, und sie dort am Ende in das versteckte Labor gekommen war. Wie eines Nachts einer der Männer, in deren Gewalt sie sich befand, allem Anschein nach den Verstand verloren und einige der anderen Wissenschaftler getötet und anschließend das Gebäude in Brand gesteckt hatte. Sie hatte das Feuer als einzige überlebt. Sie hatte sich diese Darstellung so sorgfältig zurechtgelegt und sie weitgehend auf die Wahrheit aufgebaut und sie so oft erzählt, daß sie sie beinahe selbst glaubte.

»Ich weiß nicht, warum Sie sich für Havendale interessiert haben, und das ist mir auch gleichgültig. Ich habe nie irgendwelche Forschungsarbeiten für sie durchgeführt«, beendete sie ihren Bericht.

»Sie haben in all den Monaten nichts getan?«

»Die haben die ganze Zeit auf irgendwelche Versuchstiere gewartet, die wir studieren sollten, aber es ist nie etwas gekommen.«

»Man hat Ihnen nie gesagt, worum es bei den Forschungsarbeiten gehen sollte?«

»Ich glaube, es hatte etwas mit Langlebigkeit zu tun.« Sie riskierte einen weiteren Blick zum Fenster hinaus. Ein anonymes Stück Straße geisterte draußen im Licht der Straßenlampe an ihnen vorbei. Als sie wieder zu Yamagata hinüberblickte, hatte er sich in den Sitz zurückgelehnt, und sein Gesicht war wieder von Dunkelheit verhüllt.

»Ich würde gerne glauben, daß Sie mir die Wahrheit sagen«, sagte er nach einem längeren Schweigen.

»Wenn Sie mir nicht glauben, können Sie ja die Polizeiberichte in Toronto ansehen. Das ist Ihnen doch möglich, nehme ich an.«

»Das ist bereits geschehen. Sie könnten die Polizei auch belogen haben.«

»Warum sollte ich lügen? Ich war Althea Dale und ihrer Firma nichts schuldig«, meinte Lisa, bemüht, vernünftig und aufrichtig zu klingen. »Ich habe Ihre Organisation um meines Vaters willen aus den Polizeiberichten herausgehalten. Ich habe seine Schuld, so gut ich konnte, zurückbezahlt.«

»Ja, Ihr Vater. Ich höre, es geht ihm nicht gut.« Sie kämpfte gegen die Anwandlung von Panik an, die bei diesen Worten in ihr aufkam. Nein, es geht ihm nicht gut, dachte sie wütend. Er liegt im Sterben. Laß ihn in Frieden sterben. Sie leckte sich über die Lippen, sagte aber nichts, aus Sorge, ihre Stimme könnte sie verraten. »Aber Ihren Brüdern geht es gut und Ihren Neffen. Wenn einer von ihnen eine kleine Fahrt mit uns machen würde, würden Sie vielleicht eine andere Geschichte erzählen.«

»Falls Sie meine Familie bedrohen, erzähle ich Ihnen, was Sie gerne hören wollen. Aber das macht das auch nicht zur Wahrheit. Ich habe Ihnen heute die Wahrheit gesagt.«

»Dann sagen Sie sie mir noch einmal.«

Sie erzählte die Geschichte viermal, während die Limousine durch die Straßen von Vancouver und durch stille Straßen jenseits der Stadtgrenzen glitt. Bei jedem Mal wuchs ihre Zuversicht. Er stellte Fragen, schillernde, sich immer wiederholende Fragen, die darauf abgestimmt waren, sie unsicher zu machen und sich zu verraten. Aber es waren nicht die wirklich gefährlichen Fragen, die sie befürchtet hatte. Er machte Andeutungen auf die Dinge, denen sie aus dem Weg gehen wollte, aber er sprach sie nicht unmittelbar an.

Während sie redete, schlich sich allmählich eine verräterische Erleichterung in ihr Bewußtsein. In gewisser Weise war sie froh, daß dieser Augenblick endlich gekommen war, nach so vielen Wochen, die sie darauf gewartet hatte. Vielleicht würde das jetzt endlich das Ende des Alptraums sein. Sie machte sich bewußt, daß es keinen Sinn hatte, darauf zu vertrauen, und antwortete weiterhin sorgfältig und bedächtig und ließ sich weder von seinen subtilen Fragen oder ihrer eigenen Hoffnung ablenken.

Erst nach Mitternacht hielt die Limousine schließlich an. Lisa sah zum Fenster hinaus und sah ihren Wagen ganz alleine mitten auf dem Universitätsparkplatz stehen.

»Darf ich jetzt gehen?« fragte sie. Yamagata beugte sich vor, und ein Lichtschein huschte über sein Gesicht und erreichte seine schmalen, schwarzen Augen.

»Für den Augenblick. Aber ich denke, wir müssen uns noch einmal unterhalten.« Seine Hand griff nach vorne und erfaßte ihr Handgelenk, seine Finger umschlossen es. »Ich bin nicht unvernünftig, Dr. Takara.« Sein Griff wurde fester. Lisa biß die Zähne zusammen, um nicht zusammenzuzucken. »Ich brauche nur die Wahrheit von Ihnen, sonst nichts. Bitte machen Sie es nicht unangenehm für uns beide. Oder für sonst jemanden.«

Er hielt ihr Handgelenk noch eine Weile fest, bis der Druck seiner Finger sie dazu veranlaßte, schmerzerfüllt das Gesicht zu verziehen, ließ sie dann los und lehnte sich zurück.

Die Tür neben ihr öffnete sich. »Meine Sachen«, sagte Lisa, und Yamagata lächelte dünn und reichte sie ihr. Sie stieg mit allem Selbstbewußtsein, das sie aufbringen konnte, aus dem Wagen und ignorierte gezielt den Bodybuilder-Gangster, der ihr die Tür aufhielt.

Sie hatte die Hälfte des Weges zu ihrem Wagen zurückgelegt, als sie sich umzusehen wagte, in der Hoffnung, das Nummernschild zu erkennen. Aber die Limousine war bereits verschwunden.

Ihre Wagentür war nicht abgesperrt. Sie setzte sich hinter das Steuer, steckte den Schlüssel ins Zündschloß und ergriff mit beiden Händen das Steuer.

Yamagata war nicht sicher, ob er ihr glauben sollte oder nicht, soviel war offenkundig. Die Fragen, die er ihr nicht gestellt hatte, waren bedeutsam – entweder wußte er wesentlich weniger, als sie erwartet hatte, oder er hatte seine eigenen Geheimnisse und Angst, sie zu verraten.

Wie lange wirst du durchhalten können? fragte sie sich und wurde sich dann bewußt – aber auf eine Art und Weise, als beträfe das einen anderen Menschen –, daß sie am ganzen Körper zitterte und ihre Hände sich fest um das Steuer krampften. Wenn er Robert oder Derek bedroht oder einen von den kleinen Jungs . . . was wirst du dann tun? Was, wenn er die Worte ausspricht, die du fürchtest? Rossokow, Ardeth, Vampir. Wenn er so viel weiß, kannst du dann immer noch lügen? Kannst du ihm sagen, daß sie im Feuer gestorben sind und sicher sein, daß er dir glaubt?

Zitternd kämpfte sie gegen die in ihr aufsteigende Übelkeit an. Eine Fülle von Gefühlen wallten nacheinander in ihr auf: Angst vor Yamagata, die sich in Wut über ihren Vater wandelte, dann in Schuld und Sorge umschlug und sich schließlich wieder in Furcht zurückverwandelten.

Nach einer Weile atmete sie tief durch und zwang ihre Finger, sich zu lockern. Sie würde gründlich über das nachdenken müssen, was ihr gerade widerfahren war, und sich dann entscheiden, wie sie am vernünftigsten weitermachte.

Aber das würde später der Fall sein. Sie würde das später tun müssen. Im Augenblick konnte sie es nicht ertragen, überhaupt nachzudenken.

6

EIN SCHWARZES LOCH verschlingt alles, ein Allesfresser. Es definiert den ihn umgebenden Raum durch seinen Hunger. Es ist der Abgrund der Abgründe.«

Rossokow beschlich plötzlich ein schwindelerregendes Gefühl des Wiedererkennens. Der Drang nach Blut war häufig so gewesen, dachte er plötzlich. Etwas so Kleines, aber so dunkel, so allesverzehrend. Seine Existenz war durch seine Distanz von dem Punkt definiert gewesen, an dem die Kraft dieses seines unausweichlichen Bedürfnisses all seine Intentionen und Entschlüsse überwältigte. Und am Ende verschlang das Loch alles und führte es auf den kleinsten Bestandteil seiner selbst zurück, auf das Blut, und nur das Blut.

Und ist es jetzt anders? fragte eine dunkle Stimme in ihm. Wird es je anders sein?

Stirbt ein schwarzes Loch? Selbst wenn es das will?

Er legte das Astronomiebuch beiseite, mit dem er sich abgemüht hatte, und sah zu Ardeth hinüber, die, den Kopf über ein Blatt Papier gebeugt, ihm gegenüber in dem wackligen Sessel saß. Einen Augenblick lang sah er wieder die stille Doktorandin, die am Rand seiner Zelle gekauert und ihm ihre Lebensgeschichte erzählt hatte. So mußte sie ausgesehen haben, so viele Tage und Nächte vor jenem Morgen, an dem sie sie von der Straße holten, um deinen Hunger zu nähren, dachte er. Das ist es, was sie ihr weggenommen haben.

Das ist es, was *du* ihr weggenommen hast. Die stumme Anklage geisterte durch sein Bewußtsein, und er schob sie von sich. Es war ihre eigene Wahl gewesen, erinnerte er sich.

Dann blickte sie auf und lächelte, und das Schuldgefühl verflog. Ihr Haar war zwar anders, und ihre Augen ließen immer noch Spuren ihres wilden Initiationsritus auf den Straßen von Toronto erkennen, aber ihre Seele war doch ganz sicherlich noch dieselbe, sie hatte sich doch sicherlich in ihrem Kern nicht verändert. Das Lächeln verblaßte zu Neugierde, und er empfand einen leichten Drang, die plötzliche Unterbrechung seiner Lektüre bei ihr zu rechtfertigen. »Ich fürchte, mein Gehirn aus dem fünfzehnten Jahrhundert ist im Augenblick nicht fähig, weitere Wunder des zwanzigsten Jahrhunderts in sich aufzunehmen. Ich hatte daran gedacht, einen Spaziergang zu machen.«

»Wenn du einen Augenblick warten kannst, komme ich mit«, erbot sie sich und beugte sich wieder über ihr Papier, als er nickte. Einen Augenblick später gewann die eigene Neugierde in ihm die Oberhand.

»Was liest du?«

»Routendiagramme für einen der Kletterberge hier, wenigstens behauptet das der Mann, der sie mir gegeben hat.« Sie lachte und wedelte mit dem mit unverständlichen Strichen und Kritzeleien übersäten Blättern herum. »Ich bin sicher, sobald ich einmal dort oben bin, werden sie mir einleuchten.«

»Du gehst klettern? In den Bergen?«

»Ja, dort macht man das im allgemeinen. Ja, ich gehe klettern. Bei klarem Himmel und Vollmond wird es für mich wie Tageslicht sein. Ich möchte wenigstens eine richtige Kletterpartie machen, ehe wir hier weggehen.«

»Ich hatte immer den Eindruck, allein zu klettern, sei gefährlich«, sagte Rossokow vorsichtig und ohne auf den letzten Satz einzugehen. Sie zuckte die Achseln.

»Ja, das ist es wahrscheinlich.« Sie sah ihn an und lächelte. Es war, als flirte sie mit ihm. »Du könntest ja mitkommen.«

»Ich denke, das könnte es *noch* gefährlicher machen, nicht etwa weniger gefährlich«, meinte er mit einem schiefen Lächeln. »Aber übereile es nicht. Wir haben Zeit.«

»Bald wird Winter sein.« Die Worte hatten einen scharfen Beiklang, und Rossokow wußte, daß sie sich nicht mehr lange würde ablenken lassen.

»Die Kälte wird dir nichts ausmachen.«

»Das weiß ich.« Ihr Ton war jetzt scharf, und ihre ruckartige Geste ließ die Papiere rascheln. Das Schweigen war eisig, als ob ihre Worte Eis heraufbeschworen hätten, das jetzt die Zwischenräume zwischen ihnen füllte. »Wir können nicht hierbleiben.«

»Warum nicht?«

»Weil hier alles zu klein ist. Jeder kennt jeden, sobald die Touristen abgezogen sind.«

»Die Touristen werden in ein oder zwei Monaten wiederkommen, wenn die Skisaison beginnt.«

»Das reicht aus, daß jemand uns bemerkt.«

»Warum sollten sie uns bemerken? Diese Stadt wimmelt von Durchreisenden. Wir sind einfach zwei weitere davon. Wenn wir vorsichtig sind, wird niemand besonders auf uns achten.«

»Es ist aber gefährlich«, beharrte sie, und einen Augenblick lang fühlte Rossokow etwas hinter ihrer Hartnäckigkeit, irgendeinen geheimen Beweggrund, den sie ihm gegenüber nicht zugeben konnte.

»Und wenn wir hier weggehen, wo möchtest du dann, daß wir hingehen?« fragte er mild.

»Vancouver, New York, Europa. Ich weiß es nicht.«

»Du hast doch gesagt, daß wir ohne die entsprechenden Dokumente das Land nicht verlassen können.«

»Und? Kanada ist groß. Wie wär's mit Montreal?«

»Sprichst du Französisch?«

»Nein. Aber ich wette, du.«

»Ich spreche recht gut Pariserisch des neunzehnten Jahrhunderts, wenn auch mit einem Akzent, auf den die Leute mich stets hingewiesen haben. Ich bin nicht sicher, wie weit wir damit in Quebec kommen würden.«

Sie hieb mit der Faust auf die Armlehne ihres Sessels. »Es ist doch gleichgültig, wohin wir gehen. Laß uns einfach hier weggehen.«

»Hier sind wir sicher. Hier ist alles ruhig, Banff liegt weitab, und unsere Bedürfnisse werden erfüllt.«

»Aber teuer ist es hier. Wir haben kaum mehr Geld übrig.« Das stimmte, mußte er zugeben. Ihre kleine Barschaft war schnell zusammengeschrumpft. Jetzt hatten sie kaum mehr genug, um zu bleiben – und kaum genug, um wegzugehen.

»Wir kommen schon irgendwie durch. Die Welt wird morgen auch noch dasein, und am Tag darauf auch, und noch tausend Jahre, was wissen wir da schon. Wir haben

Zeit – zu entscheiden, was wir wollen. Sei nicht so ungeduldig, Kind.«

Sie fuhr aus dem Sessel hoch, die Schultern nach vorne gezogen, die Finger gekrümmt. »Sprich nicht so mit mir! Ich weiß, was wir sind ... und ich weiß, wann du mich mit Ausreden abspeist. Wir sind hier nicht sicherer, als wir es sonstwo sein würden. Vielleicht sogar weniger. Und was unsere Bedürfnisse angeht – vielleicht brauche ich noch eine andere Beschäftigung, ich meine, außer die Sterne zu betrachten und Elchblut zu trinken.« Die Worte kamen heiß und verächtlich aus ihr heraus. Und als sie ausgesprochen waren, stellte sie sich hinter ihren Sessel, als ob es ihr Kraft verleihen würde, ihn zwischen ihnen zu haben.

»Würdest du lieber etwas anderes trinken?« fragte er leise und sah zu, wie der Zorn in ihr zu Verwirrung verblaßte, als sie sich an den Sessel lehnte.

»Nein«, sagte sie schließlich. Doch er wußte, daß das eine Lüge war. Elchblut war nicht wie das Blut von Sterblichen. Es war so wie Schlamm im Vergleich zu Wasser, Haferbrei im Vergleich zu Kaviar. Aber man riskierte nichts dabei – nicht die Gefahr der Entdeckung oder jenes andere Risiko, das, von dem sie nicht sprach, weil die Sprache des Vampirismus anscheinend keine Worte dafür hatte. Das schwarze Loch nahm das Elchblut ... aber es konnte ihm keine Hitze abgewinnen.

»Ardeth.« Er zwang sich, den Namen mit seiner Stimme zu liebkosen, ihn süß und verführerisch klingen zu lassen. »Es ist doch erst einen Monat her. Allem Anschein nach sucht niemand nach uns, aber wir können nicht wissen, wie lange das dauern wird. Dies ist der letzte Ort, an dem jemand uns suchen würde. Wir sind hier sicher.« Rossokow sah, wie ihre Schultern sich lockerten, wie ihr Zorn sich unter der kühlen Vernunft seiner Stimme löste. Für einen Augenblick verachtete er sich dafür, daß er seine hypnotische Kraft gegen sie einsetzte, wußte, daß sie noch nicht die Kräfte in sich entwickelt hatte, die es ihr erlauben würden, ihm Widerstand zu leisten. Aber es war besser, als diese endlose Auseinandersetzung, redete er sich selbst ein.

»Tu das nicht!« herrschte sie ihn an. Sie blickte auf, und ihre Augen funkelten im Licht. »Mach das nicht mit mir, bloß weil du nicht mehr darüber reden willst. Wir müssen uns damit auseinandersetzen. Wir müssen Entscheidungen treffen.« Sie kam, wieder ermutigt, um den Stuhl herum und baute sich vor ihm auf. »Wir müssen entscheiden, was wir tun werden, wo wir als nächstes hingehen werden und wie wir an Geld kommen.«

Jede der Fragen bohrte sich wie ein Spieß in ihn, durchstach die schützende, kosmische Dunkelheit, in die er sich eingehüllt hatte. Und hinter jeder Frage lauerten hundert weitere: Wo würden sie die Papiere herbekommen, die sie brauchten, um zu reisen? Wie konnten sie Bankkonten eröffnen und Identitäten aufbauen, um sich in der Gegenwart zu schützen und um ihre Zukunft zu sichern? Was würden sie tun, wenn das Geheimnis ihrer Existenz bekannt wurde?

Für ihn war es nie so gewesen. Er hatte nie länger als zwanzig Jahre geschlafen. Und dann war er immer wieder mit einem Hort leicht umzutauschenden Reichtums aus seinem Versteck gekommen – Gold oder Juwelen – und hatte für sich einen Platz in der Welt gesucht und gefunden. Wenn sein Akzent und seine Kleidung seltsam und altmodisch gewirkt hatten, dann hatte ihm das gewöhnlich nicht geschadet. Häufig hatte er sogar Vorteile aus dem Reiz gezogen, den dieser subtile Unterschied erzeugte. Und dann hatte er sich mit der Zeit in der Welt akklimatisiert, die sich während seines Schlafes weitergedreht hatte, und hatte angefangen, für das nächste Mal zu sparen und zu planen, wo er sich wieder verstecken oder wohin er weiterziehen mußte.

Aber diesmal war ein Jahrhundert verstrichen. Diesmal war er mit nichts aufgewacht. Diesmal war er in einer Welt erwacht, die sich, wie es schien, in den Jahren seines Schlafes dramatischer verändert hatte, als in all den Jahrhunderten seit seiner ersten Geburt.

Es gab noch so viel an diesem neuen Jahrhundert, was er nicht wußte. Wenn er an ihre Zukunft dachte, dann warf das tausend praktische Fragen auf ... und sie erwartete von ihm, daß er die Antwort für jede einzelne davon hatte.

»Wir müssen uns damit auseinandersetzen«, beharrte Ardeth. »Wovor hast du solche Angst?«

Die Worte schwebten auf seiner Zunge, das Geständnis all seiner Unsicherheit, und doch war da etwas, was sie zurückhielt, irgendein Stolz, der sich zu Wut verbog und in den blinden Drang, ihren Fragen ein Ende zu machen, ihren Zweifeln an ihm, und zwar mit jedem Mittel, dessen es dazu bedurfte. Er faltete die Hände im Schoß und blickte zu ihr auf. »Wenn du mit meinen Entscheidungen nicht zufrieden bist, kannst du ja gehen. Du kannst jederzeit gehen.«

Er hörte, wie ihr Atem stockte, und blickte zu ihr auf, sah, wie ihr Gesicht blaß wurde, ihre Augen ihr Feuer verloren und zu einem weichen, verwundeten Braun schmolzen. In dem Augenblick wäre er beinahe aufgestanden, um sie in die Arme zu nehmen und die kalten, verächtlichen Worte zurückzunehmen.

»Und willst du das?«

»Nein.«

Nach einem langen, eisigen Schweigen beugte sie den Kopf und ging in das dunkle Schlafzimmer.

Rossokow saß reglos da und starrte den leeren Stuhl an,

den sie zurückgelassen hatte. Sie würde nicht gehen, soweit konnte er die Zukunft vorhersagen. Und außerdem konnte er vorhersagen, daß sie über kurz oder lang feststellen würde, daß er ihre Fragen nicht beantwortet hatte.

7

ES WÜRDE SCHÖN werden.

Ardeth blickte an der Klippenwand empor und lächelte. Der Mond, hell wie ein Scheinwerfer, ruhte über den Bergen hinter ihr und beleuchtete die Spalten und Rinnen über ihr. Sie ließ den Blick zwischen den Felsen und dem Papier hin- und herwandern, das sie in der Hand hielt, und Marks Plan machte zum ersten Mal Sinn. Sechs deutlich voneinander abgesetzte Kletterrouten, die sich an der breiten Ostwand des Tunnel Mountain nach oben schlängelten. Der kleine, gerundete Berg, der wie eine Miniatur der großen Felsgipfel rings herum wirkte, bildete die Ostgrenze der Stadt, und sobald sie einmal oben war, würde der Fußweg nach unten zu ihrer Wohnung nur mehr eine Kleinigkeit sein.

Kein Problem, sagte sie sich entschlossen.

Sie schlüpfte aus ihrer Jacke und stand in ihren schwarzen Kletterhosen und in ihrem Talisman-T-Shirt in der kühlen Herbstluft. Der kurze Fußmarsch zum Anfang der Klippe hatte ihr einen klaren Kopf verschafft, und ihr Körper fühlte sich lockerer und zugleich kräftiger an. Das Elchblut war heiß und belebend gewesen, und sie bildete sich ein, es habe sogar ihre kalten Muskeln erwärmt. Sie würde ohne die Sicherheit klettern müssen, die ihr entweder ein Oberseil oder jemand, der sie von unten sicherte, bot.

Tatsächlich würde sie sogar ohne die wenigen Geräte klettern müssen, die sie besaß – ganz alleine mit Seilen zu klettern, war technisch komplizierter, als nur mit seinen Händen und Füßen zu klettern. Aber zu ihrer Oberraschung hatte sie keine Angst. Sie bückte sich, um die Schuhe zu wechseln.

Etwas bewegte sich in den Fichten hinter ihr.

Einen wirren Augenblick lang dachte sie, es sei Rossokow, er sei doch gekommen, um ihr zuzusehen, aber dann wurde ihr klar, daß ihr Bewußtsein ihn schon vor langer Zeit und ihre Ohren ohne Zweifel überhaupt nicht gehört hätten. Sie drehte sich um und sah, wie der Lichtkegel einer Taschenlampe sich auf sie zubewegte, hörte das Knistern von sterbendem Gras unter sterblichen Füßen.

Ardeth beobachtete das tanzende Licht einen Augenblick lang, mehr neugierig als beunruhigt. Wer mochte da durch den Wald wandern? Ein Parkwächter vielleicht, der sie irgendwie gesehen hatte und jetzt kam, um ihr die Kletterpartie auszureden? Ein Tourist, der sich verlaufen hatte? Noch jemand, der vorhatte, den Tunnel Mountain im Mondlicht zu ersteigen?

Wer auch immer es war, sie war nicht an ihm interessiert. Sie bückte sich, um ihre Habseligkeiten aufzusammeln und schickte sich an, am Klippenrand entlang weiterzugehen. Dann knackte ein Ast, und sie hörte, wie jemand ganz deutlich »Scheiße!« sagte. Sie hielt inne. An der Stimme war etwas ... Plötzlich huschte der Lichtkegel über ihr Gesicht, und sie zuckte zurück, ihre Hand fuhr in die Höhe, um ihre Augen zu schützen.

»Ardeth? Sind Sie das?«

Er trat aus dem Dunkel der Fichten hinaus auf den kurzen, mit Steinen übersäten Hang, der zum Aufstieg führte. Sie stand auf, einen Augenblick lang gefangen zwischen

Erleichterung, Ärger und einer Anwandlung wilder, gefährlicher Freude.

»Tut mir leid, wenn ich Sie erschreckt habe«, entschuldigte sich Mark und schaltete die Helmlampe ab, die er zu seiner Orientierung benutzt hatte.

»Was machen Sie hier?«

»Ich dachte, bei *dem* Mond«, damit blickte er kurz zu der silbernen Scheibe über ihnen auf, »würden Sie herkommen. Ich habe eine Münze geworfen, um mich für eine Route entscheiden zu können.«

»Warum?«

»Ich habe Ihnen gesagt, daß es gefährlich ist, allein zu klettern, und das habe ich auch so gemeint.«

Einen Augenblick lang war sie zu überrascht, um etwas zu sagen. In der eingetretenen Stille nahm er seinen Rucksack ab und schnallte ihn auf. »Das schaffe ich schon«, sagte sie schließlich ein wenig verlegen.

»Natürlich werden Sie das. Haben Sie irgendwelche Ausrüstung mitgebracht?«

»Bloß meine Kletterschuhe.«

»Kein Problem. Ich habe ein Seil, einen zusätzlichen Sitzgurt und alles, was man an Gerätschaften braucht. Sie werden da Sachen rausnehmen, nicht hineinlegen. Und ehe wir anfangen, kriegen Sie von mir einen Blitzkurs in Klettergerät.« Er setzte sich und fing an, seine Wanderstiefel aufzuschnüren.

»Sie kommen nicht mit!«

»Allein können Sie hier nicht klettern. Das habe ich Ihnen schon gesagt . . . Ich bin dafür verantwortlich, daß Sie sich nicht den Hals brechen«, sagte er und schlüpfte in seine Kletterschuhe. Das war nicht der einzige Grund, das wußte Ardeth, als sie sich an das Café erinnerte. Seine Finger hatten in jener Nacht auch ihre Haut verbrannt.

»Mark, Sie brauchen nicht . . .« begann sie, plötzlich von

Angst erfüllt. Angst um seine Sicherheit, mehr als um ihre eigene. Angst, daß ihm eine Gefahr drohte, die schlimmer war als die Felsen, schlimmer als ein Absturz, wenn er mit ihr auf den Berg stieg.

»Doch. Keine Sorge, ich bin diesen Aufstieg öfter gegangen, als ich zählen kann. Und ich habe meine Kopflampe mitgebracht.« Er schob sich den Helm zurecht und hakte sich dann die Lampe an den Brustgurt.

Ich wollte ohnehin nicht alleine klettern, sagte sie sich und sah ihm dabei zu. Er wollte es ja so. Ich kann ihn ja schließlich nicht wegschicken.

Doch, das könntest du, erinnerte sie die geheime Stimme ihrer Macht. Wenn du es wirklich wolltest.

Aber das wollte sie nicht.

Mark führte bis zum ersten Standplatz, während sie von unten Seil ausgab und sich bereithielt, ihn zu sichern, falls er stürzen sollte. Sie überließ es ihm, den Aufstieg zu kontrollieren, entschied, daß seine Erfahrung wahrscheinlich mehr Gewicht hatte als ihre stärker entwickelten Sinne und bezweifelte ohnehin, daß sie ihn zu etwas anderem hätte überreden können.

Und dann, nur zu bald, war sie an der Reihe aufzusteigen, während Mark über ihr hing und das Seil nachzog.

Es war ganz anders als an der Kletterwand. Der Fels fühlte sich an ihren Fingern echt und rauh an, scheuerte an ihren Händen und Knien und ließ immer wieder unerwartete Griffe erkennen. Im Mondlicht war der Berg wie eine in eine schwarze und eine weiße Hälfte geteilte Welt mit allen Schattierungen von Grau dazwischen. Die Risse im Gestein schienen ihr die schwärzeste Dunkelheit, die sie je gesehen hatte, und an den Vorsprüngen glitzerte Diamantquarz.

Und trotz des Mondlichts, trotz ihrer Nächte in der Wand, trotz ihrer unsterblichen Stärke waren die ersten fünfzig Fuß beängstigend. Sie arbeitete sich Zoll für Zoll in die Höhe, zwang ihre Hände und Füße, sich zu bewegen und vermied es, nach unten zu sehen. Die Augenblikke, in denen sie innehalten und die Haken entfernen mußte, die er in die Felsspalten getrieben hatte, waren besonders qualvoll, während sie sich damit abmühte, sich eine gewisse Fingerfertigkeit zu erwerben, mit denen sie sie aus dem Gestein entfernte und sie an ihren Gurt hängte. Sie wußte, daß Mark ihre Unsicherheit spüren konnte, achtete aber nicht darauf und rief ihre Anweisungen so leger nach unten, als ob sie das schon seit Jahren gemacht hätte.

Was für Folgen ein Fehler haben würde, versuchte sie sich gar nicht erst auszumalen. Wenn sie stürzte und das Seil sie nicht hielt ... Ihr Vampirkörper mochte stark sein, aber ein Sturz auf die Felsen in der Tiefe könnte ihr ernsthaften Schaden zufügen. Was würde passieren, wenn sie sich das Rückgrat brach? Würde das ihr Tod sein? Aber selbst, wenn sie nur verletzt wurde, könnte das zu gefährlichen Folgen führen. Sie würde in ein Krankenhaus gebracht werden und dort mit der Entdeckung rechnen müssen. Mark würde sie sicher nicht dazu überreden können, keine Hilfe zu holen, und wenn sie schwer verletzt war, würde sie ihn auch nicht gewaltsam daran hindern können.

Hier gibt es nichts, wovor du Angst zu haben brauchst, redete sie sich ein. Ich kann nicht stürzen, dafür ist das Seil da, und – ich kann nicht sterben, ich kann nicht sterben. Die Worte tönten wie eine Litanei in ihr Bewußtsein, und nachdem sie fünfzig Fuß zurückgelegt hatte und nicht gestürzt war, nicht wieder gestorben war, begann sie an sie zu glauben.

Bei hundert Fuß spürte sie, wie sich allmählich ein Rhythmus einstellte, ein erstes Dämmern davon, wie das

Gefühl sein mußte, wenn man das gut machte, wenn man die Angst gebändigt, das bewußte Denken in den Hintergrund verdrängt und sich ganz der rauhen Felsfläche und dem behenden Spiel ihrer Muskeln hingeben konnte. Ihre Hand schloß sich über einem Griff, ihr Fuß stieß sie zum nächsten Griff in die Höhe, ihre Finger tasteten nach der Leiste, hielten sie fest. Das alles lief so glatt und leicht, daß sie unwillkürlich lachen mußte. Dann sah sie über sich Marks Gesicht, als der auf sie herunterblickte.

»Alles klar?«

»Ja.« Sie lachte wieder. »Ich glaube, jetzt bin ich dahintergekommen, warum Ihnen das Spaß macht.« Sein Lachen schwebte am Seil herunter und verband sich mit dem ihren.

Sie wechselten sich wieder ab, und Ardeth verankerte sich an den in den Fels eingelassenen Haken, die den zweiten Sicherungspunkt darstellten und ließ Mark klettern, bis der eine sichere Position gefunden und sie am Fels hinaufgezogen hatte, dem Mond entgegen, der über ihren Köpfen dahinsegelte.

Auf halbem Weg den Berg hinauf änderte sich alles.

Aus irgendeinem Versteck tauchten Wolken auf und tasteten mit langen Dunstfingern quer über die Mondscheibe. Während sie sicherte, hörte sie Mark über sich fluchen und dann das Klappern seiner Geräte, die an seinem Gurt hingen. Wieder fluchte er, und im selben Augenblick plumpste irgendetwas Dunkles an ihr vorbei. »Was ist denn los? Was war das?«

»Meine Lampe. Haben Sie eine mit?«

»Nein«, gab Ardeth zu. Dann herrschte lange Zeit Stille.

»Keine Angst. Das kriegen wir schon hin. Wir warten, bis der Mond wieder herauskommt.« Die Worte klangen beruhigend, aber der Unterton von Besorgnis in seiner

Stimme blieb ihr nicht verborgen. Sie fröstelte, obwohl ihr nicht kalt war.

Von da an bewegte er sich nur, wenn Mondlicht zu sehen war. Das ewige Anhalten und wieder Neubeginnen zerrte an Ardeths Nerven. Selbst wenn sie sicher in ihrem Sitzgurt an den Haken hing, fühlten sich ihre Finger auf dem Stein und dem Seil glatt und dick an, als wären sie voll Gedanken an Verrat. Ein Zittern fing an, sich in die Zwischenräume ihrer Wirbelsäule und zwischen die Muskeln ihrer Beine einzuschleichen. Sie blickte nach unten in die spitzen Äste und Zweige weit unter sich und dachte an spitze Pfähle, die darauf warteten, ihr unnatürliches Herz aufzuspießen.

»Ich steige weiter.« Marks Stimme lenkte ihren Blick wieder nach oben, wo er sich nach den nächsten Griffen hinein in das momentane Mondlicht streckte. Sie sah nicht, was dann passierte, hörte nur sein entsetztes Aufstöhnen und das Zischen des Seils in den Metallkarabinern, als er den stacheligen Armen des Waldes entgegenfiel.

Das Seil spannte sich ruckartig in ihren Händen, und ihre Muskeln klammerten sich fest. In dem Augenblick vergaß ihr Bewußtsein jede Sicherungstechnik und jedes Gewichtsverhältnis, was ihr Körper dann mit unnatürlicher Stärke kompensierte, dabei die Tatsache ignorierend, daß die Sicherungsplatte an ihrem Sitzgurt schon lange zuvor das Seil an jeder weiteren Bewegung gehindert hatte.

Dann war es vorbei, und Mark baumelte ein Stück zu ihrer Linken über ihr. Er war mindestens zehn Fuß tief gestürzt, ehe ihn das Seil und der letzte schützende Haken, den er in die Wand geschlagen hatte, aufgefangen hatten. Sie konnte seinen rasselnden Atem hören, die eisigen Schweißtropfen auf seinem weißen Gesicht erkennen. »Mark?«

»Yeah. Alles klar. Keine Angst.« Die Stille zwischen den

Worten ließ sie hören, wie er seine eigene Angst niederkämpfte. Einen Augenblick lang dachte sie, sie könne seinen Herzschlag fühlen, ein schnelles Echo ihres eigenen, das im Stein widerhallte. »Bleiben Sie einfach, wo Sie sind. Wenn der Mond wieder herauskommt, steige ich wieder nach oben.«

Ardeth drückte die Stirn gegen den Stein und zwang mit schierer Willenskraft ihre Finger, den verkrampften Griff vom Seil zu lösen. Sie blickte zu der verräterischen Mondscheibe auf und sah zu, wie die dicksten Wolken langsam auffaserten und ein schwaches Netz über dem Antlitz des Mondes hinterließen. Sie hörte, wie Mark sich wieder in Bewegung setzte.

Er brauchte ein paar lange, mühsame Minuten, um die zehn Fuß zu seiner letzten Position zurückzuklettern. Als er sie erreicht hatte, hing er einen Augenblick lang in seinem Geschirr und atmete schwer. »Herrgott, ich hab's doch gewußt – ich hätte den Biwaksack mitbringen sollen. Wir werden die ganze Nacht hier draußen sein.«

»Es ist doch erst eins. Die Wolken werden bald verschwinden.« Sie sah, wie er sich etwas zur Seite beugte, um zum Mond aufzublicken.

»Wenn wir Glück haben. Wir werden noch eine Weile hier sein. Ich verankere uns hier. Keine. Sorge«, fügte er dann hinzu, als er ihren unsicheren Blick gesehen hatte, »Sie sind da gut angehakt. Das Seil und Ihr Sitzgurt tragen Sie.«

Ardeth nickte, und ihre Muskeln lockerten sich ein wenig. Dann ließ sie ihre Füße ein neues Gleichgewicht auf der schmalen Leiste suchen und lehnte sich dann in ihre Gurte zurück. Ihre Arme schmerzten von der Spannung, die von ihren Knochen ausstrahlte, und sie zwang sich, sie vom Seil zu lösen und sie an der Seite herunterbaumeln zu lassen.

»Also, wie gefällt es Ihnen denn bis jetzt?« fragte Mark

locker, und sie lachte und blickte zu ihm hinauf. Er hatte sich in seinem Sitzgurt entspannt und stemmte jetzt die Füße ein, während er über die Schulter zu ihr heruntersah.

»Warten Sie, bis wir oben sind, dann sage ich's Ihnen.«

»Aber Sie müssen doch zugeben, daß die meisten Leute sich nicht so viel Mühe machen würden, bloß um mit einem Mädchen allein im Mondlicht zu sein.«

»Jetzt sagen Sie bloß nicht, daß Sie den Sturz getürkt haben«, konterte Ardeth.

»Nein, der war echt.« Sie fing seinen kurzen Blick nach unten auf. Er sah sie an und ignorierte resolut die Dunkelheit unter ihnen. »Da wären wir also. Warum erzählen Sie mir nicht ein wenig über sich?«

»Warum?«

»Weil es die Zeit vertreibt. Weil ich es wissen möchte.« Einen Augenblick lang zitterten die Worte wie ein Echo in Ardeths Bewußtsein. Sie hörte, wie ihre eigene Stimme sie zu Rossokow sagte, tief im Alptraum ihrer Gefangenschaft.

»Also gut«, sagte sie schließlich vorsichtig. »Was wollen Sie wissen?«

»Wo kommen Sie her?«

»Toronto.«

»Was machen Sie in Banff?«

»Toronto hinter mir lassen.«

»Warum?«

»Das ist eine lange Geschichte.«

»Das wird auch eine lange Nacht.«

»Aber nicht *so* lang.« Ihre Stimme scharrte über das Felsgestein zwischen ihnen, scharf und plötzlich. Sie hinterließ einen Augenblick angespannter Stille, und dann sah sie, wie Mark die Achseln zuckte.

»Na schön. Was ist ihre Lieblingsfarbe?«

»Kobaltblau«, antwortete Ardeth nach einem kurzen Augenblick der Verblüffung. Der abrupte Wechsel in seinem Tonfall hätte sie beinahe so erschreckt, daß sie in der Vergangenheit geantwortet hätte, als ob ihre Vorliebe für bestimmte Farben mit ihrem Körper gestorben wäre. Einen absurden und zugleich beängstigenden Augenblick lang versuchte sie sich darüber klarzuwerden, ob sie das wirklich waren.

»Verdammt. Ich hätte auf Schwarz gewettet.« Das brachte das Gelächter zurück und stellte ihre Fassung wieder her.

»Jetzt bin ich an der Reihe. Wo kommen Sie her?«

»Brantford, Ontario. Geburtsort von Alexander Graham Bell und Wayne Gretzky. Ich habe übrigens als Junge mit ihm Hockey gespielt.«

»Wirklich? Sind Sie deshalb in Banff gelandet?« Jetzt war er mit Lachen an der Reihe.

»Eigentlich nicht. Obwohl es die Hockeyspiele ein wenig langweilig gemacht hat – das Team, das Wayne hatte, gewann jedesmal. Nein, ich bin vor etwa zehn Jahren hierhergekommen.«

»Warum?«

»Ich hatte ein Jahr auf der Universität studiert, hatte aber dann erkannt, daß das für mich nicht das Richtige war. Dann habe ich mir für den Sommer einen Job in British Columbia besorgt, Bäume pflanzen, und als das vorbei war, bin ich hierhergekommen.«

»Je daran gedacht, wieder dorthinzugehen?«

»Nie. Zu eben. Was hat Sie auf die Idee gebracht, es mit Klettern zu versuchen?«

Lügen huschten durch ihr Bewußtsein, leicht, glaubhaft. »Mein Leben ist im Augenblick sehr kompliziert«, erklärte sie schließlich. »Ich brauchte etwas Einfaches. Und weil ich es konnte.«

»Darüber habe ich mir den Kopf zerbrochen. Sie sehen nicht wie ein Klettertyp aus.«

Man erwartete eine Frage am Ende dieser Feststellung. Ardeth wußte, daß sie sie nicht fragen sollte, daß sie zu nahe an den Klippenrand des Flirts führte. »Nach was für einem Typ sehe ich denn aus?« Sie spürte das Gewicht von Marks Schweigen und wünschte, sie hätte den Mund gehalten.

»Das ist eine schwierige Frage. Sie kleiden sich wie ein Punk, aber Sie sind keiner. Sie sind sehr stark, aber ich weiß nicht wie. Mit anderen Worten: Sie sind mir ein Rätsel«, sagte er schließlich mit leiser Stimme, und Ardeth schloß die Augen. Sie spürte, daß ein Sturz auf sie wartete, der Anfang desselben verführerischen Drangs, zu springen, der sie manchmal überkam, wenn sie besonders hoch oben stand.

»Rätsel können gefährlich sein.« Die Warnung klang halbherzig, selbst für ihre eigenen Ohren.

»Das Klettern auch, das ist einer der Gründe, die einen dazu veranlassen.«

Dann fegte der Mond die letzten Wolken weg und tauchte die Klippe in silbernes Licht. Die Mechanik der Bewegung setzte wieder ein, und Geheimnisse und Verführung gerieten in Vergessenheit, während sie sich quer über die Felswand weiter nach oben arbeiteten. Der Mond verließ sie nicht wieder.

Zu guter Letzt zog Ardeth sich auf den schmalen Felsvorsprung hinauf, der den höchsten Punkt der Klippe bildete. Mark stand bereits da und blickte jetzt über das Tal zu ihren Füßen. Ardeth richtete sich neben ihm auf und folgte seinem Blick. Der Wald war eine silbern übersprenkelte Dunkelheit unter ihnen und führte zu den Lichtern des Banff Springs Hotel zu ihrer Rechten, das wie ein Märchenschloß aussah. Am Sulphur Mountain blinzelte in dem Restaurant über der Gondelstation ein Licht. Zu ihrer Linken verschwand das Tal in der Dunkelheit, die das eisige Band des Bow River in zwei Teile teilte. Über ihnen küßte der Mond den Rand der Berge, und die Sterne waren wie Diamantsplitter über den Himmel verteilt. Einen Augenblick lang war es, als stünden sie hoch genug, um sie zu berühren. Plötzlich fragte sie sich, ob Rossokow sie durch sein Teleskop sehen könnte, falls er in die Richtung blicken sollte. »Jetzt sehen Sie, weshalb ich nie zurückkehren könnte«, sagte Mark leise, und sie nickte, sprachlos von der Schönheit der Nacht.

Dann beugte er sich vor und begann das Seil einzurollen.

»Und jetzt?« fragte Ardeth.

»Jetzt setzen wir uns hier und genießen eine Weile die Nacht, bis es Zeit ist, wieder hinunterzugehen. Hinter uns ist ein schmaler Pfad, der zu dem Weg nach unten in die Stadt führt.«

»Wann geht die Sonne auf?«

»Gegen sieben.« Er sah auf die Uhr. »Genügend Zeit.«

»Ich muß vor Morgendämmerung zu Hause sein«, meinte sie unruhig und blickte automatisch zum östlichen Himmel.

»Ich auch. Ich muß um zehn zur Arbeit.«

»Was hätten wir getan, wenn der Mond nicht mehr herausgekommen wäre?« Solange sie an der Klippenwand gehangen hatten, hatte sie diese Frage verdrängt.

»Gewartet, bis der Tag dämmert.« Er registrierte ihr Schaudern mit einem fragenden Blick. »Wir hätten uns natürlich im Dunkeln abseilen können, wenn es unbedingt hätte sein müssen. Reagieren sie so empfindlich auf Sonnenlicht?«

»Ein wenig kann ich schon ertragen, hauptsächlich, wenn meine Haut bedeckt ist, aber so in der vollen

Sonne . . .«Sie deutete auf ihr T-Shirt. »Wir hätten uns abseilen müssen.« Sein Blick wurde wieder nachdenklich, und Ardeth bedauerte plötzlich, was sie gesagt und getan hatte. Er hatte vorher nichts zu ihrer leichten Kleidung gesagt, aber ihr war nicht verborgen geblieben, daß er fror, obwohl er ein Jackett trug. Sie machte Fehler, derer sich selbst ein Amateur schämen würde; sie würde vorsichtiger sein müssen.

Um ihn abzulenken, bewegte sie sich etwas zur Seite und lehnte sich an einen Felsbrocken, wobei Metall gegen Stein klirrte. Sie fing an, seine Haken und Karabiner von ihrem Geschirr zu lösen. Mark setzte sich neben sie und hakte seine Feldflasche vom Gürtel und setzte sie an. Als er sie ihr anbot, nahm sie zwei vorsichtige Schlucke von dem klaren Wasser.

»Also, was halten Sie von Ihrer ersten Kletterpartie?«

»Das war –«, Ardeth gab sich Mühe, die richtigen Worte zu finden, »was ich gebraucht habe.«

»Die Pause mit eingeschlossen?«

»Die kurzzeitige Pause mit eingeschlossen«, bestätigte sie und wich der Neugierde in seiner Stimme aus. »Und Sie?«

»Das war auch, was ich gebraucht habe. Um mir keine Sorgen machen zu müssen, ob ich Sie ausgeschickt hatte, sich den Hals zu brechen.«

»Sturz eingeschlossen?«

»Sturz eingeschlossen. Außerdem war das nicht gerade der schlimmste, den ich hatte.«

»Und wie war der?«

»Ich bin einmal am Mount Forbes abgestürzt und habe mir das Bein gebrochen. Das war natürlich beim Abstieg. Und dann bin ich auf dem Weg zurück ins Camp in den Fluß gefallen und habe mir eine Lungenentzündung zugezogen.«

»Klettern macht Spaß«, sagte sie, und er mußte über ihren zweifelnden Tonfall lachen.

»Ja, schon. Bergsteiger sind notorische Meckerer, sie beklagen sich dauernd, wie schlimm alles gewesen ist – kalt, naß, zu wenig Proviant, auf halbem Weg nach oben hängenbleiben – und dann gehen sie am nächsten Tag wieder in den Fels.«

»Warum tun sie es dann?«

»Aus unterschiedlichen Gründen, meine ich. Diese Art Klettern ist gut, wenn es einen plötzlich überkommt. Man braucht dazu Kraft, Gleichgewichtsgefühl . . . all das. Eigentlich ist es auch gar nicht so gefährlich, wie es aussieht. Nein, ernsthaft«, beharrte er, als er ihren zweifelnden Blick sah. »Die Wahrscheinlichkeit ist viel größer, daß man bei einer Bergwanderung in eine Lawine gerät und dabei umkommt, als daß man beim Klettern abstürzt. Die Art von Klettern ist mir die liebste, obwohl ich nicht oft dazu komme. Man muß im Fels, im Eis und im Schnee klettern. Beim richtigen Bergsteigen muß man stark *und* clever sein. Meist kommt es mehr auf das Urteilsvermögen als auf die Muskeln an. Und man ist der wirklichen Welt um so viel näher. Wenn man im Berg ist, sieht man die Knochen der Welt . . . nicht bloß ihre Oberfläche. Auf gewisse Weise sieht man auch die Knochen des Lebens. Die Dinge ganz in der Tiefe, die, auf die es wirklich ankommt.«

»Bevor einen eine Lawine erfaßt.«

»Das ist wohl ein Teil davon. Wir alle brauchen irgendeine Gefahr. Um uns daran zu erinnern, daß wir leben.«

Ardeth fröstelte plötzlich und erinnerte sich an ihre Nächte in den Straßen Torontos. Das habe ich mir auch gesagt, dachte sie. Daß ich die Gefahr war, die sie alle suchen. Schlimm für sie, wenn sie sie dann umbrachte. Gesichter zogen vor ihrem inneren Auge vorbei; der Straßenjunge, der bei ihrer ersten ungeschickten Mahlzeit gestorben war, der Millionärssohn, der in einem verlassenen Haus zu Tode gestürzt war, als er versucht hatte, der Wahrheit zu entfliehen, die er in ihren Augen entdeckt hatte. »Bis es uns umbringt.« Ihre Stimme klang hart und schroff.

»Ja, manchmal tut es das«, gab Mark zu. »Ich habe gute Freunde an die Berge verloren. Deshalb bin ich vorsichtig und gehe keine unvernünftigen Risiken ein.«

Die Ironie des Ganzen durchfuhr sie wie ein Blitz, ließ sie ruckartig aufspringen und um den Felsbrocken herum in die Finsternis der Bäume eilen. »Ardeth . . .« Sie hörte wie er aufstand, ihr folgte. »Ardeth, was ist denn?« Sie hielt sich am Stamm eines vom Wind zerzausten Baumes fest, kämpfte vergebens gegen das heisere Gelächter, das aus ihrem Hals drang. »Was ist denn so komisch?«

»Sie. Ich. Sie gehen das größte, unvernünftigste Risiko Ihres Lebens ein, Mark Frye, und Sie wissen es nicht einmal.«

»Was wollen Sie denn tun, mich in den Abgrund stoßen?« Das war ein schwacher, unsicherer Witz, der sie von dem Abgrund zurückholen sollte, den er nicht sehen konnte. Er hatte keine Angst *vor* ihr, begriff sie, er hatte Angst *um* sie. Das Mitgefühl machte sie wütend und zog sie doch zugleich an.

Sie konnte gehen . . . ehe die Anziehung zu stark wurde, ehe sie der Versuchung nachgab, die darin lag. Sie hatte bereits einer Verlockung nachgegeben, als sie zugelassen hatte, daß er mit ihr kletterte. Du hast es die ganze Zeit gewußt, flüsterte eine Stimme in ihrem Kopf. Du hast gewußt, was passieren würde, wenn ihr den Gipfel erreicht.

»Ardeth«, fing er wieder an, streckte die Hand aus, um sie an der Schulter zu berühren. Sie drehte sich um und sah, wie Sorge, Neugierde und Begehren über sein Gesicht zogen wie Wolken über das Antlitz des Mondes. Sie konnte die Hitze seiner Hand durch den dünnen Stoff ihres Hemdes spüren.

Sie sollte gehen ...

Aber es war zu spät. Sein Mund öffnete sich für ihren Namen und verlor ihn wieder, als sie ihn küßte. Ardeth spürte, wie sie sich ganz in Empfindung auflöste; rauhe Baumrinde an ihrem Rücken, das Kratzen seines Bartes an ihrer Wange, die vom Fels verhärteten Schwielen seiner Finger auf ihrer Haut. Sie gab sich dem hin, dem und der wartenden Hitze, die überall, wo ihr bloßes Fleisch sich begegnete, zu pulsieren begann. Eine große Leere hüllte sie ein.

Die Kletterausrüstung riß sie in die Wirklichkeit zurück. Die Haken und Schnallen, die für ihre Sicherheit bestimmt waren, ließen sich nicht öffnen, ohne wenigstens einen Teil ihres Bewußtseins zu beanspruchen. Wieder voneinander gelöst, schien dieselbe klare Erkenntnis auch ihn zu erfassen, und er löste sich ein Stück von ihr, als habe er zum ersten Mal Angst.

Ardeth dachte an Rossokow, der alleine in die Sterne starrte. Scham wallte in ihr auf, bitter und brennend.

»Es tut mir leid, ich . . .« begann sie und sah, wie Bestürzung die Neugierde und das Begehren in seinen Augen verdrängte. Als sie sich ganz von ihm löste, wußte sie, daß da sonst nichts war, was sie sagen konnte, keine Erklärung, die Sinn machen . . . oder etwas ändern würde. »Es tut mir leid.«

Sie wirbelte herum und tauchte in die Arme des Waldes ein, die sich ihr willkommenheißend entgegenstreckten, ließ Ausrüstung und Schuhe und Marks besorgte Stimme hinter sich und rannte den schmalen Pfad hinunter.

8

DIE STERNE KREISTEN über ihm, ohne daß er sie wahrnahm.

Rossokow stand über das Teleskop gebeugt da und sah zu, wie der Wind die vom Mond beleuchteten Fichten auf dem Gipfel des Berges zerzauste. Die Wand war von seinem Aussichtspunkt nicht sichtbar, deshalb konnte es nicht schaden, wenn er durchs Teleskop blickte. Die verdrehte Logik des Gedankens amüsierte ihn plötzlich. Wie leicht es doch war, auch seinen unvernünftigsten Handlungen Vernunft abzugewinnen. Er hatte sich geschworen, daß er sich nicht einmischen würde, daß er nicht wie eine Glucke aufpassen würde, wenn sein flügge werdender Zögling zum ersten Mal seine Flügel erprobte, oder vielleicht auch seine Klauen am Stein des Berges. Aber es war leichter, einen Eid zu leisten, als ihn zu halten. Das Echo seiner eigenen Warnung an sie hallte in ihm nach: »Wir haben eine Ewigkeit, um unsere Versprechen zu brechen . . . und einiges spricht dafür, daß wir das auch tun werden.«

Er richtete das Teleskop wieder nach oben, um die Flußläufe der Sterne der Milchstraße einzufangen, die über den Bergspitzen dahinströmten. Nach ihrem Streit hatte keiner von ihnen wieder etwas vom Abreisen gesagt. Wenn Ardeth bemerkt hatte, daß er ihre Fragen nicht beantwortet hatte, so war sie offenbar bereit, darüber hinwegzusehen. Sie jagten zusammen und genossen die wenigen nächtlichen Vergnügungen der Stadt und verschliefen den Tag eng umschlungen . . . aber der Schaden war angerichtet.

Mit Jean-Pierre war es nie so gewesen, dem einzigen anderen Vampir, den er gekannt hatte, vor mehr als hundert Jahren in Frankreich. Aber Jean-Pierre war nicht sein

Blutkind und nie sein Liebhaber gewesen. Sie konnten durch die Schönheiten von Paris schlürfen, ohne daß auch nur der Schatten der Eifersucht auf ihr Vergnügen fiel. Kein Sterblicher konnte an dem rühren, was sie miteinander teilten.

Es gab noch einen Vampir, erinnerte er sich; die kalte, schöne Frau, die sich im Winter 1459 irgendwie zu seiner tölpelhaften, schwarzen Kunst hingezogen gefühlt hatte. Aber sie war zwei Tage später den wahren Tod gestorben, ein Opfer des Pfahls und des Schwerts, von der Hand eines Priesters, in dessen Ohren Rossokows Worte hallten, die sie verraten hatten. Das war seine bittere Rache, entweder der letzte Akt eines verzweifelten Sterblichen oder der erste eines unmenschlichen Ungeheuers, und er hatte für sich nie entscheiden können, was es nun gewesen war. Aber was auch immer es gewesen war, für ihn hatte es bedeutet, daß er nie erlebt hatte, wie es zwischen Schöpfer und Geschöpf sein sollte, zwischen männlichem Vampir und weiblichem.

Und mit Ardeth war alles anders. Mit ihr war da ein solch wirres Geflecht von Verpflichtung und Begehren, Liebe und Angst, daß weder seine Vernunft noch seine Erfahrung es entwirren konnten. Wenn die Vernunft versagt, dachte er bedrückt, dann nehme auch ich meine Zuflucht zu gewundenen Erklärungen, so wie jeder andere gewöhnliche, sterbliche Mensch.

Rossokow seufzte und hob den Kopf vom Teleskop. Es hatte keinen Sinn, heute nacht länger in die Sterne zu blikken. Sein Bewußtsein hing heute fest an den Dingen der Erde und würde die Sterne nicht sehen. Das Wissen, daß das Licht, das seine Augen erreichte, Millionen Jahre alt war, erzeugte in ihm gewöhnlich ein Gefühl seltsamer Jugend; aber heute erwuchs dabei in ihm nur ein Gefühl der Einsamkeit.

Er kurbelte das Dach des Schuppens zu, schloß die Türen hinter sich und ging weg. Es war schon lange nach Mitternacht, und er ließ sich von den ersten Regungen des Hungers durch die stillen Straßen lenken zu den verlassenen Pfaden, die sich am Fluß entlangschlängelten. In den Wäldern außerhalb der Stadt würde es Elchblut geben, um die Bedürfnisse seines Körpers zu stillen, und die dunkle Reglosigkeit, die vielleicht eine Antwort auf die seines Geistes lieferte.

Dann trug der Wind ihm die Witterung von Blut zu. Sie war so schwach, daß kein Sterblicher sie wahrgenommen hätte, aber in seinen Sinnen explodierte sie förmlich.

Seine Füße verließen den Weg und zogen ihn zwischen den Bäumen auf das Licht zu, das durch den schützenden Schirm aus Fichten und Büschen leuchtete. Da war ein Drahtzaun zwischen den Bäumen, aber das Vorhängeschloß am Tor zersprang in seiner Hand, ehe er auch nur nachdenken konnte, warum er es tat. Nur ein Blick, versprach er sich. Nur um sicherzugehen, daß niemand verblutet ...

Durch die Äste sah er zwei Gestalten auf der dunklen Terrasse. Der weiße Mantel, den eine der beiden Gestalten trug, lenkte sein Bewußtsein auf das Neon-H über dem Gebäude. Es war das Krankenhaus der kleinen Stadt. Das erklärte also die Blutwitterung. Er wollte schon umkehren, aber dann sprach eine der Gestalten, und die Stimme ließ ihn stehenbleiben.

»Denk dir nichts, Leigh, er wird durchkommen.« Der weiße Mantel wurde zu einem Mann in mittleren Jahren, schütteres Haar. »Ist das dein erster Bärenüberfall?«

Rossokow dachte an den Bären, dem er eines Nachts, als er gejagt hatte, begegnet war. Sie hatten einander auf dem schmalen Pfad angesehen, und er hatte den schweren Schlag seines Herzens gefühlt, den üppigen Geruch von feuchtem Fell und das leise Schnüffeln seines Atems. Kleine Augen funkelten einen Moment lang, als der Bär den Kopf hob. Seine Vorderpfoten lösten sich vom Boden. Keine Beute hier, flüsterte Rossokows Bewußtsein ihm zu, als das riesige Tier wieder auf alle viere ging. Und auch keine Konkurrenz. Er ging höflich aus dem Weg, und gleich darauf trottete der Bär vorbei, sah ihn mit argwöhnischer Verachtung an. Er war nicht sicher, ob den Bären sein Wille, mit dem er auf das Tier zielte, oder dessen Desinteresse weitergehen ließ, aber er fuhr jedenfalls fort, seine stumme Botschaft auszusenden, bis er seinen schweren Tritt nicht mehr hören konnte. Als Sterblicher wäre es ihm gar nicht angenehm gewesen, ihm zu begegnen.

»Ja. Ich weiß schon, es hätte schlimmer sein können. Als wir die Blutung gestillt hatten und ich nähen konnte, war ja alles in Ordnung. Ich bin bloß –« Die Frau hielt inne, zuckte die Achseln. »Ich bin bloß die Nachtschicht noch nicht gewöhnt. Mein Körper meint immer, ich sollte schlafen.«

»Du wirst dich schon daran gewöhnen. Die heutige Nacht war ungewöhnlich. Das Schlimmste, was man hier bekommt, sind meistens Beinbrüche vom Skilaufen im Winter und Aufschürfungen im Sommer, wenn die Leute vom Fahrrad oder Motorrad stürzen. Nach deinem Einsatz in der Stadt wird das richtig langweilig sein.«

»Mit ein wenig Langeweile komme ich klar, das kannst du mir glauben.«

Der Mann lachte und sah auf seine Uhr. »Also, ich muß jetzt meine Runde machen. Kommst du mit rein?«

»Nein. Ich bleibe hier noch eine Weile sitzen. Vielleicht tut mir die Nachtluft gut und verschafft mir einen klaren Kopf.«

Nachdem der Mann in das Gebäude verschwunden war, setzte Leigh sich auf den Picknicktisch am äußeren Rand der Veranda und stellte die Füße auf die Bank. Kurz darauf sah sie sich gespielt gleichgültig um und griff dann in die Tasche. Rossokow sah, wie ein Streichholz in ihrer Hand aufflammte und sich dann in das schwache Glühen einer Zigarettenspitze verwandelte, die wie ein ferner Stern leuchtete. Beinahe unwillkürlich ertappte er sich dabei, wie er sie studierte.

Ihr Haar war braun und hinten ziemlich schlampig zu einem Knoten zusammengebunden. Ihr Gesicht war voll knochiger Kanten, was ihr einen Ausdruck der Stärke verlieh, den die Müdigkeit jetzt milderte. Ihre hockende Haltung verbarg einen Körper, der so wie ihr Gesicht war, dünn und stark. Sie sog lange und tief an der Zigarette und blies dann den Rauch dem wolkenverhüllten Mond entgegen.

Das Blut mußte an ihrer Krankenhauskleidung kleben, vermutete Rossokow. Oder die beständige Nähe hatte es in ihre Haut eindringen lassen und ihr ein Parfum verliehen, das nur die wahrnehmen konnten, für die es das Leben selbst war.

Du solltest jetzt gehen, sagte er sich. Die Nacht wartet. Jenseits der Lichter der Stadt gibt es Elche. Die sind genug.

Er log, so wie Ardeth gelogen hatte. Er erinnerte sich an ihre zornigen Vorwürfe und die Antworten, die er darauf nicht hatte. Er wußte nicht, was er mehr haßte, ihre Fragen oder seine eigene Unschlüssigkeit. Sie schien vergessen zu haben, daß *sie* das Kind dieses Jahrhunderts war, nicht er. Sie erwartete von ihm Lösungen, verließ sich darauf, als besäße sie nicht eigenes Wissen, als hätte sie bequemerweise den Verstand und die Fähigkeiten, die sie besaß, in Ruhezustand versetzt.

Vielleicht sollte er handeln, vielleicht würde das diesem Gefühl der Trägheit ein Ende machen, das ihn überkommen hatte. Er würde eine Entscheidung treffen, so wie

Ardeth ihn gedrängt hatte. Wenn es nicht die Entscheidung war, die sie erwartet hatte ... nun, dann war das wohl kaum seine Schuld.

Es erforderte keine Ewigkeit, um die meisten Eide zu brechen. Besonders diejenigen, die nie ausgesprochen worden waren.

Er trat einen Schritt zurück und lehnte sich an den Baumstamm, der da auf ihn wartete und schickte sein Bewußtsein auf die Reise.

Leigh senkte den Kopf, legte ihn etwas zur Seite. Langsam faltete sich ihr Körper auseinander, glitt vom Tisch und bewegte sich quer über die Terrasse. Die Zigarette fiel ihr vergessen aus der Hand. Rossokow sah, wie ihr Mund sich öffnete und sich dann über den Worten, die sie hatte sprechen wollen, wieder schloß.

Das Gebüsch raschelte rings um sie. Zweige und Äste knackten unter ihren Füßen. Als sie ihn sah, weiteten sich ihre Augen. Er sah die Angst in ihren Augen, aber sein Blick bezwang sie, lullte sie ein in einem grauen Nebel. Sie trat an ihm vorbei und blieb am Zaun stehen.

Dicht bei ihr übertönte die Hitze ihres Blutes die Witterung anderen Blutes, die ihn angezogen hatte. Er legte die Hände auf ihre Schultern und spürte, wie sie sich verspannten und zu zittern begannen.

»Wer sind Sie?« flüsterte sie mit verträumter Stimme.

»Niemand. Ein Traum. Ein Alptraum.«

»Ich muß gehen ...«

»Noch nicht.« Eine Hand verfing sich in ihrem Haarknoten, um ihren Kopf nach hinten und zur Seite zu ziehen. Die andere glitt über ihren Körper, ihre Brüste, hielt die Frau an der Hüfte fest und zog sie dicht an sich. Er bildete sich ein, er könne ihr Herz in seinem Käfig aus Fleisch und Knochen hämmern hören. »Du hast geschworen, Leben zu erhalten«, sagte er sanft an ihrem Ohr. »Erhalte meines.«

Sie gab einen leisen Laut von sich, als seine Zähne ihre Vene fanden, und dann streckte sie die Hand aus, um sich am Zaun festzuhalten. Er preßte sie dagegen, hielt sie fest, als ihre Hüften den seinen entgegenstrebten. Seine Hände schlossen sich über den ihren, preßten sie an den Draht.

Als er fertig war, flüsterte er an ihrem Ohr die Rituale des Vergessens und ließ sie dann los. Er sah, wie sie einen Moment gegen den Zaun sackte, und die ersten Fasern der Reue arbeiteten sich durch den süßen Nebel, den ihr Blut in ihm hinterlassen hatte. Rossokow nahm ihre Hand. Ihre Finger waren lang und dünn und zeigten jetzt Druckstellen von dem Drahtzaun. Er führte sie an den Rand der Bäume und schob sie dann sacht an, damit sie wieder zu der Terrasse zurückfand. In ein paar Augenblicken würde sie erwachen und ohne Zweifel ihre kurzzeitige Desorientierung ihrer Übermüdung zuschreiben.

Dann war er verschwunden, eilte schnell zum Weg zurück und dann am Fluß entlang zur Wohnung.

Über ihm hatte der Mond seine Schleier abgelegt und leuchtete silbern auf seinen Weg. Er blickte nicht auf. Ignorierte den wollüstigen Mond und die funkelnden Sterne. An ihrem uralten Licht war etwas, das zu bitter war, als daß er es jetzt hätte ertragen können.

9

ARDETH LEHNTE EINEN Augenblick am Treppengeländer und starrte auf die nackte Glühbirne, die die Eingangstür zu ihrem Apartment beleuchtete.

Geh schon, dachte sie und verlagerte ihr Gewicht von

einem schmerzenden, nackten Fuß auf den anderen. Geh schon hinauf, und bring's hinter dich.

Auf dem Nachhauseweg hatte sie sich nacheinander ein Dutzend Lügen zurechtgelegt, sie aber alle dann wieder verworfen. Weshalb sollte sie lügen? Sie hatte nichts Unrechtes getan. Eigentlich nicht. Und es war ein Bestandteil ihres neuen Lebens – wenn sie ihm nicht sagte, was vorgefallen war, wie sollte sie dann je lernen, sich damit auseinanderzusetzen?

Drei Häuserblocks von der Wohnung entfernt war ihr diese Schlußfolgerung richtig erschienen; jetzt, auf halbem Weg die Treppe hinauf, wünschte sie sich, daß ihr doch eine brauchbare Lüge eingefallen wäre. Als ob man ihn anlügen könnte, dachte sie und ging einen weiteren Schritt auf die Tür zu. Als ob er dich nicht ansehen könnte und dann die Wahrheit wüßte.

Ob er ärgerlich sein würde? Sie stieg einige weitere Treppenstufen hinauf. Nein, entschied sie, nicht ärgerlich. Er würde sie auf jene Art ansehen, die ihr das Herz zerriß: betrübt, mitfühlend, wissend. Er würde ihr verzeihen, und das würde ihr auf eine ganz eigene Art wehtun. Wenn dann die Erklärungen und das Schuldgefühl vorbei waren, würde nichts sich verändert haben. Und sie konnte nicht sagen, ob dieser Gedanke sie erleichterte oder sie wütend machte.

Sie war jetzt oben an der Treppe angelangt, atmete tief durch und versuchte die Wohnungstür zu öffnen.

Im Wohnzimmer herrschte Dunkelheit, die nur der schwache Schimmer des Mondlichts durchs Fenster erhellte. Rossokow saß auf seinem üblichen Sessel. Sie sah das graue Glitzern seiner Augen, als er den Kopf herumdrehte, um sie anzusehen.

Sie versuchte, nicht zu hinken, als sie das Zimmer betrat. Aber damit konnte sie ihn genauso wenig täuschen wie sich selbst, und er war so schnell aufgestanden und neben sie getreten, daß sie die Bewegung nur als einen verschwommenen Schatten wahrnahm. »Ardeth, was ist passiert?«

»Nichts.«

»Wo sind deine Schuhe?«

»Auf dem Gipfel des Tunnel Mountain, nehme ich an«, antwortete sie müde. Sie ließ sich in ihren Sessel sinken und griff nach oben, um das Licht einzuschalten.

»Warum hast du . . .« begann er, hielt aber inne, als sie einen Fuß ans Knie hob. Die Fußsohle war kreuz und quer von Schnitten durchzogen, aus denen träge Blut quoll. Stükke von abgestorbenen Blättern vermischten sich mit dem Schmutz auf ihrer Haut. »Ich hole Wasser«, schloß Rossokow und verschwand in die kleine Küche. Gleich darauf kam er mit einer Schüssel dampfendem Wasser und einem Handtuch zurück. »Kannst du die Füße da hineinstellen?«

Sie nickte und zwang sich dazu, es zu tun, war für die Hitze dankbar, die von dem Wasser ausging, einer Hitze, die jeden anderen verbrüht hätte. Trotz der Entschlüsse, die sie gefaßt hatte, war sie auf eine schuldbewußte Weise dafür dankbar, daß ihre Füße sie beide ablenkten.

Schließlich war er fertig und lehnte sich zurück und blickte zu ihr auf. »Du hast dir keinen ernsthaften Schaden zugefügt. Würde es dir jetzt etwas ausmachen, zu erzählen, was vorgefallen ist?«

»Ich bin klettern gegangen.«

»Das weiß ich. Bist du gestürzt?«

»Nein, nein, nichts dergleichen. Das Klettern war schon in Ordnung. Ich hatte einen Augenblick lang Angst, daß wir steckenbleiben würden, aber dann ist der Mond wieder herausgekommen.«

»Wir?«

»Der Kletterer, der mir die Tourenpläne gegeben hat. Er

hat mich an der Klippe gefunden. Wir sind gemeinsam aufgestiegen.«

Rossokow erhob sich plötzlich und ging dann zum Fenster hinüber. Als er den Kopf herumdrehte, glühte das Mondlicht hinter seinem Profil. »Und oben?«

»Wir haben geredet, über Risiken, die man eingeht, über die Verlockung der Gefahr. Es war dunkel und schön, und er wollte mich.«

»Hast du ihn getötet? Bist du deshalb weggerannt?«

»Nein, natürlich nicht. Ich habe nicht einmal von ihm getrunken.«

»Aber das hättest du können.«

»Ja, das hätte ich können«, gestand sie mit leiser Stimme und wartete. Auf seinen Zorn – oder seine Absolution. Auf irgend etwas. Sie glaubte ein Lächeln zu sehen, das über seine Mundwinkel huschte, ein Lächeln; dünn wie eine Schlange.

»Nun, du kannst dir ja sicherlich irgendeine passende Erklärung für deine jungfräuliche Flucht ausdenken. Schaden ist ja keiner angerichtet worden.«

»Kein Schaden . . .? Du meinst, es macht dir nichts aus, daß ich beinahe von ihm getrunken hätte?«

»Nein, solange du vorsichtig warst, nicht.«

»Ich hätte nicht bloß getrunken. Ich hätte mit ihm geschlafen.«

Rossokow blickte auf die schweigend daliegende Straße hinunter. »Solange du vorsichtig warst«, wiederholte er. Ardeth starrte ihn verblüfft an. Es war zwar nie ausgesprochen worden, aber sie wußte, daß einer der Gründe, weshalb sie sich darauf beschränkt hatten, sich von Elchblut zu ernähren, der war, daß sie einander treu bleiben wollten, daß sie die Liebe, die sie geben konnten, mit keinem anderen teilen wollten. Und er hatte sie stets davor gewarnt, ohne persönliche Beziehung von Sterblichen zu trinken, weil es das so leicht machte, in das grausame, raubgierige Monstrum abzugleiten, als das die Legende den Vampir sah. Sie konnte nicht glauben, daß er seine Meinung so plötzlich geändert hatte. Es sei denn . . .

Sie sprang auf und rannte quer durchs Zimmer, auf Füßen, die keinen Schmerz mehr spürten. Sie packte ihn am Arm. »Du hast es getan, nicht wahr?«

»Du hast schließlich doch recht behalten. Wir brauchen mehr als Elchblut«, antwortete er und hatte nur einen kurzen Blick für sie übrig, ehe er fortfuhr, die Straße zu betrachten.

Etwas Heißes, Schwarzes blühte in ihr auf, schoß aus den schlafenden Samen der Wut empor, die sie in jenen ersten einsamen Monaten als Vampir am Leben gehalten hatte. Diese Wut verdrängte gnadenlos ihre anderen wirren Empfindungen: Schuld, Schmerz und eine schamerfüllte, geheime Erleichterung. Sie klammerte sich an diese schützende Hitze, während sie ihn, die Hände in den Stoff seines Hemdes gekrallt, zwang, sich umzudrehen und sie anzusehen. »Du hast es getan. Ich habe einen Mann verlassen, der mich wollte, der alles für mich getan hätte, und unterdessen hast du das Blut eines Sterblichen getrunken. Warum hast du das getan?«

»Weil ich es wollte.«

»So ist das also? Du wolltest es?«

»Was willst du denn für eine Antwort hören? Ich wollte es tun. Ich habe es getan.«

»Wer war sie?«

»Das ist unwichtig. Sie hat mir nichts bedeutet.«

»Ja, das sagen wohl alle Männer, nicht wahr? Selbst Vampire.«

»Ja, selbst Vampire. Schließlich sind wir das ja. Vielleicht war es das, was zwischen uns nicht gestimmt hat. Wir haben versucht, wie etwas zu leben, was wir nicht sind.«

»Nun ja, du bist derjenige, der das wollte. Du bist derjenige, der all die schönen Reden gehalten hat, daß wir eine Lebensweise finden müssen, die keine Ungeheuer aus uns macht. Du hast gesagt, du möchtest, ich solle das lieben, was du wirklich bist.« Ihre Finger krallten sich immer noch in sein Hemd. Sie fürchtete sich vor dem, was sie vielleicht tun würde, wenn sie losließ, fürchtete sich davor, daß sie entweder blindlings auf ihn einschlagen oder weinend in seine Arme fallen würde. Oder beides. »Du warst es doch, der gesagt hat, wir könnten wählen, was wir sein wollen.«

»Dann habe ich mich eben getäuscht. Ich kann mich auch täuschen, wie du mir neulich nachts ja mit großem Vergnügen klargemacht hast«, fauchte er sie an, und dann legten sich seine Hände über ihre Finger und zogen sie weg. »Als ich sagte, daß wir Einzelkreaturen sind, war das vielleicht das einzige, was nicht gelogen war.«

Ardeth gab es einen Stich. Sie erinnerte sich deutlich an jene Worte, als er sie damals stehengelassen hatte, sie alleine der Nacht und ihrem neuen Hunger preisgegeben hatte. Zu ihrem eigenen Nutzen hatte er gesagt. Ganz gleich, was für Gründe er auch gehabt hatte. Er hatte sie verlassen, damit sie sich selbst mit ihrem Überleben auseinandersetzte. Und als sie schließlich den Weg dazu gefunden hatte, in einer ganz neuen Persönlichkeit, einer, die verführerisch und geheimnisvoll die Bars der Queen Street heimsuchte, war er zurückgekommen und hatte ihr alles wieder weggenommen. Er hatte den Intellekt und das Gewissen wieder in ihr geweckt, die sie in brutaler, rücksichtsloser Dunkelheit ertränkt hatte.

Nicht diesmal wieder, gelobte sie sich. Diesmal wirst du *mich* nicht einfach stehenlassen.

Sie ließ ihn los, zog die Hände zurück. »Vielleicht hast du recht. Vielleicht ist das das einzig Wahre, was du mir je gesagt hast. Und jetzt kannst du ja sehen, ob es stimmt.«

Sie ging ins Schlafzimmer, holte ihre Reisetasche und fing an, ihre bescheidenen Habseligkeiten hineinzustopfen. »Was machst du?« fragte er in der Tür.

»Ich gehe weg.«

»Wo meinst du denn, daß du hingehen kannst?«

»Ist das wichtig? Du vergißt, daß ich damals in Toronto sehr gut ohne dich zurechtkam.« Bei ihrer Suche in den Schubladen stieß sie auf ihren Geldvorrat; sie ließ ihm die Hälfte da, so wie er das in der Nacht ihrer ersten Trennung ihr gegenüber getan hatte.

»Du brauchst nicht zu gehen.« Zum ersten Mal hörte sie etwas anderes als eisigen Zorn in seiner Stimme. Sie hielt inne, hin- und hergerissen zwischen Hoffnung und Verachtung über die eigene Unfähigkeit, auch den schwächsten Andeutungen eines Auftauens seiner Kälte zu widerstehen. »Nimm dir einen Kletterer. Tu, was du willst. Hier gibt es genug für uns beide.«

Eine Augenblick lang versuchte sie es sich auszumalen. Versuchte sich das Leben als Vampir auszumalen, ein Leben, in dem die Menschen im Park statt seine Tiere ihre Opfer waren. Versuchte sich auszumalen, daß sie Mark haben konnte, und daß es Rossokow nichts ausmachen würde. Sich auszumalen, daß er seine geheimnisvolle Geliebte haben konnte und sie nichts spüren würde.

Aber das konnte sie nicht.

Auf halbem Weg zur Wohnungstür packte er sie am Arm. Sie spürte den Druck seines Willens, spürte, wie er in ihr Bewußtsein eindrang, versuchte ihre Füße an den Boden zu nageln und ihr Herz an seinen Befehl. Wut nährte ihren Widerstand, und sie entriß ihm den Arm. Als sie die Tür erreicht hatte, drehte sie sich um. Sie wußte, daß sie einfach weggehen konnte, aber sie wollte ihn verletzen, hoffte, daß die wütenden, verzweifelten Worte ihn so verletzen würden, wie sein Verrat sie verletzt hatte.

»Ich habe dir geglaubt. Ich dachte, du wüßtest, welche Bedeutung diese Existenz hat, dachte, du wärst soviel weiser als ich. Aber das bist du nicht. Du bist bloß ein verängstigter, müder, alter Mann.«

Dann rannte sie die Treppe außen am Haus hinunter, rannte über die Straße, rannte durch die Stadt. Obwohl sie wußte, mit einer Sicherheit wußte, die wehtat, daß er ihr nicht folgte, blieb sie doch erst, als sie den Highway erreicht hatte, stehen, um sich die Schuhe anzuziehen.

Als du weggingst,
wünschte ich mir, ich könnte diese endlose Straße
einrollen und zusammenfalten
und sie zu Asche verbrennen –
wenn ich bloß die Flammen vom Himmel hätte!

Lady Sano

10

LISA TAKARA HÖRTE das Rascheln von Stoff und dann das zischende Flüstern ihrer Schwägerin. Sie brauchte die Augen gar nicht aufzuschlagen, um zu ahnen, was geschehen war. Paul hatte sich nicht ruhighalten können, hatte seinen sechsjährigen Knabenkörper nicht einmal für fünf Minuten ruhighalten können. Und der Geistliche hatte wesentlich länger als fünf Minuten gebetet . . . das bestätigte ihr die Taubheit ihrer eingeschlafenen Füße.

Sie bewegte sich so diskret sie konnte, versuchte ihre Knie und Fersen zu entlasten, während sie mit ihrer Familie in dem Schrein kniete. Sie wußte, daß man auch von ihr erwartete, daß sie betete, daß ihr Bewußtsein, wenn nicht ihre Lippen die buddhistischen Gebete für die Toten widerhallen ließen. Aber es fiel ihr schwer, sich auf die Zeremonie zu konzentrieren. Doch für Angela mußte es noch viel schlimmer sein, denn ihr Japanisch war, gelinde gesagt, lückenhaft. Aber dann hatte ihre Schwägerin natürlich Paul, der sie beschäftigte.

Sie selbst hatte nur Erinnerungen. Sie versuchte sich auf die guten zu konzentrieren, die alten: Das Lächeln ihres Vaters, wenn sie ihm entgegenrannte, um ihn an der Tür ihres alten Hauses im Vorort zu begrüßen; die Süßigkeiten, die er ihr hinter dem Rücken ihrer Mutter zusteckte; seine mit Stolz erfüllten Augen, wenn er sie bei Schulabschlußfeiern beobachtete, immer wieder während ihres allmählichen Fortschritts durch die Highschool, die Universität und dann am Ende die Promotionsfeier. Aber hinter jeder dieser Erinnerungen erhob sich eine andere, jüngere Vision: ihr Vater in seinem dunklen Anzug, alt und würdevoll, sie den Tee ausgießend, und dann der Ärmel des Besuchers, der sich zurückschob, so daß man die Tätowierung an seinem Unterarm sehen konnte. Worte wie Schuld und Ehre, und dahinter angedeutete Drohungen, die so wie die Drachen auf Mr. Moros Handgelenk auftauchten und wieder verschwanden.

Lisa ertappte sich dabei, wie sie in den Ärmeln ihrer Jacke die Fäuste ballte. Dein Vater ist tot, und du bist es der Erinnerung an ihn schuldig, ihn dieses letzte Mal zu ehren. Er war ein guter Vater, und er hat dich geliebt. Ganz gleich, was am Ende geschah.

Der Rhythmus der letzten Gebete zog sie wieder in den Bann der Zeremonie, und sie schlug die Augen auf, ließ sich von dem Priester bei ihren letzten Verbeugungen leiten. Als ihre Brüder sich dann erhoben, stand sie ebenfalls auf. Gleich würde die Prozession am Sarg vorbei beginnen. Sie wartete hinter Robert und Derek, während jeder sich neben dem offenen Sarg verbeugte und eine Blume neben den Kopf ihres Vaters legte.

Dann war sie an der Reihe. Sie zwang sich, auf das reglose, leere Gesicht herabzublicken. Sie hatte all die höflichen Plattheiten der Trauernden gehört: Er sieht so lebendig aus, so friedlich, gerade als würde er schlafen. Nichts davon stimmte, oder wenigstens nur für die, die es so wollten, die das Wissen ignorierten, daß sein Körper schon jetzt im Zerfall begriffen war, während sie noch daneben standen, und daß seine Seele schon lange entflohen war. Keiner von euch weiß, wie der Tod aussieht, hätte sie am liebsten hinausgeschrien. Keiner von euch hat die leiseste Ahnung davon.

Flüstern irgendwo hinter ihr ließ sie erkennen, daß sie immer noch am Sarg stand. Sie beugte sich darüber und legte die weiße Chrysantheme nieder. Sie machte den Mund auf, um Lebewohl zu sagen, aber ihre Kehle erstarrte an den Worten. Sie schluckte und bewegte sich weiter.

Draußen vor dem Tempel, im Licht des Herbstnachmittags, atmete sie tief und versuchte, den Weihrauch und das wirre Durcheinander aus Betrübnis und Wut loszuwerden, das sie erfüllte. Jemand berührte sie am Arm, und als sie sich umdrehte, stand da eine alte Bekannte ihres Vaters, die ihr Mitgefühl und ihre Tränen anbot. Sie verbeugte sich vor der Frau, ihre Lippen formten Dankesworte, und dann tauchte sie selbst wieder in die Rituale des Leids ein.

Jetzt stand ihnen noch die Verbrennung bevor, dann das Zusammentreffen in Roberts Haus, aber die Trauergäste verweilten im Tempelgarten und zögerten irgendwie weiterzugehen. Lisa sah Gesichter, die sie erkannte: Freunde und Bekannte ihrer Eltern, einige ihrer Universitätskollegen, Nachbarn, und dann waren da auch andere, die sie nicht kannte, und sie ertappte sich dabei, wie sie die Gesichter sorgfältig studierte. Nicht die Weißen natürlich – die waren ungefährlich. Aber die Japaner ... Sie musterte die Männergesichter, als gäbe es dort irgendeinen Hinweis, eine Spur, die es ihr erlaubte, geheime Tätowierungen und Verbindungen mit der Unterwelt zu erkennen.

Sie fühlte sich schrecklich verletzbar, als würde die alte Welt, die die Gärten und der Tempel in ihr wachriefen, sie gepackt halten. Seit ihrer Rückkehr aus Toronto hatte sie sich bemüht, nur in der Welt des Hier und des Jetzt zu bleiben. Auf den Vorortstraßen in der Umgebung des Hauses ihres Bruders und in der weißen Sterilität der Universitätslaboratorien hatte sie sich sicher gefühlt.

Das hatte sie natürlich nicht retten können. Aber seit der Nacht, in der Takashi Yamagata sie verhört hatte, waren zwei Wochen verstrichen, und sie hatte nicht wieder von ihm gehört.

Hinter ihr sagte jemand ihren Namen.

Sie drehte sich um und sah eine junge Frau, die sie aus dem Schatten eines Baumes heraus beobachtete. »Dr. Takara«, wiederholte sie und trat ein Stück vor. Lisas Füße bewegten sich, ehe sie sich dessen bewußt wurde, brachten sie näher. Die junge Frau nahm die Sonnenbrille ab und lächelte. Sie hatte ein breites, freundliches Gesicht, das von schwarzem Haar in einem exquisiten Kurzschnitt gerahmt wurde. Ihr anthrazitfarbenes Kostüm war einfach und diskret, der Rock endete in dem Anlaß angemessener Länge über dem Knie. »Darf ich Ihnen mein herzliches Beileid zu Ihrem schweren Verlust aussprechen?« Ihr Englisch war klar und präzise, aber ihr Akzent verriet Lisa, daß sie keine in Kanada geborene und aufgewachsene Nisei war.

Lisa machte automatisch eine Verbeugung und sah, daß

die Frau ihre Geste erwiderte. »Vielen Dank. Haben Sie meinen Vater gekannt?«

»Nein, aber er stand geschäftlich mit der Organisation meines Chefs in Verbindung.« Lisa erstarrte wieder und verspürte plötzlich den Drang, sich umzusehen, die Schatten und Büsche nach der Gefahr abzusuchen, von der sie sicher war, daß sie hier lauerte. Aber das wagte sie nicht. Sie würden es ganz sicher nicht hier tun, machte sie sich klar und zwang sich, logisch zu denken. Nicht vor so vielen Leuten. Wenn sie sie noch einmal hätten befragen wollen, dann hätte es dafür tausend geeignetere Augenblicke als diesen gegeben. Und wenn sie ihren Tod gewollt hätten, dann hätte jene Nacht in der Limousine damit geendet, daß ihre Leiche im Hafen von Vancouver trieb.

»Ich bin sicher, daß Ihr Mitgefühl ihm gutgetan hätte«, sagte sie vorsichtig, plötzlich dankbar für die Formalitäten der Trauer.

»Mein Chef würde Ihnen sehr gerne sein Mitgefühl persönlich zum Ausdruck bringen.«

»Im Haus meines Bruders findet ein Empfang statt. Wir würden uns freuen, wenn er daran teilnehmen würde.«

»Er hat bedauerlicherweise andere Verpflichtungen. Er wäre sehr dankbar, wenn Sie sich heute abend mit ihm treffen könnten.« Ihre Stimme war höflich, aber Lisa konnte die stählerne Härte unter den unverbindlichen Worten hören.

»Das geht nicht.«

»Dann morgen.«

»Da bin ich leider auch schon anderweitig verabredet.«

»Bitte, Dr. Takara. Mein Chef ist ein sehr geduldiger Mann, aber einige von denen, die für ihn arbeiten, sind das nicht. Ich soll Ihnen sagen, daß er für Ihre . . . Besorgnis . . . Verständnis hat, und daß seine Methoden nicht dieselben sind wie die seiner Angestellten, denen Sie vielleicht schon begegnet sind. Es wäre ihm eine Freude, wenn Sie den Ort für das Zusammentreffen auswählen würden, damit Sie Gewähr für seine guten Absichten haben.«

»Ich kann ihm nicht mehr sagen, als ich dem anderen schon gesagt habe«, erklärte Lisa, der die vorsichtigen Umschreibungen und die höflichen Beinahe-Wahrheiten unerträglich waren.

»Möglicherweise nicht. Aber wenn Sie ihm auch die Wahrheit sagen, dann ist alles vorbei.«

»Wirklich?«

»Selbstverständlich. Mr. Fujiwara pflegt sein Wort zu halten. Sie haben von ihm nichts zu befürchten.« Sie griff in ihre Handtasche und streckte Lisa dann die Hand hin. »Hier ist seine Karte. Wir sind im Pan-Pacific-Hotel abgestiegen. Mein Name ist Akiko Kodama. Sie können mich anrufen und mir sagen, wo Sie sich mit ihm treffen wollen. Bitte haben Sie keine Angst, Dr. Takara.«

Dann verbeugte sie sich wieder und war gleich darauf verschwunden, eine schlanke, schwarze Gestalt, die mit klickenden Absätzen auf dem Plattenweg entschwand. Lisa starrte die weiße Visitenkarte an, die sie in der Hand hielt. Zwischen dem eingeprägten Symbol einer stilisierten Blume und einer Reihe japanischer Schriftzeichen stand ein Name: Sadamori Fujiwara.

Das erinnerte sie plötzlich an die andere Karte, die, die sie während des ganzen Alptraums in dem geheimen Labor bei sich getragen hatte. Die Nummer darauf hatte sie auch nie angerufen . . . Aber das hatte sie nicht aufhalten können.

Sie hörte, wie Dereks Stimme nach ihr rief. Sie steckte die Visitenkarte in die Handtasche und wandte sich dann wieder den Trauergästen zu, zwang sich, das Gesicht der trauernden Tochter aufzusetzen und zu vergessen, daß das letzte Vermächtnis ihres Vaters nicht Traurigkeit, sondern Angst war.

11

VOR IHR ENTROLLTE sich der Trans-Canada-Highway, zeigte wie ein langer, gerade Pfeil mitten auf das Herz des östlichen Himmels. Ardeth ging am Straßenrand entlang, hörte zu, wie der Kies unter ihren Füßen knirschte, und lauschte auf Fahrzeuge, die von hinten herankamen. Als sie das Zischen von Reifen auf dem Asphalt hörte, drehte sie sich in den grellen Lichtschein der Scheinwerferbalken und hob den Daumen.

Der Wagen brauste an ihr vorbei und trug seine Passagiere in ihrem Kokon aus Wärme und Behaglichkeit in die Nacht. Sie schob sich ihren Rucksack zurecht und ging weiter.

Den ersten Tag hatte sie in den Wäldern außerhalb von Canmore geschlafen und sich bei Einbruch der Abenddämmerung von einer Gruppe Universitätsstudenten bis Calgary mitnehmen lassen. Von dort hatten sie ihre Füße und ein weiterer freundlicher Autofahrer nach Saskatchewan gebracht. Ein Tag, den sie in einer halbzerfallenen Scheune verschlafen hatte, und jetzt war sie hier und marschierte durch die klare Prärienacht nach Osten.

Was Rossokow wohl tun mochte, überlegte sie. Sie ertappte sich dabei, wie ihre Gedanken immer wieder zu jener Frage zurückkehrten. An dem Schmerz herumtasteten, wie um sicherzustellen, daß er noch da war. Und das war er jedesmal, ganz dicht unter der Oberfläche ihres Bewußtseins lauerte er. Es lief immer gleich ab, sie stellte sich die Frage, und dann erfand sie in einer Aufwallung von Zorn Antworten, die alles nur noch schlimmer machten. Rossokow mit einer gesichtslosen Frau in den Armen, die Hände in ihrem Haar, den Mund auf den ihren gepreßt. Rossokow aus dem Handgelenk eines üppigen Körpers trinkend, der ausgestreckt in mondbeschiener Nacktheit auf dem Bett lag, das sie geteilt hatten.

Sie biß die Zähne zusammen und zwang sich, auf die Straße zu sehen, hütete sich davor, zu den flammenden Sternen am Himmel aufzublicken.

Du hättest in Calgary nach Westen gehen sollen, redete Ardeth sich erneut halbherzig ein. Dann wärst du jetzt in Vancouver und würdest am Wasser sitzen und zum Mond aufblicken. Aber irgend etwas hatte ihre Füße nach Osten gedrängt, und jetzt war es zu spät, es sich anders zu überlegen. Nach Hause, flüsterte eine innere Stimme, nach Hause, ich gehe nach Hause.

Zwei Stunden später war sie immer noch unterwegs. Der Mond brannte über dem Horizont. Ardeth erinnerte sich daran, wie er sie oben auf dem Berg gerufen hatte. Denk nicht daran, redete sie sich ein und machte ein Mantra daraus, das sie im Rhythmus zu ihren Schritten murmelte. Denk nicht daran. Die monotonen drei Worte brachten ihr eine Art Linderung, lenkten sie von ihren Spekulationen über das ab, was in den Räumen geschehen mochte, die sie hinter sich gelassen hatte.

Ein Motor dröhnte hinter ihr, und sie drehte sich ohne zu denken um, hob in der uralten Geste des Trampers den Arm. Aber der Wagen brauste an ihr vorbei, ohne auch nur seine Fahrt zu verlangsamen. Sie seufzte und ging weiter rückwärts, sah zu, wie ein fernes Scheinwerferpaar näherzog. Das war eine weitere Regel, die sie brach. Sie erinnerte sich daran, wie Sara und ihre Teenagerfreundinnen irrtümlich den Wagen ihres Vaters angehalten und dann den ganzen nächsten Monat lang jeden Samstagabend im Hausarrest verbracht hatten. Das Echo alter Warnungen flüsterte mit dem Wind von den Weizenfeldern in ihren Ohren. Trampen ist gefährlich, trampen konnte tödlich sein, konnte ein noch schlimmeres Schicksal als den Tod bringen.

Andererseits, dachte sie wehmütig, hatte sie schließlich nie Gefährlicheres getan, als abends einmal um den Block herumzugehen – und war das etwa ungefährlich gewesen?

Das Scheinwerferlicht füllte ihre Augen, blendete sie einen Moment lang. Sie hörte das Brummen eines Motors und das Knirschen der Reifen auf dem Kies. Dann drehte sie sich um und sah die Hinterseite des Pick-up-Trucks, der auf sie wartete, sah das Saskatchewan-Nummernschild zwischen den roten Augen der Heckleuchten. Ein kurzer Eindruck eines gebräunten Gesichts, blaßblaue Augen im Schatten einer Schildmütze, als der Mann sich zur Seite beugte, um die Beifahrertür zu öffnen. »Wo willst du denn hin?«

»Toronto.«

»So weit fahre ich nicht«, schmunzelte er. »Reicht Williamston?«

»Prima«, nickte Ardeth und stieg in den Truck. Trampen ist gefährlich, seufzte der Weizen ihr zu. Na und, flüsterte ihr Bewußtsein zurück. Gefährlich bin ich auch.

Er hieß Gord. Er war auf dem Rückweg in seine kleine Ortschaft, nach einem Wochenende, das er zu Besuch bei Freunden verbracht hatte. »Bloß gefeiert«, hatte er gesagt und ihren Füßen dann zwischen den zwei leeren und den vier vollen Bierdosen auf dem Boden Platz gemacht. Er war ein paar Jahre jünger als sie. Unter seiner Traktormütze sah sein zottiges braunes Haar aus, als könnte es eine Wäsche vertragen, und seine Kleidung, ein zerdrücktes T-

Shirt, ausgebleichte Jeans und ein schweres Flanellhemd, machten den Eindruck, als ob er darin geschlafen hätte.

In dem Truck roch es nach abgestandenem Bier und Zigaretten. Einen Augenblick kam die Erinnerung in ihr hoch, ließ alte Gefühle in ihr aufleben; der rauhe Teppichboden in dem Van an ihrer Wange, die Schmerzen in ihren gefesselten Handgelenken, ihre Wimpern an dem Tuchfetzen, den man ihr über die Augen gebunden hatte. Sie ballte die Fäuste, so daß ihre Nägel sich in ihre Haut bohrten, und tauchte in der dunklen Prärienacht wieder aus ihren Erinnerungen auf. Dann kurbelte sie das Fenster ein wenig herunter und atmete die kühle Nachtluft in sich hinein.

Denk nicht daran, redete sie sich ein. Wenn sie an die Entführung dachte, würde sie auch an ihre Gefangenschaft in dem dunklen Verließ denken. Und wenn sie daran dachte, würde sie an Rossokow denken.

»Rauchst du?« Die Stimme riß sie aus ihren Gedanken und lenkte ihre Aufmerksamkeit auf den Mann neben ihr. Eine Zigarette baumelte zwischen seinen Lippen, und er streckte ihr das Päckchen hin.

»Nein«, antwortete sie schnell und war ihm dankbar, daß er sie abgelenkt hatte. »Aber mich stört's nicht.«

»Kannst auch ein Bier haben, wenn du eines magst.«

»Nein, jetzt nicht, danke.«

Er stellte ihr oberflächliche Fragen und schien überhaupt nicht zu argwöhnen, daß die meisten Antworten, die sie ihm gab, Lügen waren. Dann verstummte er und nahm Zuflucht in dem lauten Plärren von Guns N' Roses auf seinem billigen Kassettengerät. Ardeth sah zum Fenster hinaus und betrachtete das Wogen der Felder im Mondschein.

Das Abrollgeräusch der Reifen änderte sich, als sie den Highway verließen, und ließ sie ruckartig aufwachen. Wo bin ich? fragte sie sich kurz verwirrt und nahm den Kopf von der Fensterscheibe, atmete abgestandene, rauchige Luft ein. Sie mußte eingeschlafen sein, von der endlosen eintönigen Szenerie in den Schlaf gelullt. Dann wußte sie es wieder: Der Highway, der Pick-up und der Weizen, der seine Warnung seufzte.

Sie drehte langsam den Kopf nach links und sah Gord an. Er blickte verstohlen zu ihr herüber. Sie sah, wie er seinen Zigarettenstummel durch das offene Fenster hinausschnippte. »Wo sind wir?«

»Bloß eine Abkürzung, weißt du . . .«

»Eine Abkürzung«, wiederholte sie und dachte an den Highway, der quer durch die Provinz verlief, zielstrebig und weder von Seen noch Bergen behindert. Etwas, das vielleicht Gelächter hätte werden können, drängte in ihr hoch, aber sie biß die Zähne zusammen, um es nicht zum Ausbruch kommen zu lassen.

»Magst du jetzt ein Bier?« Gords Stimme klang dünn und nervös, obwohl er sie etwas anheben mußte, um ein jammerndes Gitarrensolo zu übertönen.

»Ich trinke kein Bier«, antwortete Ardeth und mußte wieder ihr wildes Gelächter hinunterschlucken.

Der Kies unter den Rädern ging in die rauhe Oberfläche eines Feldwegs über, und dann ließen ausgefahrene Rinnen den Truck schwanken. »Nette Abkürzung«, stellte sie fest und sah durch das Fenster auf die endlose See aus Getreide hinaus, die sie umgab. Der Pick-up kam ruckartig zum Stillstand, und sie sah zu Gord hinüber. Seine Hände umklammerten das Steuer. »Warum halten wir an?«

»Du hast's doch nicht eilig, oder?« fragte er, beinahe als wolle er sich entschuldigen, aber sie konnte darunter eine dunkle Strömung von Zorn hören und die noch dunkleren Felsbrocken der Erwartung dahinter.

»'ne kleine Pause, du weißt schon. Einen Schluck trinken, ’ne kleine Party.« Es wäre leicht, dem zuzustimmen. Sie brauchte bloß zu lächeln und zu nicken und abzuwarten, bis er sich wieder genügend Mut angetrunken hatte und sich dann von ihm küssen und berühren lassen und dann ihre eigenen Bedürfnisse befriedigen, lange bevor er zu den seinen kam. Sie könnte ihm sogar genug Energie lassen, um sie in die nächste Stadt zu fahren. Sein Blut würde soviel besser schmecken, als das Kuhblut, an dem sie genippt hatte, ehe sie heute abend ihren Marsch auf dem Highway begonnen hatte.

Dann blickte sie zum Mond auf und dachte an Mark und den Berg und Rossokows fernes Profil im Mondschein. *Er* würde es tun, dachte sie bitter. Er würde die Gelegenheit nutzen, die ihm angeboten wurde und sich nichts dabei denken. Aber ich bin stärker. Ich habe Marks Blut aufgegeben und Marks Liebe ... und dieser blöde Bauerntölpel ist kein Ersatz dafür. Dieser blöde Bauerntölpel ist keine Rache.

»Nein. Bringen Sie mich zum Highway zurück.«

»Jetzt stell dich doch nicht so an. Bleib ein Weilchen.«

»Nein.«

»Also, ich bring’ dich nicht zurück. Nicht gratis. Du hast dir doch nicht eingebildet, daß ich dich umsonst mitnehme, was? Jetzt komm schon, ein Mädchen wie du auf der Straße. Du weißt doch Bescheid.« Seine Hand legte sich auf ihren Schenkel; sie bildete sich ein, durch ihre Jeans seinen Schweiß spüren zu können. »Komm schon, sollst auch Spaß dran haben. Trink ein Bier.«

»Sie haben nicht zugehört. Ich trinke kein Bier.« Ihre Finger schlossen sich über seiner Hand und zogen sie weg, spannten sich dabei langsam. Sie hörte, wie er unwillkürlich aufstöhnte und drehte sich zu ihm herum. »Und meine Art von Party würde Ihnen ganz bestimmt nicht gefallen, das können Sie mir glauben.« Sie lächelte ein breites Lächeln und wußte, daß ihre Zähne im Mondlicht weiß wie Eis waren.

Sie sah, wie widersprüchliche Empfindungen in seinen Augen miteinander kämpften: Ego, Aggressivität und eine schreckliche Sehnsucht, die jeder Vernunft widersprach, Schuld und Ansätze von Angst. Einen Augenblick lang dachte sie, daß sein Ego die Oberhand behalten und ihn weiter auf dem Weg treiben würde, auf dem er angefangen hatte. Daß sein Ego es ihm unmöglich machen würde, kehrtzumachen, bis sie allem ein Ende machte. Dann schien etwas in ihm zu zerbrechen, und sein Blick senkte sich.

»Jesus, laß mich los. Schon gut, schon gut, ich bring' dich zurück.« Er riß die Hand weg, als ihre Finger sich lockerten, und sie hörte, wie er »Miststück« murmelte, so leise, daß eine Sterbliche das nicht gehört hätte. Er fummelte mit dem Zündschlüssel herum, dann beleuchteten die Scheinwerfer den schmalen Feldweg vor ihnen. Ardeth beobachtete ihn, wie er rücksichtslos seinen Pick-up in das Weizenfeld zurücksetzte und dann in einem ungeschickten Bogen wieder zum Highway wendete.

Er sah kein einziges Mal zu ihr hinüber, bis sie die nächste Ortschaft erreicht hatten, und hielt dort an einer Ecke an. »Steig aus.«

»Gord.« Jetzt blickte er auf, konnte sich dem süßen, verführerischen Klang ihrer Stimme nicht entziehen. Er zuckte ein wenig zusammen, und dann begegneten seine blaßblauen Augen den ihren. »Du weißt doch, was die Leute sagen. Tramper mitzunehmen kann gefährlich sein. An deiner Stelle würde ich mir das merken.« Das war alles, was sie für die Frauen tun konnte, die nach ihr kamen. Eine Warnung, in die sie die ganze Überzeugungskraft legte, die sie besaß. Dann knallte sie die Tür zu und blickte den Rücklichtern seines Truck nach, bis sie an der nächsten Straßenbiegung verschwunden waren.

Ardeth sah sich um. Im Osten verhieß das erste Leuchten der Morgendämmerung den kommenden Tag. Jetzt war keine Zeit mehr, sich ein Versteck zu suchen; sie würde also etwas von ihrem Geld ausgeben müssen. Sie seufzte, zog sich den Rucksack zurecht und setzte sich in Richtung auf die Neonschrift des Motels in Bewegung, das hinter den Verkehrsampeln leuchtete, die im Ostwind in ihren Halterungen baumelten.

12

LISA TAKARA SASS im behaglichen Halbdunkel der Hotelbar, dankbar für die massive Holztrennwand, die hinter ihrem Rücken angebracht war und ihre Nische von der nächsten abgrenzte. Sie strich mit dem Finger an der Wand ihres Glases entlang und spürte, wie die kühle Feuchtigkeit ihre Haut belebte. Sie sah auf die Uhr.

Beinahe sieben.

Wieder sah sie sich im Raum um und musterte die Gesichter der Gäste. An dem Tisch vorne im Raum saß eine Anzahl Geschäftsleute, in der Nische auf der anderen Seite des schmalen Gangs zwei grauhaarige Frauen, und an der eigentlichen Bar drängte sich eine Gruppe junger Männer und Frauen. Alles sah beruhigend normal aus . . . so wie sie es geplant hatte.

Sie hatte die ganze Zeit gewußt, daß sie keine andere Wahl hatte, als sich mit Sadamori Fujiwara zu treffen. Aber sie hatte ihn hartnäckig bis zum dritten Abend nach dem Begräbnis ihres Vaters warten lassen. Als sie aus der Hotelhalle angerufen hatte, hatte sich Akiko gemeldet und nach kurzer Pause dem Treffpunkt in der Hotelbar zugestimmt, allerdings zehn Minuten nach dem vorgeschlagenen Zeitpunkt. Lisa war fest entschlossen, sich nicht überraschen zu lassen. Falls sie vorhatten, sie zu entführen oder sie gar zu töten, würde es ihnen nicht leichtfallen.

Aber sie würden es dennoch tun können, falls sie es wirklich wollten. Um das zu wissen, brauchte sie sich bloß an Takashi Yamagatas Augen zu erinnern und an seine Finger, mit denen er ihr Handgelenk gepackt hatte.

Sie blickte auf das Glas Mineralwasser, das sie in der Hand hielt und stocherte dann abwesend mit dem winzigen wie ein roter Degen geformten Cocktailspieß aus Kunststoff an dem Limonenschnitz herum, der im Glas schwamm.

»Takara-san?«

Ihr Kopf ruckte in die Höhe, und sie sah den kleinwüchsigen Mann, der an ihrem Tisch stand. Einen Augenblick lang sah sie ein breites Gesicht, Augen, die von einer Sonnenbrille verdeckt waren, und dann verbeugte er sich leicht.

»*Konbanwa.* Fujiwara Sadamori *desu.*«

»*Konbanwa*«, antwortete sie und forderte ihn auf, sich zu ihr zu setzen, deutete auf die gepolsterte Bank ihr gegenüber. Die japanischen Silben klangen in ihrem Mund seltsam fremd und unbeholfen. Sie hatte befürchtet, daß er nur Japanisch mit ihr sprechen würde und sie dann gezwungen wäre, sich durch das Gewirr aus Höflichkeit und Verpflichtung zu quälen, wo doch jeder Fehler ihr Leben bedeuten konnte.

»Vielen Dank, Dr. Takara. Ich wäre Ihnen dankbar, wenn wir Englisch sprechen könnten. Ich fürchte, meine Sprachkenntnisse sind ein wenig eingerostet, und ich bin für jede Gelegenheit dankbar, in der ich üben kann«, sagte er in makellosem Englisch. Einen Augenblick lang fühlte Lisa sich zwischen Wut und Dankbarkeit hin- und hergerissen. Er hatte ihr in vollendeter Höflichkeit erspart, in Japanisch für ihre Freiheit verhandeln zu müssen, aber sie wußte, daß er darauf hätte bestehen können, in seiner eigenen Sprache zu sprechen ... und daß sie jetzt bereits für diese Gefälligkeit in seiner Schuld stand.

»Selbstverständlich«, sagte sie schließlich und war erleichtert, als in diesem Augenblick ein Kellner neben ihr auftauchte.

»Zweimal das, was die Dame hat«, sagte Fujiwara, und der Kellner verschwand wieder. Lisa blickte über den Tisch und wünschte sich, der Mann würde seine Sonnenbrille abnehmen. Sie schien mehr als nur seine Augen zu bedekken und verwandelte irgendwie sein ganzes Gesicht in eine Maske. Sie konnte sein Alter nicht einschätzen. Sein Haar zeigte an den Schläfen graue Strähnen, aber sein Gesicht ließ keinerlei Falten erkennen, und seine Kinnpartie war fest. Sein grauer Anzug sah teuer aus, seine Krawatte auch, schwere Seide mit einem zarten Muster aus fliegenden Kranichen. An seinen breiten, kräftig wirkenden Fingern, die auf dem Tisch lagen, steckten keine Ringe. Sie warf unwillkürlich einen Blick auf sein Handgelenk, suchte unter den makellos weißen Hemdmanschetten nach einer Tätowierung, sah aber nichts.

»Vielen Dank, daß Sie sich bereiterklärt haben, sich mit mir zu treffen.«

»Hatte ich denn eine Wahl?«

»Selbstverständlich. Sie hätten beispielsweise zur Polizei gehen können. Aber wenn Sie das vorgehabt hätten, dann hätten Sie es getan, nachdem Mr. Yamagata Sie befragt hatte. Es hat mich in hohem Maße verwirrt, daß Sie das nicht getan haben.«

Beinahe hätte sie gefragt, woher er wußte, daß sie nicht bei der Polizei gewesen war, aber dann wurde ihr klar, daß das unwichtig war. »Ich hatte in Toronto genug mit der Polizei zu tun. Ich habe denen alles gesagt, was ich wußte. Und Mr. Yamagata habe ich auch alles gesagt, was ich weiß. Und jetzt möchte ich nur, daß man mich in Frieden läßt.«

»Für die Polizei in Toronto kann ich nicht sprechen, aber ich weiß, daß Mr. Yamagata Ihnen nicht glaubt.«

»Da kann ich nichts machen.«

»Aber ich. Wenn Sie mir vielleicht sagen würden . . .« Er verstummte, als der Kellner wieder auftauchte und ihre Gläser auf den Tisch stellte. Als er weg war, beugte Lisa sich vor und fing zu reden an. Sie dämpfte dabei ihre Stimme, ohne sich dessen bewußt zu sein, und erzählte ihm dieselbe Geschichte, die sie allen anderen auch erzählt hatte. Als sie fertig war, sah sie, wie um den Mund des *yakuza*-Führers ein schwaches Lächeln spielte, und dann nickte er nachdenklich. Sie griff nach ihrem Glas und nahm einen gemessenen kleinen Schluck. Fujiwara hatte sein Glas noch nicht angerührt.

»Nachdem Sie *mir* jetzt eine Geschichte erzählt haben, erlauben Sie mir jetzt bitte, daß ich *Ihnen* eine erzähle«, sagte er, nachdem ein langer Augenblick verstrichen war. »Vor etwa sechs Monaten sah ein ehrgeiziger junger Mann – wir wollen ihn Yamagata nennen – einen Hardcore-Pornofilm. Ohne Zweifel glaubten nur wenige Leute, daß das, was sie in dem Film gesehen hatten, mehr als nur gespielt war. Oder, falls dabei wirklich jemand getötet worden war, ob dann nicht wenigstens die Art und Weise des Todes irgendwie verfälscht war, weil das Ganze wie aus einem Horrorfilm aussah. Aber Mr. Yamagata hatte ein geschultes Auge und argwöhnte deshalb, daß alles echt war. Er verfolgte die Spur des Films zu den Leuten zurück, die ihn hergestellt hatten, Leuten, die im Dienst einer multinationalen Firma standen, die zugleich Partner und Wettbewerber der kriminellen Organisation waren, der der junge Mann angehörte. Als Gerüchte zu ihm drangen, daß diese Firma sich damit beschäftigte, Wissenschaftler einzukaufen oder unter Zwang in ihre Dienste zu pressen, fand er eine Möglichkeit, sich Zugang zu der Firma zu verschaffen. Die Tochter eines Mannes, dem seine Organisation einmal behilflich gewesen war und der deshalb in ihrer Schuld stand, war eine führende Wissenschaftlerin. Es bedurfte sorgfältiger Planung, aber er brachte es zuwege, daß diese Firma sie in ihre Dienste aufnahm. Er hörte einige Monate nichts von ihr. Dann, nach einer Nacht der Gewalt, tauchte sie wieder auf, als einzige Überlebende des Brandes, bei dem Havendale und all seine Geheimnisse zerstört wurden. Und als er sie befragte, ja, sie sogar bedrohte, behauptete sie, gar nichts zu wissen. Also wartet er, versucht sich darüber klar zu werden, ob der Pornofilm gelogen hat . . . oder ob sie gelogen hat. Und zugleich überlegt er, welches Risiko er bereit ist, in einem fremden Lande auf sich zu nehmen, um sie dazu zu bringen, ihm die Wahrheit zu sagen.«

»Und was haben Sie mit dieser ganzen Geschichte zu tun?«

»Ah, eine sehr gute Frage. Der junge Mann glaubt, daß der Leiter seiner Organisation nicht weiß, was er die ganze Zeit getan hat. Das ist natürlich nicht der Fall. Der *oyabun* weiß es . . . und ahnt auch die Gründe. Der *oyabun* übernimmt eine gewisse . . . Verantwortlichkeit, für das, was sein Mittelsmann getan hat. Und –«, der Mann lächelte plötzlich, ein kantiges Lächeln ohne jede Freundlichkeit, »der *oyabun* weiß jetzt, daß die Frau diejenige ist, die lügt.«

Lisa spürte, wie sich in ihrem Magen etwas verkrampfte. Ihre Wirbelsäule wurde plötzlich zu Wasser, und sie preßte sich mit aller Kraft gegen die Rückwand der Nische, drückte beide Hände flach auf den Tisch vor ihr. Sie durfte jetzt nicht in Panik geraten, nicht jetzt, wo sie klar und präzise denken mußte. »Weshalb sollte ich lügen?« fragte sie schließlich.

»Weil Sie Angst haben, daß man Ihnen nicht glaubt. Weil Sie Angst haben, daß man Ihnen glaubt. Oder vielleicht, weil Sie irgend etwas anderes noch mehr fürchten, als sie die *yakuza* fürchten.«

»Und wenn ich gelogen habe, weshalb sollte ich Ihnen dann die Wahrheit sagen?«

»Weil mein Interesse ... einmaliger Natur ist. Sagen Sie mir, Dr. Takara, glauben Sie an Vampire?«

Die Frage nahm ihr den Atem, drohte mit ihm ihren gesunden Menschenverstand mitzureißen. Nicht einmal Yamagata hatte das Wort ausgesprochen. Sie kämpfte um ihre Fassung und gewann sie mit einiger Mühe zurück. Es ist doch nur eine weitere Lüge ... und wenn du es richtig anstellst, dann ist es überhaupt keine Lüge, machte sie sich klar. »Vampire? Sie meinen europäische Grafen in schwarzen Umhängen, die sich in Fledermäuse verwandeln? Ich bin Wissenschaftlerin, Mr. Fujiwara, ich glaube nicht an Märchen.«

Er lachte plötzlich, ein leichtes, amüsiertes Schmunzeln. »Sehr geschickt, Dr. Takara. Nein, ich meine nicht ›europäische Grafen in schwarzen Umhängen, die sich in Fledermäuse verwandeln‹. Ich meine Vampire.«

»Ich glaube nicht an Märchen«, wiederholte Lisa. »Sie etwa?«

»Ja. Und Mr. Yamagata auch. Und deshalb sollten Sie mir die Wahrheit sagen.«

»Sie können glauben, wozu Sie Lust haben. Ich verstehe nicht, warum das etwas mit mir zu tun hat.«

Er lächelte nachsichtig. »Ich glaube außerdem auch, daß Sie eine äußerst intelligente Frau sind. Althea Dale war ganz eindeutig dem Wahnsinn verfallen ... aber Mr.

Yamagata und ich sind das nicht. Über kurz oder lang werden Sie sich sicherlich die Frage stellen, weshalb so nüchterne Geschäftsleute wohl an ›Märchen‹ glauben.«

Der eisige Hauch eines schrecklichen Verdachts schlich sich in Lisas Bewußtsein. »Also«, fragte sie, »warum glauben Sie an Vampire?«

Seine Antwort war ein kurzes Stakkato unergründlicher Worte, die wie Japanisch klangen, aber es irgendwie nicht waren. »Es tut mir leid, ich habe Sie nicht verstanden.«

»Am Herbsthimmel
schwebt der Mond über dem Wasser
betrachtet den stillen See:
Aber eine kleine Welle vom Ufer
verdeckt sein Bild.«

zitierte er und runzelte dann die Stirn. »Das ist nicht sehr gut übersetzt. Bedauerlicherweise bin ich, was spontane Poesie angeht, aus der Übung.«

»Was für eine Sprache war das?« fragte Lisa und kannte doch die ganze Zeit schon die Antwort.

»Japanisch. Das Japanisch meiner Jugend«, antwortete er und nahm die Sonnenbrille ab. Um seine Augen waren dünne Linien, faltige Haut, milchig wie Reispapier. Als sie in die schwarzen Tiefen seines Blickes starrte, mußte sie an ein anderes Augenpaar denken, rauchig grau und so alt wie sterbende Sterne. Die Augen eines Vampirs.

»Sehen Sie.« Die weiche Stimme holte sie in die Wirklichkeit der Hotelbar zurück. »Ich brauche nichts von dem Vampir, dem Sie in dem Dale-Labor begegnet sind.«

»Sie hätten mich zwingen können, es Ihnen zu sagen. Wann immer Sie wollten, hätten Sie mich dazu zwingen können«, flüsterte sie, und er lächelte. Das Lächeln ließ ihn wie einen wohlwollenden Buddha erscheinen.

»Natürlich. Aber ich bin ein alter Mann und weit über das Stadium hinaus, wo es mir Freude macht, jungen

Frauen Angst einzujagen. Und jetzt können wir vielleicht bezahlen und woanders hingehen. An einen weniger öffentlichen Ort, um dort unser Gespräch fortzusetzen.«

Sie nickte stumpf, immer noch benommen und sah zu, wie er den Kellner herbeiwinkte und den Rechnungsbetrag und ein großzügiges Trinkgeld auf dem Tisch hinterließ. Als er aufstand, wurde ihr zu ihrer Verblüffung bewußt, wie klein er war, nicht viel größer als einen Meter fünfzig. Solange er ihr gegenübergesessen hatte, war das dunkle Gewicht seiner Präsenz überwältigend gewesen. Ein verrückter Impuls, laut hinauszulachen, stieg in ihr auf, aber dann streckte er ihr die Hand hin, und die Anwandlung verflog wieder. Sie rutschte aus der Nische, ohne ihn zu berühren. Er schien davon nicht beleidigt, sondern ließ bloß die Hand fallen und führte sie aus der Bar in die Hotelhalle.

Während die Aufzugkabine sie in seine Suite hinauftrug, sagten beide kein Wort. Drinnen sah sie sich im Wohnzimmer um, suchte Akiko, sah aber keine Spur der jungen Frau.

»Sie ist nicht hier«, sagte Fujiwara.

»Ist sie . . .?« begann Lisa, hielt dann aber inne und erinnerte sich daran, wie die Frau im hellen Sonnenschein durch den Garten weggegangen war.

»Nein. Sie ist ebenso sterblich wie Sie. Bitte setzen Sie sich.« Er wies höflich auf die lange Couch, aber an der Geste war etwas Befehlendes, und sein Tonfall ließ keinen Zweifel daran, daß er seit langer Zeit gewöhnt war, daß man ihm gehorchte. Sie setzte sich und verspürte das erste Zittern der Angst, als er sich neben ihr niederließ, statt auf einem der Sessel Platz zu nehmen. »Und jetzt sagen Sie mir, was in Havendale wirklich geschehen ist.«

Zuerst kamen ihre Worte zögernd, stockend, dann brachen sie in einem wilden Schwall aus ihr heraus. Zum ersten Mal berichtete sie das wahre Ende der Geschichte: Die Entführung Sara Alexanders, wie Ardeth sich gestellt hatte, und wie dann Rossokow und Mickey gekommen waren, um sie beide zu befreien, ihre Entscheidung, den Vampiren bei der Flucht zu helfen, und dann, bevor das Feuer ausbrach, zu fliehen. Sie staunte, wie wenig die *yakuza* wirklich wußten. Fujiwara hatte nie von Ardeth gehört – nur Rossokow hatten sie in den Filmen gesehen.

»Woher wissen Sie, daß nicht alle in dem Feuer ums Leben gekommen sind?« fragte Fujiwara, als sie fertig war.

»Ich weiß, daß Ardeths Schwester, Sara, nicht gestorben ist. Sie tritt in einer Rockgruppe in Toronto auf, und ich habe Inserate gesehen, daß sie hier draußen spielen. Und wenn sie überlebt hat, dann gilt das sicherlich auch für die anderen.«

»Und der Polizei und Mr. Yamagata haben Sie von all dem nichts gesagt?«

»Wie konnte ich? Die hätten mich entweder für verrückt gehalten, oder das Ganze hätte wieder von vorne begonnen. Ich habe keine Lust, den Rest meines Lebens damit zu verbringen, in einem geheimen *yakuza*-Labor Ungeheuer zu erzeugen.«

»Ich glaube nicht, daß Mr. Yamagata das vorhatte«, gab Fujiwara zu. »Und ich glaube, daß vielleicht in dem, was Sie mir gerade erzählt haben, meinesgleichen gar nicht die schlimmsten Ungeheuer waren.«

»Nein«, gab Lisa zu. »Dimitri Rossokow hätte mich töten sollen, weil ich weiß, was er und Ardeth sind. Er hat mich leben lassen. Dafür stehe ich in seiner Schuld. Und jetzt, wo Sie die Wahrheit kennen – was wollen Sie jetzt damit anfangen?«

»Seit ich das letzte Mal jemanden meines Blutes gesehen habe, sind viele Jahre vergangen«, sagte er leise. »Sie können das die Sentimentalität eines alten Mannes nennen.«

»Und Mr. Yamagata?«

»Der wird Sie nicht mehr belästigen.« Die ruhige Zuversicht in seiner Stimme ließ sie bitter auflachen. Wie ein Vater, der seinem Kind verspricht, daß im Schrank keine Ungeheuer sind, dachte sie. Und dann fragte sie sich, ob sein Versprechen vielleicht genausoviel wert war, wie es das ihres Vaters einmal gewesen war. »Ich könnte mehr tun, wenn Sie das wünschen.« Sie blickte ruckartig auf und studierte sein glattes, faltenloses Gesicht und die uralten Augen. »Ich könnte die Lüge in die Wahrheit verwandeln.«

»Für mich, meinen Sie.«

»Für Sie«, bestätigte er. Sie dachte darüber nach, wie es wäre, das wiederzuhaben, was die *yakuza* ihr weggenommen hatten. Das war mehr als ihre Freiheit, mehr als ihre Sicherheit – sie hatten ihr ihre Sicherheit bezüglich der Welt weggenommen, ihren Glauben daran, das Universum rational zu verstehen. Wenn Vampire existieren konnten, dann war alles möglich.

»Wie?«

»Sie brauchen mir bloß in die Augen zu sehen. Das ist alles.«

»Dann werde ich vergessen?«

»Ja, dann werden Sie Rossokow vergessen und Ardeth. Und mich«, versprach er. Sie schluckte und zwang sich, ihn anzusehen. Die Augen in ihrem Bett aus faltigem Fleisch sahen schwarz und unergründlich aus. Es würde nicht schwerfallen, dachte sie distanziert, all die Alpträume und Erinnerungen und schrecklichen Zweifel in jenen lockenden Abgründen zu ertränken. Sie spürte, wie seine Hände sich über den ihren schlossen und ein Finger über ihr Handgelenk strich, der Vene folgte. Sie malte sich aus, sie stehe am Rand eines unergründlichen Teichs und spanne jeden Muskel im Körper vor dem langen Sprung ins kühle Vergessen an.

Wenn Vampire existieren könnten, dann konnte alles andere auch existieren.

Aber sie konnte ihre Augen nicht bewußt der Wahrheit verschließen. Sie konnte nicht so tun, als wäre das Universum weniger kompliziert als es war. Das hieße, alles zu leugnen, was sie glaubte.

Plötzlich wurde ihr bewußt, daß nicht das Wissen ihr Angst machte, sondern die Unsicherheit. Sie glaubte, daß Rossokow und Ardeth Vampire sein konnten . . . aber sie wußte es nicht. Sie wußte nicht, weshalb ihr das so viel bedeutete. Sie glaubte an Neutronen und Quarks und die Chaos-Theorie. Sie glaubte an dunkle Materie und Neurotransmitter. Sie glaubte an tausend Dinge, die sie noch nie berührt hatte und an vieles, das noch niemand je gesehen hatte. Waren Vampire da so etwas völlig anderes? Ihr Verstand sagte ihr nein, aber etwas anderes, tieferes widersprach.

»Nein, bringen Sie mich nicht zum Vergessen«, sagte sie schließlich. »Ich will *wissen*.« Etwas in den dunklen Augen flackerte wie halb erloschene Glut, die von einem Hauch Sauerstoff zu neuem Leben entfacht wurde. Er drehte ihre Hand in der seinen herum.

Sie beobachtete sorgfältig klinisch jede Empfindung: Das schwache, rote Glühen in seinen Augen, als er ihr Handgelenk hob, seine kühlen Lippen an ihrer Haut, den Augenblick des Saugens, das Zerren an ihren Venen, den kurzen scharfen Stich, das unbeschreibliche Gefühl, als ihr Blut ihren Körper verließ und in den seinen floß. Mit distanziertem Staunen spürte sie, wie ihr Herzschlag sich beschleunigte, wie ihr Atem stockte. Als der kurze Augenblick der Nahrungsaufnahme vorbei war, betastete sie die winzigen Male an ihrem Handgelenk und registrierte mit brutaler wissenschaftlicher Ehrlichkeit eine weitere Erkenntnis: Sie verspürte ein schier unerträgliches Gefühl der Erregung.

»Wissen Sie es jetzt?«

»Ja«, hauchte sie und griff sich an den Puls. »Jetzt weiß ich.«

13

ARDETH SCHLÄNGELTE SICH zwischen den vielen Fahrzeugen durch, die den Parkplatz des Restaurants füllten. Dort sind sie jetzt also alle, dachte sie amüsiert, all die Autos, die an mir vorübergefahren sind, ohne anzuhalten. Ihr kam die Raststätte in keiner Weise attraktiver als die vielen anderen vor, die sie auf ihrer Reise zu sehen bekommen hatte, aber vielleicht kam es auf die Lage an. Vielleicht stand dieses Restaurant genau an dem Punkt, den man in dem Augenblick erreichte, wenn man anfing, Hunger zu bekommen, ganz gleich wo man weggefahren war oder wo man hinwollte.

Ein kleines Frösteln überlief sie und machte ihr bewußt, daß sich in den Tiefen ihres eigenen Körpers auch eine Art Hunger regte. Sie hatte erst letzte Nacht von einer schläfrigen Kuh getrunken, aber allem Anschein nach befriedigte das noch weniger als Elchblut. Die vielen Meilen, die sie zu Fuß gegangen war, letzte Nacht und auch in der Stunde, seit sie aufgewacht war, hatten sie müde und reizbar gemacht. Sie hatte unruhig geschlafen, war immer wieder aufgewacht, weil sie sich im Keller des leeren Hauses, auf das ihre Wahl schließlich gefallen war, nicht sicher gefühlt hatte.

Auf der Speisekarte des Restaurants stand nichts, was ihr als Nahrung dienen konnte, aber vielleicht würde sie in dem überfüllten Lokal jemanden finden, der sie zur nächsten Etappe ihrer Reise mitnahm.

Als sie dann in der Schlange stand, sah sie sich unter den Fahrern um, die zur Wahl standen. Ein paar Lkw-Fahrer, Teenagergruppen aus irgendeiner der Nachbarortschaften, Familien mit müden, quengeligen Kindern, einsame Männer, die entweder zum Fenster hinaus oder in ihre Kaffeetassen starrten.

Das sah gar nicht gut aus, erkannte sie und seufzte und wünschte sich wieder, sie könnte einfach einen Bus oder die Bahn nehmen. Während sie durch die leere Nacht dahinschritt, hatte sie daran öfter als einmal gedacht. In einer der größeren Ortschaften hatte sie sich sogar die Fahrpläne angesehen. Aber beide Transportmöglichkeiten hatten sich als wesentlich teurer erwiesen, als sie erwartet hatte. Sie konnte es sich nicht leisten, selbst, falls sie bereit wäre, die damit verbundenen Gefahren auf sich zu nehmen: unkontrolliertem Tageslicht ausgesetzt zu werden, in der Öffentlichkeit schlafen zu müssen und damit verletzbar zu sein, und zu allem Überfluß kaum eine Gelegenheit, auf sichere Art und Weise Nahrung zu sich nehmen zu können.

An der Theke bestellte sie sich heiße Schokolade, um ihre Anwesenheit zu rechtfertigen, und ging sich dann einen Platz suchen. Die Nischen an den Wänden und Fenstern waren besetzt, und an den Tischen saß überall mindestens ein Gast. Sie musterte die Gesichter sorgfältig. Ein Mann fing ihren Blick auf und lächelte. Sie sah weg.

Da saß eine einzelne Frau, sie hatte ein aufgeschlagenes Buch vor sich auf dem Tisch. Sie konsumierte Pommes frites und tat dies mit automatischer Regelmäßigkeit: Ihre Gabel hob sie an den Mund, ohne daß ihr Bewußtsein, wie es schien, davon etwas zur Kenntnis nahm. Mitte Dreißig, vermutete Ardeth, nach den angedeuteten Falten zu schließen, die ihre Augen und ihren Mund einrahmten. Ihr Haar war braun und kurz gestutzt. Silberne Ohrringe mit grünen Perlen baumelten an ihren Ohren, verfingen sich beinahe in dem voluminösen blauen Pullover, den sie trug.

Ardeth sah ihr zu, wie sie wieder einen Mundvoll Pommes frites verschluckte, ohne dabei hinzusehen. So habe ich es auch einmal gemacht, dachte sie mit einem distanziertem *déjà vu*-Gefühl. Ich saß in Restaurants und aß alleine und nahm mein Essen kaum zur Kenntnis, weil ich dauernd gelesen habe.

»Macht es Ihnen etwas aus, wenn ich mich zu Ihnen setze?« Als sie Ardeth sprechen hörte, blickte die Frau auf.

»Nein, setzen Sie sich ruhig«, antwortete sie und wandte sich wieder ihrem Buch zu. Ardeth legte den Kopf etwas zur Seite, um den Titel erkennen zu können: *Der goldene Zweig*. Sie hatte das Buch vor langer Zeit gelesen, sie hatte damals für eine Semesterarbeit in Anthropologie recherchiert. Sie stellte die Tasse ab und überlegte, wohin die Frau wohl unterwegs sein mochte.

»So etwas sieht man Leute selten in solchen Restaurants lesen«, meinte sie schließlich, worauf die Frau aufblickte. Ihre blauen Augen blickten sie interessiert und zugleich vorsichtig an.

»Das ist für die Schule.«

»Sind Sie Studentin oder Dozentin?«

»Dozentin. Englische Literatur, Universität Winnipeg.« Ihr Blick huschte wieder in das Buch zurück, wandte sich dann aber doch Ardeth zu. »Und Sie?«

»Ich habe meine Doktorarbeit in Geschichte an der Universität von Toronto geschrieben. Merkt man das?« Die Frau lachte ein wenig.

»Eigentlich nicht. Aber wenn Sie dieses Buch kennen, dann liegt der Schluß nahe, daß sie auf der Universität waren.«

»Ja, viele Jahre lang«, gab Ardeth zu. Sie hatte lange nicht mehr über jene zehn Jahre nachgedacht. Die letzten sechs Monate war ihr jene Zeit ebenso fern vorgekommen, wie ihre frühe Kindheit.

»Haben Sie Ihre Doktorarbeit abgeschlossen?«

»Nein. Da ist etwas . . . dazwischengekommen.«

»Ich weiß, wie es ist. Ich habe auch fünf Jahre gebraucht, um die meine über das Drama in der Renaissance fertigzubekommen.« Sie klappte das Buch zu und streckte Ardeth die Hand hin. »Ich heiße Kate Butler.«

»Ardeth.« Ihren Familiennamen nannte sie nicht.

»Wo geht die Reise hin?«

»Zurück nach Toronto. Und Sie?«

»Winnipeg. Ich war zu Besuch bei meinen Eltern in Saskatchewan.«

»Wie weit ist es noch bis Winnipeg?«

»Ein paar Stunden auf dem Highway. Wollen Sie dort Station machen?«

»Das weiß ich nicht«, gab Ardeth zu und brachte es fertig, verlegen zu blicken. »Das kommt darauf an, ob mich jemand mitnimmt.«

»Sie trampen?« fragte Kate ungläubig. »Das ist ja nicht gerade die ungefährlichste Methode zu reisen.«

»Das dürfen Sie laut sagen. Aber ich muß nach Toronto zurück, und anders schaffe ich es nicht.«

»Also, bis Winnipeg kann ich Sie mitnehmen. Solange es Ihnen nichts ausmacht, mir ein paar Tips über den Englischlehrstuhl der University of Toronto zu geben.«

Ardeth lächelte. »Einverstanden.«

Eine Viertelstunde später waren sie unterwegs. Kates zerbeulter Honda summte dahin und übertönte beinahe die Musik von U 2 aus dem Kassettengerät. Ardeth hatte pflichtschuldig alles an Fakten und Klatsch berichtet, woran sie sich von der Universität erinnern konnte. »Suchen Sie dort eine Stellung?« fragte sie schließlich. Kate zuckte die Achseln.

»Langfristig habe ich das vor. Ich muß noch zwei Jahre warten, aber es kann ja nie schaden, wenn man sich auf dem Laufenden hält.«

»Warum geht es denn nicht früher?«

»Meine Eltern sind nicht mehr die Jüngsten«, antwortete sie nach einer Weile. »Meine Brüder und Schwestern wohnen zwar alle in der Nähe und kümmern sich um die Farm und all das, aber . . . Sie wissen ja, wie es ist.«

Ardeth nickte, und wußte nicht, was sie sagen sollte. Ihre Eltern waren vor fünf Jahren bei einem Autounfall ums Leben gekommen, und sie hatte aufgehört, um sie zu trauern. Was wäre wohl, wenn sie noch am Leben wären? fragte sie sich zum ersten Mal. Würde das etwas ändern? Könnte ich nach Hause gehen? Was würde für sie wohl schlimmer sein – mit dem Geheimnis zu leben, daß ihre Tochter verschwunden war oder mit dem Wissen, was sie geworden war? Plötzlich war sie froh, daß sie jene Entscheidung nie hatte treffen müssen, daß Sara ihre einzige lebende Verwandte war. Sie fröstelte bei der unbewußten Ironie des Gedankens. Meine einzige lebende Verwandte. Die einzige Blutsverwandte. Aber da war natürlich noch jemand. Er lebte, wenn er auch nicht gerade ein Sterblicher war. Und sie war durch Blutsbande mit ihm verbunden, durch den Geschmack seines Blutes in ihrem Mund und dem Gefühl seiner Zähne, die sich in ihr Fleisch bohrten.

Der Gedanke ließ sie frösteln und erfüllte sie mit Furcht

und Sehnsucht. Ich habe meinen Blutsverwandten zurückgelassen, dachte sie. Ich habe meine Eltern lange vor dem Unfall verlassen. Ich habe überlebt, daß ich sie verlassen und später verloren habe. Ich werde auch überleben, daß ich Rossokow verlassen habe.

Kate hatte wieder angefangen zu reden: über die Universität von Winnipeg und ihre Studenten, über ihre Forschungsarbeit, ihren Lebensgefährten, ihr Leben. Ardeth ließ ihre Worte an sich vorbeiplätschern und spürte, wie sie die Erinnerung milderten. Sie wurde zu eigenen Enthüllungen über ihre abgebrochene Doktorarbeit und die vergessenen Leiden und Freuden der akademischen Welt hingezogen, die so viele Jahre lang für sie ein Zuhause gewesen waren. Sie hatten unterschiedliche Universitäten besucht und in unterschiedlichen Disziplinen ihre Examina abgelegt, aber dennoch hatten sie dieselben Freuden und dieselben Widrigkeiten erlebt und die gleichen Erkenntnisse über so manche Unsinnigkeit und Absurdität gewonnen.

»Haben Sie vor, sie fertigzustellen? Ihre Doktorarbeit, meine ich?« fragte Kate zuletzt, als ob eine Stunde gemeinsamen Lachens und ausgetauschter Geständnisse die Frage akzeptabel gemacht hätten.

Ardeth sah einen Augenblick zum Fenster hinaus. »Ich glaube nicht, daß mir die Möglichkeit noch offensteht.«

»Warum nicht?« beharrte Kate.

»Vieles hat sich verändert.«

»Alles ist dauernd im Fluß. Wenn Sie es wollen, sollten Sie es auch tun.« Sie lächelte und schüttelte leicht den Kopf. »Ich weiß, für mich ist das leicht gesagt. Sie müssen mich entschuldigen. Ich bin eine unverbesserliche Optimistin.«

Ardeth sah sie wieder an. »Ich verzeihe Ihnen. Unverbesserlicher Optimismus ist genau das, was ich im Augenblick brauche.«

»Wir sind beinahe angekommen«, sagte Kate, die sich jetzt auf den dichter werdenden Verkehr konzentrieren mußte. »Haben Sie eine Bleibe?« Ardeth sah auf die Uhr. Es war kurz nach Mitternacht.

»Setzen Sie mich einfach an der nächsten Ausfahrt vor der Stadt ab. Ich finde ganz bestimmt noch jemanden, der mich heute nacht mitnimmt.«

»Ardeth, ich kann Sie doch nicht . . .«

»Kate, glauben Sie mir. Ich reise lieber nachts. Das geht schon klar so.« Einen Augenblick lang dachte sie, die Überzeugungskraft in ihrer Stimme und ihr Wille würden nicht ausreichen, um die Sorge der anderen Frau zu besiegen, aber dann nickte Kate. »Ganz wie Sie wollen«, sagte sie ruhig und betätigte den Richtungsanzeiger, um an einer Tankstelle an der Straße anzuhalten, neben der sich ein Laden mit Doughnuts befand. Als der Wagen ausrollte, zog Ardeth den Rucksack zu sich heran.

»Danke fürs Mitnehmen. Das war bisher die netteste Fahrt dieser Reise.« Und das war mehr als die Wahrheit.

»Gern geschehen. Viel Glück. Und denken Sie dran, die Welt hat immer noch Platz für eine weitere Doktorarbeit.«

»Über den öffentlichen Verkehr im Toronto des neunzehnten Jahrhunderts?« fragte Ardeth, und Kate lachte.

»Selbst über noch langweiligere Dinge.«

»Ich will darüber nachdenken«, versprach Ardeth, während sie die Tür schloß und dann den Rücklichtern des Honda nachwinkte, als Kate davonrollte. Sie hatte geglaubt, eine Lüge auszusprechen, aber als sie dann in dem kleinen Schnellimbiß saß und schwachen Kaffee trank und überlegte, ob der Lkw-Fahrer in der Ecke wohl vertrauenswürdig war, entdeckte sie plötzlich, daß sie ihr Wort hielt.

Kate und ihre Direktheit und ihr trockener Humor hatten ihr gefallen. Hätte es für mich auch so kommen können? fragte sie sich. Eine Dozentenstelle, wissenschaftliche Forschungen in irgendeinem Bereich, der mich interessiert, ein Boyfriend, ein Leben. Sie dachte an ihr Apartment und die vertrauten Bequemlichkeiten, an Bücher, an die Couch, die angefangen hatte, sich ihrem Körper anzupassen, an dieselbe berechenbare Routine des Studierens und Lehrens.

Und all das ist dahin, für alle Zeit dahin, sagte sie sich selbst streng. In jenem Bild gibt es nichts, das für das Platz hat, was du jetzt denkst. Der Lkw-Fahrer nahm sie mit und versuchte kein einziges Mal, sie anzufassen.

Während der Truck nach Osten rollte, starrte Ardeth in die Dunkelheit hinaus und hörte noch einmal Kates Worte mit den Rädern flüstern: »Warum nicht?« fragten sie sie immer wieder. »Warum nicht?«

14

DIMITRI ROSSOKOW SASS in der Ecke des kleinen Cafés und sah zu, wie aus der winzigen Espressotasse vor ihm der Dampf aufstieg. Der kleine, runde Tisch schimmerte tiefschwarz. Die Tasse war ebenfalls schwarz und ließ den Kaffee wie einen fahlen, verwaschenen Mond an einem leeren Himmel erscheinen. Er fuhr mit dem Finger durch den Griff und hob die Tasse an seine Lippen. Der Kaffee brannte über seine Zunge und sengte sich bis zu seinen Magen durch. Der scharfe, bittere Geschmack übte auf ihn eine eigenartig beruhigende Wirkung aus.

Er blickte nach draußen, vorbei an seinem gespenstischen

Widerschein, der im Fenster hing. Wo sie wohl sein mag, fragte er sich zum tausendsten Mal und schob den Gedanken dann von sich.

Jetzt waren es drei Nächte, seit Ardeth ihn verlassen hatte. Er hatte daran gedacht, ihr nachzugehen, auf seinen Instinkt zu vertrauen, daß dieser ihn ihren Pfad finden ließ, aber eine Nacht war verstrichen und dann noch eine, und jetzt war er allem Anschein nach zu nichts anderem mehr imstande, als hier in der unechten Wärme des Cafés zu sitzen und sich zu fragen, wohin sie wohl gegangen sein mochte.

Und um alles noch schlimmer zu machen, war jede Nacht seit ihrer Flucht wolkig gewesen, so daß ihm selbst der Trost der Sterne versagt gewesen war.

Du solltest erleichtert sein, sagte er sich und nippte wieder an seinem Espresso. Jetzt gibt es keine Frage zu beantworten, keine Entscheidungen zu treffen. Er brauchte die Zukunft jetzt nicht mehr zu lenken – er mußte sie nur geschehen lassen.

Wieder bloß saure Trauben, dachte er und verbarg sein bitteres Lächeln in einem weiteren Schluck von dem bitteren Kaffee. Denn sie hatte die Fragen nicht mitgenommen; sie hatte neue Fragen zurückgelassen. Er hatte daran geglaubt, als er ihr gesagt hatte, daß sie Einzelgeschöpfe seien. Er hatte es auch geglaubt, als er die »schönen Reden« über Moral und Sterblichkeit gehalten hatte, die sie ihm so giftig ins Gesicht geworfen hatte. Dimitri, mein Freund, du bist ein Mann mit flexiblem Verstand. Eine wichtige Eigenschaft für einen Vampir, das hatte er wenigstens immer geglaubt.

Aber wenn die schönen Reden wahr waren, warum hatte er sich dann so leicht von den darin enthaltenen Lehren losgesagt? Und wenn Alleinsein die Wahrheit war, weshalb war er dann so einsam?

Ein Geräusch von der Tür, eine vertraute Stimme, riß seine Aufmerksamkeit in die Welt zurück, die ihn umgab. Er blickte auf. Plötzliche, jeder Vernunft widersprechende Hoffnung bohrte sich wie ein stechender Schmerz in sein Herz ...

Die dunkelhaarige Ärztin stand mit einer Gruppe von Freunden an der Theke. Ihr Haar war aufgelöst und glänzte. Ihr hochgewachsener, dünner Körper, den die engen Jeans und der grellrote Parker kaum bändigen konnten, schien voll sehniger Energie. Rossokow erinnerte sich an jenen Körper, eingezwängt zwischen ihm und dem Zaun. Die Erinnerung an ihr Blut übertönte den Geschmack des Kaffees auf seiner Zunge.

Sie drehte sich plötzlich herum, ihr Blick wanderte durch das Café, suchte nach einem freien Tisch, während ihre Begleiter bestellten.

Sieh mich!

Einen Augenblick lang begegneten ihre Augen den seinen, und er stellte zum ersten Mal fest, daß sie blau waren. Dann zog ihr Blick weiter, angezogen von den leeren Tischen zu seiner Linken.

Unglaube wallte einen Augenblick lang in ihm auf und gleich danach die Wut. Wie konnte sie es wagen, ihn zu ignorieren? Wie konnte sie wagen, die Macht, die er über sie hatte, nicht zur Kenntnis zu nehmen?

Etwas knackte. Er blickte herab und sah den Griff der Espressotasse zwischen seinen Fingern. Seine Wut verebbte ebenso schnell, wie sie in ihm aufgestiegen war.

Und dafür hast du Ardeth verloren? Um einer Frau willen, deren Unterbewußtsein sich deiner nicht einmal erinnert?

Er legte zwei Dollar für die zerbrochene Tasse auf den Tisch und verließ das Café, darauf bedacht, Leigh nicht anzusehen. Aber ihr Lachen folgte ihm in die Nacht hinaus.

Er ließ seine Füße ziellos wandern, er wollte nicht so früh zu seinen leeren Räumen zurückkehren. Die Nebenstraßen von Banff waren still. Ein Wagen kam ihm entgegen, fuhr an ihm vorbei, und seine Scheinwerfer blendeten ihn. Hinter sich konnte er das Zischen von Fahrradreifen auf dem Asphalt hören, dann fegte der Radfahrer an ihm vorbei, seine Beine pumpten, sein langes Haar flog im Wind.

Auf dem Weg zum Fluß fand er sich plötzlich vor dem Friedhof. Er stand einen Augenblick lang am Tor, folgte dann seinem Impuls und kletterte über den Drahtzaun. Er ging einen kiesbestreuten Weg entlang, blieb immer wieder stehen, um sich die Inschriften anzusehen. Es waren hauptsächlich schottische, irische und italienische Namen. Daten vom Beginn des Jahrhunderts an. Die Grabsteine trugen Engel und Kränze und hie und da auch die Berge, die die Toten geliebt und für die sie manchmal gestorben waren.

In der Mitte stand ein Mausoleum, kein besonders aufwendiges Mausoleum. Jedenfalls nicht mit den großen Familienkrypten zu vergleichen, in denen er in Europa so oft Zuflucht gesucht und gefunden hatte. Aber selbst in dieser Stadt mußte es Gründerfamilien geben, die ihre Toten in Granit und Marmor bestatteten, statt in Holz und Erde. Er ging zur Tür und spähte durch das kupferfarbene Gitter nach innen. Mondlicht fiel auf weißen Marmor.

Seufzend drehte Rossokow sich um und ließ sich, den Rücken an die Metalltür gelehnt, auf der steinernen Treppe nieder. Wie mochte man sich wohl dabei fühlen, wenn man im Inneren jenes kalten Steins ruhte? Ewig dort zu liegen, während das Fleisch verfiel und die Knochen weiß wurden? Würde es wie der lange Schlaf sein, aber ohne den alles verzehrenden Hunger, der einen in die Welt zurückrief?

Aber während des langen Schlafes war seine Seele – falls er immer noch eine hatte – fest im Inneren seines untoten Körpers geborgen. Wenn er den wahren Tod starb, was würde dann mit ihm geschehen?

Diese neue Welt, in der er erwacht war, war ein gottloses Zeitalter. Nein, korrigierte er sich; nicht gerade gottlos, aber die Götter dieser Zeit hatten kein Interesse an Seelen. Den populären Idolen des zwanzigsten Jahrhunderts genügten irdische Dollars und Hingabe. Und ganz sicherlich bot der Glaube, für den er sich vor so langer Zeit entschieden hatte, mehr Trost denn je, der Glaube an die Wissenschaft. Ihre Gesetze besagten, daß seine Materie, wenn sein langes Leben einmal endete, in das Universum zurückschmelzen und aufs Neue als Blume oder Küchenschabe oder Stern wiederhergestellt werden würde.

Aber er hatte einen älteren Glauben, einen, den er in all den Jahrhunderten nie ganz von sich abgeschüttelt hatte. Er betete nicht. Da war kein höheres Wesen, das er verehrte, und er brach auch viele Gebote dieses Glaubens, aber das bedeutete nicht, daß er nicht in den geheimen Tiefen seines Herzens glaubte.

Unter anderem deswegen hatte er so lange überlebt. Er lebte, weil er Angst hatte zu sterben, weil er dann vielleicht herausfinden würde, daß er wahrhaftig ein Verdammter war.

Eines Nachts in Paris, es lag jetzt mehr als hundert Jahre zurück, hatte Jean-Pierre ihn gefragt, wie lange sie leben würden. Rossokow hatte darauf erwidert, daß er es nicht wüßte und hatte das Thema gewechselt. Die Summe ihrer möglicherweise endlosen Tage zu betrachten, beunruhigte ihn. Konnte irgend etwas, das aus Materie bestand, für alle Zeit existieren? Irgend etwas, das bei Sinnen war?

Am Ende fand Jean-Pierre natürlich eine Antwort auf seine Frage. Fünf Monate später war er tot, verbrannt im Inferno, das ein rachsüchtiger Brandstifter aus ihrer Villa gemacht hatte.

Aber du, dachte Rossokow, du bist nicht gestorben. Du bist in die neue Welt geflohen, um dich dort zwischen den Bankern und Bürgern Torontos zu verbergen, bis man dein Geheimnis entdeckt hat.

Du hättest Ardeth nie die Hoffnung auf ein gemeinsames Leben anbieten sollen. Nicht, wo du doch nur von dem Instinkt für das Überleben und von der Angst vor der Verdammnis existierst. Nicht, wenn du nur lebst, weil du vor dem Sterben Angst hast, als ob die Sünde der Selbstvernichtung eine schlimmere sein könnte, als all die Sünden, die du bereits begangen hast. Vielleicht könnte Selbstmord dir sogar die Erlösung bringen.

Er seufzte und legte den Kopf in den Nacken, um zum Mond hinaufzustarren. Sein Glaube war nicht groß genug, um zu sterben, um damit die Seele zu retten, von der er doch gar nicht sicher wußte, ob er sie besaß. Auch wenn er seinen blinden Überlebensinstinkt manchmal verfluchte, war er doch sehr stark ausgeprägt, ganz besonders nach dem grauenhaften Geschehen in der Irrenanstalt. Selbst jetzt, während er so brütete, fand sein Blick die Schönheit des Mondlichts und seiner Schatten auf einem in Stein gemeißelten Engel, und der Duft der Bäume ließ in ihm den Wunsch aufkommen, diesen Duft durch seine Haut einzuatmen.

Es gab keine Erlösung, keine göttliche Erscheinung, bloß die Erkenntnis, daß er eine weitere Nacht leben würde.

Seine Räume waren immer noch leer, aber sie boten ihm ein Maß an Bequemlichkeit. Später würde er auf die Jagd gehen, nach Mitternacht. Als diese Entscheidung getroffen war, erhob sich Dimitri Rossokow von der Treppe des Mausoleums und ging quer durch den Friedhof zurück.

Er hatte kaum seine Räume betreten, als es an der Tür klopfte. Einen Augenblick lang stand er reglos da, von der unerwarteten Unterbrechung erstarrt. Wer würde um diese Stunde auf der Schwelle stehen, an die Tür eines Mannes klopfen, der beinahe niemanden in der Stadt kannte? Der Vermieter vielleicht.

Oder Leigh, freute sich ein habgieriger Teil seines Bewußtseins. Vielleicht hat sie deinen Ruf doch gehört.

Er ging zur Tür und öffnete sie argwöhnisch.

Ein junger Mann stand da. Groß, blond, unrasiert, in Jeans und Anorak, wie fast alle in dieser Stadt. Er trug eine Plastiktüte mit dem Werbeaufdruck eines Lebensmittelladens.

»Ja?«

»Ist Ardeth da?« Die Frage beantwortete die seine, erkannte Rossokow. Dies mußte der Kletterer sein, von dem sie auf dem Berg in Versuchung geführt worden war, der, vor dem sie mit nackten Füßen geflohen war. Eine Versuchung, der sie widerstanden hatte, flüsterte ihm eine Stimme spöttisch zu.

»Nein.«

»Wann kommt sie zurück?«

»Das weiß ich nicht. Sie ist weggegangen.«

»Oh. Wissen Sie, wohin?«

»Nein.«

»Oh. Nun ja, ich habe da Sachen von ihr, ihre Kletterschuhe.« Er hob die Plastiktüte in die Höhe. »Ich habe eine Weile gebraucht, um herauszufinden, wo sie wohnt, sonst hätte ich die Sachen schon früher gebracht. Oh, Entschuldigung. Ich bin Mark Frye.« Er streckte ihm die Hand hin. Rossokow starrte sie einen Augenblick lang an und griff dann danach. Trotz seiner scheinbaren Ruhe war die Hand des jungen Mannes vom Schweiß feucht und kalt.

Wie leicht es doch wäre, dachte Rossokow distanziert. Ein wenig mentale Gewalt, vielleicht nur ein freundliches Lächeln und das Versprechen einer Information über Ardeth, und dieses Geschöpf, so groß und voll Leben, würde durch die Tür in die Wohnung kommen. Und dann würde seine Stärke unter meinen Händen schmelzen und in meine Venen fließen. Würde ich Ardeth auf seinen Lippen schmecken? Könnte ich sie irgendwie zurückbekommen, indem ich ihn nehme?

»Dimitri Rossokow.« Frye musterte ihn einen Augenblick lang neugierig, und Rossokow fragte sich, was er wohl im schwachen Licht des Apartments sehen konnte. Weder an der Einrichtung oder seiner eigenen Verkleidung war etwas besonders Unheilverheißendes oder Argwohnerwekkendes – seine Jeans und sein dunkles Hemd waren genauso alltäglich wie die Kleidung des anderen Mannes. Hatte man diese Gedanken seinem Gesicht ablesen können?

»So, sind Sie ihr Alter?« Die Frage schockierte ihn sowohl wegen ihres anmaßenden Mutes als auch der seltsam Formulierung. Die Erinnerung an den Slang, den er sich auf den Straßen von Toronto angeeignet hatte, oder aus Filmen in der Spätvorstellung erwachte und schien ihm beunruhigend, wissend und ironisch zugleich. Einen Augenblick lang spielte er mit dem Gedanken, ja zu sagen, zu bestätigen, daß er Ardeths Liebhaber war . . . und ihr Blutvater. Dann erinnerte er sich daran, daß er ersteres vielleicht gar nicht mehr behaupten konnte.

»Alt bin ich jedenfalls«, sagte er schließlich. Das zumindest war eine ungefährliche Wahrheit.

»Das wußte ich nicht. Daß es Sie gibt«, sagte Frye verlegen.

»Hätte das etwas bedeutet?«

»Yeah. Yeah, sicher.« Zu seiner eigenen Überraschung neigte Rossokow dazu, ihm zu glauben.

»Also, wenn Sie zurückkommt, werde ich ihr sagen, daß Sie hier waren.« Das schien ihm eine ungefährliche Zusage, eine einfache Methode, diesen jungen Mann mit seinen beunruhigenden Fragen, seinen beunruhigenden Entschuldigungen und seinem noch beunruhigenderen Leben von seiner Türschwelle zu bekommen.

»Danke.« Frye schob ihm die Einkaufstüte hin und ging dann die Treppe hinunter. Als er die Hälfte des Weges nach unten gegangen war, drehte er sich um. »Ich hoffe, daß sie bald zurückkommt.«

Rossokow starrte nach unten auf das Gesicht, das ihm zugewandt war und sah ein eigenartiges Mitgefühl in den Augen, die ihn beobachteten,. Ich bin nicht der einzige, der sie verloren hat, begriff er.

»Ich auch«, sagte er schließlich und wußte, daß es die Wahrheit war.

15

DIE FRAU HATTE nicht vorgehabt, sie mitzunehmen. Das konnte Ardeth aus ihren vorsichtigen Blicken im Rückspiegel und an ihrer unnatürlich steifen Schulterhaltung erkennen.

Sie war stundenlang auf dem Seitenstreifen des Highway dahingegangen. Die Prärien lagen ein gutes Stück hinter ihr, und die Straße wurde jetzt von Fichten gesäumt.

Den letzten Tag hatte sie im Schutz ihres würzigen Schattens und bewacht von Ästen mit spitzen Nadeln geschlafen. Selbst jetzt hatte sie noch das Gefühl, daß der Geruch von Harz und Nadeln an ihr klebte. Wenigstens verbirgt das irgendwelche anderen Gerüche, dachte Ardeth amüsiert. Vampire schwitzten offenbar nicht sehr, aber ihr letztes Bad lag zwei Tage zurück, und ihre Kleidung war noch länger nicht gereinigt worden. Sie kam sich ungepflegt und schmutzig vor.

Seit dem Zwischenfall mit Gord hatte sie versucht, etwas wählerischer zu sein, von wem sie sich mitnehmen ließ. Wenn der Fahrer nicht eine Frau wie Kate Butler war, ein alter Mann oder eine Familie, schickte sie sie meistens mit einem höflichen »Nein, vielen Dank« weiter und dazu einem festen mentalen Befehl, sich ihr fernzuhalten. Nicht, daß sie Angst gehabt hätte, erinnerte sie sich, wenigstens nicht vor ihnen. Aber es würde langweilig sein, gegen eine Folge von Verführungen anzukämpfen, ob diese nun subtil oder nicht waren. Und wenn einer sie zu sehr unter Druck setzte ... nun, die Gefahr war groß, daß sie der Versuchung erlag, der Lokkung von Blut und Rache. Es gab keinen Grund, nicht wieder sterbliches Blut zu kosten. Allerdings nicht jetzt, aber es mußte die richtige Zeit und die richtige Person sein. Warum ihr das soviel bedeutete, wußte sie selbst nicht genau, aber es war jedenfalls so. Wenn sie es tat, dann würde es dem entsprechen, was ihre Begegnung mit Mark versprochen hatte – und alles das, was Rossokows anonyme Nahrungsaufnahme nicht gewesen war.

Was auch immer ihre Gründe waren, ihre feste Entschlossenheit hatte zur Folge gehabt, daß sie selten mitgenommen worden war – weil die Leute, die sie für ungefährlich hielt, auch diejenigen waren, die sie nur selten für ungefährlich hielten. Jetzt war sie müde, hungrig und, Vampir oder nicht, die Füße taten ihr weh. Sie war so lange, ohne auch nur die geringste Chance mitgenommen zu werden, marschiert, daß sie, als der Wagen an ihr vorbeigerollt war, sich nicht einmal die Mühe gemacht hatte, den Daumen auszustrecken. Zu ihrer Überraschung hatten die Bremslichter aufgeleuchtet, und der Wagen war vor ihr auf dem Seitenstreifen zum Stillstand gekommen.

Jetzt saß sie bequem auf dem Rücksitz und konnte sehen, daß die Frau irritiert und der Mann neugierig war. Sie waren Ende der Fünfzig, entschied sie. Die grauen Haare der Frau mußten früher einmal rot gewesen sein; an ihren Augenbrauen konnte man noch ein paar Spuren davon sehen, und die Wangen mit den feinen Fältchen waren mit Sommersprossen übersät. Der Mann hatte schütteres Haar, trug eine Brille und hatte ein auf anonyme Art freundliches Gesicht. Er stellte sich als Doug Robinson vor. Seine Frau hieß Linda.

»Ardeth.« Sie benutzte meistens ihren echten Namen, weil ihr ein Pseudonym unnötig erschien . . . und weil es immer schwierig gewesen war, sie nicht durcheinanderzubringen.

»Wo wollen Sie hin?«

»Toronto.«

»Wir können Sie in Sudbury absetzen, aber weiter nach Süden kommen wir nicht.«

»Sudbury wäre prima.« Nachdem das Ritual der Vorstellung und des Zielorts erledigt war, wandte Ardeth ihren Blick wieder der vorüberziehenden Wand aus Bäumen zu und hoffte, ihnen mit dieser Geste die Lust auf weitere Konversation zu nehmen.

»Leben Sie in Toronto?«

»Früher einmal.«

»Und wo leben Sie jetzt?«

»Ich habe kein richtiges Zuhause. Ich war eine ganze Weile unterwegs.«

»Haben Sie in Toronto Familie?«

»Ja«, antwortete sie und fand sich damit ab, daß sie wohl oder übel jetzt eine Legende erfinden mußte, die sie sich merken konnte. »Meine Schwester lebt dort. Ich werde sie eine Weile besuchen.« Es war immer am ungefährlichsten, sich an die Wahrheit zu halten, wenigstens für den Anfang.

»Und ihre Eltern?«

»In Ottawa.« Dort hatten sie zumindest gelebt, vor dem Autounfall vor fünf Jahren. »Wie weit ist es nach Sudbury?«

»Noch etwa drei Stunden«, antwortete er, und Ardeth fing den schnellen Blick auf, mit dem er sie im Rückspiegel musterte. Zu ihrer Überraschung wirkte er eher besorgt als neugierig. »Wenn Sie wollen, können Sie dort hinten schlafen. Sie müssen schon eine ganze Weile unterwegs sein.«

»Ja, stimmt«, antwortete Ardeth und gähnte bedächtig und beschloß, die ihr gebotene Gelegenheit zu nutzen, wenigstens so zu tun, als schlafe sie, und wäre es nur, um weiterer Konversation aus dem Wege zu gehen. Sie drückte ihren Rucksack ans Fenster, lehnte den Kopf dagegen und schloß die Augen.

Nach etwa zwanzig Minuten sagte der Mann mit leiser Stimme: »Hast du mir schon verziehen?«

»Wofür denn?« Das Flüstern der Frau war voll verletzter Würde.

»Wir hätten doch das arme Ding schließlich nicht die ganze Strecke bis Sudbury zu Fuß gehen lassen können. Da draußen ist es gefährlich.«

»Und Tramper mitzunehmen, ist das wohl nicht?«

»Alles, was man tut . . .«

»Ich weiß, ich weiß.« Zum ersten Mal klang im Flüstern der Frau so etwas wie ein Anflug von Amüsiertheit mit. »Ich sollte vermutlich dankbar dafür sein, daß sie nicht einen Meter fünfundachtzig groß und ehemalige Strafgefangene ist.«

»Aber am Ende hat sie sich doch als anständiger Mensch erwiesen.« Dann herrschte Stille, und das leise Rascheln von Stoff war zu hören. Ardeth öffnete vorsichtig die Augen und sah, wie die Hand der Frau zu ihrem Mann hinübergriff und sich auf seine Hand am Steuer legte. Das schwache Licht vom Armaturenbrett ließ den goldenen Ring an ihrem Finger glänzen. Der Mann drehte den Kopf etwas zur Seite und lächelte. Ardeth schloß die Augen wieder.

Die wiegende Bewegung des Wagens mußte sie am Ende doch in den Schlaf gelullt haben. Als sie wieder aufwachte, rollte der Wagen langsam unter grellen Lichtern in eine Raststätte für Lkw's. Sie richtete sich langsam auf und kniff die Augen zusammen, um sie vor dem grellen Licht zu schützen. »Wo sind wir?«

»Ein Stück außerhalb von Sudbury. Weiter fahren wir auf dem Highway nicht«, erwiderte Doug. Ardeth öffnete die Augen ein Stück weiter und sah das kleine Häufchen Autos, die sich an die breiten hellen Fenster des Restaurants schmiegten, als hätten sie Angst vor der Dunkelheit. Dahinter, bildete sie sich ein, ein kleines Motel zu erkennen. Sie sah auf die Uhr. Es war drei Uhr morgens.

»Vielen Dank fürs Mitnehmen.«

»Wir wollten eine kleine Pause machen und eine Tasse Kaffee trinken – wir haben noch ein gutes Stück Fahrt vor uns. Wir laden Sie zu einer Tasse ein«, sagte Linda, und Ardeth warf ihr einen neugierigen Blick zu. Die Meilen schienen die Animosität der Frau zum Schmelzen gebracht zu haben. Oder die leisen Witze, mit denen ihr Mann sie unterhalten hatte.

Sie brauchte den Kaffee nicht, wirklich nicht. Aber die Tasse würde sich in ihren Händen warm anfühlen, und vielleicht fand sie in dem Restaurant in Gesellschaft dieser unzweifelhaft aufrechten und anständigen Leute jemand anderen, der sie mitnahm. Also nahm sie die Einladung an und folgte den beiden in den hellen Lichtschein des Restaurants.

Drinnen verblaßte das Lokal von einem Leuchtturm in der Dunkelheit zu einem ziemlich schäbigen, beinahe leeren Lkw-Rastplatz wie tausend andere, die über den ganzen Kontinent verstreut waren. Sie stellten dich an der Cafeteria an, vorbei an Plastikabdeckungen, die klebrig wirkendes Gebäck und heißes Essen abschirmten, das zu langen, in Cellophan gehüllten Sandwiches zusammengeschrumpft war und alle gleich aussahen.

Der Kaffee war nicht schlecht, entschied Ardeth, während er ihr den Magen wärmte. Er hatte für sie keinerlei Nährwert, und eine ganze Tasse zu trinken, kam nicht in Frage, aber ein Schluck oder zwei fühlten sich gar nicht übel an. Sie legte ihre kalten Finger um den Becher und sah sich im Raum um. Zwei Trucker, ein langhaariger, junger Mann in einem Flanellhemd, eine müde wirkende Gruppe von Teenagern und ein Pärchen in Vliesjacken. Wenn die nicht auch per Autostop unterwegs waren, boten die ihr möglicherweise die beste Chance. Selbst wenn sie niemanden fand, der sie mitnahm, konnte sie eines der Motelzimmer für den Tag nehmen. Toronto war nur noch vier oder fünf Stunden entfernt; mit ein wenig Glück konnte sie bis zur Mitternacht des folgenden Tages dort sein.

Nachdem sie ihren Kaffee zur Hälfte ausgetrunken hatte, entschuldigte sich Linda, stand auf und ging in den hinteren Teil des Restaurants. Ardeth sah Doug an. Er lächelte, und das ließ plötzlich seine ausdruckslosen Gesichtszüge eine Verwandlung durchmachen, ließ sie plötzlich kräftig und freundlich erscheinen, allerdings eine Freundlichkeit, unter der sich Stahl verbarg. Sie blickte hastig auf ihre Tasse herunter. »Weiß Ihre Schwester, daß Sie kommen?«

Sie machte den Mund auf, um ja zu sagen und war einigermaßen überrascht, daß sie ihre Stimme »nein« sagen hörte.

»Wovor sind Sie auf der Flucht?« Jetzt blickte sie ruckartig auf und sah in braune Augen, die ihr plötzlich, trotz der freundlichen Fältchen, die sie umgaben, klug und wissend erschienen.

»Ist das wichtig?«

»Wahrscheinlich nicht. Es hat wohl mit einem Mann zu tun, nehme ich an.« Er lächelte wieder, diesmal über ihre Überraschung. »So ist es meistens.«

»Haben Sie je Ihre Frau betrogen?« fragte Ardeth abrupt und war sich nicht sicher, ob sie ihn bloß so schockieren wollte, daß er still war, oder ob sie es wirklich wissen wollte.

»Nein.«

»Haben Sie nicht einmal daran gedacht?«

»Natürlich habe ich das. Nicht, daß ich ihr das sagen würde, natürlich.«

»Und warum haben Sie es nicht getan?«

»Weil ich bei meinem Ehegelübde geschworen habe, daß ich es nicht tun würde. Weil sie mir jedesmal, wenn ich daran dachte, mehr wert war als ein vorübergehendes Vergnügen.«

»War es leicht? Der Versuchung zu widerstehen, meine ich?«

»Nein. Es war für mich nicht leichter als für jeden anderen Mann.«

»Aber dann haben Sie es besser gemacht als die meisten«, stellte Ardeth verbittert fest.

»Ist es das, wovor Sie auf der Flucht sind? Ein untreuer Ehemann?« fragte Doug sie, und Ardeth hob ihre linke Hand, um ihm zu zeigen, daß sie keinen Ring trug. »Dann eben ein Boyfriend.«

Die Vorstellung, daß man Rossokow als ihren »Boyfriend« beschreiben konnte, entrang ihrer Kehle ein halberstticktes kurzes Lachen. »So einfach ist das nicht. Und versprochen haben wir uns gegenseitig auch nie etwas . . .«

»Nicht laut vielleicht. Aber Sie denken, daß er ein solches Versprechen gebrochen hat.« Seine Stimme schien plötzlich aus weiter Ferne zu kommen wie ein weit entferntes Stück ihrer eigenen Gedanken.

»Er hat mich dazu gebracht, an das zu glauben, was wir zusammen waren. Daß wir trotz all der Geschichten, die es gibt, all das sein konnten, was wir wollten. Ich wußte tief in meinem Innersten, daß es nicht ewig halten konnte. Wir konnten die Regeln nicht ändern, nicht die, auf die es wirklich ankommt. Aber ich dachte nicht, daß es so bald geschehen würde. Ich hatte nicht erwartet, daß ich so . . . in Versuchung geraten könnte. Daß es so leicht sein könnte, einfach nachzugeben. Ich dachte, das bedeutete bloß, daß ich jung und schwach war. Ich dachte, er würde stärker sein, und ich dachte nicht, daß er einfach . . .« Sie hielt plötzlich inne, entsetzt davon, was sie da alles aus sich hatte heraussprudeln lassen. Sie starrte quer über den Tisch, sah in seine mitfühlenden Augen und sein gefährlich vertrauenswürdiges Gesicht. »Sie würden das sicherlich nicht verstehen«, sagte sie schließlich.

»Möglicherweise nicht. Aber vielleicht wären Sie überrascht.« Seine Augen wanderten an ihr vorbei zum hinteren Teil des Restaurants. »Linda kommt zurück. Wir müssen weiter.« Er schob sich ein wenig ungeschickt aus der Nische und blieb dann stehen. »Die Dinge, die in dieser Welt wichtig sind, stellen sich selten ohne ein Opfer ein. Das ist eine Lektion, die Tausende von Jahren alt ist, und doch muß sie jeder von uns allem Anschein nach immer wieder aufs Neue lernen. Das und die älteste Lektion, die es überhaupt gibt . . . die von der Vergebung. Ich hoffe, für Sie wird alles wieder gut. Wenn nicht, und falls Sie jemanden brauchen, mit dem Sie reden können – ich habe meine Karte neben meine Tasse gelegt. Leben Sie wohl.«

Sie suchte nach höflichen Worten des Danks und des Abschieds, aber bis sie den Mund wieder aufbrachte, war er weg. Sie blickte ihm nach, ein Mann mit schütterem Haar, Ende der Fünfzig, in einer braunen Strickjacke. An der Tür des Restaurants nahm er den Arm seiner Frau.

Ardeth wandte den Blick von ihm und starrte in ihre Tasse, bis sie hörte, wie ein Motor ansprang, und wie das Motorengeräusch sich dann entfernte. Sie starrte immer noch in die braune Flüssigkeit und spürte durch die Tassenwand, wie sie abkühlte, als eine Kellnerin vorbeikam und die leeren Tassen ihr gegenüber abräumte.

»Was . . .?« Die Stimme der Kellnerin ließ sie aufblicken. Die Frau hielt eine weiße Visitenkarte in der Hand. »Das muß er Ihnen dagelassen haben, Süße. Für mich ist das ganz sicher nicht.« Sie legte die Karte grinsend hin und verschwand.

Ardeth starrte die Karte einen Augenblick lang an. Was mag er gewesen sein? Ein Psychiater? Schließlich nahm sie die Karte und drehte sie um.

Reverend Douglas Robinson.

Ardeth legte den Kopf auf beide Arme und fing zu lachen an.

16

ETWAS KLOPFTE.

Das Geräusch bohrte sich in ihr Bewußtsein, zerrte sie aus den Tiefen eines Traumes empor, der zu verblassen anfing, während sie versuchte, das Geräusch in ihn zu integrieren. Sie wälzte sich zur Seite, registrierte den reglosen Körper und den stetigen Atem neben sich und spähte mit zusammengekniffenen Augen über ihn hinweg auf den Radiowecker am Nachttisch.

Es war zwei Uhr.

Irgend etwas nebenan, entschied sie benommen, und dann kam es wieder.

Nicht von der Eingangstür des Apartments. Von der Glasschiebetür des Balkons.

Die Angst fraß sich ein Loch in ihren Brustkasten. Sie glitt aus dem Bett, fröstelte in der kühlen Nachtluft und ging zur Tür. Sie zog die Vorhänge beiseite und starrte einen Augenblick lang ihr Spiegelbild an, ehe ihr bewußt wurde, daß es von windzerzaustem, schwarzem Haar, nicht wirrem rotem gekrönt war.

Hinter sich hörte sie das Rascheln von Laken.

»Oh, Scheiße«, sagte Mickey Edmunds, als Sara Alexander anfing, die Tür aufzuschließen.

Fünf Minuten später saß Sara im Wohnzimmer und blickte auf die schwarz gekleidete Gestalt ihrer älteren Schwester, die eingesunken auf der Couch saß. Mickey lehnte an der Wand neben der Küchentür, die Hände in den Taschen seiner hastig übergestreiften Jeans. Hinter ihm fing der Wasserkessel zu kochen an.

Sie hatten eine verlegene Umarmung und ein paar gequälte Höflichkeitsfloskeln zustandegebracht. Sie konnte erkennen, wie Ardeths Augen die Veränderungen in ihrer Wohnung registrierten: neue Poster an den Wänden, die Gitarren in der Ecke, die Stereoanlage mit den riesigen Lautsprecherboxen und die über das leere Regal des Bücherschranks verteilen Tonbänder.

Ihre Schwester hatte sich auch verändert, wenn auch nicht so dramatisch wie beim letzten Mal nach ihrem Verschwinden vor sechs Monaten. Ihr Haar war immer noch schwarz, ungefähr im Louise-Brooks-Bobstil geschnitten. Wenn auch das Haar an der Seite entschieden so aussah, als wäre es selbst gestutzt. Und sie war immer noch schwarz gekleidet, wenn auch der rote Vliespullover einen erstaunlichen Akzent darstellte, und außerdem trug sie Hosen und derbe Schuhe und nicht mehr den Minirock, in dem Sara sie das letzte Mal gesehen hatte. Aber ihr Gesicht wirkte schmaler, und die schwachen Linien um ihren Mund und ihre Augen ließen sie ausgemergelt und besorgt erscheinen.

»Hast du Probleme mit der Wohnung gehabt?« fragte Ardeth plötzlich.

»Bis jetzt nicht. Wir werden ja sehen, was passiert, wenn deine vordatierten Schecks im Dezember auslaufen. Aber bis jetzt hat noch niemand aus dem Gebäude etwas gesagt.« Die Eigentumswohnung gehörte Ardeth. Sara war nach dem Verschwinden ihrer Schwester eingezogen, und Mickey war nach jener letzten Nacht der Enthüllung und der Vernichtung auf dem Dale-Anwesen zu ihr gezogen. Weil Ardeth vordatierte Schecks für das Wohngeld zur Verfügung gestellt hatte und die Hypothekenraten automatisch von ihrem Sparkonto abgebucht wurden, in das ihre Hälfte der Erbschaft ihrer Eltern geflossen war, war der Einzug in die Wohnung eine bequeme Lösung für Saras beständige Wohnprobleme gewesen. Und ihre Geldprobleme auch. Ihr Anteil an der Erbschaft war schon lange verbraucht. Sie hatte damit in endlos lang erscheinenden, mageren Zeiten ihre Band, Black Sun, unterstützt. Solange Ardeth die Hypothekenzinsen bezahlte, konnten sie und Mickey das Wohngeld aufbringen, und damit war die Wohnung ein perfekter und wesentlich bequemerer Stützpunkt für ihre Reisen mit der Band, als es das all die anderen gewöhnlich provisorischen Bleiben gewesen waren.

»Ich habe übrigens mit der Bank über deine Konten gesprochen. Sofern du nicht vorhast, wieder aufzutauchen, kann keiner an dein Geld ran, solange dich nicht jemand für tot erklärt. Und das ginge ohnehin erst in sieben Jahren.«

Der Wasserkessel fing zu pfeifen an, und Mickey verschwand in der Küche. Ardeth lachte. Ein scharrendes, bitteres Geräusch. »Ich denke, ich könnte ja jetzt von den Toten auferstehen, oder?«

Sara verspürte eine kurze Anwandlung von Enttäuschung und dann einen stärker ausgeprägten Stich von Schuldgefühlen. Wenn Ardeth außer Gefahr war, sollte sie glücklich sein. Wenn Ardeth nach Hause kommen konnte, sollte sie dankbar sein. Auch dann, wenn das zu einer Beeinträchtigung ihrer eigenen Pläne führte. »Wo warst du denn?« fragte sie, um damit dem Gespräch und auch ihren eigenen Gedanken eine andere Wendung zu geben.

»Im Westen.« Ardeth warf einen Blick auf Mickey, der gerade mit einem Tablett mit der Teekanne und den Tassen aus der Küche kam. »Wir haben es bis Banff geschafft, dort hat der Wagen deines Freundes den Geist aufgegeben.«

»Das ist eine ganze Provinz weiter, als er vorhergesagt hat«, erwiderte Mickey. »Und wo ist der Alte?«

»Wahrscheinlich immer noch in Banff.« Ihre Stimme klang locker und beiläufig, aber Sara entging der Unterton von Schmerz nicht. Irgendwie klang es vertraut, wie ein Echo ihrer eigenen Stimme. Das war also der Grund für das dünner gewordene Gesicht und die gequält blikkenden Augen. Irgend etwas war zwischen Ardeth und Dimitri Rossokow vorgefallen. Ardeth sah sich wieder im Zimmer um. »Ich hatte gehofft, hier ein paar Tage bleiben zu können, nur so lange, bis ich etwas anderes gefunden habe.«

»Natürlich kannst du das.« Sara wich Mickeys Blick aus. Schließlich gehört die Wohnung ja ihr, dachte sie bei sich. Und du bist hier, weiß Gott, oft genug hereingeplatzt und hast dich eingenistet, als sie noch hier wohnte. »Was willst du denn machen?«

»Das weiß ich noch nicht genau. Vielleicht gehe ich an die Uni zurück.«

»An die Uni zurück?« wiederholte Sara ungläubig und hörte, wie Mickey beinahe an seinem Tee erstickt wäre.

»Warum nicht? Wenn keiner hier nach mir gesucht hat, ist das wahrscheinlich ungefährlich. Ich muß mir bloß irgendeine glaubwürdige Erklärung für mein Verschwinden einfallen lassen. Und –«, fügte sie hinzu und brachte dabei ein schwaches Lächeln zuwege, »ich muß natürlich aufpassen, daß alle Vorlesungen, die ich belege, am Abend stattfinden.«

Das klang ganz plausibel, solange Sara nicht an Mickeys Vorwürfe dachte, daß sie seinen Zimmerkollegen getötet hatte, oder was für ein Gefühl es gewesen war, wie der Mund ihrer Schwester aus ihrem Handgelenk Blut gesaugt hatte. Und das waren Gedanken, die einfach nicht verschwinden wollten.

»Nun ja, vielleicht könnte es gehen ... ich weiß bloß nicht, ob du wirklich davon ausgehen solltest, daß Havendale nicht mehr an dir interessiert ist. Das könnte gefährlich sein. Wir wissen nicht, was für Informationen vielleicht den Brand überlebt haben. Diese japanische Wissenschaftlerin hat ja überlebt, das weißt du ja. Das habe ich in der Zeitung gelesen.«

»Sie hat aber niemandem die Wahrheit gesagt, oder?«

»Das wohl kaum«, antwortete Mickey. »So blöd war sie bestimmt nicht. Außerdem hat Rossokow ihr vertraut.« Sara sah, wie Ardeths Blick sich ein anderes Ziel suchte und ihr Mund sich verzog.

»Wenn sie etwas gesagt hat, ist es jedenfalls nicht an die Öffentlichkeit gelangt«, sagte sie hastig. »Ich sage ja auch nur, daß du vorsichtig sein sollst.«

»Ich dachte immer, die Formulierung hätte ich gepachtet«, konterte Ardeth und lächelte. Und einen Augenblick lang war sie plötzlich keine dunkelhaarige Fremde mehr, sondern Saras ältere Schwester, die sich der Rituale ihrer Beziehung erinnerte, der Warnungen und Auflehnungen, die auf beiden Seiten aus Zuneigung und Neid entsprungen waren. »Und wie geht's dir?«

Sara war der kurze Blick zu Mickey hinüber nicht entgangen. »Gut. Wir stehen kurz vor einem Schallplattendeal. Alles läuft sehr gut.«

»Das freut mich.« Dann trat wieder Schweigen ein. Sara nahm einen Schluck aus ihrer Tasse.

»Warum gehst du nicht wieder ins Bett, Mickey? Wir brauchen doch nicht beide aufzubleiben.«

»Ich fühl' mich ganz ...« setzte er an und stellte dann seine Tasse hin. »Oh, hab' schon verstanden. Frauengespräch und all das.«

»Du brauchst nicht ...« setzte Ardeth an, aber er war bereits aufgestanden.

»Kein Problem. Wir sehen uns dann morgen . . .« Er hielt inne und versuchte ihre Schlafzeiten in Gedanken aufeinander abzustimmen. »Oder wann auch immer.« Als die Schlafzimmertür sich hinter ihm schloß, ging Sara zur Couch hinüber und setzte sich.

»Willst du es mir erzählen?«

»Was denn?«

»Was zwischen dir und ihm vorgefallen ist und dich dazu veranlaßt hat, wieder hierher zurückzukommen?«

»Wie kommst du darauf, daß etwas vorgefallen ist?«

»Jetzt komm schon, Ardy, halt mich nicht für völlig blöd. Außerdem, als du gesagt hast, daß er in Banff sei, klang das ganz genauso, wie wenn ich über meinen untreuen Lover Tyler sprach, dem ich noch keine Träne nachgeweint habe, damals, als mir sein dauerndes Fremdgehen zuviel wurde und ich schließlich abgehauen bin.«

Sara wußte nicht, was sie erwartet hatte, was für persönliche Probleme Vampire ihrer Ansicht nach haben konnten, aber die wirre Geschichte von Kletterpartien im Mondlicht, Versuchung, Enttäuschung, Streit und schließlich Verrat, erzeugten in ihr mehr Verwirrung als vorher.

»Du hast Rossokow verlassen, weil er von einer Frau Blut getrunken hat?« fragte sie, als Ardeth schließlich ihre stokkende Erzählung, die sie allerdings ohne Tränen vorbrachte, beendet hatte. Ihre Schwester nickte. »Und du fühltest dich von diesem Typen, diesem Mark, in Versuchung geführt?«

»Ja.«

»Ardy, ich will ja jetzt nicht ein bißchen dämlich wirken. Aber ihr seid doch Vampire. Ihr müßt doch Blut trinken.«

»Aber es braucht kein Menschenblut zu sein. Nur wenn wir das wollen.«

»Aber anderes Blut . . . funktioniert nicht so gut.«

»Nein.« Ardeth schluckte krampfartig. »Und genau das ist die Falle. Wenn wir Menschenblut trinken und dabei nicht an die Menschen denken, von denen wir es nehmen, können wir zu Ungeheuern werden. Aber wenn sie uns etwas bedeuten . . .«

»Dann wäre es leicht, mehr zu tun, als bloß Blut zu trinken. Und dann denkt ihr, ihr betrügt euch«, führte Sara den Gedanken zu Ende. »Ich hätte nicht gedacht, daß Vampire dieselbe Definition für Treue haben wie Menschen.«

»Du redest die ganze Zeit über Vampire, als ob es Hunderte von uns gäbe. Als ob es einen Verhaltenskodex, Präzedenzfälle und Benimmregeln gäbe. Vielleicht sogar Briefkastentanten«, sagte Ardeth ärgerlich. »Du verstehst das nicht. Wir sind die einzigen – oder es könnte jedenfalls sein, daß wir das sind. Ich weiß nicht, wie ›Vampire‹ denken oder empfinden sollen. Ich dachte, Dimitri wüßte das – jedenfalls klang das damals so, als wir zusammen in Toronto waren. Aber seit wir nach Banff gekommen waren, fand ich, daß alles sich änderte. Ich verstand ihn nicht mehr, und deshalb weiß ich nicht, was ich eigentlich fühlen soll – ich weiß nur, wie ich mich *tatsächlich* fühle.«

»Und du denkst, er hat dich betrogen.« Sie nickte. »Und du hättest ihm gegenüber beinahe dasselbe gemacht.«

»Ich weiß.« Einen Augenblick lang war Ardeth stumm und saß mit gesenktem Kopf da. Dann blickte sie auf. »Aber das habe ich nicht. Ich habe es nicht getan.«

Sara musterte sie einen Augenblick lang und kämpfte einen aussichtslosen Kampf gegen das absurde Gelächter, das in ihr aufstieg. Aber Ardeths Gesichtsausdruck, verletzt und zugleich indigniert, steigerte den Lachreiz nur noch. »Es tut mir leid, Ardy«, brachte sie schließlich heraus. »Aber weißt du, wie das klingt?«

»Wie denn?«

»Ganz wie im wirklichen Leben.«

»Ich will nicht das wirkliche Leben!« rief Ardeth plötzlich und sprang auf und ging im Zimmer auf und ab. »Wenn ich ein wirkliches Leben haben soll, dann möchte ich in das alte Leben zurück, das ich früher einmal gelebt habe.«

»Und wenn du das nicht kannst?«

»Ich kann es immerhin versuchen. Mehr will ich doch nicht, Sara. Ich habe auf dem Weg hierher viel darüber nachgedacht. Ich will versuchen, mein Leben zurückzubekommen. Irgendwie. Wirst du mir dabei helfen?«

Sara stand auf und sah die dunkle Gestalt ihrer Schwester an, litt unter der Verzweiflung, die sie aus ihrer Stimme heraushörte und der schmerzlichen Hoffnung in ihren Augen. Plötzlich war an all dem nichts Erheiterndes mehr. Sie vertraute ihrer Stimme nicht mehr, breitete die Arme aus und umarmte ihre Schwester. Mit geschlossenen Augen konnte das auch die alte Ardeth sein, zurückgekehrt, warm und lebend. Also ließ sie die Augen, solange sie konnte, geschlossen.

17

ARDETHS FUSS STIESS an eine Bierflasche, die umkippte und fast lautlos auf den Teppich fiel. Ihr Inhalt tropfte auf den schmutzigen Stoff.

Sie bewegte ihren Fuß und schob sich etwas näher an die Couch, wobei sie auf den Fernsehschirm blickte. Dort zuckte ein Musikvideo, und hagere, barbrüstige, junge Männer ließen ihr langes Haar fliegen, während sie auf ihre Gitarren einhieben. Die Lautstärke war so niedrig eingestellt, daß die Musik sich auf das Dröhnen von Baß und Trommeln und das moskitoartige Pfeifen der Stimme der Sängerin reduzierte.

Sie überlegte, das Programm zu wechseln, gelangte aber dann zu dem Schluß, daß sie die Fernbedienung in dem Durcheinander aus Zeitungen, Büchern und leeren Bierflaschen auf dem Boden nie finden würde. Statt dessen hob sie das Küchenmesser auf, das auf der Pizzaschachtel neben ihr lag, und drehte es in den Händen herum. Die Überreste der angeklebten Tomatensauce sahen wie Blut aus. Bei dem Gedanken huschte ihr ein Lächeln über die Lippen.

Es würde nicht gehen.

Vielleicht, wenn du dir mehr Mühe gibst, redete sie sich ein. Vielleicht, wenn du aufhören würdest, so vorsichtig zu sein. Geh doch einfach zum Lehrstuhl für Geschichte und sag denen, daß du wieder da bist. Erfinde irgendeine Geschichte, oder erzähl denen etwas von einem Nervenzusammenbruch. Das würden die dir abkaufen – wäre ja nicht das erste Mal, daß das jemandem während seiner Doktorarbeit passiert. Und wenn du es richtig anstellst, kauft die Polizei es dir wahrscheinlich auch ab.

Sie hatte das alles in den langen Nächten ihrer Reise, seit sie das Gespräch mit Kate Butler geführt hatte, gründlich durchgeplant. Sie könnte wieder in ihre Wohnung einziehen, natürlich erst nachdem Sara eine andere Bleibe für sich gefunden hatte. Sie könnte ihre Doktorarbeit abschließen. Sie könnte eine Dozentenstelle annehmen. Sie könnte das Blut, das sie brauchte, bei Landstreichern und Studenten finden, bei sorgfältig überlegten Verführungen und mitternächtlichen Besuchen. Es war machbar. Es könnte gehen. Sie könnte ihr altes Leben zurückbekommen.

Nur, daß es nicht funktionierte.

Selbst nach vier Nächten fühlte sie sich immer noch wie ein Wesen von einem anderen Stern, wenn sie durch den Campus ging. An den Gebäuden war keine Spur von behaglicher Vertrautheit. Die Leute sahen alle erschrekkend jung aus, in einer Mode gekleidet, die sie nicht wiedererkannte, und alle redeten eine Sprache, die ihr plötzlich fremd vorkam. Sie sah niemanden, den sie kannte, und die Angst, sich unwiderruflich festzulegen, hielt sie auch davon ab, Bekannte zu suchen.

Würde das alles daraus Wirklichkeit machen? Wenn sie Carla und Peter oder sonst irgend jemand von ihren Freunden finden würde, Freunde aus den Tagen, als das noch ihre Welt gewesen war? Sobald die Fragen und Antworten einmal vorbei waren, würde sie dann das Gefühl haben, wieder hierherzugehören?

Etwas regte sich an ihrer Schulter. Sie sah sich nach dem Jungen um, der auf der Couch lag.

Sie war vor einer halben Stunde durch das Fenster in das Erdgeschoßzimmer gekrochen, angelockt vom bläulichen Licht des Fernsehers, das durch das halbgeöffnete Fenster nach draußen fiel. Um drei Uhr morgens waren selbst die Schlafsäle still. Während sie am Fenstersims kauerte, hatte sie ein Ächzen der Dielen im Flur gehört. Dann in einiger Ferne das Rauschen von Wasser in den Leitungsrohren. Dann waren weich klatschende Schritte zurückgekehrt, und anschließend war wieder Stille eingetreten.

Das Zimmer roch nach abgestandener Pizza, Bier und Marihuana. Der Junge hatte all das zu sich genommen. Jetzt lag er auf der Couch, auf dem Rücken, ganz angekleidet, mit Ausnahme eines Turnschuhs, den er irgendwie weggetreten hatte, ehe er eingeschlafen war. Ardeth hatte längere Zeit kauernd neben ihm gewartet und zugesehen, wie sich seine Brust unter dem abgewetzten

T-Shirt hob und senkte. Dann hatte sie sein langes, dunkles Haar beiseitegeschoben und ihren Kopf über seinen Hals gebeugt. Er hatte einen halblauten Ton von sich gegeben, als ihre Zähne in sein Fleisch eindrangen, und eine seiner Hände hatte sich leicht angehoben, wie um sie zu berühren, war dann aber wieder heruntergefallen.

Dann hörte sie ihr eigenes, schreckliches Stöhnen und löste sich von ihm und starrte in der finsteren Stille auf seinen vergessenen Fernseher.

Als sie jetzt auf ihn blickte, auf die Linie, die sein Hals bildete, an einem Ende von seinem scharf vorstehenden Schlüsselbein, am anderen Ende vom Glitzern eines goldenen Ohrsteckers begrenzt, spürte sie, wie der Hunger sich in ihr wieder einstellte. Sein Blut hatte heiß und süß geschmeckt, so, wie wenn man nach Monaten des Wassers Wein trinkt, wie wenn man nach Jahren der Asche Gewürze zu kosten bekommt.

Er bewegte sich wieder, atmete mit einem weichen, grunzenden Laut und drehte sich zur Seite. Ein Arm rutschte über die Kante der Couch, so daß seine Hand im Schlaf herunterbaumelte. Ardeth streckte einen Finger aus und berührte die Vene an seinem Handgelenk.

Ich hatte ganz vergessen, wie gut es ist, dachte sie. Ich hatte vergessen, wie einfach es ist. Hatten wir wirklich geglaubt, wir könnten das aufgeben?

Sie fand seinen Puls: langsam, gleichmäßig, unverändert. Sie hatte das ganz anders vorgehabt. Das war nicht die glorreiche Rache, die sie sich ausgemalt hatte – nicht einmal das hatte sie zustande gebracht. Dieser Junge war kein Ersatz für Mark . . . aber sie hatte Nahrung gebraucht, und in der Stadt gab es keine Tiere. Was er wohl jetzt tun mag? dachte sie und versuchte, sich einzureden, daß sie damit Mark meinte.

Plötzlich überkam sie eine Aufwallung von Schmerz, in den sich die Erinnerungen mischten. Rossokow in der Irrenanstalt, wie er sie durch die Gitterstangen, die sie voneinander trennten, auf den Hals küßte. Die Nacht, in der sie einander auf den Straßen von Toronto wiedergefunden hatten. Seine Arme, die sich stumm öffneten, um sie zu begrüßen. Seine Stimme, als er ihr versprach, daß sie einen Weg finden konnten, um mehr zu sein, als die Ungeheuer, die man heutzutage unter dem Begriff »Vampir« verstand. Die kalte Linie seines Profils, als er all die Versprechungen in Asche verwandelte.

Einen Augenblick lang war der Schmerz schier unerträglich, und so ertränkte sie ihn auf die einzige Weise, die sie kannte, so wie ihr sterbliches Ich ihn vielleicht mit Wein weggespült und wie ein anderer ihn vielleicht mit Rauschgift weggeträumt hätte. Der Junge, der immer noch im Bann der Schmerztöter war, die er sich gewählt hatte, zitterte und stöhnte unter ihr.

Schließlich stieß sie sich von ihm ab und lehnte sich zurück, und ihre Hände griffen an ihren Mund, um etwas zurückzuhalten, das sich auf erschreckende Weise wie ein Schluchzen anfühlte.

Sie tastete sich ans Fenster und zwängte sich nach draußen, ließ den Jungen bewußtlos und ohne zu wissen, was mit ihm geschehen war, auf der Couch liegen.

Sie fand den Weg zu ihrem alten Apartment, ging durch die stillen Straßen, ohne sie zu sehen.

Und auf den Stufen zu ihrem Apartmentgebäude fand sie jemanden, der auf sie wartete.

Die Frau stand auf der breiten Steinterrasse im Schatten der Säulen, die den Eingang zierten. Ardeth hatte gesehen, wie sie aus dem Wagen stieg, der an der Straße parkte, und auf das Gebäude zuging. Sie hatte instinktiv ihre Schritte verlangsamt, um der Frau genügend Zeit zu lassen, zu ihrer eigenen Wohnung zu kommen, ehe Ardeth das Gebäude betrat.

Aber da stand sie jetzt und wartete, wie Ardeth die Treppe zu der alten Villa hinaufstieg, die man während des Immobilienbooms der Stadt in Eigentumswohnungen umgewandelt hatte.

Das hat nichts mit mir zu tun, sagte sich Ardeth und registrierte unwillkürlich die dunkle Kleidung der Frau und den braunen Kreis ihres Gesichts unter dem schwarzen Haar. Sie hat ihren Schlüssel vergessen, oder sie wartet, daß jemand herunterkommt und sie abholt. Sie nickte ihr zu, als sie nach der Tür griff.

»Guten Morgen, Miss Alexander.«

Ardeth erstarrte, die Hand immer noch am Türknauf, und drehte dann langsam ihren Kopf herum. »Tut mir leid. Sie müssen mich mit jemand anderem verwechseln«, sagte sie. Die Lüge stellte sich automatisch bei ihr ein.

»Nein. Sie sind Ardeth Alexander. Bitte seien Sie nicht beunruhigt. Ich bin nicht hier, um –«, sie hielt inne, als suche sie die richtige Formulierung, »um Ihnen in irgendeiner Weise Schaden zuzufügen.«

Ardeth ließ die Tür nicht los. Ihre sämtlichen Sinne waren aufs Höchste angespannt, versuchten festzustellen, ob die Frau alleine war, oder ob noch andere in den Schatten, die sie umgaben, warteten. Wenn sie nichts von dem Ultraschall wissen, bin ich außer Gefahr, sagte sie sich verzweifelt. Wenn sie das nicht haben, dann können sie mich nicht festhalten. Wenn sie nichts von der Waffe wissen, die Rossokow in einen dauernden Zustand des Wahnsinns versetzt hatte, der Waffe, die sie fast umgebracht hätte ... Sie verdrängte die Erinnerung an den Schmerz, der sie völlig hilflos gemacht hatte. Aber die Frau war anscheinend alleine, und einen Augenblick lang wuchs Ardeths Zuversicht wieder. Dann wurde ihr bewußt, daß das viel beängstigendere Konsequenzen haben würde, als jedes andere Szenario. Wenn sie hier mitten in der Nacht alleine mit mir ist, dann heißt das, daß sie *keine Angst* hat.

»Woher kennen Sie meinen Namen?« fragte sie schließlich, nachdem sie entschieden hatte, daß es besser war, soviel zuzugestehen und herauszufinden, was die Frau wollte. Besser jedenfalls, als das Ganze in die Länge zu ziehen.

»Dr. Takara war so freundlich, meinem Arbeitgeber von Ihnen zu erzählen. Er hat mich hierhergeschickt, um Ihre Schwester zu finden, die äußerst überzeugend gelogen hat, daß sie Sie seit Monaten nicht mehr gesehen habe, und daß Sie wahrscheinlich tot seien.«

»Was wollen Sie?«

»Mein Arbeitgeber würde sich gerne mit Ihnen treffen. Und er würde gerne wissen, wo er Dimitri Rossokow finden kann.«

»Wer ist ihr Arbeitgeber?«

»Sein Name ist Sadamori Fujiwara. Er ist einer von Ihnen.«

»Einer von was?«

»Von jenen, die gestorben sind und nicht gestorben sind. Ein Vampir.«

Zitternd ließ Ardeth die Tür zufallen und trat einen Schritt vor. Ruhige, schwarze Augen blickten in die ihren. Ardeth streckte die Hand aus und berührte die Schulter der anderen Frau, schloß kalte Finger hart über Tuch und Fleisch und Knochen. »Beweisen Sie es«, sagte sie schließlich.

Die Wohnung war dunkel, als Ardeth die Tür öffnete

und beiseite trat, um Akiko Kodama eintreten zu lassen. Als sie angefangen hatte, am Telefon eine Nummer zu wählen, war Sara aus dem Schlafzimmer gekommen, die Augen zusammengekniffen und in einen ausgeblichenen Flanellmorgenrock gehüllt. Sie sah Akiko, und ihre Augen weiteten sich. Ardeths Handbewegung schnitt ihr die Frage ab, als sich auf der anderen Seite des Kontinents eine schläfrige Stimme am Telefon meldete.

»Lisa Takara?«

»Ja.«

»Hier spricht Ardeth Alexander.« Ein paar Augenblicke lang herrschte Schweigen.

»Was wollen Sie?«

»Haben Sie einem Mann namens Sadamori Fujiwara von mir erzählt?« Ardeth hörte, wie die Frau tief einatmete.

»Ja«, bestätigte Lisa dann.

»Warum?«

»Weil er mich davon überzeugt hat, daß er gute Gründe hat, es wissen zu wollen. Weil er einer . . . von Ihrem Blut ist.«

»Sind Sie sicher?«

»Ja, Miss Alexander, ja, ich bin sicher.« Ardeth fragte sich, wie sie so sicher sein konnte, und dann erinnerte sie sich an die ruhige Wissenschaftlerin, die ihr eigenes Leben riskiert hatte, und die sich gegen die Leute gewandt hatte, die sie gefangenhielten, um den Vampiren zu helfen, die sie doch hätte studieren sollen. Diese Frau würde nicht sagen, daß sie sicher war, wenn sie das nicht wirklich war. Diese Frau würde auf den einzigen Beweis bestanden haben, der wirklich Aussagekraft hatte. »Woher haben Sie meine Telefonnummer?«

»Die hat mir seine Assistentin gegeben«, antwortete Ardeth, einen Augenblick lang verblüfft, und begriff dann die sorgfältig verborgene Furcht, die sich hinter der Frage versteckte. »Ich werde den Zettel jetzt sofort zerreißen.«

»Vielen Dank. Leben Sie wohl, Miss Alexander.« Die Endgültigkeit, die aus ihrer Stimme tönte, war nicht zu überhören.

»Leben Sie wohl, Dr. Takara.«

Ardeth legte den Hörer auf und drehte sich zu Akiko herum. Sara stand immer noch ein Stück dahinter, und Mickey lehnte am Türsims des Schlafzimmers. »Was will er?« fragte sie schließlich. Akiko zuckte leicht mit den Achseln.

»Das weiß ich nicht genau. Ich weiß nur, daß er sehr alt ist und daß er sagt, er habe den Wunsch, sich mit seinesgleichen zu treffen.«

»Und was ist, wenn ich nicht interessiert bin?«

»Dann werde ich ihm das sagen.«

»Sagen Sie ihm das.« Sie machte eine kleine Pause, kurz hin- und hergerissen und von der Chance in Versuchung geführt, Gesellschaft zu bekommen. Aber dann erinnerte sie sich an Rossokows Versprechungen und ihre eigenen, die sie viel zu früh gebrochen oder zumindest verbogen hatten. »Sagen Sie ihm, daß wir Einzelgeschöpfe sind. Ich bin nicht daran interessiert, noch mehr Vampire kennenzulernen.« Ehe sie sich abwandte, sah sie, wie Akiko sich mit ruhiger Höflichkeit verbeugte, als ob ihre Stimme nicht bitter und verletzt geklungen hätte.

»Wenn Sie das wünschen. Aber bitte sagen Sie mir, wo ich Dimitri Rossokow finden kann.«

»Weshalb sollte ich das tun?«

»Für den Fall, daß er sich anders entscheidet als Sie.«

Jetzt nein zu sagen, wäre leicht. Wahrscheinlich wäre es auch klüger, nein zu sagen. Dafür, daß dieser fremde, orientalische Vampir ihnen kein Leid zufügen wollte, hatte sie nur Akikos Zusicherung. Und Rossokow hatte ihr gegenüber erklärt, daß sie Einzelkreaturen seien. Wenn er sie nicht wollte, weshalb sollte er dann irgendeinen anderen Vampir wollen? Konnte sie es ertragen, wenn er das tat?

»Banff«, sagte sie schließlich, und der Schmerz der Erkenntnis, daß sie damit die letzten Bande zwischen sich und Rossokow durchtrennte, daß sie damit den letzten Schritt tat, um sie auf zwei unterschiedliche Wege festzulegen, bereitete ihr wildes Vergnügen. »Er ist in Banff.«

18

ER ERWACHTE ALLEINE im Schlafzimmer. Sein Be wußtsein war angefüllt mit einem Durcheinander von Erinnerungen: Eiserne Stangen und Schmerz, eine Vene; die unter seinem Mund pulsierte, der Geschmack von Blut in seiner Kehle.

Geträumt. Ich habe geträumt, dachte Rossokow langsam. Das kam bei ihm nicht sehr oft vor. Zumindest konnte er sich nicht daran erinnern. Er hatte von der Irrenanstalt geträumt und der Zeit des Wahnsinns, bevor Ardeth gekommen war. Er hatte von Ardeth geträumt, wie sie gewesen war, eine verängstigte, aber entschlossene junge Frau, die ihre Hand durch die Gitterstangen einer Zelle geschoben hatte, damit er ihr Blut trinken konnte.

Er seufzte und schlug die Augen auf und starrte zu der schrägen Decke über seinem Kopf. Nur in den Träumen kannst du sie wieder auf diese Weise zurückbekommen, sagte er sich düster. Du hast die Sterbliche in ihr getötet, als du sie zu einem Vampir gemacht hast. Vielleicht ist das der wahre Fluch des Vampirismus – wir zerstören das, was wir lieben, indem wir es in uns verwandeln.

Er setzte sich langsam auf und verspürte die ersten Regungen von Hunger.

Vielleicht sollte er heute nacht in der Stadt jagen. An diesem Ort gab es außer der vergeßlichen Ärztin noch andere Frauen. Er könnte in eine der Bars gehen, dort würde sicherlich eine zu ihm kommen, eine einsame Einheimische oder eine abenteuerlustige Touristin. Ardeth war aus seinem Leben gegangen. Es gab keinen Grund mehr, seine Nahrungsaufnahme auf Elche zu beschränken.

Rossokow saß auf der Bettkante und stützte den Kopf auf die Hände, wohlwissend, daß er der Müdigkeit Widerstand leisten sollte, die sich über ihn legte. Wenn er sich jetzt nicht dazu zwang, würde er das tun, was er immer tat. Wenn die Nacht klar war, würde er zum Observatorium gehen. Wenn nicht, würde er in der Wohnung bleiben und die komplizierten, verblüffenden Theorien der Wissenschaft dieser neuen Welt lesen. Wie auch immer der Abend begann, er würde in den Wäldern enden, mit dünnem, unbefriedigendem Tierblut in seiner Kehle.

Schließlich stand er auf und trat ans Fenster, schob die dicken Vorhänge ein wenig auseinander, um die Aktivitäten der Nacht am Zustand des Nachthimmels zu orientieren. Er hatte wieder bis weit in den Abend hinein geschlafen, und jetzt lag die Nacht über der Stadt. Über ihm funkelten die Sterne in kaltem Spott.

Er kleidete sich an, ohne Licht einzuschalten und ging dann ins Wohnzimmer, um sich mit den Händen durchs

Haar zu streichen und dann in seinen langen Mantel zu schlüpfen, ehe er nach dem Türknauf griff.

Einen Augenblick lang stand er in der winzigen Diele. Das Observatorium würde ihn erwarten, bequem und unkompliziert. Die Entscheidung, dorthinzugehen, war eigentlich gar keine Entscheidung.

Schau doch, was das letzte Mal passiert ist, als du eine Entscheidung trafst. Du hast sie vertrieben.

Nein, sagte er sich, sie ist weggegangen. Ich habe ihr zur Wahl gestellt, bei mir zu bleiben, und sie ist weggegangen und hat die Fragen und die Einschränkungen mitgenommen. Das Mindeste, was du jetzt tun kannst, ist, deine Freiheit zu nutzen.

Jener Gedanke schien ihm Entscheidung genug. Als er auf der Straße angelangt war, lenkte er seine Schritte zur Banff Avenue statt zum Observatorium.

Die Läden waren noch geöffnet, ebenso die Cafés und Restaurants. Er blieb in der Tür einer Bar stehen, aber der Lärm war ihm zu groß, und so ging er weiter, betrachtete die kleinen Grüppchen von Touristen auf der Straße. Schließlich zog ihn eine Buchhandlung an, und er ging dem Impuls nach. Er schlenderte zwischen den Regalen dahin, ließ seine Blicke über Titel und Umschlagbilder schweifen. Die Bücher hatten etwas beruhigend Solides, wenn er sie in den Händen hielt. Selbst ihr Geruch verbreitete Behagen.

Als er in der Wissenschaftsabteilung stand und überlegte, ob er seine Studien ausweiten und die neuen Grenzen einbeziehen sollte, die Computer und künstliche Intelligenz darstellten, stieß ihn etwas an. Er drehte sich um, und zwei dunkle Augenpaare sahen ihn an.

Frauenstimmen murmelten in einer Sprache, die er nicht verstand, eine Entschuldigung. Er bemerkte den schwarzen Seidenglanz ihres Haares, das weiße Flackern ihres Lächelns. »Schon gut. Mir ist nichts passiert.« Sind die beiden Schwestern? fragte er sich, als sie wieder etwas Unverständliches sagten, und ihre Wimpern im gleichen Takt ihre gelben Wangen berührten. Einen schwindelnden Augenblick lang verspürte er das Pulsieren ihres Blutes, nicht im Gleichklang, sondern abgesetzt, so daß es in seinem Bewußtsein wie ein stetiges Brausen erschien.

Ganz plötzlich wurde ihm bewußt, daß sie mit ihm flirteten.

Es würde so einfach sein. Es würde nichts von den sorgfältig gewählten Worten, dem Spiel der Versprechungen und Lügen erfordern, die er in einer der Bars brauchen würde. Sie glaubten, daß die Sprachbarriere ihnen Sicherheit bot, ihnen diesen kurzen Augenblick der Erregung an einem öffentlichen Ort erlaubte. Für ihn bedeutete diese Barriere überhaupt nichts; er hatte schon vor langer Zeit gelernt, daß die Macht seines Willens über das gesprochene Wort hinausging. Er brauchte bloß jenen Willen einzusetzen, und sie würden ihm gehören.

Er dachte daran, ihre hellroten Münder zu küssen, die Venen unter der zarten Haut an ihrem Hals zu finden.

Aber . . .

Es würde dennoch Arbeit sein. Er würde beträchtliche mentale Kraft einsetzen müssen, um sie zu beruhigen und zu zwingen. Er würde einen abgeschiedenen Ort finden müssen, um ihre Willfährigkeit auszunützen. Er würde die Erinnerung an die Begegnung aus ihrem Bewußtsein löschen müssen.

Und wenn er sein Gesicht an den schwarzen Seidenglanz ihres Haares legte, würde er sich davon abhalten müssen, sich vorzustellen, es sei Ardeth.

Er lächelte ein bedächtiges, überlegtes, drohendes Lächeln. Ihre geröteten Wangen wurden bleich, ihr Lächeln verblaßte. Dann waren sie verschwunden, wandten ihm in würdevollem Rückzug den Rücken.

Rossokow blickte blind auf das Buch, das er in der Hand hielt und stellte es dann ins Regal zurück. Das ist also Freiheit, dachte er bitter. Es mußte doch ganz sicherlich irgend jemanden in dieser Stadt geben, der ihn nicht an sie erinnerte. Es mußte Frauen geben, in deren Lächeln nichts von ihr war, deren Haut sich nicht wie die ihre anfühlen würde, deren Münder nicht wie der ihre schmecken würden. Wenn er keine Frau finden konnte, dann mußte es doch sicherlich einen Mann geben, der ihn nicht an sie erinnern würde. Aber die Männer dieser Stadt waren sich alle zu ähnlich. Sie würden ihn an den Kletterer denken lassen, und dann würde er wieder da stehen, wo er angefangen hatte. Wenn es einen Sterblichen gab, der nicht nur ein Ersatz für sie sein würde, gestand er sich schließlich, dann würde er heute nacht keinen finden.

Als er wieder auf die Straße hinaustrat, waren Wolken aufgekommen, deckten die Sterne zu. Er seufzte und schickte sich an, zu seinem Apartment zurückzukehren.

Als er oben an der Treppe angelangt war, bemerkte er, daß etwas neben der Tür lag. Er blickte verblüfft darauf, hob dann wieder den Kopf und sah sich in der stillen leeren Gasse um. Aber da draußen war kein Leben zu spüren, kein Bewußtsein, das ihn von einem verborgenen Ort aus studierte. Vorsichtig beugte er sich wieder vor, um das kleine Päckchen aufzuheben, und eilte dann ins Innere seiner Wohnung.

Er knipste das Licht an, setzte sich und drehte das seltsame Geschenk einen Augenblick lang in den Händen. Das Papier, in das es eingehüllt war, war dünn und fein und zeigte ein Muster aus weißen Blumen und den eleganten

Formen von Kranichen. Darunter konnte er die Umrisse eines Buches spüren.

Konnte es sein, daß es von Ardeth kam? War sie zurückgekehrt und hatte ihm das Päckchen als ein Friedensangebot hingelegt? Aber irgendwie wollte das nicht zu ihr passen.

Vielleicht dieser Kletterer, dieser Mark Frye. Hatte er es als Geschenk für Ardeth hingelegt, in der Hoffnung, sie sei zurückgekehrt? Aber dann hätte man eigentlich annehmen müssen, daß er es irgendwie an sie adressiert hätte, wo er doch wußte, daß sie nicht alleine lebte.

Aber um das festzustellen, gab es natürlich nur eine Möglichkeit. Er würde das Papier entfernen und das Buch öffnen müssen. Das konnte er ja schließlich tun. Das würde keinen großen Entschluß erfordern, keine erschreckende Verpflichtung, das hatte nichts mit Recht oder Unrecht zu tun.

Er verspürte einen Nadelstich distanzierten Abscheus vor der eigenen Person, als er das Papier aufriß. Das Buch selbst war erstaunlich massiv in dunkles Leder gebunden, womit für ihn feststand, daß es älter war, als es aussah. In der Mitte des Einbanddeckels war eine Art Wappen eingeprägt, eine Anordnung stilisierter Blumen.

Neugierig schlug Rossokow das Buch auf. Das Papier war dünn und vom Alter braun. Die Schrift begann auf der dritten Seite, spinnenartige feine Schriftzüge, die einige Buchstaben seltsam und doch schön erscheinen ließen. Obwohl es auf den ersten Blick nicht danach aussah, war die Schrift in englischer Sprache.

Die Dame des Herbstmondes . . .

Die Nacht war vergessen, und Rossokow fing, immer noch in seinen Mantel gehüllt, an zu lesen.

Wollten wir
tausend Herbstnächte
zu einer machen
gäbe es immer noch Dinge zu sagen
beim Hahnenschrei.

Die Geschichten von Ise

19

Die Dame des Herbstmondes

ALS DIE CHRYSANTHEMEN in voller Blüte standen und die Blätter anfingen, die Farbe zu wechseln und abzufallen, wurde ein gewisser junger Mann gezwungen, die Hauptstadt zu verlassen. Sein Vater und sein Onkel waren lange Zeit miteinander in Wettstreit um die Ehrungen des Hofes gestanden, und jetzt hatte man die Verlobung der Tochter seines Onkels mit dem Kronprinzen bekanntgegeben, womit offenkundig war, wer den Sieg davongetragen hatte. Der Vater des jungen Mannes sah sich seiner Macht beraubt, und der Onkel bestimmte, um damit einen jungen Rivalen loszuwerden, daß der junge Mann in die Verwaltung einer fernen Provinz entsandt werden sollte.

Die Familie brach in Wehklagen aus, aber die Entscheidung war nicht umzustoßen. Obwohl die Omen für eine solche Reise ungünstig waren, bestand der Onkel darauf, daß sie sofort angetreten werden müsse, und dem konnte sich der junge Mann nicht widersetzen. Begleitet von vier Bediensteten verließ er seine weinenden Frauen, (die zwar laut klagten, sich aber nicht erboten, ihn ins Exil zu begleiten, vielleicht – um großzügig zu sein – in der Hoffnung, daß dieses Exil nicht von Dauer sein würde), sagte seinem Vater Lebewohl und trat zu Pferde die Reise zu seinem neuen Zuhause weit oben im Nordwesten des Landes an.

Unterwegs ereilte sie ein Mißgeschick, denn die kleine Gruppe wurde von Wegelagerern überfallen. Sie kämpften tapfer, aber vergebens. Die Bediensteten wurden erschlagen, die Pferde und ihre Tragelast gestohlen, und der junge Mann entkam nur mit Mühe dem Tode. Geschlagen und mit Wunden bedeckt, stolperte er durch die Wälder und verirrte sich hoffnungslos zwischen den Fichten. Sein Herz war von Schrecken erfüllt, denn seit langem war bekannt, daß dieses wilde Bergland die Heimat von Geistern und Dämonen wie etwa dem bösartigen, langnasigen *tengu* war.

Als er daher zwischen den Bäumen ein schwaches Licht erblickte, taumelte er darauf zu und flehte die Götter an, das Licht möge sich als die Zuflucht eines Einsiedlermönchs oder eines sonstwie freundlich gesonnenen Menschen erweisen, der ihn aufnehmen und ihm Zuflucht gewähren würde. Als er aber aus der Finsternis der Bäume hervortrat, sah er statt dessen im Mondlicht ein wunderschönes Haus, hinter dessen geöffneter Tür weiches Laternenlicht leuchtete.

Er dankte den Göttern für sein Glück, rannte auf das Haus zu und stieg auf die Veranda. Als seine Schritte auf den hölzernen Dielen hallten, erschien in der Tür eine Gestalt. Im Lampenlicht konnte er erkennen, daß es eine in altmodische Dienstbotenkleider gehüllte alte Frau war, der das lange graue Haar über die Schultern fiel, als ob sie gerade vom Bett aufgestanden wäre.

Plötzlich wurde dem jungen Mann bewußt, welchen Anblick er selbst bieten mußte. Seine Reisekleidung, die schön und elegant gewesen war, als er Heian-Kyo verlassen hatte, war jetzt zerfetzt und mit Schmutz bedeckt. Er hatte im Wald seinen Hut verloren, und in seinem Haar hingen abgestorbene Blätter und Zweige. All seine Habseligkeiten, mit Ausnahme einer Gürteltasche mit den Schriftrollen bezüglich seiner neuen Stellung, hatten ihm die Wegelagerer weggenommen.

Er verbeugte sich tief und sagte mit erlesener Höflichkeit: »Verzeiht mein Eindringen. Ich und meine Bediensteten sind auf der Straße von Wegelagerern überfallen worden. All meine Begleiter sind getötet worden, und ich bin nur mit knapper Not mit meinem Leben entkommen. Ich bitte Euch, mir in Eurem Haus Zuflucht zu gewähren.«

Als er ausgesprochen hatte, kniete sie auf dem Boden nieder und verbeugte sich tief, denn seine Sprache legte Zeugnis ab für seine aristokratische Herkunft. »Seid willkommen in unserem bescheidenen Haus, hoher Herr. Wenn Ihr eintreten wollt, werden wir unser Bestes tun, Euch zu dienen.«

Ihre Begrüßung klang so aufrichtig und offen, daß er beinahe in das Haus gefallen wäre, aber er bewahrte Haltung und folgte ihr durch die schattigen Korridore, bis sie einen Garten erreichten. Im Mondlicht konnte der junge Mann die schwer überhängenden Äste von Bäumen, Wacholderbüsche und Gras sehen. Ein durchdringender, metallischer Geruch lag in der Luft, und in einer Ecke des Gartens stieg aus kreisförmig angeordneten Felsbrocken Dampf auf. »Unsere Quelle hat Heilkraft, sagt man. Wenn Ihr zu baden wünscht, werde ich Euch saubere Kleidung bringen und Euch dann zu der Dame führen.«

Das entfachte die Neugierde des jungen Mannes, aber der Gedanke an das heiße Wasser war stärker, und so sparte er sich seine Fragen. Er badete in der Quelle, deren heißes Wasser in der Tat gleichsam verjüngend wirkte und zog dann die Kleider an, die die alte Frau ihm brachte. Sie waren von guter Qualität, aber von ebenso altmodischem Schnitt wie die der alten Frau, und er mußte deshalb sein feuchtes Haar nach hinten kämmen, weil er keine Möglichkeit hatte, es nach höfischer Art zu ordnen.

Als er der Frau zurück zum Haus folgte, entschied er für sich, daß es der Sitz einer alten Aristokratenfamilie sein mußte, die vor Jahren die Hauptstadt verlassen hatte, um hier in seltsamer Abgeschiedenheit zu leben. Vielleicht waren sie, gleich ihm, Opfer eines Machtkampfes gewesen.

Die Frau führte ihn durch einen Schleier von Seidenvorhängen in einen gedämpft beleuchteten Raum, bedeutete ihm mit einer Handbewegung auf einem Polster Platz zu nehmen und kniete dann nieder, um heißen Wein in eine Schale zu gießen. Er leerte dankbar die erste Schale und, als sie ihm angeboten wurde, auch eine zweite.

Dann verbeugte sich die alte Frau aufs neue, erhob sich und tappte zur Tür. Allein gelassen sah sich der junge Mann in dem Raum um und entdeckte zum ersten Mal den dünnen Wandschirm auf der anderen Seite. Darunter konnte er die Arme einer Dame sehen, in fahlem Grau und Weiß und silberner Seide, die auf dem Boden wie Nebel aussah. Selbst in dem herrschenden Halbdunkel dachte er, daß der Schatten, der über dem Tuch lag, eine Locke ihres langen schwarzen Haares sein mußte.

Er verbeugte sich im Sitzen. »Habt Dank, edle Dame, für Eure Gastfreundschaft.«

»Ihr seid mir willkommen«, war hinter dem Wandschirm eine Stimme zu vernehmen. »Meine Dienerin hat mir gesagt, daß Wegelagerer Euch überfallen haben. Ich hoffe, Ihr seid nicht verletzt.«

»Nur ein paar Kratzer. Eure Quelle hat mir Linderung verschafft.« Von ihrer Stimme neugierig gemacht, schob der junge Mann sich ein wenig näher an den Wandschirm. Er nannte ihr seinen Namen und beschloß in dem Wissen, daß es für eine Dame von Geblüt nicht ziemlich sein würde, ihm den ihren zu nennen, sie für sich die Dame des Herbstmondes zu nennen. Während er in kleinen Schlukken ihren Wein trank, erzählte er ihr, wie er mit seiner Dienerschaft die Hauptstadt verlassen hatte und von den Wegelagerern überfallen worden war. »Euer Haus war mir ein höchst willkommener Anblick, edle Dame. Wie kommt es, daß Ihr so weit von der Welt entfernt lebt, an einem solch abgeschiedenen Ort?«

»Mein Vater hat mich hierhergebracht. Das liegt viele Jahre zurück«, antwortete sie. Aber ihre Stimme klang so jung, daß er für sich den Schluß zog, daß sie zu der Zeit noch ein Säugling gewesen sein mußte. »Als er starb, blieb ich hier.«

»Seid Ihr hier alleine?«

»Nur ich und meine Dienerin sind geblieben. Die anderen Bediensteten haben mich alle verlassen, als mein Vater gestorben war.«

»Was für ein schreckliches Leben für eine junge Frau«, bemerkte der junge Mann, »habt Ihr keine Familie? Niemanden, der Euch in die Hauptstadt zurückholen und Sorge für Eure Zukunft treffen kann?«

»Ich habe nur mich.«

»Glaubt mir, die Freundlichkeit, die Ihr mir erweist, wird nicht ohne Belohnung bleiben«, versicherte er ihr, entschlossen, ihr zu helfen, aber insgeheim nicht sicher, welche Mittel ihm noch zur Verfügung standen. Würde es möglich sein, sie in sein neues Heim mitzunehmen? Wenn sie so schön war, wie ihre Stimme das andeutete, würde er sie vielleicht zur Konkubine nehmen können.

»Eure freundlichen Gedanken sind mir Dank genug, edler Herr.«

»Unsinn«, antwortete er fast schroff, entschied dann aber, daß er versuchen würde, sie mit einem Gedicht zu überreden:
»Lieblich im einsamen Garten – doch wieviel wertvoller ist die Pflaumenblüte, wenn man sie sieht.«

Er hörte das Rascheln ihrer Seide, und die Ärmel ihres Gewands bewegten sich hinter dem Wandschirm, wie eine bleiche Hand.
»Die Mondblüte erfüllt die Nacht mit Duft.
Aber am Tage würdet ihr an Ihr vorübergehen«,
erwiderte sie, und ihr Witz bewegte sie ebenso wie ihr Widerstand ihn faszinierte.
»Ich würde die ganze Nacht auf den Mond warten
und meine Ärmel vom morgendlichen Tau benetzen lassen,
wenn sie nicht käme.«

Er wartete auf ihre Antwort, als die alte Dienerin wieder erschien und sich an der Tür niederkauerte.

»Ich habe eine Kammer für Euch vorbereitet, edler Herr. Ihr seid gewiß müde und wollt ausruhen.« Der junge Mann war verstimmt darüber, daß er in seiner Tändelei mit der Dame des Herbstmondes gestört wurde, aber als er auf die Stelle blickte, wo sie saß, sagte sie nichts, so daß er sich gezwungen sah, der Dienerin über die Veranda zu seiner Kammer zu folgen. Und in der Tat hatten ihn die Ereignisse der Nacht so ermattet, daß er sofort einschlief, als er sich hinlegte.

In seinem Schlaf stellten sich fremdartige Träume ein. Er träumte, er sei in ein seidenes Gespinst eingehüllt, wie das einer Spinne, während etwas an der Wunde tastete und leckte, die die Banditen ihm an seiner Schulter zugefügt hatten. Der Traum beunruhigte ihn so, daß er erwachte und ohne nachzudenken mit dem ersten Gegenstand, der ihm in die Hand kam, um sich schlug, dem Kamm, den die alte Frau ihm gegeben hatte, um sein Haar zu ordnen.

Ein Schmerzensschrei war zu hören und riß ihn gänzlich aus dem Schlaf. Im Mondlicht konnte er eine junge Frau auf dem Boden kauern sehen, die sich die Hand hielt. Sie war schöner, als er sich das ausgemalt hatte, ihr Gesicht von perligem Weiß wie der Mond mit fein gezeichneten Augenbrauen und einem Mund so rund wie eine Kirsche. Haar so schwarz wie die Mitternacht fiel ihr über die Schultern und bis auf die Matten um ihre Knie. Sie war in ein hauchdünnes Gewand gehüllt, das ihre Schultern freiließ. »Edle Dame ... bitte verzeiht mir ... ich träumte ...«

»Ich kam, um nachzusehen, ob es Euch gutgeht«, sagte sie mit weicher Stimme.

»Habe ich Euch verletzt?«

»Meine Hand blutet. Es ist nichts.«

Trotz ihrer Proteste griff er nach ihrer Hand und küßte den blutigen Striemen, den sein Kamm auf ihrer weichen, kühlen Haut hinterlassen hatte. Ihr Blut schmeckte wie ein fremdartiges, exotisches Gewürz. Als er in ihre Augen blickte, waren sie sehr dunkel. Dann zog sie ihm die Hand weg und richtete sich auf. Das Mondlicht schien durch ihr Gewand zu scheinen und zeichnete die Linien ihres schlanken Körpers nach.

»Ich muß gehen.«

»Nein.« Er war halb aufgestanden, ehe ihm das bewußt wurde, und seine Hand streckte sich nach ihr aus.

»Ihr wollt, daß ich bleibe?«

»Ja.«

»Seid Ihr da sicher?«

»Ja«, antwortete er und hielt mit einer Hand ihren Ärmel fest. Sie breitete die Arme aus, und ihr Gewand fiel von ihr und ließ ihren nackten Körper im Mondlicht weißer als Seide schimmern. Dann zog er sie auf die Matten herab und ertrank in den Netzen ihres Haares und den kühlen Tiefen ihres Fleisches.

Als er erwachte, lag der Raum in Finsternis da, und er war alleine. Der Duft ihres Haares hing an ihm, der Geschmack ihres Blutes war in seinem Mund. Eine große Müdigkeit lastete auf ihm wie ein schweres Gewicht, und er brauchte lange, bis er sich von seinem Lager erheben und zur Tür taumeln konnte. Einen Augenblick lang starrte er ungläubig zum Himmel und dem Mond hinauf, der hoch über seinem Kopf hing. Ebenso war es gewesen, als die Dame des Herbstmondes zu ihm gekommen war, und ohne Zweifel mußte er in den langen Stunden, die er in ihren Armen verbracht hatte, hinter dem Horizont versunken sein. Wenn der Himmel stimmte, hatte er einen ganzen Tag und eine halbe Nacht geschlafen.

Dann blickte er sich um, und seine Zweifel verstärkten sich. In der vergangenen Nacht war der Garten bloß überwuchert gewesen, jetzt erstickte er förmlich unter Schlingpflanzen und Unkraut. Ein Baum beugte sich über den Teich, in dem er gebadet hatte, und seine Blätter hingen bis in das trübe Wasser. Das Haus, das ihn umgab, war in gleicher Weise verändert. An manchen Stellen waren die schweren Schindeln heruntergefallen, und die hölzerne Veranda unter seinen Füßen war am Zerbröckeln und Verfaulen.

Er rannte von Zimmer zu Zimmer und rief nach der Dame oder ihrer Dienerin, aber abgesehen vom klagenden Ruf einer Eule irgendwo im Wald antwortete ihm niemand.

Während er so suchte, stellte sich bei ihm die schreckliche Erkenntnis ein, daß die Dame, mit der er die Nacht verbracht hatte, kein sterbliches Geschöpf gewesen war, sondern ein Geist oder Dämon. Nachdem sie ihre böse Tat vollbracht hatte, war sie zurückgekehrt in das geheimnisvolle, fremdartige Reich, dem sie angehörte.

Zum zweiten Mal floh der junge Mann durch die Wälder, ließ das alte, zerfallende Haus und die klagenden Rufe der Eulen hinter sich. Aber vor dem seltsamen erschreckenden Hunger konnte er nicht fliehen, den die Dame in ihm hinterlassen hatte, und er wußte jetzt, da es zu spät war, daß die Omen wahr gewesen waren und daß vom ersten Schritt an ein Fluch über seiner Reise gelastet hatte.

20

Oktober 1902

NATÜRLICH HAT ES sich nicht genauso zugetragen. Die Dame war nicht ganz so übernatürlich, wie es die Geschichte vielleicht andeutet. Und der junge Mann war ganz sicherlich anmaßender.

Aber wir aus der Familie Fujiwara lieben Worte fast ebenso, wie wir die Macht lieben, und wir haben diesem Land ebenso große Dichter wie listenreiche Regenten gegeben.

Als ich dieses Tagebuch in meiner eigenen Sprache schrieb, schien mir, ich müsse versuchen, die wahren Ereignisse in Kunst und die Wirklichkeit in Dichtung verwandeln. Dichtung war für mich sicherer.

Jetzt, da ich beschlossen habe, es zu übersetzen, als Übung in der englischen Sprache, die zu lernen ich mich abgemüht habe, habe ich auch beschlossen, weiterhin bei der Dichtung zu bleiben, aber auch einige Wahrheiten hinzuzufügen.

Das Tagebuch war gefährlich, als ich es begann und ist jetzt noch gefährlicher. Dennoch ist es für mich wichtig, es fortzuführen, es zu übersetzen. Das mag nur Eitelkeit sein, wenn ich auch vorziehe, das nicht zu glauben. Im Lauf der Jahrhunderte habe ich es aus einer Vielzahl von Gründen geschrieben. Es hält eine Vergangenheit fest, von der ich Angst hatte, ich könnte sie vergessen. Es hat mir die Möglichkeit gegeben, den Zustand, den ich erreicht habe, einigermaßen zu begreifen. Deshalb werde ich fortfahren, es zu schreiben, trotz der neuen Risiken, die vielleicht erwachsen sind.

Ich habe Mr. Stokers Buch gelesen. Obwohl ich es mir in seiner Muttersprache enträtselt habe und nicht der meinen, ist eines klar: Der Westen hat für das, was ich bin, Worte, auch wenn der Osten sie nicht hat.

Natürlich bin ich der junge Mann, dessen vom Mißgeschick begleitete Reise in der ersten Geschichte dieses Tagebuchs aufgezeichnet ist. Mein Name ist Fujiwara no Sadamori (ich kann ihn noch nicht rückwärts denken, wie der Westen das fordert). Ich bin im Jahre 1015 nach Christi Geburt geboren, wie der Westen die Jahre zählt. In dreizehn Jahren werde ich neunhundert Jahre alt sein.

Es hat mich einige Zeit gekostet, das Wesen meines Fluchs zu erkennen, da mir ja keine passende Mythologie zur Verfügung stand, die mich hätte leiten können. Ich habe all die Geschichten von Geistern, Dämonen und formverwandelnden Geschöpfen durchgesucht, an die ich mich erinnern konnte, aber ich konnte nichts darunter finden, das meinen Zustand beschreibt.

Während dieser ersten Zeit meiner Verzweiflung wanderte ich ziellos durch die Wälder. Ich kam fast um, als ich auf einer Wiese einschlief und erwachte, um festzustellen, wie die Sonne mein Fleisch verbrannte, als habe sie vor, es von meinen Knochen zu sengen. Hunger und Durst quälten mich, und ich war außerstande, Wasser oder die Nahrung zu verdauen, die ich finden konnte. Erst als es mir gelang, einen Hasen zu töten und in seine Kehle zu beißen, um sein Blut zu trinken, entdeckte ich, was ich jetzt zum Überleben brauchte.

In der vierten Nacht nach meiner Begegnung mit der Dame des Herbstmondes stieß ich im Wald auf einen Bauern. Ich dachte, ich wollte ihn nur anrufen, seine Hilfe suchen, aber als er mich sah, hatte er Angst. Die Jagd war kurz, denn ich stellte fest, daß ich trotz meines Hungers über neue Kräfte verfügte und viel schneller laufen konnte als vorher. Als ich ihn fing, war es, als käme eine Art von Wahnsinn über mich. Als er wieder verflog, war der Jäger tot und meine Kehle brannte von seinem Blut.

Ich blieb noch drei Nächte im Wald, hin- und hergerissen zwischen Schrecken und Faszination über das, was ich geworden war. Zuletzt wurde mir klar, daß der Fluch, die finstere Wandlung, die die Dame an mir vollzogen hatte, mich nicht in ein geistloses Monstrum verwandelt hatte. Ich konnte nicht in den Wäldern und auf den Hügeln herumkriechen und damit zufrieden sein.

Zuletzt, nachdem ich lange mit mir selbst über meinen Fluch gehadert hatte, begab ich mich an meinen neuen Posten und sagte dort nur, daß Wegelagerer mich überfallen hätten und ich nur mit Mühe lebend entkommen und erschöpft und verletzt einige Tage durch die Wälder geirrt sei.

Ich hatte seltsame Angewohnheiten, aber niemand in der Provinz kannte mich, und die Einheimischen waren bereit, einem Aristokraten vom Hofe jegliche Exzentrizität zu glauben. Die Barone und ihre Krieger hielten mich für kraftlos, weil ich so sorgsam darauf bedacht war, die Sonne zu meiden. Die Konkubinen, die man mir anbot, hielten mich für eine seltsame Sorte Mönch, der seinen Samen bewahrte, um größere Erleuchtung zu finden. Ich weiß nicht, was die Bauern, von deren Blut ich mich ernährte, von mir dachten, wenn sie in den kurzen Augenblicken, bevor sie starben, Zeit hatten, darüber nachzudenken.

Allmählich begann ich zu begreifen, daß ich zwar mehr als ein Sterblicher, aber weniger als ein allmächtiger Dämon war. Ich verfügte über keinerlei Zauberkräfte, die über meine neue Kraft hinausgingen, und einen Willen, den ich mit einiger Übung auf kurze Zeit anderen aufzwingen konnte. Während die Jahre verstrichen und mein Gesicht hinter dem Puder, mit dem ich es weiß färbte, dasselbe blieb, begann ich zu glauben, daß ich vielleicht nicht sterben würde.

Die Zeit strich erstaunlich schnell dahin. Sobald ich das Stadium hinter mich gebracht hatte, in dem mich blinde Besessenheit mit meiner neuen Existenz erfüllte, stellte ich fest, daß mein Leben sich gar nicht so sehr von dem unterschied, das ich erwartet hatte. Ich führte die Regierungsgeschäfte so, wie man es von mir erwartete, und sah zu, wie die Adeligen meiner Umgebung den Hof von Heian-kyo nachäfften, in der Hoffnung, sich vermittels Dichtung und Betrachtung des Mondes und einer gepflegten Handschrift »denen, die zwischen den Wolken wohnen« anschließen zu können, die ganze Zeit freilich wohlwissend, daß der Rang, den sie anstrebten, nur durch das Blut und nicht durch Leistung erreicht werden konnte. Sie drängten mir ihre Töchter auf, und einige davon nahm ich auf meine Art, wenn auch natürlich keine von ihnen je die Erben hervorbrachte, auf die ihre Familien gehofft hatten.

Zweimal begab ich mich in den Wald, um nach der Dame des Herbstmondes zu suchen, aber es war keine Spur von ihr zu finden. Ich sollte sie nie wieder sehen.

Nach vierzig Jahren verkündete ich, ich wolle mich zurückziehen und nach einer Pilgerreise nach Ise Mönch werden. Nach einigen Festmählern und Geschenken trat ich die Reise zurück nach Heian-kyo an. Wie zuvor durfte ich auch diesmal nicht ohne Begleitung reisen, und so ritt ich in Gesellschaft von zehn Leuten. Vier trugen meine Sänfte, zwei waren Diener, zwei Soldaten aus der örtlichen Garnison und die beiden letzten Söhne einer ortsansässigen Familie, die darauf hofften, in der Hauptstadt oder dem Kloster ihr Glück zu machen.

Wir befanden uns seit einem Tag im Gebirge, als die Wegelagerer angriffen. Während ich in der Sänfte wartete, töteten sie mein gesamtes Gefolge mit einer Ausnahme: ein Sohn konnte entfliehen. Als die Sonne versank, trat ich zwischen den schützenden Vorhängen hervor auf den dunkler werdenden Pfad. Fünf Wegelagerer waren damit beschäftigt, die Leichen ihres Schmucks zu berauben. Einer wühlte in den Bündeln nach Wein, der letzte musterte mich mit einem schwachen Lächeln. Als er die Hand nach der versprochenen Bezahlung ausstreckte, tötete ich erst ihn und dann seine Gefährten. Eines meiner blutigen Gewänder ließ ich auf dem Weg liegen. Wenn die Behörden die Leichen fanden, würden sie annehmen, daß mein Gefolge und die Wegelagerer sich gegenseitig umgebracht hatten, und daß ich ohne Zweifel in den Wald gekrochen war, um dort zu sterben.

Alleine machte ich mich auf dem Weg zum Heim meiner Kindheit.

21

DIE QUEENS STREET war stiller als beim letzten Mal, als sie hiergewesen war, damals hatte die Sommerhitze die Fenster der Restaurants an der Straße geöffnet, und die Menschen hatten in der schwülen Luft die Straßen bevölkert. Jetzt gingen sie zielgerichteter, die Hände in den Taschen, die Schultern etwas nach vorne gezogen, als könnten sie in der Brise schon den ersten Hauch des Winters spüren.

Ardeth ließ sich auf dem Bürgersteig treiben, wie sie es vor so vielen Nächten getan hatte. Sie hatte ihre Jagdkleidung angelegt: Schwarzer Minirock, weite schwarze Jakke. Sie war eigentlich nicht hungrig, noch nicht. Aber mit der Entscheidung, hierher zurückzukehren, ging auch die einher, sich so zu kleiden.

Unverstärkte Gitarrenklänge schwebten von weiter vorne auf sie zu. Eine kleine Gruppe Menschen war stehengeblieben, um zwei Musikern zuzusehen, die dort spielten und sangen. Ardeth blieb einen Augenblick lang am Rande des kleinen Kreises stehen und sah zu. Sie waren nicht schlecht. Natürlich nicht so gut wie Sara, aber auch nicht schlecht. Einer der beiden war sogar einigermaßen attraktiv, mit den Anfängen eines dunklen, etwas unordentlichen Bartes und blauen Augen mit kleinen Fältchen in den Augenwinkeln, wenn er lächelte. Selbst die Musiker schienen den herannahenden Winter zur Kenntnis genommen zu haben, dachte sie, als sie die bunten fingerlosen Wollhandschuhe an seinen Händen sah.

Ein Schaudern von *déjà vu* durchlief sie plötzlich. Sie war schon einmal hier gewesen, am Rand einer kleinen Gruppe von Menschen, und hatte zwei Männern beim Spielen und Singen zugesehen. Einer jener Männer war jetzt tot, getötet, als die Schlaffheit, die sie in ihm nach dem Trinken seines Blutes hinterlassen hatte, ihn vor ein zu schnell fahrendes Taxi geschleudert hatte. Der andere Mann war jetzt der Liebhaber ihrer Schwester.

Ardeth wandte sich fröstelnd ab und setzte ihren Weg fort. Denk nicht daran, forderte sie sich auf. Denk nicht daran, daß Mickey dich nicht mag, daß er dir Ricks Tod nie richtig verziehen hat. Er hat sein Leben riskiert, um Sara zu retten, nicht dich.

Die Straßen waren zu angefüllt mit Erinnerungen: Die Ecke, wo sie ihrem ersten Opfer begegnet war, als der dort bettelte, die Stelle, wo Mickey und Rick gespielt hatten. Sie verdrängte die Bilder. Auf eine ganz gewisse Weise war sie hier glücklich gewesen. Es mußte Orte geben, die keine schlechten Erinnerungen enthielten, Orte, wo sie an ihrer Wiedergeburt Freude gehabt hatte.

Hinter ihr war Gelächter zu hören, dann war sie plötzlich von einer schwarzen Woge eingehüllt. Eine Gruppe junger Männer und Frauen strömte an ihr vorbei, und ihre dunklen Kleider, die weißen Gesichter und ihr gefärbtes Haar verrieten ihr Ziel.

Sie könnte auch dorthin gehen, wurde ihr klar. Der Ort, den sie suchten, enthielt keine schmerzlichen Erinnerungen, nur die Aussicht auf Zuflucht und Befriedigung in seiner überfüllten Dunkelheit.

Sie folgte ihnen die Nebenstraße hinunter, über die Treppe in den Keller, wo der Club war. Als die Tür aufging, schlug ihr dröhnende Musik entgegen und zog sie in eine Düsternis, die an das Grab erinnerte. Im Club hing ein roter, rauchiger Dunst, erhellt von roten Lichtern und Kandelabern. Wohin sie blickte, waren bleiche Gesichter, rote Münder, schwarze Köpfe. Es war, als wäre sie von lauter Spiegeln umgeben.

In dem Sommer ihrer Wiedergeburt war sie einige Male hierhergekommen. Dieser Club war ein perfektes Versteck gewesen und zugleich auch ein perfektes Jagdrevier.

Wo konnte man sich besser verstecken, als in einem Club voll Menschen, die noch exotischer als sie aussahen? Wo war besser jagen, als inmitten einer Menschenmenge, die Vampiren begegnen wollte . . . oder sich selbst danach sehnte, Vampir zu sein.

Ardeth ließ sich von der Musik auf die Tanzfläche ziehen. Ihre schlangenhaften Rhythmen lockerten ihre Wirbelsäule und übertönten mit dem Dröhnen der Gitarren alle Erinnerungen in ihr. Sie schloß die Augen und ließ die reale Welt hinter dem dunklen, rauchigen All verschwinden.

Als sie sie wieder aufschlug, tanzte ein junger Mann neben ihr. Er hatte eine stachelige Krone aus gebleichtem Haar und Haut, die fast ebenso weiß war. In seinen Ohren, seiner Nase, seinen Lippen glitzerten Ringe. Als er sie ansah, sah sie, daß seine Augen wie die ihren waren, ein weiches Braun, das irgendwie nicht zu dem schrillen Bild paßte.

Sie lächelte ein wenig, und seine Lippen schickten ein Echo ihres Lächelns zurück. Zwei wirre, widersprüchliche Gedanken huschten durch ihr Bewußtsein. Was mag er sich sonst noch durchbohrt haben? Ob er wohl so jung ist, wie er aussieht?

Es würde so einfach sein. Einfacher noch als der Junge in dem Schlafsaal. Sie brauchte nur eine leise Andeutung von dem, was sie war, durchblicken lassen, und er würde mit ihr in den Schutz irgendeiner Seitengasse gehen. Er würde sie mit offenen Armen aufnehmen, und wenn sie zuließ, daß er sich an das Erlebnis erinnerte, sogar wiederkommen und sie suchen.

Dann würde es leicht sein, es wieder zu tun und wieder. Sie sah sich um, betrachtete die dunkle Masse von Menschen und ihre Spiegelbilder an den Wänden. Vielleicht könnte das hier wieder ihr Leben sein. Vielleicht würde sie hier einen Ort finden, an dem sie heimisch werden konnte.

Der Rhythmus der Musik verlangsamte sich ein wenig, ging schließlich in einen sinnlichen, trägen Rhythmus über. Der Junge neben ihr lächelte und rückte auf ein antwortendes Flackern in ihren Augen näher. Er sah so aus, als würde er gerne mit ihr sprechen, aber die Musik war dafür immer noch zu laut. Ardeth war für den Lärm dankbar, für das anonyme Drängen von Körpern, die sich rings um sie bewegten und sie immer wieder anstießen. Als er die Hand auf ihre Schulter legte und sich zu ihr beugte, etwas schrie, schüttelte sie den Kopf und lächelte. Ihre Hüften berührten die seinen.

Er versuchte nicht noch einmal zu sprechen, sondern ließ nur zu, daß die Musik ihre Körper in der rauchigen Hitze näher aneinanderschmelzen ließ. Ardeth fühlte, wie seine Hände über ihr Rückgrat strichen und dann nach oben wanderten, sie am Nacken unter ihrem Haar berührten. Sie schloß die Augen und legte den Kopf an seine Schulter. Seine Kehle war nur Zentimeter von ihrem Mund entfernt. Leicht, dachte sie verträumt und blickte auf den Ohrring in Form eines Totenschädels, der an seinem Ohrläppchen baumelte. Es würde so leicht sein. Bloß eine einfache Bewegung und ich könnte Nahrung aufnehmen, hier auf der Tanzfläche. Bloß jene eine einfache Bewegung und ich könnte immer hierbleiben in dieser süßen Dunkelheit.

Nur, daß nichts davon wirklich sein würde, erkannte sie mit eisiger Klarheit. All die bleichen Gesichter und die schwarzgeränderten Augen stellten kein Abbild von ihr dar, wie sie voll blindem Narzismus gedacht hatte. Sie hatte sich nur selbst dem Bild angeglichen, das sie verehrten. Sie wünschten sich ihre Vampire schön und gefährlich, exotisch und außerirdisch. Sie wünschten sich den tragischen Aristokraten, den gefallenen Engel, die unwiderstehliche sexuelle Macht.

Sieh den Dingen doch ins Auge, dachte Ardeth bitter. Das hast du dir doch auch gewünscht. Oh, natürlich war es mit dir und Dimitri mehr als das, aber auch jenes andere war dabei. Du wolltest, daß er jenes Bild sein sollte und hast dich selbst umgekrempelt, um es zu verkörpern. Und als ihr beide diesen Traum nicht leben konntet, als die Realität der Liebe und die Alltäglichkeit des Daseins euch zuviel wurden, bist du weggerannt. *Beide* sind wir weggerannt, erinnerte sie sich schroff. Und er zuerst.

Der Junge, der sie in den Armen hielt, drehte den Kopf zur Seite und lächelte wieder. Zum ersten Mal merkte sie, daß seine Eckzähne spitz zugefeilt waren.

Eine Welle des Ekels schlug über ihr zusammen. Plötzlich schien ihr die Decke zu niedrig, zu nahe. Die weißen Gesichter hingen in der Finsternis um sie, und ihre roten Lippen schienen böse zu lächeln. Ekel über sie, über sich selbst, brannte in ihrer Kehle. Sie entzog sich den Armen des Jungen und floh von der Tanzfläche, bahnte sich taumelnd einen Weg durch die dicht gepackten Menschen und trat ins Freie, in die kühle, saubere Luft.

Einen Augenblick lang lehnte sie an der Wand vor der Tür, ihr Atem ging schwer. Selbst das hier hatte jetzt einen Makel bekommen. Sie konnte nie wieder hierher zurückkehren, ohne die Falschheit und das spöttische Bild eines fiktiven Lebens zu sehen, das sie nie führen konnte. Rossokow, laß mich los, dachte sie, und ihre Wut brodelte in ihr auf, während sie nach einem Grund oder einem Ziel suchte. Wenn ich bloß aufhören könnte, an dich zu denken, dann wäre ja alles gut. Sie zwang sich, stehenzubleiben und dann wieder weiterzugehen, blindlings zurück zur Queens Street und dem zweifelhaften Schutz, den die vielen Menschen dort boten.

Dann stand sie schließlich vor dem *Gold Rush* und starrte Saras Bild an, das von den Plakaten auf sie herabblickte. Drinnen spielte Black Sun oder würde zumindest in Kürze spielen. Sie konnte hineingehen und zusehen . . . Nur, daß sich möglicherweise jemand an ihr Gesicht erinnern konnte, von dem Plakatfeldzug, den Sara geführt hatte, um ihre verschwundene Schwester wiederzufinden. Aber machte das etwas aus? fragte sie sich. Du hast doch vor, zurückzukommen. Warum nicht jetzt?

Sie brauchte sich darauf keine Antwort zu geben, setzte aber trotzdem ihre Sonnenbrille auf, ehe sie hineinging, um nach Sara zu fragen. Sie hatten dafür für alle Fälle so etwas wie einen Code vereinbart. »Sagen Sie ihr einfach, Chris Lee sei dagewesen«, sagte Ardeth und gab sich redlich Mühe, bei dem Namen nicht zu lächeln, den Sara gewählt hatte. »Wenn Sie einen Augenblick Zeit hat, warte ich draußen auf sie.«

Der Türsteher versprach, die Nachricht hinter die Bühne zu schicken, und Ardeth ging um das Gebäude herum an die hintere Tür und wartete in der schmalen Gasse, bis die Tür aufging. Wieder jenes schmerzliche *déjà vu*. Sie erinnerte sich daran, wie Mickey in die Seitenstraße trat und ihnen sagte, daß man Sara entführt hatte, und daß der Preis für sie war, daß sie sich stellen mußten.

Aber diesmal war es Sara selbst, mit zerfetzten Jeans und T-Shirt bekleidet, das Haar wie ein kupferner Heiligenschein um ihr Gesicht. »Was hast du denn in diesem Winkel der Erde verloren? Ich dachte, du wolltest zu der alten Ardeth zurückkehren?«

»Ich seh' mich bloß um. Vielleicht kehre ich zu der Nicht-so-alten-Ardeth zurück.« Saras Stimme hatte unsicher geklungen, und das hatte in der ihren eine gewisse Schärfe ausgelöst. Jetzt setzte ein unbehagliches Schweigen ein.

»Kommst du rein und hörst ein wenig zu?« fragte Sara schließlich. »Wir spielen dein Lied *Gone Missing.*«

»Das singt ihr immer noch?« fragte Ardeth und erinnerte sich daran, wie sie Sara das letzte Mal hatte spielen sehen. Sie hatte unter den Zuhörern gestanden und hatte dem Klagelied für eine verlorene Schwester gelauscht. Sie war hin- und hergerissen gewesen zwischen der Wut darüber, daß ihre Schwester irgendwie Anspruch auf ihr Verschwinden erhob, und der Sorge über die Erkenntnis, daß Sara sie vermißte und um sie trauerte.

»Aber selbstverständlich. Das wird mit auf der Platte sein, wenn wir sie machen. Hat es dir nicht gefallen?«

»Das Lied ist gut. Das habe sogar ich gemerkt. Aber ich bin ja nicht mehr weg – nicht mehr ›gone missing‹.«

»Doch, das bist du schon, Ardy«, sagte Sara leise. »Wir beide wissen doch, daß meine große Schwester nie zurückkommen wird.«

»Sara . . .« Sie wollte weiterreden, wollte es hinausschreien. Ich bin hier, kannst du mich nicht sehen? Mich nicht spüren? Aber die Worte wollten sich nicht bilden.

»Du kannst es immer noch schaffen.«

»Wovon redest du?«

»Du schaffst es immer noch zum Flughafen«, wiederholte ihre Schwester. »Akiko hat gesagt, sie würden erst nach

Mitternacht starten. Ich habe das nachgeprüft. Jetzt ist es erst zehn.«

»Warum sollte ich denn dorthin zurückwollen?«

»Warum willst du bleiben?« konterte Sara. »Du fühlst dich hier elend.«

»Das stimmt nicht. Es dauert nur alles etwas länger, als ich dachte.«

»Es dauert länger, weil es nicht funktionieren wird.«

»Sara ...« Das Echo ihrer eigenen Gedanken in den Worten ihrer Schwester ließ ihre Stimme schroff, beinahe schneidend klingen. Sie wandte sich ab und starrte in die dunklen Tiefen der Gasse.

»Wieso bist du nicht wieder auf die Uni zurückgegangen?«

»Ich hab' mich dort umgesehen. Ich kann nicht einfach ...«

»Doch, du kannst. Wenn du es willst, wenn du es wirklich willst, dann kannst du es auch. Aber sei doch ehrlich, Ardeth. Du interessierst dich doch nicht für die öffentlichen Verkehrsbetriebe um 1890 oder wie auch immer diese dämliche Doktorarbeit heißen sollte, oder?«

»Die Frage ist doch nicht, ob mich das interessiert oder nicht.«

»Doch. Interessiert es dich jetzt oder nicht?«

»Nein«, gab Ardeth nach kurzem Zögern zu.

»Kannst du dir vorstellen, die Arbeit fertigzuschreiben? Einen Job an der Uni anzunehmen? An der Abendschule Unterricht zu geben?« fragte Sara.

Sie machte den Mund auf, um zu antworten, ihr von den Plänen zu erzählen, die sie gemacht hatte, der Zukunft, die sie sich ausgemalt hatte. Aber alles, was in ihrem Bewußtsein nach oben kam, war ein Fernseher, auf dem stumm Teenagerphantasien abliefen, während sie über einem warmen Männerkörper kauerte. Sie schüttelte langsam den Kopf.

»Oder dort draußen auf der Queen Street rumzulungern und wieder Jagd auf Obdachlose oder Möchtegern-Vampire zu machen?«

Ardeth dachte an den Nachtclub, die zugefeilten Zähne des jungen Mannes, und schüttelte wieder den Kopf.

»Das ist nicht mehr dein Leben, Ardy. Es tut mir leid, aber das ist es nicht.«

»Was dann?«

»Das weiß ich nicht. Aber was auch immer. Hier wirst du es nicht finden. Die wirkliche Welt, dein wirkliches Leben – das ist in Banff, bei ihm.«

»Ich kann nicht zurück, Sara.« Sie zwang sich, die Worte auszusprechen trotz des plötzlichen Schmerzes in ihrer Kehle.

»Nein«, sagte Sara mit weicher Stimme und lehnte sich neben sie an die Wand. »Nein, du kannst nicht zurück.«

Das habe ich nicht gemeint, wollte Ardeth sagen, wollte es schreien, aber so dicht neben Sara ging das nicht, nicht solange ihre Schwester den Arm um sie gelegt hatte. Sie schloß die Augen und dachte daran, wie es sein würde, in die winzige Wohnung zurückzukehren, wie Rossokow von seinem Stuhl und seinem Buch aufblicken würde ... Was würde dann geschehen? Würden seine Augen kalt werden, seine Stimme zu Eis, und würde er ihr erneut befehlen, wegzugehen? Würde er sie küssen und sie lieben und ihren Namen auf jene ganz besondere Weise aussprechen, die in ihr alle Barrieren schmelzen ließ? Und selbst wenn er es tat, würde es am Ende irgendeinen Unterschied machen?

Und wenn sie hierblieb ... würde sie es fertigbringen, selbst an die fiktive Zukunft zu glauben, die sie sich zusammengereimt hatte? Würde sie mit der Realität verstohlener, mitternächtlicher Nahrungsaufnahme bei Fremden, für die sie nicht mehr als ein seltsamer, krankhaft erotischer Traum war, zurechtfinden? Konnte sie umkehren und tausend geschriebene Phantasien und solche auf Zelluloid ausleben?

Einen Augenblick lang überkam sie Verzweiflung. Es schien keinen Weg zu geben, der nicht Schmerzen versprach. Dann flüsterte ein Echo in ihr: »Er ist sehr alt und möchte sich mit seinesgleichen treffen.«

Er ist sehr alt, dachte sie plötzlich. Vielleicht hat Dimitri unrecht. Vielleicht brauchen wir keine Einzelgeschöpfe zu sein. Vielleicht gibt es irgendwo Vampire, die einen Weg für das Zusammenleben gefunden haben. Wenn es einen solchen Weg gibt, wenn es vielleicht etwas gibt, was weder Dimitri noch ich sehen können, dann kennt Sadamori Fujiwara vielleicht diesen Weg.

Und wenn nicht? Kann ich es ertragen, das alles noch einmal durchzumachen? Kann ich die Hoffnung ertragen, daß dieser andere Vampir eine Antwort hat, um dann herauszufinden, daß es nicht so ist?

Kann ich es ertragen hierzubleiben und mir stets diese Frage zu stellen?

Sie schlug die Augen auf und sah ihre Schwester an. »Du willst bloß die Wohnung zurückhaben«, sagte sie. Einen Augenblick lang sah Sara aus, als habe sie sie ins Gesicht geschlagen, das Gesicht von Schuldgefühlen gerötet. Aber dann schien sie in Ardeths Blick den Entschluß zu sehen und grinste.

»Da hast du verdammt recht.«

22

Die Geschichte von Tamakatsura

ICH WAR SIEBZEHN, als mein Onkel aus den Provinzen zurückkehrte.

Ich wußte nicht, daß mein Vater seinen unbekannten Halbbruder aufgenommen hatte, erfuhr es erst einige Tage nach seiner Ankunft, weil ich damals nicht zu Hause lebte, sondern am Hof, als Hofdame der jungen Prinzgemahlin, Prinzessin Masahime.

Mein Vater schickte mir einen Brief, um mich von der Ankunft seines Bruders und vom Tod seines eigenen Vaters, des Großvaters, den ich nie zu Gesicht bekommen hatte, zu unterrichten. Eine der Dienerinnen brachte mir den Brief, als meine Dame und ihr Gefolge sorgfältig von einem Bambusgitter abgeschirmt auf einer der Veranden des Palastes ein wenig Luft schnappten.

Die Prinzessin sah, daß ich las, und fragte mich, was für Neuigkeiten ich erfahren hätte.

»Mein Vater sendet mir Neuigkeiten. Sein Vater, der im Norden gedient hat, ist gestorben, und sein Halbbruder ist in Heian-kyo eingetroffen.«

»Aus den Provinzen?« fragte Yugao, eine der anderen Damen. »Was beabsichtigt Euer Vater mit einem solchen Mann anzufangen? Er wird ihn doch sicherlich nicht bei Hof einführen.«

»Das weiß ich nicht. Ich nehme an, das wird davon abhängen, was für ein Mensch mein Onkel ist.« Ich sah wieder auf die Schriftrolle, entdeckte aber in der Handschrift meines Vaters keine Hinweise darauf. Als ich sie wegrollte, beschloß ich, für meinen Großvater Sutren zu sprechen, weil die Seele eines von Straßenräubern ermordeten Mannes sicherlich Gebete brauchen würde, um den Weg aus dieser in die nächste Welt zu finden. Wenn sein racheheischender Geist zurückblieb, würde er ohne Zweifel die Straßenräuber verfolgen, aber Geister waren nicht dafür bekannt, besonders vernünftig zu sein, also war es das beste, keine Risiken einzugehen.

»Nicht wie dieser schreckliche Yugiri, hoffe ich«, sagte Koi, und ich erinnerte mich an die Gestalt des Generals, wie er in seiner eisernen Rüstung durch die Gänge des Palastes schritt, den Hut schief auf dem Kopf, das Gesicht schwarz von Bartstoppeln. Koi hatte mit ihm hinter dem sicheren Schutz ihres Wandschirms heraus geflirtet, dann aber insgeheim über seine schwerfälligen Verse und seine ungelenke Schrift gelacht. Die Szene, die sich abgespielt hatte, als sie ihn abgewiesen hatte, war wenigstens einen Tag lang der Skandal des ganzen Hofes gewesen, bis zum nächsten Skandal. Koi spuckte immer noch aus, wenn sein Name erwähnt wurde, aber mir hatte er insgeheim leid getan. Es war schließlich nicht seine Schuld, daß er nicht mit höfischen Manieren aufgewachsen war ... oder daß er das Unglück gehabt hatte, in Liebe zu Koi zu entbrennen.

»Vielleicht wird er ein Mann von Lebensart sein«, meinte ich, und Koi schürzte ihre winzigen, roten Lippen.

»Tamakatsura war schon immer Optimistin«, fügte Yugao mit einem winzigen Hauch Boshaftigkeit hinzu, »trotz der Tragödien ihres Lebens.«

»Ich habe keine Tragödien erlebt«, erwiderte ich. »Ich betrauere den Tod meines Verlobten, kann aber nur dankbar dafür sein, daß er mir die Gelegenheit gab, meiner Prinzessin zu dienen.« Ich verbeugte mich leicht und sah Masahime lächeln. Teilweise war es Schmeichelei, und das wußte sie auch. Aber wir waren vor ihrer Verehelichung mit dem Prinzen viele Jahre Freundinnen gewesen, und ich war nicht traurig darüber, bei Hof mit ihr zusammen zu sein. Und offen gestanden, ich war keineswegs zu stolz für Schmeichelei, wenn es sie nur zum Lächeln brachte, denn in letzter Zeit war sie unglücklich und betrübt gewesen. Die Geburt ihres ersten Kindes stand in Kürze bevor, ein Kind, das eines Tages vielleicht Kaiser sein würde, und die Bürde für sie war groß.

»Ich habe noch eine Geschichte von Tachibana no Kyoji's Geist gehört.« Masahime warf Yugao einen scharfen Blick zu, aber die andere Dame fuhr fort. »Tamakatsura macht es doch nichts aus, oder?«

»Nicht, was mich betrifft«, antwortete ich der Wahrheit gemäß oder wenigstens beinahe. »Aber ich denke, es wäre nicht gut, solche Dinge so nahe bei der Zeit unserer Herrin zu diskutieren. Ihr könnt es mir ja später erzählen, wenn ihr das wünscht.« Und damit war das Thema abgeschlossen, wenigstens für den Augenblick, und mir blieb eine weitere Geschichte über den Geist meines Verlobten erspart, der durch die Palastgärten wanderte.

Das Ziel seiner Wiederkehr wurde nie ausgesprochen, aber ich wußte, daß manche Leute glaubten, daß sein Geist mich suchte. Einige waren der Ansicht, ich hätte mich nach seinem frühen Hinscheiden vor Leid verzehren sollen. Selbst mein Vater schien dieser Ansicht zu sein ... denn das hätte ihn zumindest der Sorge um den nachteiligen Einfluß enthoben, den solcher Klatsch auf unsere Familie und auf die Hoffnung, mich sicher verheiratet zu sehen, haben würde. Manchmal war mir genauso zumute gewesen. Ich hatte mich geschämt, als hätte ich die tödliche Krankheit verursacht, die Kyoji befallen hatte, und doppelte Scham erfüllte mich wegen des Schmerzes, den sein Tod meinem Vater und unserem Haus zugefügt hatte.

Aber ich hatte Kyoji nicht geliebt ... und brachte es deshalb auch nicht fertig, für ihn dahinzusiechen, ganz gleich, wie sehr ich mich auch bemühte.

»Weil wir gerade von Straßenräubern sprechen«, meinte Yugao, und einen Augenblick lang versuchten wir, uns alle daran zu erinnern, weshalb wir das getan hatten, »ich hörte von einer der Damen, der Mutter der neuen Ise-Priesterin, daß letzte Woche in ihrem Palast eingebrochen worden ist.«

»Waren es Banditen oder Mönche?« fragte Koi, denn Yugaos Bruder war ein Mönch, der auf dem Hiei-Berg lebte. Yugao stellte stets in Abrede, daß er an den Überfällen teilnehmen würde, die die bewaffneten Brüder manchmal auf die Stadt verübten ... aber unter den Mönchen gab es so manchen Sohn eines Adeligen.

»Räuber«, erwiderte Yugao mit fester Stimme, ohne diesmal Kois Köder aufzunehmen.

»Ist jemand verletzt worden?« fragte Masahime.

»Nur ein oder zwei Dienstboten, glaube ich. Die Räuber haben eines der Lagerhäuser in Brand gesteckt, aber das Feuer konnte rechtzeitig gelöscht werden. Die Familie blieb unversehrt, aber sie haben drei Truhen mit Seide und viele Säcke Reis verloren.«

»Der Minister des Heeres hat versprochen, diesen Überfällen ein Ende zu machen. Ich hörte neulich, wie er das dem Kaiser bei der Audienz geschworen hat«, sagte die Prinzessin, wie um uns zu beruhigen. Der Minister des Heeres versprach die ganze Zeit, dem ein Ende zu machen, dachte ich im stillen. Ob er sein Versprechen auch je erfüllen würde, war eine ganze andere Sache.

»Solange das nur nicht bedeutet, daß wir bei Hof noch

mehr Barbaren wie Yugiri bekommen«, sagte Koi verächtlich. »Generäle gehören nicht an den Hof, wo sie nicht wissen, wie sie sich benehmen sollen. Sie gehören nach draußen ... um Generalsarbeit zu tun ... oder was auch immer sie sonst tun.«

»Genug mit diesen bedrückenden Reden«, sagte ich und sah, wie Masahime zusammenzuckte, als das Kind in ihr sich regte. »Dame Fujitsobo hat heute abend ihre Mondbetrachtung angesetzt. Prinzessin, wenn Ihr immer noch teilzunehmen wünscht, sollten wir uns darauf vorbereiten.« Und so gebührend durch Gedanken an Seide, Geschenke und Köstlichkeiten abgelenkt, ließen wir die Reden über Geister und Räuber verwehen wie Wolken von einem Frühlingswind.

Die Festlichkeit zur Betrachtung des Mondes fand im Pflaumenpavillon statt, dem Haus von Dame Fujitsobo, Tochter der Ex-Kaiserin Sadako. Sie hatte die Damen des Hofes eingeladen und es kokett unterlassen, die Herren ebenfalls einzuladen, worauf diese sich dazu entschlossen hatten, sich ihrerseits im Glyzinenhof zu versammeln, der sich die Gärten mit dem Pflaumenpavillon teilte. Die Lampen ihrer Veranda schimmerten durch den dünnen Schleier der Bäume herüber, und die parfümierte Luft trug Männergelächter zu uns. Aber da sie nicht bei uns waren, brauchten wir keine Wandschirme und saßen deshalb im Freien und sahen zu, wie die volle Mondscheibe am Himmel emporstieg.

Es gab viel Reiswein und noch mehr Gedichte, doch keines davon war so beeindruckend, daß ich mir die Mühe machte, es aufzuzeichnen. Diener und Dienerinnen kamen und gingen mit Schriftrollen von den Herren auf der anderen Seite des Gartens für die eine oder andere Dame. Ihre Dichtung wurde laut vorgelesen und bot dann dem manchmal ans Bösartige grenzendem

Humor reichlich Gelegenheit, sich über ihre Schreibkunst und ihre Papierwahl zu mokieren. Wenn sie es hätten hören können, wären sie vermutlich entsetzt gewesen. Antworten wurden verfaßt und zurückgeschickt. Einiges davon war Spiel, die einfache Koketterie, die dem Leben Würze verlieh. Einiges war Begehren und würde in den dunklen Räumen des Palastes in Erfüllung enden. Und einige traurige Zeilen waren Zeilen der Liebe, die mit Schmerz und Verlust enden würden. Liebe endet stets so.

Selbst ich erhielt die eine oder andere Huldigung. Ich ahnte, wer sie geschickt hatte, und lehnte alle Einladungen mit sorgfältig gewählten Worten ab. Mein Ruf war ohnehin schon genügend beeinträchtigt, von Kyojis Geist verfolgt, und ich wagte nicht, ihn noch mehr aufs Spiel zu setzen. Und in Wahrheit war ich auch von den Männern nicht versucht, deren Gedichte mir schmeichelten, weil ich wußte, daß die Worte nichts bedeuteten und nur Rituale waren, die sie aufführten, um das zu erhalten, was sie sich kurzzeitig wünschten.

Die Stunde der Ratte näherte sich, und unsere Zusammenkunft zeigte noch keine Anzeichen der Auflösung. Die Prinzessin Masahime war vor einer Weile, begleitet von Yugao, weggegangen, und so benutzte ich ihr Wohlergehen als Vorwand, um meiner Gastgeberin Gute Nacht zu entbieten.

Ich wußte, daß ich geradewegs zu meinen Räumlichkeiten im Palast gehen sollte, weil die Nacht Gefahren bergen konnte – die geisterhaften meines Verlobten und die greifbareren von Räubern und Wegelagerern. Aber die Frühlingsluft duftete so frisch, und der Mond schien noch so hell und betörend, daß ich es nicht ertragen konnte, in die stille Dunkelheit meiner Gemächer zurückzukehren. Also nahm ich einen der häufig genutzten Pfade, die zu einem der Teiche des Palastes führten, orientierte mich im Mondlicht und hoffte, daß ich mir nicht an den Büschen die Ärmel meines besten Kimonos zerreißen würde.

Am Ende des Fußweges hatte man einen kleinen Steg gebaut, auf den ich jetzt hinaustrat, wobei die Holzsohlen meiner Sandalen laut in der Stille der Nacht hallten. Ich war nur ein kleines Stück Weges vom Pflaumenpavillon entfernt, aber da seine Verandas nach innen gewandt waren, trug mir die Brise das Gelächter von dort nur als ein leises Wispern ans Ohr. Ich stützte beide Hände auf das Geländer und blickte zum Mond auf, der gerade anfing, sich in einen blassen Schleier zu hüllen.

Und dann wußte ich, daß ich nicht alleine war.

Zu meiner Überraschung arbeiteten meine Gedanken trotz meiner Angst ganz klar. Zu schreien würde keinen Sinn haben, weil ich nicht damit rechnen konnte, daß man mich hören würde, da ich ja die Feier ebensowenig hören konnte. Und außer ins Wasser stand mir kein Weg offen. Ich wußte nicht, ob ich es fertigbringen würde, mich zu ertränken, um der Unehre zu entfliehen, aber ich beschloß, es zu versuchen, falls es sich als notwendig erweisen sollte.

Ich drehte mich langsam um und hob die Hand, damit meine langen Ärmel mein Gesicht ein wenig verschleierten.

Ein Mann stand am Ende des Steges. Ich kannte ihn nicht, konnte aber erkennen, daß seine Kleider nach dem neuesten Stil des Hofes geschnitten waren. Sein Gesicht sah im Mondlicht sehr weiß aus, seine Augen waren zwei dunkle Kohlen mit einem rötlichen Schimmer, als enthielten sie in ihrem Kern noch Feuer, das nur darauf wartete, daß ein Funke es erneut entfachte.

»Verzeiht mir.« Seine Stimme klang ruhig und wies einen altmodischen Akzent auf. »Ich wollte euch nicht erschrecken. Laßt euch von mir nicht stören.« Schöne Worte all das ... aber er regte sich nicht von der Stelle. Ich trat einen Schritt vor, aber das beschämte ihn nicht so, daß er den Weg freigab.

»Ich komme vom Pflaumenpavillon ... man erwartet mich im Palast.« Ich tat einen weiteren vorsichtigen Schritt.

»Aber dies scheint mir nicht der Weg zum Palast zu sein.« Seine Stimme klang leicht amüsiert. »Aber laßt Euch von mir nicht aufhalten. Ohne Zweifel wartet Ihr auf jemanden, der Euch geleitet.«

»Nein«, sagte ich, ehe es mir in den Sinn kam zu lügen. Besser, er glaubte, ich wolle mich heimlich mit jemanden treffen, als daß er annahm, ich sei alleine. Aber jetzt war es zu spät.

»Nein? Dann galt also keine der Verabredungen, die ich hörte, Euch?«

»Wenn Ihr an der Mondbetrachtung teilgenommen habt wie Ihr vorgebt, würdet Ihr das wissen.«

»Mag sein.« Seine hölzernen Sandalen bewegten sich jetzt auf dem Steg, und ich spürte das Geländer an meinem Rücken. »Aber abgelehnte Einladungen werden selten anderen mitgeteilt, und, wie ich schon sagte, ich bin hier ein Fremder. Ich weiß nicht, wessen Meditation ich so ungehörig unterbrochen habe.«

»Ich bin Hofdame der Prinzessin Masahime.« Er war mir inzwischen so nahe gekommen, daß ich sehen konnte, wie seine schwarzen Augenbrauen sich ein wenig in die Höhe schoben. Im Mondlicht wirkte sein gepudertes Gesicht wie eine weitere Mondscheibe, leuchtend und geheimnisvoll.

»Kennt Ihr die Dame Tamakatsura?« Die Frage ließ mich zittern und ihn noch schärfer mustern, um zu sehen, ob er irgendwelche Zeichen eines übernatürlichen Geschöpfes trug. Einen wahnsinnigen Augenblick lang fürchtete ich, er sei der seltsam verwandelte Geist meines Verlobten. Aber er wirkte durchaus stofflich und echt, auf gefährliche Weise echt.

»Ja«, hauchte ich schließlich, »ich kenne sie. Weshalb fragt ihr?«

»Bloß aus Neugierde. Ich kenne ihren Vater.«

»Ihr sagt, Ihr seid hier fremd. Ist dies Euer erster Besuch in der Hauptstadt?« fragte ich, erfüllt von geheimer, unwürdiger Hoffnung, ich könnte mein eigenes Geburtsrecht, so wie Koi das tat, als Waffe gegen die Welt nutzen.

»Nicht mein erster. Aber mein erster seit vielen Jahren.«

»Und findet Ihr, daß sie sich verändert hat?« Jetzt blickte er zu dem Palast hinüber, hinter den dunklen Säulen der Bäume. Und nachdem ein paar Augenblicke vergangen waren, sagte er mit leiser Stimme:

Die Pflaumenbäume blühen
Und der Schnee schmilzt dahin.
Die Kirschblüten warten
Um den Mond widerzuspiegeln.
Der Wind bläst in die Fichten
Und hat den Herbst in sich.

»So traurig findet Ihr sie?« fragte ich, denn in der getragenen Schönheit des Gedichts klang Sorge mit.

»Ja. Die Traurigkeit einer Blüte, kurz bevor sie fällt, der Augenblick, kurz bevor man den Verfall der Blüte erkennen kann.«

»Dies ist Heian-kyo. Dies ist der Hof des Kaisers. Wie könnt Ihr sagen, daß es traurig ist, daß es fallen wird?«

»Weil es das wird, edle Dame. Die Saat seines Niedergangs ist bereits gesät und wächst in der Welt jenseits dieser Mauern zur Reife heran. Ich will Euch nicht mit Einzelheiten über Vermögen in Reis und Rückgang in der Besteuerung und Unruhe langweilen und mit den Armeen der Minamoto und Taira, die vor Eurer Tür immer stärker werden. Ich kann Euch nur sagen, daß alle Dinge, die leben, auch sterben müssen«, meinte er bitter, »oder sich verändern. Der Wandel wird vor der Stadt der Beschaulichkeit und des Friedens nicht haltmachen.«

»Es ist wahr, daß diese Stadt nicht mehr das ist, was sie einmal war«, räumte ich ein. »Selbst im Palastgelände gibt es Diebe und Mörder. Häuser der großen Familien sind niedergebrannt oder vernachlässigt worden, weil das Geld für ihren Unterhalt fehlte. Aber sicherlich sind das nur Prüfungen von kurzer Dauer, die wieder vorübergehen.«

»Alle Dinge müssen sich wandeln«, wiederholte er leise. »Oder sterben. Alle Blüten fallen am Ende.«

Ich fröstelte über die merkwürdige Traurigkeit, die aus seiner Stimme klang und versuchte, ihm mit besonderer Leichtigkeit zu antworten. »Wenn Ihr ein Wahrsager seid, mein Herr, dann seid Ihr ein trübseliger.«

»Das ist wahr. Trübselige Worte, um jemandem den Hof zu machen.«

»Macht Ihr mir den Hof, mein Herr?« fragte ich, obwohl mein Mund trocken geworden war, und ich aufs neue an das schwarze Wasser denken mußte, das unter meinen Füßen flüsterte.

»Nein, ich mache Euch nicht den Hof«, sagte er, und seine Stimme klang leise, aber ganz und gar nicht weich. Seine Hand griff nach oben und packte die meine, die ich immer noch vor meinem Gesicht hielt. Er wischte die Seide meiner Ärmel beiseite, und seine Finger berührten mein Handgelenk. Ich wollte fliehen, wollte mich an ihm vorbei über den Steg flüchten oder mich über das Geländer in das wartende Wasser werfen, aber ich konnte mich nicht bewegen.

Der Fremde hob mein Handgelenk an seine Lippen und küßte es. Die Berührung fühlte sich eisig an; Lippen und Zunge wie kühle Seide, Zähne wie eisige Nadeln. Mein Körper fröstelte und zitterte wie von der Kälte, aber in meinem Inneren war etwas, das schmolz und zu brennen anfing. Ich schrie nicht. Ich floh nicht.

Zuletzt hob er den Kopf und lächelte mich an, als wisse er, was ich empfunden hatte. »Ihr werdet nie von dieser Nacht sprechen.« Seine Stimme war dunkler als das Wasser im Fluß, süßer als die eines Dichters, aber ich nickte aus eigenem Willen und auch nach dem seinen. Er brauchte keine Macht, um meine Lippen zu versiegeln. Was für ein Dämon er auch sein mochte, ich würde es sein, die die Last des Skandals und des Klatsches tragen würde, falls bekannt wurde, daß er zu mir gekommen war. Dann war sein Gesicht ganz dicht bei dem meinen, und ich schloß die Augen, ehe sein Mund den meinen berührte. Ich dachte, ich könne mein Blut auf seinen Lippen schmecken, aber zu meiner Schande machte es mir nichts aus.

Als ich die Augen wieder aufschlug, war er verschwunden.

Ich sagte es niemandem. Ich schminkte mein Gesicht mehr als gewöhnlich, um die Hitze zu verbergen, von der ich spürte, daß sie unter meiner Haut wartete. Ich band ein seidenes Band um mein Handgelenk, um die zwei Male zu verbergen, die ich dort fand. Ich ging nachts nicht alleine ins Freie. Der Dämon kam nicht wieder zu mir.

Einige Wochen später kehrte ich zum Haus meines Vaters zurück. Eine Zusammenkunft meiner Familie und enger Freunde war geplant zu Ehren des Geistes meines Großvaters, der uns verlassen hatte. Und in den Wirren der Vorbereitungen und in Gesellschaft meiner Tanten und Cousinen vergaß ich mein merkwürdiges Erlebnis beinahe.

Wir hatten uns im Hauptsaal zum Mahl versammelt. Da wir zumeist Verwandte waren, hatte man die Förmlichkeiten ein wenig gelockert, und so schirmte nur ein dünner seidener *kicho* die Damen von den Herren ab. Lachen und muntere Gespräche flogen durch den seidenen Schirm hin und her, aber ich redete meist mit den Frauen und erzählte ihnen die neuesten Geschichten vom Hofe.

Die Dunkelheit hatte sich gesenkt, als ich die Stimme meines Vaters hörte. Sie war lauter geworden, und er begrüßte jemanden. »Willkommen. Du kommst spät, mein Bruder. Die Nacht muß für dich zum Tag geworden sein, wenn du bis jetzt geschlafen hast.« Ich blickte auf, in der Hoffnung einen Blick, wenn auch nur durch den Schleier, auf meinen unbekannten Onkel erhaschen zu können, aber er mußte sich bereits zwischen den Männern niedergelassen haben, weil ich niemanden sehen konnte, der mir unbekannt war.

»In der Tat, ich war fast die ganze letzte Nacht wach. Mein Schlaf ist seit dem unglückseligen Tod meines Vaters unruhig gewesen.«

Ich erstarrte mit der Teetasse in der Hand. Heiße Scham spülte die kalte Angst weg. Es war *seine* Stimme – die Stimme des Dämons im Mondschein.

Meine Zofe griff besorgt nach meinem Arm, und dann konnte ich wieder atmen. Meine Gedanken waren wirr und unruhig. Im Palast war meine einzige Sorge gewesen, mich selbst zu schützen. Aber hier . . . hier stand die Sicherheit meiner Familie auf dem Spiel. Durfte ich es wagen, meinem Vater die Wahrheit zu sagen? Würde er mir glauben?

Lautes Gelächter von der Seite der Männer zog meine Aufmerksamkeit auf sich. So sehr es mir Angst machte, wußte ich doch, daß ich gut daran tat, ihr Gespräch zu belauschen, um zu hören, was der Dämon meinem Vater erzählte. Vielleicht half mir das bei der Entscheidung, was ich tun mußte. Es war schwer zuzuhören, während meine Tanten und Cousinen rings um mich plauderten. Beim Großteil der Gespräche handelte es sich um denselben Klatsch, den ich bei Hofe hörte: wer gerade in Gunst stand, wer die Gunst verloren hatte und was hinsichtlich der wachsenden Gesetzlosigkeit im Lande zu tun sei. Wieder verkündete mein Dämon-Onkel die Ansicht, daß große Veränderungen bevorstanden, und daß nicht die Fujiwara-Familie diesen Wandel kontrollieren würde, sondern die Kriegsherren der Provinz mit ihren Armeen.

Meine anderen Verwandten, alles selbst Fujiwaras und manche davon dem Haus, das die Regentschaft innehatte, näherstehend als wir, protestierten und widersprachen und schworen in ihrer Trunkenheit, daß die Stadt des Kaisers für ewig Bestand haben würde. War der Kaiser nicht der Abkömmling der Sonnengöttin? Waren nicht all seine Höflinge von ähnlich altem Geblüt, wenn auch nicht so göttlich? War Heian-kyo nicht der schönste und zivilisierteste Ort im ganzen Land?

Mein Vater unterbrach die Diskussion, ehe sie unangenehm wurde, und verkündete, daß mein Onkel sich dafür entschieden hatte, in den Norden zurückzukehren. Mein Vater hatte ihm großzügigerweise ein Anwesen in den Bergen überlassen, ein Teil des Besitzes, der das Vermögen unserer Familie darstellte. Es gab viel Trinksprüche und Glückwünsche, aber ich glaubte nicht, daß mein Vater es bedauerte, seinen Halbbruder gehen zu sehen.

Ich atmete auf. Die Gefahr würde also vorübergehen. Ich war wieder sicher, ganz besonders, da der Dämon, der den Namen meines Onkels trug, den meinen nicht kannte. Nach der Ankündigung meines Vaters konnte ich mich entspannen und wieder mit meinen Verwandten lachen und die Angst beiseiteschieben, die mich erfaßt hatte.

Als die Zeit kam, daß die Frauen gehen mußten, erhob mein Vater sich von seiner Matte und machte eine weitausholende Handbewegung, die in seinem bezechten Zustand etwas unsicher ausfiel. »Ehe du gehst, mein Bruder, mußt du meine Tochter kennenlernen, die für diese Nacht vom Hof Urlaub genommen hat und nach Hause gekommen ist.«

Ehe ich mich bewegen konnte, hatte mein Vater das Geschöpf, das behauptete, mein Onkel zu sein, zum *kicho* gebracht, um dort niederzuknien. Ich verbeugte mich und hielt die Augen gesenkt und fürchtete, er könne mich durch die Seide deutlich sehen. »Meine Tochter, Tamakatsura. Tochter, das ist dein Onkel, Sadamori.«

»Eure Rückkehr gereicht uns zur Ehre«, sagte ich, so leise ich das konnte.

»Ihr dient der Prinzessin Masahime, habe ich gehört.«

»Ja.«

»Merkwürdig. Eure Stimme klingt mir irgendwie vertraut. Stimmt es, daß Ihr seit meiner Ankunft nicht hiergewesen seid?«

»Ja, mein Herr.«

»Dann muß ich mich irren. Ich wünsche Euch ein gnädiges Schicksal.«

»Und ich Euch auch, Onkel.«

Dann war er verschwunden, und ich konnte aus dem

Raum fliehen und inmitten meiner Tanten Zuflucht finden.

Als ich mich später in meiner Kammer befand, schickte ich meine Zofe zum Schlafen hinaus und kniete nieder, immer noch in meinen schönsten Kimono gekleidet, und betete zu Kannon, der Göttin der Barmherzigkeit, und flehte sie an, mich zu schützen. Ich holte all die Talismane und Glücksbringer, die ich im Laufe der Jahre angesammelt hatte und verteilte sie im Raum. Dann legte ich mich in die Mitte meines Bettes, zog die Schleiervorhänge zu und gelobte, die ganze Nacht wachzubleiben, bis dann am Morgen die Zeit gekommen war, um zum Palast zurückzukehren.

Als ich erwachte, waren zwei der Lampen, die ich brennengelassen hatte, verloschen. Die dritte warf ihr flackerndes Licht aus der Ecke herüber und erfaßte das weiße Gesicht, das über meines gebeugt war. Ich öffnete den Mund, um zu schreien, aber eine kühle Hand legte sich darüber. »Tamakatsura«, sagte er leise. »Ihr wart nicht ganz offen zu mir, meine Dame.« Mein Blick huschte zur Tür hinüber, und ich fragte mich, wie er es geschafft hatte, an meiner Zofe vorbeizukommen. »Sie schläft . . . und wird erst erwachen, wenn ich das will.« Seine Hand löste sich von meinem Mund und strich über mein Haar. »Ich hätte erraten sollen, daß Ihr das seid.«

Seine Finger griffen nach meiner Schärpe und knoteten sie langsam auf. Ich sah wie vom Zauber gebannt zu, als er das erste meiner Gewänder hob. »Was seid Ihr?« flüsterte ich und sah zu, wie die zweite Schicht Seide weggezogen wurde.

»Ich weiß nicht. Ich bin ein Ding, das gestorben ist und sich verändert hat. Oder vielleicht nur sich verändert hat und jetzt nicht stirbt.« Pflaumenfarbene Seide glitt unter seiner Hand weg, dann aprikosenfarbene und dann goldene, in der Farbe der Herbstblätter.

»Seid Ihr mein Onkel?«

»Nein.« Er schüttelte den Kopf, als die letzte Hülle fiel. »Ich bin Fujiwara no Sadamori. Ich bin dein Großvater.« Und dann legte er seine Hand auf meine Brust über mein pochendes Herz. Ich wußte, daß er die Wahrheit sprach. Ich hatte keinen Onkel. Mein Großvater hatte den Titel gewählt, um sein wahres Wesen, sein wahres Alter zu verbergen. Doch das Gesicht, das über dem meinen schwebte, war nicht das Gesicht eines alten Mannes. Ich schloß die Augen, konnte den Anblick jener weißen Züge und die schwarzen, brennenden Augen nicht ertragen. Dies war kein unbekannter Dämon. Dies war ein Wesen, das auf irgendeine schreckliche Weise den Körper meines Vorfahren in seine Macht gebracht hatte. Vielleicht war es auch wirklich mein Vorfahr. Ich konnte ihn nicht verraten, noch konnte mein Vater das tun, denn ein zweiter Fluch, der über unsere Familie kam, könnte ihr Untergang sein. Und ich konnte die Wahrheit nicht gestehen: Daß, ob nun Dämon oder nicht, Vorfahr oder nicht, seine Berührung meinen Körper zu schmerzlichem Hunger erregte.

Ich fühlte, wie heiße Tränen auf meine Haut fielen und dann das Eis seiner Lippen, als er sie wegküßte. »Schsch . . . nicht weinen. Mein Blut ist in deinen Adern. Ist es Unrecht, daß deines auch in den meinen ist?« Sein Mund berührte den meinen. »Aber ich werde dich nicht zwingen. Du brauchst es nur zu sagen, dann gehe ich.«

Es war meine Pflicht, mich ihm hinzugeben. Er wußte das, auch wenn er vorgab, es zu vergessen und mich mit der Beredtheit seiner Finger zu überreden versuchte, der Poesie seines Mundes. Es war meine Pflicht, mich ihm hinzugeben, aber ich tat es nicht aus Pflicht. Als er auf meinem nackten Körper lag und seinen Mund an meine Kehle drückte, gab ich mich ihm aus eigenem blinden, selbstsüchtigen Sehnen hin.

Nachdem er sich genommen hatte, was er wollte, küßte er wieder meinen Mund und setzte sich auf. »Ich gehe morgen nacht weg. Wir werden uns nicht wieder begegnen.«

»Nein«, stimmte ich ihm flüsternd zu.

»Ich werde an dich denken, hier in diesem sterbenden Garten.«

»Bist du doch ein Wahrsager?«

»Nein.« Er schüttelte betrübt den Kopf. »Ich bin noch nicht einmal so sehr alt. Aber ich habe die Welt außerhalb dieser Mauern gesehen, und jetzt habe ich aufs neue die Welt innerhalb der Mauern betrachtet. Ich habe versucht, deinen Vater zu warnen . . . meinen Sohn. Ich habe ihm sogar gesagt, daß er dich in einen der Kriegerclans verheiraten sollte, aber ich nehme nicht an, daß er auf mich gehört hat.«

»Möchtest du, daß ich heirate?« fragte ich mit einem Schmerz, der mich überraschte.

»Ich möchte dich sicher wissen.« Er beugte sich über mich und küßte mich zweimal, einmal auf den Mund, einmal auf die Stirn. »Lebwohl, Enkeltochter.«

Als er gegangen war, hüllte ich mich in eines meiner Gewänder und öffnete die äußere Tür, um den Mond zu sehen. Er stand am Himmel, immer noch fast voll, und leuchtete auf die Stadt herunter. In der Ferne sah ich das orangefarbene Glühen von Flammen. Ich saß lange Zeit da und sah zu, wie wieder ein Teil der Stadt des Kaisers brannte.

23

藤原

Oktober 1902

DU HAST NATÜRLICH recht. Ich bin nicht Tamakatsura. Ich gestehe, daß ich auch diesmal der dichterischen Freiheit etwas freien Lauf gelassen habe, obwohl sie mir in der Nacht, die wir miteinander verbracht haben, tatsächlich sagte, wie ihr zumute war, und ich glaube, daß meine Schilderung im Herzen der Wahrheit entspricht.

Ich verließ Heian-kyo zum zweiten Mal und begab mich auf die Fujiwara-Ländereien. Mein Sohn verheiratete Tamakatsura nicht mit einem Minamoto. Kurz nachdem ich abgereist war, erhielt ich die Nachricht, daß sie in ein buddhistisches Kloster eingetreten war.

Die Welt endete nicht ganz so, wie ich das erwartet hatte, aber im Verlauf des nächsten Jahrhunderts verloren die Fujiwaras den Zugriff zur eigentlichen Macht im Reiche. Als sie nicht mehr genügend Töchter zeugten, um Frauen und Gemahlinnen für die königliche Familie zu liefern, fingen die Kaiser wieder an, die Macht an sich zu ziehen. Und die ganze Zeit umkreisten die Schakale der Provinzen die Hauptstadt und lauerten darauf, selbst Zugriff zu Wohlstand, Macht und Ruhm zu bekommen.

Unterdessen lebte ich auf meinem Gut im Norden und sah an meinem hundertsten Geburtstag nicht älter aus als an meinem dreißigsten. Mein Sohn starb ebenso wie Tamakatsura.

Aus dem Westen kamen die Mongolen und gingen wieder. Zweimal wurden ihre Soldaten von unseren Kriegern zurückgetrieben, und der Götterwind rechtzeitig eintreffender Taifune versenkte ihre Flotten auf den Grund des Meeres. Danach begann der mörderische Bürgerkrieg, der mein Land die nächsten vierhundert Jahre lang verwüsten sollte.

Heian-kyo, meine schöne, sterbende Stadt, wurde unter dem Namen Kyoto bekannt. Das konnte sie nicht retten; sie brannte nieder und wurde wieder neu erbaut und brannte erneut, während die Shogune und die Kaiser um sie kämpften. Am Ende trugen die Ashikaga-Shogune den Sieg davon.

Inmitten von all dem Sterben war natürlich Schönheit. Aus dem Krieg entstanden Schwerter von exquisiter Handwerkskunst. Aus Zen erwuchsen Philosophie und die Kunst der Einfachheit und der Zurückhaltung.

Selbst in den harten Kodizes war Schönheit: Loyalität, Gehorsam, Mut regierten nun das Land. Ob nun streng eingehalten oder nicht, dies waren die Werte der Samurai. Selbst ich, der sie ohne ein Gefühl der Reue manipulierte, um meine persönliche Sicherheit zu gewährleisten, spürte ihre Macht. In der ganzen Zeit lebte ich mein Leben, sorgte bedächtig dafür, um sicherzustellen, daß die Ländereien mir nach meinem »Tod« und meinem Wiederauftauchen zurückgegeben wurden. Ich arrangierte meinen Abgang auf hoher See, bei Bränden und in Bergwüsten. Ich lebte als Einsiedler oder Reisender, suchte neue Orte auf unseren Inseln, wo niemand mich kannte, und wo ich die Jahre bis zu meiner Rückkehr nach Hause abwarten konnte. Trotz der Gefahr kehrte ich stets auf das Gut zurück. Oft erforderte es komplizierte Intrigen und viel Geld, um es in Gang zu halten. Mehr als einmal mußte ich dafür töten. Und doch konnte ich es nicht aufgeben. Im materiellen Sinn war es die Quelle meines Wohlstandes. Seine Reisfelder und Bauern boten mir Sicherheit. Darüber hinaus war es, als wäre ich dort in irgendeiner Weise verwurzelt. Ich war nicht dort geboren, und doch zog es mich so an, wie in den Mythen des Westens die Mutter Erde meinesgleichen anzieht. Vielleicht war dieses Gut ebenso wie dieses Tagebuch ein Mittel, um meine Vergangenheit zu bewahren und mich zu definieren.

Zu der Zeit habe ich natürlich nicht über diese Dinge nachgegrübelt. Ich zog es vor, nicht darüber nachzudenken, was ich geworden war oder weshalb. Ich akzeptierte einfach das merkwürdige Schicksal, das mir beschieden war, und lebte weiter.

24

LISA TAKARA GAB es auf, den Schlaf zu suchen.

Zuerst war es wunderbar gewesen, sich in ihrem eigenen Apartment sicher zu fühlen. Im eigenen Bett zu schlafen und nicht zusammengerollt auf der Couch im Keller von Derek und Angie. Sich wieder mit den eigenen vier Wänden vertraut zu machen.

Vielleicht war es unsinnig oder einfach Wunschdenken, aber sie vertraute auf Fujiwaras Wort, daß er sie nicht mehr belästigen würde. Sie hatte zum ersten Mal seit Wochen wieder vergnügt in der Universität gearbeitet und war kein einziges Mal zusammengezuckt, wenn sie auf dem Flur Schritte hörte.

Selbst der Anruf von Ardeth Alexander hatte sie nicht gestört, sobald klar war, daß Ardeth Alexander begriffen hatte, daß sie wollte, daß man sie in Frieden ließ.

Ich denke, Ardeth war also doch in Toronto. Sara muß

gewußt haben, wie sie sie finden konnte. Ich frage mich, ob Rossokow auch dort ist.

Das ist also der Grund, warum du nicht schlafen kannst, dachte sie, als sie ins Wohnzimmer tappte. Du grübelst dauernd über diese Dinge nach, wo du doch eigentlich keinen Anlaß dazu hast.

Es ist vorbei. Die *yakuza* werden dich in Frieden lassen. Du weißt, daß es tatsächlich Vampire auf der Welt gibt. Was willst du sonst noch? fragte sie sich trotzig und weigerte sich, einen Blick auf ihr Handgelenk zu werfen. In den letzten paar Tagen hatte sie sich immer wieder dabei ertappt, wie sie es musterte, wie ihre Finger über die Vene strichen, als könnte sie dort Spuren seiner Zähne finden.

Sie drängte die Erinnerung beiseite und ging in die Küche, zwang ihre Hände, sich zu bewegen, trieb sie zu dem vertrauten Ritual, Tee zuzubereiten.

Ich möchte nur wissen, wie sie es in ihrem Organismus verarbeiten? Die Frage drängte sich in ihr Bewußtsein, so wie in den letzten Tagen tausend andere. All die Fragen, die sie im Dale-Labor hätte beantworten sollen, damals, als sie noch überhaupt nicht an Vampire geglaubt hatte.

Sie hatte gedacht, ihre Neugierde sei gestorben, ausgebrannt im Schrecken ihrer Gefangenschaft in Toronto. Sie war ganz sicher gewesen, daß Fujiwara die letzten Reste davon ausgelöscht hatte. Sie hatte geglaubt, ihr sehnlichster und einziger Wunsch sei es, jetzt in Frieden gelassen zu werden. Und doch stellte sie jetzt, wo es vorbei war, fest, daß sie einfach nicht aufhören konnte, darüber nachzudenken. Wilde Phantasien zogen durch ihr Bewußtsein und versuchten sich als vernünftige Pläne zu tarnen. Die Vampire auf eigene Faust zu studieren, würde sinnlos sein, selbst wenn diese sich zur Zusammenarbeit mit ihr bereiterklären sollten. Sie würde nie etwas von ihren Entdeckungen veröffentlichen können. Es konnte niemals ein Teil des allgemeinen Wissensfundus über die Welt werden.

Und selbst wenn es das wurde, könnten die Folgen ihrer Entdeckungen doch gefährlich sein. Sie verfügte einfach nicht über die notwendige Distanz, um aufhören zu können, über die möglichen Folgen ihrer Neugierde nachzudenken. Sie malte sich eine Welt aus, in der niemand starb – oder in der der Tod nur zu jenen kam, die nicht über das Geld verfügten, um sich die Ewigkeit zu kaufen. Wenn sich erwies, daß die Unsterblichkeit untrennbar mit dem Bedürfnis nach Blut verbunden war, konnte sie sich eine von Vampiren beherrschte Welt ausmalen. Es gab einfach keinen Weg, um das Wissen von jenen alptraumhaften Visionen von Blut und Macht, Verschwörung und Korruption loszulösen. Der Preis, den die Welt für die Unsterblichkeit würde entrichten müssen, könnte viel höher sein, als es das Geschenk wert war.

Wenn du Antworten auf deine Fragen gewollt hättest, ohne dir je Sorgen über die Folgen zu machen, hättest du ja bloß Havendale gewinnen zu lassen brauchen, sagte sich Lisa. Du hättest den Rest deines Lebens, wie lange auch immer sie zugelassen hätten, daß du am Leben bleibst, damit verbringen können, aus Ardeth und Rossokow alles herauszuholen, was du aus ihnen durch Zerren, Schaben und am Ende durch Sezieren herausbringen konntest.

Es ist vorbei. Hör auf, darüber nachzudenken, befahl sie sich streng und wandte sich dem pfeifenden Teekessel zu. Es gibt eine ganze Menge anderer wissenschaftlicher Probleme, die gelöst werden müssen. Es gibt tausend Geheimnisse, die zu erforschen weniger gefährlich ist.

Mit dem Tee in der Hand ging sie ins Wohnzimmer auf der Suche nach etwas Lesbarem zurück. Keine wissenschaftlichen Fachbücher, nicht heute abend, sagte sie sich und ließ ihren Blick über die Regale schweifen. Keine Krimis, ihr geheimes schuldbewußtes Vergnügen.

Ein dünner roter Band fiel ihr ins Auge, und sie zog ihn heraus. Er war ein Geschenk ihres Vaters gewesen, damals, als sie die Abschlußprüfung an der Highschool bestanden hatte. Er hatte gewußt, daß sie vorhatte, Medizin zu studieren, und war deshalb sehr stolz auf sie gewesen, aber sein Geschenk war ein Band mit Gedichten gewesen. »Damit du das Schöne in der Welt nicht vergißt«, hatte er etwas barsch gesagt. »Damit du nicht vergißt, wer du bist.«

Lisa schloß kurz die Augen und ließ das Leid in sich aufwallen. Dann trat eine andere Stimme an die Stelle der ihres Vaters und zitierte vier Verse in der alten Sprache, die sie nicht verstehen konnte. Beinahe hätte sie das Buch wieder in den Schrank zurückgeschoben, aber sie zwang sich, es zu behalten. Dies gehörte mit zum Vermächtnis ihres Vaters. Sie würde nicht zulassen, daß alles, was er ihr gegeben hatte, von den *yakuza* und den Vampiren verunreinigt wurde.

Sie hatte das Buch von zu Hause in ihre verschiedenen Universitätswohnungen und anschließend in eine Folge von Apartments mitgenommen, es aber nie gelesen. Das bin ich ihm schuldig, dachte sie. Ich bin es ihm schuldig, mir die Schönheit anzusehen, an die er glaubte.

Lisa trug das Buch zur Couch und machte es sich in den Kissen zum Lesen bequem. Einen kurzen Augenblick lang kam in ihr ein Schuldgefühl auf, da ihr Auge immer wieder zu der englischen Übersetzung hingezogen wurde. Aber jetzt war es zu spät, zu bedauern, daß sie nie mehr als ein paar Worte in der Sprache ihres Vaters gelernt hatte.

Eine Weile verlor sie sich in Liebe und Sehnen, in Blüten und Mondlicht und Regen. Einige der Gedichte waren mehr als tausend Jahre alt, aber die Empfindungen brannten immer noch in den Worten, die vor Süße und Sorge leuchteten. Sie blätterte in dem Buch und kostete seine Schönheit ebenso aus wie den geschriebenen Text. An den kurzen Gedichten, die auf der weißen Leere der Seite ruhten, war etwas Erhabenes und zugleich Beruhigendes.

> Aus der Bergquelle
> Plätschert das Wasser klar und kalt.
> Rein wie das Mondlicht;
> Ich dürste, aber kann nicht trinken
> Ich muß weiterreisen.

Ihr Blick fiel auf den Namen unter dem Gedicht. Die Hand mit der Tasse erstarrte auf halbem Weg zu ihrem Mund. Sie setzte sie sehr sorgfältig ab, und ihre Finger fühlten sich plötzlich ebenso zerbrechlich an wie das Porzellan.

Fujiwara no Sadamori, 13. Jahrhundert.

Das ist wahrscheinlich ein geläufiger Name, sagte sie sich. Im Laufe der Jahrhunderte mußte es Hunderte Sadamori Fujiwaras gegeben haben.

Aber das war er. Sie wußte das mit einer Sicherheit, die beinahe beängstigend war. Wer sonst hätte ein Gedicht voll Sehnen nach etwas so Banalem wie Wasser schreiben können, einer Labsal, die ihm für alle Zeit verwehrt war.

Sie las das Gedicht laut, mit weicher Stimme. Da war mehr als nur Sehnen, erkannte sie dann. Da war Entschlossenheit.

»Ich dürste, aber kann nicht trinken«, flüsterte sie. Das galt auch für sie. Sie dürstete immer noch nach Antworten, die sie nicht haben konnte. Wenn sie ihnen nachging, dann würde das nur zu großem Leid führen, Leid für sie selbst und Leid für die Vampire, die ihr nie etwas zuleide getan hatten, und vielleicht sogar Leid für die ganze Welt. Die einzigen Antworten, die sie je haben konnte, waren die, die sie gefunden hatte, als sie Fujiwara ihr Blut hatte trinken lassen. Die Antwort, daß es tatsächlich Vampire gab. Und daß sie sie nie verraten konnte.

»Ich muß weiterreisen.« Das hatte er getan, mehr als noch einmal sieben Jahrhunderte. Jetzt mußte sie die letzten sechs Monate verstreichen lassen. Sie mußte glauben, daß es vorbei war, ob sie es nun so wollte oder nicht, und ob es zutraf oder nicht.

Sie klappte die erste Seite des Buches auf und blickte auf die Widmung. Er hätte gesagt, daß es Schicksal ist, dachte sie und lächelte. Das Schicksal wußte, was ich brauchen würde, und hat dafür gesorgt, daß er es mir gegeben hat. »Danke, daß du es gewußt hast«, sagte sie leise und fuhr dann mit dem Finger die Linien und Kurven der Schriftzeichen nach. Sie blickte auf und sah auf die Stadt hinunter, die vor den Türen ihres Balkons glitzerte.

Danke, Sadamori no Fujiwara, dachte sie in die Dunkelheit hinein. Ich werde weiterreisen, obwohl unsere Wege sich nie mehr kreuzen werden.

Wenn ich mir auch das Recht vorbehalte, dennoch zu hoffen, daß sie das vielleicht eines Tages tun werden.

25

Die Maske des Dämons

DIE SCHAUSPIELERTRUPPE REISTE nordwärts auf die Ländereien von Baron Konishi zu. So stand es wenigstens in der Nachricht, die von Tadeo eingegangen war, der Haushofmeister von Fujiwara Sadamori war. Tadeo kniete vor dem Sitz seines Herrn und las ihm aus der Schriftrolle vor.

»Die Truppe von Meister Hidekane erbittet sicheres Geleit auf dem Wege nach Konishi und würde es als große Gnade empfinden, wenn sie Gelegenheit bekäme, die Freundlichkeit von Baron Fujiwara zu erwidern, indem sie eines ihrer bescheidenen Stücke zur Freude des Barons und seines Hofes zum Besten geben dürfte.«

»In diesem Wetter nach Konishi reisen?« fragte der Baron, denn es war der erste Monat, und der Winter hielt das Land mit eisiger Hand in seinem Griff. »Sie können wohl kaum zu den Blüten des Hofes gehören, wenn sie nicht näher bei der Hauptstadt Anstellung finden können.«

»Ich habe den Boten aus dem Gasthof befragt«, erklärte Tadeo. »Er sagte, daß sie Pferde und Ochsenkarren haben und daß alle gut ausgestattet und kostbar sind.«

»Konishi liebt das Noh«, überlegte der Baron, »und die Götter wissen, daß er sein Gesicht in der Nähe von Kyoto und dem Shogun nicht zeigen darf, wenn er seinen Kopf lange behalten will.« Nach kurzem Nachdenken nickte er. »Es war ein langer Winter. Ein wenig Abwechslung kann nicht schaden. Lade sie ein, sie sollen zu uns kommen und uns unterhalten.«

Also wurden Boten geschickt, und am nächsten Morgen trafen die Schauspieler ein. Dienstboten wie Samurai hielten in ihren Pflichten inne, um zuzusehen, wie die Truppe einritt, denn sie war farbenprächtig gekleidet, leuchtende Flecken aus Rot und Gold und Grün vor dem Weiß und dem Schwarz der schneebedeckten Hügel und der kahlen Bäume. Es waren fünfzehn Mann. Sie gingen zu Fuß, ritten oder saßen auf den von Ochsen gezogenen Karren, die auf dem gefrorenen, von tiefen Fahrrinnen durchzogenen Pfad zu den Toren des Hauses schwankten.

Am Tor begrüßte Tadeo sie, denn Baron Sadamori war gewohnt, den größten Teil des Tages zu ruhen und seinen Geschäften erst nachzugehen, wenn die Sonne untergegangen war. Die Schauspieler und ihre Truhen mit Kostümen und Masken wurden entladen, und die Dienstboten erhielten den Auftrag, ihnen bei der Errichtung einer Bühne zu helfen. Für die Vorstellung hatte man einen Platz im alten Teil des Herrenhauses ausgewählt, das nach dem Bau des neuen befestigten Herrensitzes aufgegeben worden war. Deshalb mußte viel getan werden, um es für den neuen Einsatz vorzubereiten.

Bei Sonnenuntergang, als der Baron sich von seinem Lager erhob, trat Tadeo mit einer Verbeugung in seine Gemächer ein und wartete, während sein Herr den Tee zu sich nahm. Die Silhouetten der Wachen bewegten sich jenseits der Shoji-Schirme, und aus der Halle konnte der Haushofmeister den Gesang einer Frauenstimme hören – der jüngsten Konkubine des Barons.

»Die Schauspieler sind eingetroffen?«

»Ja, mein Gebieter. Ihr Anführer hat gesagt, daß sie morgen abend bereit sein werden, für uns aufzutreten, aber er würde es sich als eine Ehre anrechnen, wenn er Euch heute abend seine Aufwartung machen dürfte, wenn Euch das paßt.«

»Dieser Meister Hidekane. Was für eine Art von Mann ist er?«

»Viel jünger als ich erwartete. Aber der Bote hat nicht gelogen, es scheint eine wohlhabende Gruppe zu sein. Da ist nur eines ...« Der Haushofmeister hielt plötzlich unsicher geworden inne. Sadamori nickte.

»Nur zu.«

»Vielleicht ist es nichts. Ich würde Euch damit nicht belästigen, mein Gebieter. Ich weiß nur, daß Ihr ... um Eure Sicherheit besorgt seid. Als ich Meister Hidekane sagte, daß er in dem alten Herrenhaus auftreten würde, hat er nur genickt und zugestimmt.«

»Und du hast Widerspruch erwartet?«

»Ihr werdet mir verzeihen, wenn ich darauf hinweise, daß Künstler häufig empfindlich sind. Das alte Herrenhaus könnte sich in baufälligem Zustand befinden, und doch schien er in keiner Weise besorgt, noch hat er verlangt, es sofort zu sehen, oder Veränderungen gefordert, die nicht möglich waren. Einige Eurer anderen ... Künstler ... Gäste waren weniger leicht zufriedenzustellen.«

Der Baron dankte Tadeo für seine Information und entließ ihn, konnte aber das leichte Unbehagen nicht abtun, das die Worte des Haushofmeisters in ihm hinterlassen hatten. Vielleicht wollte der Schauspieler seinem Gastgeber gegenüber lediglich höflich sein und deshalb keine Beleidigung riskieren, die vielleicht den Auftritt – und die erhoffte Belohnung – in Gefahr bringen könnte. Aber Tadeo hatte recht. Die Musiker und Maler, die manchmal bei ihm wohnten, pflegten in der Tat die Privilegien häufig über Gebühr auszunutzen, die ihre Talente ihnen verschafften.

Sadamori beschloß, die Bekanntschaft dieses jungen Meisters zu machen, um festzustellen, ob tatsächlich eine

Gefahr drohte. Er war jetzt seit zwanzig Jahren hier sicher gewesen. Tadeo war seit früher Kindheit dazu erzogen worden, ihm zu dienen und ihn zu schützen. Seine zwei Konkubinen wußten, daß er nicht das brauchte, was andere Männer brauchten, und dafür nahm, was kein anderer Mann je genommen hatte. Aber da er sie in jeder anderen Weise gut behandelte, schienen sie nicht geneigt, sich zu beklagen. Unter den Samurai gab es möglicherweise einige, die etwas argwöhnten. Aber sie hatten den Eid abgelegt, in seinem Dienst zu sterben und außerdem, da er ein äußerst listenreicher und erfahrener General war, kamen mehr von ihnen zu Wohlstand, als den Tod fanden, und deshalb waren sie zufrieden.

Er konnte sich nicht vorstellen, daß ein Schauspieler für ihn eine Bedrohung darstellen könnte, außer vielleicht, daß eine blühende Phantasie möglicherweise mehr geneigt war, etwas zu glauben, was ein pragmatischerer Kopf nicht glauben würde. Trotzdem würde er diesen Mann empfangen. Er würde sich selbst ein Urteil darüber bilden, ob seine Unruhe durch mehr als bloße Vorsicht gerechtfertigt war.

Der Mann wurde in Begleitung eines stummen Samurai, der sich dann zurückzog und an der Tür niederkniete, in seinen Audienzsaal zu ihm geführt. Einer der Diener kroch heran, um Sake anzubieten. Sadamori studierte den Mann. Er war jung, wie Tadeo gesagt hatte, vielleicht Anfang der Dreißig. Er sah gut aus, so wie ein Priester, asketisch nach innen gekehrt. An seinen Gesichtszügen, seinen Augen war etwas, das Erinnerungen anklingen ließ, aber Sadamori konnte nicht sagen, ob sie wahr oder falsch waren. Nach vier Jahrhunderten sahen viele Leute wie Menschen aus, an die er sich erinnerte.

»Willkommen in meinem Haus«, sagte er zuletzt, und der Mann verbeugte sich erneut.

»Es ehrt uns, von Euch willkommen geheißen zu werden, Baron Sadamori.«

»Ich bedauere, daß ich nicht alles hören konnte, was über deine Kunst bekannt ist. Mein letzter Besuch in der Hauptstadt liegt eine Weile zurück.«

Tatsächlich waren es fünfzig Jahre gewesen, seit der Fujiwara-Baron dem Shogun auf den Knien seinen Lehenseid geleistet hatte und dann, wie man allgemein annahm, in der Schlacht gegen die rebellischen Barone des Südens gefallen war.

»Wir sind sehr neu ... und ich hoffe, Euer Ehren werden sich daran erinnern, wenn wir morgen abend antreten, um Euch zu unterhalten. Aber ich hatte die Ehre, seit meiner Kindheit von Meister Zeami geschult zu werden.«

»Wenn jener hochangesehene, ehrenwerte Herr dich ausgebildet hat, dann bin ich sicher, daß deine Bemühungen dankbar aufgenommen werden. Ich hoffe, du hast die Bühne, die wir vorbereitet haben, als brauchbar empfunden.«

»In höchstem Maße angemessen, mein Herr und Gebieter. Das Stück, das wir zum Vortrag bringen werden, wird in hohem Maße von der Atmosphäre des alten Herrenhauses gewinnen. Es befindet sich in ausgezeichnetem Zustand.«

»Wir vom Hause Fujiwara ehren unsere Vergangenheit«, nickte Sadamori, denn es hatte ihm großen Schmerz bereitet, das Herrenhaus aufzugeben. Es war ein Bauwerk im alten Stil gewesen, mit niedrigem Dach und schweren Traufen, die die Dunkelheit bis weit in den Tag hinein im Haus verweilen ließen. Aber die Kräfte des Wandels und der Notwendigkeit erforderten starke Befestigungsanlagen, und er hatte sich ihnen wie stets gebeugt.

»Eine so ruhmreiche Vergangenheit sollte nicht vergessen werden«, sagte Hidekane, und einen Augenblick lang schien so etwas wie Spott aus seinen Worten zu klingen. Sadamori sah ihm in die Augen, aber da war außer höflichem Respekt nichts zu erkennen.

»Wo kommst du her, Meister Hidekane?«

»Aus einem kleinen Dorf, ein paar Meilen südlich von hier. Aber man hat mich in jungen Jahren als Lehrling in die Truppe gegeben. Meine Mutter war eine Witwe. Meine älteren Brüder haben den Tod gefunden.«

»Wie bedauerlich. Ein Unfall?« Es widersprach allen Regeln der Höflichkeit, eine solche Frage zu stellen, aber wenn der Mann sich nicht schämte, sich freiwillig zu offenbaren, würde Sadamori sich aufklären lassen.

»Nein. Sie sind ermordet worden.«

»Wir leben in wahrhaft unruhigen Zeiten. Ich hoffe, man hat die Schuldigen bestraft.«

»Ich bin sicher, daß die Strafe kommen wird. In einem Leben oder einem anderen«, sagte Hidekane leise und beugte leicht das Haupt wie in stummem Gebet.

»Karma«, bemerkte Sadamori nach einem kurzen Augenblick des Schweigens.

»Ja, Karma.«

Nachdem der Schauspieler ihn verlassen hatte, ging Baron Sadamori lange Zeit durch die beschneiten Hügel, fand aber unter dem Wintermond keine Antworten, die auf ihn warteten.

Am nächsten Abend versammelte sich der Haushalt in dem alten Herrenhaus. Der Raum war mit Becken und Fackeln beheizt und beleuchtet. Eine Seite war völlig verwandelt worden. Ein Tuchvorhang mit dem traditionellen Bild einer Fichte bildete den Hintergrund. Davor war eine niedrige Bühne errichtet worden, die in den Raum hineinreichte.

Die Samurai und ihre Frauen ließen sich vor der Bühne auf Matten nieder, die Diener suchten sich lautlos in der Finsternis im hinteren Teil des Saales Plätze. Dann traten die beiden Konkubinen von Baron Sadamori mit flatternden Fächern ein und trippelten zu den Kissen, die sie erwarteten. Zuletzt erschien der Baron selbst im prunkvollen Glanz eines Kimono, der das Wappen seines uralten Hauses trug. Die Versammlung verbeugte sich, als er ganz vorne im Zuhörersaal seinen Platz einnahm.

Fast ungesehen huschte der Haushofmeister hinter die Bühne, um den Schauspielern ein Zeichen zu geben. Die beiden Musiker traten von der Seite auf die Bühne und nahmen, gefolgt vom Chor, der neben ihnen vor dem Bühnenhintergrund niederkniete, ihre Plätze ein.

Die Flöte begann ihr klagendes Lied, und gleich darauf fiel der langsame Herzschlag der Trommel ein. Geflüsterte Gespräche verstummten, Seide raschelte, als die Zuhörer sich zurechtsetzten, um einen guten Blick auf das Geschehen zu bekommen. Ein Schauspieler, als reisender Priester gekleidet, trat mit präzisen Schritten wie in einem Ritual auf die Bühne.

»Über kalte und ferne Straßen
Aus den Bergen des Nordens,
Über kalte und ferne Straßen
Aus den Bergen des Nordens
Ziehe ich auf meinem Weg zu
Dem geheiligten Schrein der Ise.«

Sadamori sah zu, wie das Drama auf altehrwürdige Weise seinen Anfang nahm. Die Truppe schien wirklich gut, dachte er, als der Chor im Echo die Worte des Priesters nachsprach und dann die Schilderung der kalten, mühsamen Reise ausschmückte. Hidekanes poetische Bilder waren schön ... und doch verbarg sich unter ihnen etwas Scharfes wie in den Schnee eingebettetes Eis.

Der zweite Schauspieler war auf die Bühne getreten. Er trug Kostüm und Maske eines alten Mannes und trat auf den Priester zu, als dieser sich anschickte, die Nacht in einem verlassenen Haus zu verbringen.

»Der Mond geht auf.
Aber noch ist nicht genug Licht
Die Nacht hat mich in ihrem Bann
Und der Nebel bedeckt meine Augen.
Warum sonst sollte ich hier wandern
Suchen, was verloren ist
Ich kann meinen Weg nach Hause nicht finden
Ich kann nicht ruhen.«

Während der Priester und der alte Mann ihren Text sprachen, gewann die Geschichte des letzteren allmählich Gestalt. Er suchte in der Dunkelheit der Nacht nach seinen Söhnen oder ihren Geistern. Manchmal sprach er zu dem jungen Priester, manchmal zur Luft, manchmal zu einem Wesen, das nur er fühlen konnte. Die Stimme und die Bewegungen des Schauspielers waren kontrolliert und präzise, ein vollkommener Ausdruck von Alter und Verzweiflung. Und doch war da hinter der stilisierten Maske und den ritualisierten Bewegungen mehr. Es war der Verfasser des Stückes selbst, Hidekane, der die Rolle verkörperte. Bei dem Gedanken durchfuhr es Sadamori eisig, als er auf seinen seidenen Kissen saß, neben sich seine Konkubinen und hinter sich seine Samurai.

Der leidgeprüfte alte Mann ging, begleitet von den klagenden Versen des Chores, von der Bühne. Der *kyogen* nahm seine Stelle ein und gab sich als Dorfbewohner zu erkennen, der vom Gebet am Schrein zurückkehrte. Wie es seiner Funktion gemäß war, enthüllte er die wahre Geschichte: Der alte Mann war ebenso ein Geist wie die Söhne, die er suchte. Alle waren in einem schrecklichen Feuer umgekommen, das vor hundert Jahren ihr Heim vernichtet hatte. Aber die Dorfbewohner glaubten, daß sie vor dem Feuer von einem Dämon erschlagen worden waren und daß das die Ursache für den unruhigen Geistes des Mannes war.

Während der Priester um den Frieden des alten Mannes betete, klagte die Flöte, und der Schlag der Trommel wurde lauter. Unter den Zuhörern hustete jemand. Die jüngere der beiden Konkubinen sah ihren Gebieter an und sah, daß sein Gesicht so weiß und reglos wie das einer Leiche war. Sie senkte den Blick, und ihr Fächer bebte in ihrer Hand.

Jetzt kam der Verfasser des Stückes wieder hinter dem Vorhang hervor, diesmal in der Maske eines Dämons. Ein Murmeln und Stöhnen ging durch die Zuschauer . . . denn die Maske des Dämons war angsterregend und kam unerwartet. Eine Hälfte davon war verzerrt und grausig mit scharf gezeichneten roten Brauen und einem krummen schwarzen Mund. Die andere Hälfte war die eines Fürsten, rein und gutaussehend.

Die kehlige Stimme des Dämons tönte:

»Ich bin wahrhaftig verflucht
Voll Haß für das
Was auf Erden lebt
Wie ich nicht
Wahrhaftig ich bin hungrig
Nach den Seelen jener
Die sterben und dahinziehen
Die sich dem Rad anschließen
Wie ich nicht.«

Im flackernden Fackelschein wurde die Maske ein Bild einer geteilten Seele. Auf der Bühne inmitten des ganzen Rituals und der Kunst war kein Schauspieler, kein Vortrag. Da war nur das Ding selbst, die reine Demonstration einer dämonischen Macht, unsterblich, mordend und verzweifelt, etwas, das sich an das Leben klammerte und sich nach dem Tod sehnte. Da war Böses, und da war Schmerz.

Vor der Bühne sah der untote Baron von Fujiwara zu, wie sein Geheimnis mit Worten, deren Kanten so scharf wie eine Muramasa-Klinge waren, zum Leben erweckt wurde.

»Hinter den Bergen
Versinkt der Mond
Wie ich versinken muß
Aber über den Bergen
Muß der Mond sich wieder erheben
So wie ich mich erheben muß.
Es gibt kein Rasten.«

Der Schauspieler nahm die letzte Pose ein. Der letzte Trommelschlag tönte. Schweigen erfüllte die Halle.

Dann hob Baron Sadamori die Hände und zwang sie zusammen. Hinter ihm klatschten die Samurai und die Diener. Nur die jüngere Konkubine sah, wie er zusammenzuckte, als seine Handflächen sich berührten.

Dann begann das Festmahl. Sake wurde ausgeschenkt und getrunken, Ehren erwiesen und entgegengenommen. Die Nacht zog sich hin, und zuletzt erhob sich der Bühnendichter, um sich zurückzuziehen. Er trat vor den Baron, um vor ihm niederzuknien. Sie redeten eine Weile so leise miteinander, daß niemand sie über dem festlichen Lärm hörte.

»Das war eine beeindruckende Vorstellung«, sagte Sadamori, und Hidekane lächelte. »Mich würde interessieren, was das Stück inspiriert hat.«

»Ich danke voll Demut für Eure freundlichen Worte. Ich würde geehrt sein, Eure Fragen zu beantworten. Vielleicht könnte der Garten des alten Herrenhauses dafür die richtige Atmosphäre bieten.« Der Vorschlag machte den Baron unruhig, denn der Garten würde verlassen sein, und der Rest des Haushalts würde weder hören noch sehen können, was sich dort zutrug. Dann lächelte er und nickte. Schließlich würde dieser Umstand ebenso zu seinem Vorteil wie zu dem des Dichters sein.

Wie langjährige Verschwörer brauchten sie nur wenige Worte. Hidekane verließ den Raum. Eine Weile später zog auch der Baron sich zurück. Zur festgesetzten Zeit trafen sie sich im Garten. Die kühle Luft ließ den Atem des Dichters wie eisigen Nebel vor seinem Mund hängen, aber der Baron trug nur seinen Seidenkimono und fröstelte nicht. »Wer bist du?« fragte er. Seine Stimme war ruhig und leise, aber so kalt wie der Mond, der über ihnen am Himmel stand.

»Ito no Hidekane. Der Fujiwara no Hidekane gewesen wäre, hättet Ihr nicht meinen Vater erschlagen.«

»Dein Vater, falls du behauptest, das Kind von Kozum zu sein, hat mich verraten.«

»Meine Mutter hat mir die wahre Geschichte berichtet. Wie ihr vor fünfzig Jahren zu meinem Vater kamt und ihm angeboten habt, ihn in Eure Familie zu adoptieren, ihm nach Eurem Tod Eure Ländereien zu geben, weil Ihr keine eigenen Kinder hattet. Aber Ihr seid nicht gestorben, weil Ihr ein unnatürlicher Dämon seid. Ihr seid nur weggegangen, und als Ihr zurückkehrtet, habt Ihr meinen Vater und meine Brüder getötet, um die Ehren zurückzunehmen, die Ihr ihnen gegeben hattet. Sie hatte Glück, Eurem mörderischen Verrat zu entkommen.«

»Die Frau Eures Vaters war seit zwei Jahren tot, als ich zurückkehrte.«

»Aber die Zofe meines Vaters war nicht tot. Das wußtet Ihr, nicht wahr? Daß sie seine Geliebte war und sein Kind unter dem Herzen trug. Ihr glaubtet nicht, daß sie sich der scheußlichen Dinge erinnern würde, die Ihr ihr antatet, daß sie durch die Träume hindurch den Dämon sehen würde, der Ihr seid.«

»Jetzt erinnere ich mich an sie. Allerdings«, seine Stimme klang jetzt träge und schleppend, »erinnere ich mich nicht an ihre Furcht vor schlimmen Träumen. In der Tat schien es, daß sie jede Nacht eifrig und voll Erwartung schlafen ging, parfümiert und willig.«

Einen Augenblick lang zeichnete die Wut ihre Maske auf das Gesicht des Schauspielers, aber dann meisterte er sie und fuhr fort, als ob dies auch nur ein Spiel wäre und er seinen Text sprechen müßte.

»Als ich älter wurde, konnte sie es sich nicht mehr leisten, mich bei sich zu haben, also hat sie mich einer vorüberziehenden Schauspielertruppe mitgegeben. Aber sie hatte mir jede Nacht die Geschichte erzählt und mich schwören lassen, sie nicht zu vergessen.«

»Und da bist du nun, ein Meister deiner eigenen Schauspielertruppe. Ein talentierter Stückeschreiber, das gebe ich zu. Obwohl die Geschichte deiner Mutter mehr Dichtung enthielt als dein Spiel. Nein, unterbrich mich nicht. Ich habe heute abend deine Geschichte erduldet, jetzt mußt du meine hören. Ich habe deinen Vater tatsächlich adoptiert und ihm erlaubt, dieses Land zu erben. Aber es gab Bedingungen. Er dürfte es nicht aushungern. Er dürfte dem Namen Fujiwara keine Schande machen. Und wenn ein junger Mann mit dem Familienwappen auf seinem Schwert zu ihm kam, sollte er ihn seinerseits adoptieren und ihm das Anwesen hinterlassen. Das war alles, was ich von ihm verlangte. Fünfzig Jahre des Wohlstands und sogar ein Teil der Reisernte für diejenigen seiner Söhne, an deren Stelle ich vielleicht treten würde, und das einzige, was von ihm erwartet wurde, war, daß er mich adoptierte und mir den Namen meines ›Vorfahren‹ gab.

Aber er wurde habgierig. Er mißbrauchte den Reichtum dieses Anwesens. Er verärgerte meine Nachbarn, und als ich zurückkehrte, leugnete er seine Pflicht und den Eid, den er geschworen hatte. Er weigerte sich, seine eigenen Söhne beiseite zu schieben. Am Ende, als ich Ihr Leben als Pfand für seine Verpflichtung nahm, stimmte er zu. Doch er fuhr fort, gegen mich Komplotte zu schmieden, oder, was mehr der Wahrheit entspricht, gegen den jungen Mann, von dem er glaubte, daß es ich es war. Am Ende begann er die Wahrheit zu ahnen. Vielleicht hat ihm deine Mutter dabei geholfen, weil sie glaubte, daß sie eines Tages die Dame des Hauses sein würde.

Ich gab ihm jede Chance, den Rest seines Lebens in Ehren und Wohlstand zu leben. Ich gab ihm dieselbe Chance, die ich über die Jahre hinweg anderen gegeben hatte. Sie entschieden sich für die ehrenhafte Lösung und erfüllten ihr Versprechen. Aber dein Vater ließ mir keine andere Wahl. Er hatte sogar deine älteren Brüder in seine Komplotte hineingezogen.«

»Und so habt Ihr sie alle getötet.«

»Ja. Das war stets der Preis des Verrats.« Die Worte hatten den eisig kalten Klang der schroffen Wahrheit. »Warum bist du hierhergekommen? Um den Dämon zu erschlagen und Anspruch auf deine falsche Erbschaft anzumelden?«

»Nein«, sagte Hidekane, nachdem er einen Augenblick lang nachgedacht hatte. »Daran hatte ich viele Jahre lang gedacht. Aber ich bin kein Mann des Schwertes. Meine einzigen Waffen sind Worte. Mein Spiel, die Wahrheit des Bösen in Euch ist meine Rache. Es wird länger leben als Ihr oder ich, so wie der Fluch, mit dem ich Euch belege.«

»Dein Spiel enthielt einen Kern Wahrheit«, räumte der Dämon-Baron nach einer Weile ein. »Dein Herz wußte das die ganze Zeit. Denn wessen Seele hast du auf jener Bühne verkörpert? Die deines Vaters . . . oder meine?«

Einen Augenblick wich der Dichter seinem Blick aus und starrte auf die dunklen, abgestorbenen Bäume, die sie umgaben. »Euer Fluch ist es, das zu sein, was Ihr seid. Mein Fluch ist es, mir das nur zu gut auszumalen«, meinte er nach einer Weile niedergeschlagen.

»Ich bin nicht verflucht, ich bin nur, was ich bin. Ich habe nicht den Wunsch, mich zu ändern . . . oder zu sterben.«

»Jetzt. Aber eines Tages . . .« Seine Stimme klang seltsam losgelöst, als hätte er die bedächtigen Rhythmen seines Stückes verlassen und tastete jetzt nach einer Wahrheit, die er nie ganz artikuliert hatte. »Eines Tages kann es sein, daß meine Worte die Euren sind.«

»Es kann aber auch sein, Meister Hidekane, daß du deinen eigenen Grabspruch geschrieben hast.«

»Tut das, wenn Ihr wollt, Baron Dämon. Tötet mich. Aber wenn Ihr das tut, wird das meine Worte nur noch stärker machen.«

»Du darfst dieses Stück nicht für Baron Konishi spielen«, sagte Baron Sadamori, und der Stückeschreiber wußte, daß er in jener Nacht nicht sterben würde.

»Nein, und auch für keinen anderen Zuschauer. Nicht

so, wie es jetzt ist. Aber ich habe bereits eine andere Version geschrieben, und die wird passen. Ich bin sicher, sie wird sehr populär sein.«

»Hundert Jahre von heute wird keiner deinen Namen kennen«, erklärte Baron Sadamori. Zu seiner Überraschung verzog sich Hidekanes Mund zu einem schmalen Lächeln, und er verbeugte sich graziös mit spöttischem Respekt.

»*Ihr* werdet ihn kennen, Fujiwara no Sadamori. *Ihr* schon.«

26

Oktober 1902

UND ICH KANNTE ihn, mehr als einmal sogar in den Jahren seit jener frostklaren Nacht im fünfzehnten Jahrhundert. An dem geteilten Dämon, den er auf der Bühne verkörperte, war einiges Wahre . . . aber ich war nie nur das. Während die Jahre dahinzogen, gab es Zeiten, wo ich meinen Zustand haßte und solche, wo ich ihn genoß. Ich sehnte mich nach dem Tod und klammerte mich ans Leben. Ich lebte weiter, weil es für mich gar keine andere Möglichkeit gab, und doch war an diesem Leben vieles, das sich in keiner Weise von dem jedes anderen Menschen in meinem Lande unterschied. Ich hatte meine Freuden und Leiden, meine Gefahren und meine Wonnen.

In den langen Kriegen, die das Land während des ganzen sechzehnten Jahrhunderts quälten, entrann ich manchmal der Entdeckung nur um Haaresbreite. Ich versuchte, die List mit der Adoption noch ein- oder zweimal, aber als beide Male im Blutvergießen endeten, sah ich mich gezwungen, diese Vorgehensweise aufzugeben. Ich entwickelte neue Strategien für das Überleben, neue Lügen, um mich zu schützen. Daß die Ländereien meiner Ahnen weder zu reich noch zu nahe am Zentrum der Macht lagen, half mir dabei. Es half auch, daß meine Soldaten stets gut ausgebildet und gut geführt waren, Nutznießer eines Wissens und einer Schlauheit, die ich in sechshundert Jahren erworben hatte. Und am allermeisten wahrscheinlich half es, daß ich stets die Seite der Gewinner wählte. Wenn ich das nicht getan hätte, ganz besonders während der letzten schrecklichen Schlachten, hätte ich sicherlich alles verloren.

Ich sah zu, wie Oda Nobunaga Shogun wurde und die kriegerischen Mönche des Berges Hiei besiegte und damit die Macht der buddhistischen Priesterschaft brach. Ich befand mich auf dem Schlachtfeld, als er die Feuerwaffen einsetzte, die er von den ausländischen Portugiesen gekauft hatte, die unsere Gestade das erste Mal im Jahre 1542 erreichten. Sie hatten versucht, uns ihren Gott aufzudrängen; wir nahmen statt dessen ihre Kanonen. Viele der Barone im Süden traten zum Christentum über. Ohne Zweifel taten das manche in echter Gläubigkeit. Der Rest tat es, weil sie die Seidenladungen und anderen Reichtümer unter Kontrolle bringen wollten, die die Barbarenhändler brachten. Die Ausländer intrigierten selbst untereinander, Portugiesen gegen Holländer, Jesuiten gegen Franziskaner, um das Recht, unsere Seelen zu retten und um uns unseren Reichtum wegzunehmen.

Als Nobunaga meuchlings ermordet wurde, kam einer seiner Generale Hideyoshi an die Macht. Tokugawa Ieyasu, sicher im Schutz der östlichen Provinzen, half seinem Rivalen, die Macht über die aufrührerischen *dai-*

myo zu festigen und zog sie dann nach Hideyoshis Tod an sich.

Nach Ieyasus Sieg trat eine Art Frieden ein. Es war der Frieden der Verweigerung und der Unterdrückung, der Geheimpolizei und der Hierarchie. Die Ausländer wurden verjagt. Die Anhänger ihres fremden Gottes wurden verfolgt oder getötet. Kein Japaner durfte unter Androhung der Todesstrafe das Land verlassen. Kein Japaner, der es verlassen hatte, durfte zurückkehren – oder er war des Todes. Kein Bürgerlicher durfte sein Land verlassen, kein Bürgerlicher durfte Waffen tragen.

Die Aristokratie hatte es leichter. Die beiden Schwerter, die ich in meiner Schärpe trug, berechtigten mich zu vielen Dingen, darunter auch zu dem von niemandem in Zweifel gestellten Recht, jeden Bürgerlichen niederzumachen, der mir nicht den gebührenden Respekt erwies. Wenn man von uns verlangte, ein halbes Jahr am Hof in Edo zu verbringen und unsere Familien während der anderen Hälfte des Jahres als Geiseln dortzulassen, so war das gewiß ein kleiner Preis, den wir den Shogunen bezahlen mußten, deren Politik unsere Privilegien und unseren Wohlstand bewahrten.

Die Tokugawa-Shogune glaubten, sie könnten Japan in einem Zustand einfrieren, den sie für alle Zeiten beherrschen konnten. Sie glaubten, sie könnten die Zeit anhalten.

Eine Zeitlang glaubte ich das auch.

27

DIMITRI ROSSKOW LIESS das in Leder gebundene Buch sinken. Wie lange hatte er jetzt gelesen, fragte er sich. Wie lange hatten mehr als fünfhundert Jahre gebraucht, um durch die geschriebenen Worte in sein Bewußtsein zu dringen.

Die winzige Wohnung schien ihm plötzlich noch kleiner, noch bedrückender als je zuvor. Er brauchte den kalten Kuß der Herbstluft, um den Zauber zu brechen, mit dem ihn die Worte, wie es schien, belegt hatten. Brauchte ihn, um wieder klar denken zu können. Immer noch das Tagebuch in der Hand, stand er auf, ging zur Tür und trat dann nach draußen.

Am klaren Nachthimmel konnte er sehen, wie die Zeit verstrichen war. Mehr als drei Stunden waren vergangen, seit er das in Papier gewickelte Buch aufgehoben und zu lesen angefangen hatte. Er hüllte sich enger in seinen Mantel und sog die kühle Luft tief in seine Lungen.

Beinahe tausend Jahre. Wenn das stimmte, was in dem Buch stand, wenn Sadamori Fujiwara immer noch lebte, dann war er beinahe tausend Jahre alt.

Rossokow schob den Gedanken von sich und ließ die Fragen an sich vorbeiziehen, die seine Faszination mit dem Tagebuch in all den langen Stunden beiseitegeschoben hatte.

Wer hatte ihm das Buch gebracht? Wer auch immer es gewesen war, sie mußten seine wahre Natur kennen. Daß irgend jemand in Banff das wußte, glaubte er nicht. Leigh hatte, wenn auch nur unbewußt, eindeutig erkennen lassen, daß sie sich nicht an ihn erinnerte.

Hatte Ardeth in irgendeiner Weise Mark Frye ihr wahres Bedürfnis verraten? Sein Verhalten neulich abends deutete allerdings nicht darauf hin. Wenn er Argwohn gegen Rossokow gehegt hätte, wäre er doch ganz sicherlich nicht alleine und bei Dunkelheit an die Tür seines Rivalen gekommen. Der junge Mann schien auch nicht jemand zu sein, der ein solches Buch besitzen – oder es fälschen konnte.

Konnte es sein, daß jemand siegreich aus dem Machtkampf in dem zerbröckelnden Dale-Imperium hervorgegangen war und die Wahrheit hinter Altheas Wahnsinn entdeckt hatte? Wenn dem so war, dann wäre das Tagebuch eine unnötig subtile und zugleich auch gefährliche List. Es würde doch sicherlich viel mehr Sinn machen, ihn einfach zu überraschen, als ihn so vor möglicher Gefahr zu warnen.

War das Tagebuch echt oder gefälscht? Wenn es eine Fälschung war, dann eine höchst beeindruckende. Aber wenn jemand wirklich das Tagebuch des Vampirs gefälscht hätte, um ihm zu signalisieren, daß man über ihn Bescheid wußte, warum würde es dann ein Vampir aus einer der seinen so fernen Kultur sein? Weil er in einer solchen Geschichte nicht so leicht historische Unzuträglichkeiten feststellen würde, als in einer Geschichte, die in Europa spielte? Er mußte zugeben, daß er nicht mehr über die Geschichte Japans wußte, als die Zeitungen dieses Jahrhunderts und die des letzten geschrieben hatten.

Wenn aber eine Fälschung des Tagebuchs keinen Sinn machte, dann war daraus zu folgern, daß es echt sein mußte. Der Vampir war ein großes Risiko eingegangen, eines, für das Rossokow selbst nie den Mut gehabt hätte. Die dunkelsten Geheimnisse seiner Existenz dem Papier anzuvertrauen ...

Wer auch immer es geschrieben hatte, *wußte,* dachte er

mit einem Frösteln, daß das nichts mit der Kälte zu tun hatte. Wer auch immer es geschrieben hatte, begriff die schreckliche Schönheit und das ungeheuere Böse, die widersprüchlichen Zwänge für Leben und Tod, so wie der Schauspieler Hidekane es begriffen hatte.

Rossokow blickte zum Mond auf. Die Worte kamen zu ihm zurück, geflüstert drangen sie in sein Bewußtsein, in einer seltsamen Kombination aus Englisch, seiner halbvergessenen Muttersprache, und einer unbekannten orientalischen Sprache:

»Der Mond muß wieder aufsteigen
So wie ich mich erheben muß
Es gibt keine Rast.«

Er wandte den Blick vom Himmel und zwang sich, die stille Seitengasse und die schattigen Höfe und Gärten zu mustern, die ihn umgaben. Wenn er akzeptierte, daß Sadamori Fujiwara ein Vampir war, was hatte das dann zu bedeuten? Automatisch anzunehmen, daß er ihm nichts Böses wollte, wäre unsinnig. Rossokow erinnerte sich an die Nacht, in der er Jean-Pierre kennengelernt hatte und wie sie einander erprobt hatten, erinnerte sich an den Kampf um die Oberhand, der schließlich mit ihrer Freundschaft geendet hatte. Es war möglich, daß er und Ardeth, ohne das zu wissen, in das Territorium dieses Vampirs eingedrungen waren und daß das Tagebuch seine Warnung an sie war.

Aber konnte ein Feind denn daran interessiert sein, daß sein Leben und seine Geheimnisse einem Widersacher offenbart wurden? Wenn Fujiwara tatsächlich diese Stadt für sich beanspruchte, dann gab es doch ganz sicherlich weniger persönliche Methoden, um diese Botschaft zu übermitteln. Wenn das Tagebuch ein genaues Portrait war, dann schien ihm Fujiwara nicht die Art von Vampir, der andere seinesgleichen fürchtete. Durch seine Geschichten zog sich zwar eine Strömung von rücksichtslosem Pragmatismus, aber sie deuteten nicht an, daß er ohne Grund gewalttätig handeln würde.

In den Worten, die Rossokow gelesen hatte, konnte er nichts finden, was darauf hindeutete, daß Fujiwara ihm Böses wollte. Vielleicht hatte man ihm das Tagebuch nicht geschickt, um einen Eindringling zu vertreiben, sondern um die Bekanntschaft mit einem Freund herzustellen.

Rossokow runzelte unbewußt die Stirn. Er mußte zugeben, daß er den Mann mochte, den die Seiten des Tagebuchs erkennen ließen. Sadamori Fujiwara war von faszinierendem Witz und einer offenen, ja zynischen Ehrlichkeit, selbst wenn sie in List und Verschlagenheit gehüllt war. Jede Geschichte jede Bemerkung, die Rossokow gelesen hatte, steigerte seinen Wunsch, die Bekanntschaft des Verfassers zu machen.

Es gab da auch noch einen anderen Grund, der über die Aussicht auf Witz und Intelligenz hinausging, gestand er sich ein. Wenn Fujiwara fast tausend Jahre überlebt hatte, dann hatte der alte Vampir sicherlich die Antwort auf manche der Probleme gefunden, die in allerjüngster Zeit Ardeth und ihn auseinandergerissen hatten und ihn selbst in Zweifel und Niedergeschlagenheit verwickelt hatten.

Für ihn würde ich sein wie ein Kind, wurde Rossokow plötzlich bewußt. So wie Ardeth für mich. Plötzlich überkam ihn eine Welle der Sehnsucht. Für den Vampir, der ihn gemacht hatte, war er Opfer, Liebhaber und schließlich verräterischer Todesengel gewesen. Für Jean-Pierre hatte er nur ein älterer Bruder sein können – selbst als sie beide in den Salons von Paris ein verrücktes Risiko nach dem anderen eingegangen waren. Für Ardeth war er ein gescheiterter Vater, ein gescheiterter Liebhaber. Für Fujiwara, der so viel älter und ganz sicherlich soviel weiser als er war, konnte er etwas anderes sein. Zum ersten Mal würde er vielleicht die Verantwortung abgeben können. Er würde lernen können statt zu lehren.

Er könnte Sohn sein statt Vater.

Zitternd lehnte er sich an das Geländer der Veranda und starrte das Buch an, das er in der Hand hielt. Wirf es weg, drängte ihn eine innere Stimme. Wirf es weg, ehe du dich zu sehr nach allem sehnst, was es dir verspricht. Wirf es weg, ehe es dich zerstört.

Oder bevor du es zerstörst, so wie du jeden anderen Vampir zerstört hast, dem du je begegnet bist.

Das Leder fühlte sich in seiner Hand weich und warm an. Er schlug das Buch langsam auf. Nur noch ein wenig mehr, sagte er sich. Es muß einen Grund dafür geben, daß das hier existiert. Und diesen Grund werde ich nie erkennen, wenn ich nicht noch ein Stück weiterlese. Die krakelige und doch so schöne Schrift zog ihn erneut in ihren Bann.

Ohne auf die Kühle der Nacht zu achten, setzte er sich auf die oberste Stufe und begann im Licht der hellen Mondscheibe zu lesen, die hoch über seinem Kopf stand.

28

Ein Traum vom Tod

DA IST FEUER. Ich fühle die Hitze, die von ihm ausgeht, die hinter mir in dem engen Tunnel heranweht, durch den ich gerannt bin. Ich weiß, daß es mich im nächsten Augenblick einholen wird. Dann wird mein Blut kochen, meine Knochen schmelzen, meine Haut schwarz werden und sich auflösen. Und wenn es vorbei ist, wird keine Asche und kein Ruß zurückbleiben. Es wird keine Spur geben, daß ich je existiert habe. In der Sekunde, bevor es mich erreicht, schreie ich.

Ich erwachte.

Einen Augenblick lang wußte ich nicht genau, wo ich mich befand. Mein Körper schwankte unsicher in der Finsternis. Einen wahnsinnigen Augenblick lang dachte ich, ich befände mich auf See, und wäre beinahe in Panik geraten. Dann erinnerte ich mich wieder. Ich saß in meiner Sänfte auf der Straße nördlich von Edo und war unterwegs zu meinem Besitz.

Ich schickte meine Sinne aus und tastete nach dem Bewußtsein jener, die mich umgaben. Aus ihren schattenhaften Gedanken konnte ich erkennen, daß es Zwielicht war. Die Sonne sank gerade hinter den Bergen im Westen, die Schatten waren lang und hießen mich willkommen. Ich konnte ohne Gefahr die schwer gefütterten Brokatvorhänge zurückziehen, die mich schützten, und konnte hinaustreten und mich in der Nacht umsehen.

Aber ich blieb, wo ich war. Ich brauchte nicht nachzusehen, um zu wissen, wie unsere Prozession aussah: Samurai zu Pferde, die vor und hinter mir ritten, Soldaten, die vor und hinter ihnen marschierten und Träger gebeugt unter der Last ihrer Bürde.

Zweimal im Jahr zog die Prozession über diese Straße. Im Frühling nach Edo. Im Herbst zurück auf den Besitz. Der Shogun vertraute den Baronen des Nordens mehr im Winter, wenn der Schnee unsere Bergpässe schloß und damit unsere Armeen in unseren eigenen Ländereien festhielt. Im Sommer zog er es vor, daß wir uns an seinem Hof aufhielten, fern unserer Burgen und Armeen.

In Wahrheit sollte es eine Erleichterung sein, zu meinen eigenen vier Wänden zurückzukehren. Edo war für mich gefährlich. Es gab überall Spione, und ich hatte mehr Mühe, meine besonderen Eigenheiten zu verbergen. Ich ließ zu, daß man mich für einen Gelehrten hielt, einen, der den esoterischeren, buddhistischen Glaubenssätzen anhing, und fastete deshalb häufig und bewahrte meinen Samen als Teil meiner Studien. Aber ich achtete sorgsam darauf, nie den Eindruck entstehen zu lassen, daß ich irgendwelche geheimen Weisheiten oder nützlichen Einsichten gewonnen hätte, damit der Shogun nicht zu dem Schluß gelangte, ich könne eine Bedrohung für ihn oder ein nützliches Werkzeug sein. Der Pfad zwischen den beiden Gefahren war sehr schmal – zuviel Macht konnte einen Mann verdammen, zu wenig aber ihn ebenso leicht vernichten.

Und doch verließ ich diesmal die Stadt mit ebensoviel Bedauern, wie ein Bräutigam sein Hochzeitsbett verläßt ... weil ich sie dieses Mal endgültig verließ.

Ich war zum ersten Mal seit vielen Jahren Bräutigam. Ich vermied es, wann immer ich konnte, eine Ehe einzugehen, aber immer war das nicht möglich. Bündnisse waren notwendig, der Schein mußte gewahrt werden. Frauen, die mit mir verbunden waren, wurden entweder früh zur Witwe, wenn ich meinen eigenen Tod fälschte . . . oder starben selbst in jungen Jahren.

Als deshalb Harada Okisata mir seine Tochter angeboten hatte, nahm ich sie widerstrebend an, wenn auch nur dem Namen nach, denn während des langen Winters hielten uns das Eis und das Gebot des Shoguns auf unseren getrennten Besitzungen fest. Als dann der Frühling kam, war ich nach Edo gereist und hatte Tomoe zur Frau genommen.

In der Dunkelheit schloß ich die Augen und dachte an sie.

Die Hochzeitsriten waren vollzogen, die Gäste gegangen. Ich hatte diesen Augenblick öfter erlebt, als ich zählen kann, und doch fürchtete ich ihn. Ich mußte unwillkürlich daran denken, wie ich meine zweite Frau genommen hatte, als ich noch ein Sterblicher war. Damals war es soviel einfacher gewesen. Natürlich ging es um Politik, verborgen unter den Konventionen der Liebe und der Verführung. Ich schickte meiner künftigen Frau Gedichte, so wie sie es ebenfalls tat. Gedichte, in denen sie mich in ihr Bett einlud. Ich kroch wie ein geheimer Liebhaber zu ihren Gemächern, obwohl das ganze Haus wußte, daß ich da war. In der Dunkelheit paßten wir gut genug zueinander, daß unsere Dichtung am nächsten Morgen ermutigend war. Am Morgen der dritten Nacht, die wir miteinander verbrachten, brauchte ich nicht vor der Morgendämmerung nach Hause zu gehen. Es gab eine kleine Zeremonie, und wir waren Mann und Frau.

In dieser Hochzeitsnacht hatte ich mir ein gewisses Maß an Alleinsein verschafft, indem ich meinen Haushofmeister, er hieß wieder Tadeo, angewiesen hatte, die empörten Dienstboten für diesen einen Abend in einen anderen Flügel des Hauses zu verbannen. Dieser merkwürdige

Wunsch nach Abgeschiedenheit würde meine Liste von Exzentrizitäten erweitern. Nur die Zofe meiner neuen Frau blieb zurück, um sie mit den Geschenken zu bekleiden, die ich ihr geschickt hatte.

Wie würde sie wohl meine Enthüllungen aufnehmen, fragte ich mich, diese junge Frau, die ich zum Zeitpunkt unserer Hochzeit das erste Mal gesehen hatte. Unter meinen Frauen hatte es welche gegeben, die insgeheim froh waren, daß ich meine ehelichen Rechte nicht verlangte, und solche, die darüber empört waren. Alle waren verstimmt darüber, daß ich ihnen die Söhne nicht geben wollte, die sie sich wünschten, um damit ihre Stellung in meinem Haus zu besiegeln und ihrem Herzen Linderung zu verschaffen. Mit einigen von ihnen hatte ich mich arrangiert: Ich hatte ihr Blut und ihr Schweigen, sie meinen Namen und meinen Reichtum. Anderen wagte ich nicht zu vertrauen. Hier und da verbrenne ich immer noch Weihrauch für ihre Seelen, die ich so früh in jenes Reich sandte, das nach diesem Leben auf uns wartet.

Dann kam ich zu ihrem Zimmer. Es schien nur Augenblicke zu dauern, bis ihre Zofe und Tadeo verschwunden waren. Sie kniete in der Mitte des Raums und trug den Kimono, den ich ihr gegeben hatte. »Mein Mann und Gebieter«, sagte sie leise und verbeugte sich. »Danke für dein Geschenk an diese Unwürdige.«

»Steh auf und laß mich sehen.« Sie erhob sich in einer eigentümlichen Art von Grazie. An ihren Bewegungen war nichts Zartes, vielmehr eine Art robuster Leichtigkeit, die mich faszinierte. Der Kimono war aus violetter Seide, mit einem Muster von Kranichen bestickt, den Symbolen des langen Lebens. Sie hob den Kopf ein wenig. Sie war nicht schön, und dennoch . . . »Es kleidet dich.« Sie nickte ihren Dank für das Kompliment. Ich sah, wie ihre Finger über die Seide strichen und dann zu der

Elfenbeinschnitzerei huschten, die ihren Gürtel schmückte.

Ich präsentierte ihr die anderen Geschenke, die ich mitgebracht hatte: Eine kleine Lackkassette mit Holzkämmen, die mit goldenen Glyzinenmustern, dem alten Symbol meiner Familie, eingelegt waren. Sie bedankte sich mit dem korrekten Maß geziemender Freude, aber ich stellte fest, daß sie sie ebenso berührte, wie sie die Seide berührt hatte, daß ihre Fingerspitzen über den Bögen und Strukturen verweilten.

Sie kredenzte mir Sake, und dann saßen wir ein paar Augenblicke schweigend da. Ich blickte auf ihren gebeugten Kopf, die süße, verletzliche Biegung ihres Halses. »Es gibt etwas, das ich dir sagen muß«, begann ich schließlich. »Wir werden in dieser Nacht darüber sprechen und dann nie wieder, verstehst du? Du wirst nie zu jemand anderem davon sprechen, sonst befehle ich dir, dich selbst zu töten. Ich werde dafür sorgen, daß jeder weiß, daß du den Namen deiner Familie entehrt hast.«

»Ja, mein Gebieter.«

»Ich bin nicht wie andere Männer. Ich bin impotent.« Langes Schweigen trat ein.

»Hat man dich verletzt, mein Gebieter? Oder hat es mit deinen Studien zu tun?« Sie sah die Überraschung in meinem Gesicht. »Verzeih meine Fragen. Mein Vater hat mir gesagt, du seist ein gelehrter Mann wie ein Mönch oder Priester.«

»Ja, es hat mit meinen Studien zu tun.« Das war keine völlige Lüge. »Ich kann dir keine Kinder geben, aber wenn du mir gehorchst, werde ich dich mit Ehre behandeln.«

»Ganz wie du befiehlst, mein Gebieter.« Sie verbeugte sich wieder, und dann sah ich, wie ihr Blick sich flackernd hob mein Gesicht berührte. »Hast du irgendwelche . . . Bedürfnisse?«

»Keine, die ich nicht anderswo befriedigen könnte.« In Edo gab es genügend Blut. Ich tötete selten, nahm einfach nur von schlafenden Dienern und Städtern, die ich in Vergessen einlullte. Wenn ich mehr als Blut wollte, gab es die Kurtisanen in den Teehäusern.

»Ich bin deine Frau. Wenn du mich unbefriedigend findest, mußt du zu einer anderen gehen. Aber bitte, mein Mann und Gebieter, erweise mir die Ehre und erlaube mir, den Versuch zu machen, dich zu erfreuen.«

»Das würdest du tun?«

»Selbstverständlich.« Wieder senkte sie den Kopf, und ich erkannte, daß sie Angst vor dem hatte, was ich möglicherweise von ihr verlangen würde, aber auch entschlossen war, ihre Meinung nicht zu ändern. Ich konnte ja die Erinnerung dessen, was ich tat, von ihr nehmen, sagte ich mir. Und wenn es gutging ... aber daran wollte ich nicht denken.

»Zieh den Kimono aus, und geh ins Bett«, sagte ich schließlich. Ich beobachtete ihre Hände, wie sie ihre Schärpe lösten und den Kimono dann herunterfallen ließen. Sie zitterten nicht. Sie zog die Nadeln aus dem Haar, und es fiel herab wie ein schwarzer Fluß. Ihr Körper leuchtete in der durchsichtigen Seide ihres Unterkleids. Als ich die Lampen gelöscht hatte und mich wieder umwandte, saß sie in der Mitte der Matte.

Ihr Blick war ruhig und gefaßt, aber als ich sie berührte, zitterte sie. Die Hand, nach der ich griff, war kalt. Sie verkrampfte sich und ballte sich zur Faust, als meine Finger über ihr Handgelenk glitten. Einen Augenblick lang saßen wir beide stumm da, und mein Daumen strich über den Puls, der unter ihrer Haut schneller wurde. Den Kopf gebeugt, wirkte sie so, als würde sie die Bewegung mit seltsamer, fast wilder Konzentration beobachten. Nacheinander lockerten sich ihre Finger einer nach dem anderen, entrollten sich wie eine Blüte mit fünf weißen Blütenblättern. Als ich ihre Handfläche küßte, hörte ich sie seufzen.

Viel später in der Nacht zitterte sie wieder, aber diesmal vor Lust. Als ich meinen Mund an ihren Hals legte, erstarrte sie einen langen Augenblick, in dem die Zeit zu gefrieren schien. Ich hörte, wie ihr Atem stockte, und fühlte durch das süße Fieber ihres Bluts einen Hauch von kalter Verzweiflung. Dann entrang sich ihr ein rasselndes Seufzen, und sie schloß die Arme um mich, hielt mich an sich gepreßt.

Als ich mich über sie beugte, um die Worte des Vergessens in ihr Ohr zu flüstern, hatten ihre Augen sich bereits verträumt geschlossen. Sie regte sich und erwachte. »Was . . .?«

»Schlaf nur.«

Sie drehte sich zu mir herum und lächelte schläfrig. »Habe ich dir Genuß bereitet?«

»Ja.«

»Du wirst nicht zu einer anderen gehen?«

»Tomoe«, begann ich, hielt aber inne, als sie die Hand auf meinen Mund legte. Ihre neugierigen Finger berührten meine Zähne.

»Ich werde nie von dem sprechen, was wir tun«, sagte sie ernsthaft. »Ich werde mich nicht beklagen, wenn du zu einer anderen gehst. Aber ich wäre geehrt, wenn du zu mir kommen würdest. Ich wäre glücklich, wenn du zu mir kommen würdest.« Dann küßte sie mich.

Sie war keine Schönheit, aber dennoch war Anmut in ihr, wie ich in jenem Augenblick und in tausend Augenblicken danach entdeckte. Ihr Mund war zu groß, aber er lächelte mit herzzerreißender Reinheit. Ihre Augen standen zu dicht beieinander, sahen aber alles. Ihr Gesicht war zu scharf geschnitten, aber an ihm war Stärke unter der Schminke. Ihr Körper war zu üppig, zu kurvenreich, in seiner physischen Präsenz ebenso unbestreitbar wie Stein oder Holz. Aber selbst in ihrer Liebe der Schönheit war Schönheit. Ihre Art, die Welt zu schätzen, war nicht die eines Dichters, sondern etwas viel Konkreteres. Sie konnte sich an Berührung, Duft und Geräusch mehr entzücken als irgend jemand, den ich bisher gekannt hatte.

Nach konfuzianischem Gesetz war sie mein. Nach dem Samuraikodex war sie mein. Aber von dem Augenblick an, da sie mich geküßt hatte, im Wissen, was ich von ihr verlangte, gehörte ich ihr.

Wir waren eine Saison lang zusammengewesen. Jetzt ließ ich sie, bewacht von einem Regiment Soldaten in meinem Herrenhaus zurück.

In all den Jahren meines unnatürlichen Lebens hatte ich nie daran gedacht, ein anderes Leben wie das meine zu schaffen, um es mit mir zu teilen. Viele Jahre lang war ich nicht einmal sicher, wie es geschehen könnte. Aber jetzt steckte ich voller Pläne. Ich würde eine Weile warten, bevor ich mein Blut mit Tomoe teilte, weil sie noch sehr jung war. Es gab Dinge, die sie sich wünschen würde. Ein Kind beispielsweise, einen Erben, einen Sohn ... etwas, von dem ich nie geträumt hatte, daß ich es möglicherweise haben würde ... ja auch nur wünschen. Ich konnte Tomoe kein Kind aus meinem eigenen Körper geben, aber es würde sich irgendwie einrichten lassen. Wenn wir uns beeilten, könnte sie das Kind als sterbliche Frau großziehen, und dann könnten sich beide mir anschließen ...

Ein plötzlicher Schrei, zuerst schrill, dann erstickend, ertönte. Dann kippte die Sänfte nach vorn. Ich kämpfte gegen ein Gewirr von Seide und Vorhängen an und stand dann im Freien, mein Schwert in der Hand. Ich sah mich inmitten einer Schlacht. Pfeile zischten durch das Zwielicht. Meine Offiziere brüllten Befehle, die Schreie des sterbenden Trägers hallten, ehe sie in einem Gurgeln erstickten.

Hinter der Reihe Soldaten, die meine Sänfte umgaben, konnte ich die Straßenräuber sehen, die uns angegriffen hatten. Sie mochten schmutzig und zerlumpt sein, aber ihre Schwerter sahen scharf aus, und ihre Bogenschützen waren gut, erkannte ich, als ein Soldat zu meiner Linken einen Schrei ausstieß und mit einem Pfeil, der seine Kehle durchbohrt hatte, zu Boden sank. Ein anderer Mann trat an seine Stelle, und unsere Bogenschützen erwiderten das Feuer, zielten auf die dünne Reihe von Wegelagerern und in die Bäume hinter ihnen, wo ihre Bogenschützen kauerten.

Es würde eine Abnutzungsschlacht werden, und derjenige, der es sich leisten konnte, die meisten Männer zu verlieren, würde den Triumph davontragen. Für sie würde es viel leichter sein, uns hier festzunageln, als für uns, sie zu vertreiben. Mein Leutnant stand plötzlich neben mir. »Nehmt mein Pferd, Baron Sadamori. Ihr und die anderen Reiter könnt diese Schlacht binnen Augenblicken hinter Euch lassen. Wir werden die Angreifer hier festhalten, während Ihr entkommt.«

Ich schüttelte automatisch den Kopf, und mein Blick fiel plötzlich auf eine Gestalt, die sich zwischen den Bäumen bewegte. »Noch nicht, Naomasa«, sagte ich und blickte weiter auf den Mann. Für die Augen eines Sterblichen mochte er verborgen sein, aber ich konnte ihn deutlich sehen. Er trug das Gewand eines Straßenräubers, hatte aber den Gang eines Schwertkämpfers. Das war kein einfacher Soldat, der sich dem Diebeshandwerk ergeben hatte, kein verzweifelter Farmer, der den Reisanbau mit dem Straßenraub vertauscht hatte. Er war ein *ronin*, ein herrenloser Samurai.

Ich schwang mein Schwert hoch über meinem Kopf und hob meine Stimme, daß sie den Lärm der Schlacht übertönte. »Seid mir gegrüßt, Herr Straßenräuber. Weshalb kommt Ihr nicht aus den Schatten hervor und zeigt Euch?« Hinter mir hörte ich Naomasa Befehle zischen, hörte Schritte, als die Soldaten sie entlang der Linie der Verteidiger weitersagten. Die Bogenschützen hielten ihre Pfeile auf der Sehne fest. Die Banditen hielten ebenso inne, und ihre Blicke wanderten zu dem Schatten im Wald hinüber.

Kurz darauf trat er hervor. Er war sehr dunkel: bärtiges Gesicht, das Haar in einem unordentlichen Knoten oben auf dem Kopf zusammengebunden, schwarzer Kimono. Nur sein Schwert glänzte wie flüssiges Silber. Ich trat vor an den Rand des Schildes, den meine Krieger bildeten. »Guten Abend.« Er nickte kurz, sagte aber nichts. »Ihr vergeudet Männer und Mühe, Herr Räuber.«

»Vielleicht tut *Ihr* das. Gebt mir freiwillig Euren Besitz und ich will Euch passieren lassen.«

»Weshalb sollte ich aufgeben, was Ihr nicht ohne großen Verlust nehmen könnt? Sollte ich, was mein ist, so gering einschätzen?«

»Solltet Ihr Euer Leben so gering einschätzen, Herr?«

»Seid versichert, ich messe meinem Leben großen Wert bei, deshalb schlage ich eine andere Lösung vor. Ihr und ich werden kämpfen. Wenn ich gewinne, zieht meine Gruppe ungehindert weiter. Wenn Ihr gewinnt, gehören mein Besitz und meine Männer Euch.«

Ein langes Schweigen trat ein. Ich wußte, daß er die sich ihm bietenden Möglichkeiten abwog, aber es war unvermeidbar, daß er akzeptieren würde. Anders zu handeln, würde andeuten, daß er vor mir Angst hatte, und das konnte kein Samurai je tun, ob nun *ronin* oder nicht.

Schließlich bedeutete er mir mit einer Verbeugung, daß er meinen Vorschlag annahm.

Naomasa versuchte darauf zu beharren, daß es ihm zukam, für mich zu kämpfen. Aber ich befahl ihm, seine Stellung und seine Soldaten in Schranken zu halten. Wenn ich umkam, konnte er tun, was er wollte. Aber er würde natürlich meinen Befehlen gehorchen und sich ergeben. Ihm würde es nie wie mir in den Sinn kommen, seinen Herrn dadurch zu entehren, daß er sich zu sterben weigerte. Mir blieb also keine andere Wahl, als zu gewinnen.

Die Mauer aus Soldaten öffnete sich, um mich durchzulassen. Ich band meine Kimonoärmel zurück und ging auf den Banditen zu, der auf einer kleinen flachen Stelle zwischen der Straße und den Bäumen wartete.

»Ich bin Iwashiro Yukinaga. Wird mir die Ehre zuteil, den Namen meines Gegners zu erfahren?« fragte er.

»Fujiwara Sadamori«, erwiderte ich und verbeugte mich kurz.

»Ich werde darauf sehen, daß Gebete für Euren Geist gesprochen werden. Bitte, denkt daran, daß dies Euer Vorschlag war, und gebt nicht mir die Schuld für Euer Hinscheiden.«

»Ihr solltet mein Schwert mehr fürchten als meinen Geist«, riet ich ihm, worauf er mit einem wilden Grinsen antwortete.

»Ich fürchte nichts. Mein Schwert ist ein Muramasa, ein altes Erbstück meiner Familie, das von Sohn zu Sohn weitergegeben wurde. Es ist gezogen worden, und jetzt muß es Blut kosten, ehe sein Dämon ruhen wird.«

»Es wird Blut geben«, versprach ich, und dann war das Reden beendet. Wir umkreisten uns im toten Gras. Sein Schwert, das viel feiner als das meine war, sah wie ein Strahl von Mondlicht aus. Muramasa-Klingen waren verflucht, hieß es. Sie hatten den Wahnsinn ihres Schöpfers in sich aufgenommen, und sobald sie einmal gezogen waren, mußte ihr blutdurstiger Hunger gestillt werden. Sie verursachten den Mord von Verwandten und den Selbstmord ihrer Besitzer. Aber ich fürchtete nur seine Schneide, nicht seinen Geist.

Er war sehr gut. Seine Bewegungen waren wie Seide, seine Konzentration so rein und vollkommen wie ein Gebet. In den Momenten, wo jeder die Augen des anderen beobachtete, wußte er wohl, daß ich nicht das war, was ich zu sein schien. Aber das Wissen ließ ihn nicht schwanken. Sein Schlag war, als er kam, schnell und sicher. Daß ich nicht von der Schulter bis zur Hüfte gespalten wurde, war nur, weil ich nicht da war, weil meine unsterbliche Geschwindigkeit meinen Körper dem Zugriff der Klinge um Zentimeter entzog. Mein eigenes Schwert berührte seine Flanke unter seinen Rippen und verharrte, als es sein Rückgrat traf.

Als ich in seine toten Augen blickte, hörte ich, wie meine Männer in Jubelrufe ausbrachen. Ich ließ seinen Körper zu Boden sinken und löste seine Finger vom Heft seines Schwertes. Es paßte in meine Hand, als ob es auf mich gewartet hätte.

Als ich mich umdrehte, waren die Wegelagerer verschwunden. Naomasa und seine Krieger verbeugten sich vor mir, und ich nickte, und dann ging ich zurück und stieg wieder in meine Sänfte. Als sie sich hob, begann ich mein Schwert zu säubern.

Die Prozession zog weiter.

Da ist Feuer. Ich fühle die Hitze, die von ihm ausgeht, die hinter mir in dem engen Tunnel heranweht, durch den ich gerannt bin. Ich weiß, daß es mich im nächsten Augenblick einholen wird. Dann wird mein Blut kochen, meine Knochen schmelzen, meine Haut schwarz werden und sich auflösen. Und wenn es vorbei ist, wird keine Asche und kein

Ruß zurückbleiben. Es wird keine Spur geben, daß ich je existiert habe. In der Sekunde, bevor es mich erreicht, schreie ich.

Ich erwachte, diesmal in der Dunkelheit meines Zimmers in dem Gasthof an der Straße. Einen Augenblick lang fühlte ich die Hitze des Feuers auf meiner Haut. Ein Frösteln schloß sich an, als die Hitze in Kühle umschlug. Ich träumte jetzt nicht mehr oft. Daß ich denselben Traum zweimal durchgemacht hatte, beunruhigte mich. Ich war einmal fast in einem Feuer ums Leben gekommen, aber jetzt schien mir das unbedeutend im Vergleich mit dem Inferno, das in meinem Traum toste. Das Feuer in meinem Alptraum schien mir groß genug, um ganz Japan zu verbrennen, die ganze Welt zu verzehren.

Ich hörte Schritte im Korridor vor meinem Zimmer. Ich vernahm halblaute Stimmen hinter den Wandschirmen, dann ein leises Klopfen. Ich erhob mich von meiner Matte und griff nach meinen Schwertern: meinem eigenen Kurzschwert und der Muramasa-Klinge. Der Wandschirm schob sich zur Seite, und Naomasa trat mit einer Verbeugung ein.

»Verzeiht mein Eindringen, mein Gebieter. Ich weiß, Ihr habt gesagt, Ihr wolltet bis zur Stunde des Hundes nicht gestört werden, aber hier ist ein Bote aus Edo. Er ersucht um die Erlaubnis, Euch sprechen zu dürfen.« Die tief eingegrabenen Falten um Naomasas Mund deuteten an, daß der Bote nicht etwa ersucht, sondern gefordert hatte.

»Gut. Laßt ihn zu mir kommen. Der Wirt soll Sake und Essen bringen.«

Naomasa verbeugte sich erneut, und ich drehte mich um, um die Wandschirme zum Garten zu öffnen. Der kleine Hof lag im Halbdunkel des Zwielichts vor mir, aber ich sah doch einen fahlgrauen Kimono eines meiner Soldaten.

Hinter mir huschte eines der Mädchen des Gasthofs herein, um das Bettzeug wegzuschaffen. Ein anderes kam mit einem Tablett mit Sake und Reis. Als Naomasa mit dem Boten zurückkehrte, saß ich mitten im Raum, meine Schwerter neben mir auf dem Boden.

Ich hatte nicht geglaubt, daß der Bote tatsächlich aus Edo gekommen war. Aber als ich jetzt das ausgemergelte Gesicht des Mannes und seine zitternden Glieder sah, als er sich nach seiner Verbeugung zurücklehnte, begann ich es für möglich zu halten. Er mußte in mörderischem Tempo gerast sein, um uns in einem solchen Zustand zu erreichen.

»Mein Gebieter«, begann er, die Augen respektvoll gesenkt. »Euer Befehlshaber in Edo hat mich geschickt. Es hat ein großes Mißgeschick gegeben.« Die Stimme stockte ihm, und ich sah Naomasas Stirnrunzeln hinter seinem Rücken. »Einen Tag, nachdem Ihr die Stadt verlassen habt, gab es ein Erdbeben.« Ich nickte, denn die gab es häufig. Besser ein Erdbeben als ein Krieg, dachte ich, oder der Befehl, zum Shogun zu kommen. »Und ein Feuer.« Die Worte entrissen mich meiner vorschnellen Erleichterung.

»Ein Feuer.« Ich sprach die Worte aus und sah, wie der Mann bleich wurde und wieder die Augen senkte.

»Ja, mein Gebieter. Unser Regiment hat dagegen angekämpft, aber . . . verzeiht uns, Baron Sadamori, unsere Anstrengungen waren vergebens. Wir haben gerettet, was wir konnten, aber . . .«

»Mein Haus?«

»Ist bis auf die Grundmauern verbrannt.«

Da war noch eine Frage zu stellen, aber ich brachte es nicht fertig, sie auszusprechen. Ein großes, hungriges Brausen in meinen Ohren übertönte sie. Dann arbeitete mein Mund wieder.

»Meine Frau?«

»Sie ist tot, mein Gebieter.«

Dann loderte das Feuer hinter mir auf und holte mich endlich ein. In meinem Bewußtsein war nichts als brennende Schwärze. Als sie verging, stellte ich fest, daß ich stand und die verfluchte Muramasa-Klinge in der Hand hielt, nur Zentimeter von der Kehle des hingestreckten Boten entfernt. Er plapperte irgend etwas, aber die Bodenmatten, an die er sein Gesicht drückte, dämpften seine Worte.

»Bitte, tötet mich, mein Gebieter. Ich war der Wachposten. Ich habe das Feuer nicht früh genug gesehen. Der Kommandant wollte sofort *seppuku* begehen, aber nicht ohne Euren Befehl. Wir haben versagt, mein Gebieter, wir sind unwürdig. Bitte macht meiner Schande ein Ende.«

Einen Augenblick lang wünschte ich mir nichts mehr, als sein Blut in den Boden sickern zu sehen, seinen leblosen Kopf in die Höhe zu heben und aus seinem abgeschnittenen Hals zu trinken. Das Brennen in mir hatte nicht aufgehört, die Flammen hatten sich nur etwas gelegt, aber ich zwang mich zu denken.

»Nein, du hast nicht die Erlaubnis, dich zu töten. Kehr zu dem Kommandanten zurück, und sag ihm, er soll meine Interessen in Edo bewachen. Bewacht die Ruinen meines Hauses. Bewacht das Grab meiner Frau. Ihr habt nicht die Erlaubnis zu sterben.«

Er fing wieder zu betteln an, aber Naomasa war so klug, ihn aus dem Zimmer zu zerren und die Wandschirme zuzuschieben.

Ich dachte an Tomoe, wie sie durch einen Korridor rannte, das Feuer auf den Fersen. Ich dachte an meine Wachträume, die Lügen waren, und meine Alpträume im Schlaf, die die Wahrheit waren.

Selbst in meinem wahnsinnigen Leid war ich klug. Ich konnte nicht anders. Ich hinterließ einen Brief für Naomasa und übergab ihm die Leitung meiner Armee, so wie ich die Sorge für mein Land in den Händen meines vertrautesten sterblichen Dieners ließ. Aus alter Gewohnheit bereitete ich mich auf eine Zukunft vor, die ich mir nicht einmal mehr ausmalen wollte.

Der Wachposten im Garten sah mich nicht weggehen. In den Bergen würde kühle Dunkelheit die scharlachroten Flammen verdecken. In den Bergen würden ruhelose Diebesbanden auf einen Anführer warten, der blutiger und grausamer als sie war. In den Bergen würde Blut sein, um die Dämonen meines neuen Schwerts zu tränken und das Feuer in meinem brennenden Herzen zu stillen.

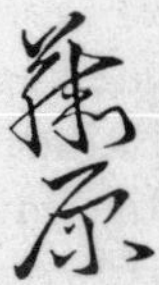

29

Oktober 1902

FÜNFUNDSIEBZIG JAHRE LANG beherrschte meine Bande von Gesetzlosen die Straße. Das war nicht so eindrucksvoll wie es klingt, denn es war eine relativ unbedeutende Straße. Es war keine Straße wie die Tokaido-Straße, die von Edo nach Kyoto führte, und den Wegelagerern, die an ihr ihr Unwesen trieben, reiche Beute bot. Wir nahmen Adeligen wie Bauern soviel »Wegezoll« ab, wie wir konnten, und ebenso auch der wachsenden Zahl von Kaufleuten, die allmählich mehr Wohlstand angesammelt hatten als die Aristokraten. Es gab genug Gewalt und Profit, um meine Männer und mich zufriedenzustellen.

Die Banditen waren ein harter, brutaler Haufen. Ihren vorherigen Anführer, den *ronin*, hatten sie mit fast abergläubischer Furcht verehrt, die sie bereitwillig auf mich übertrugen, als ich zu ihnen kam. Sie wußten, daß ich nicht ganz sterblich war, schienen aber darauf stolz zu sein. Es wurde als Ehre betrachtet, in einen Becher zu bluten und ihn mir anzubieten. Zwischen solchen Gaben und den Banditen, die ich als Strafe für Aufruhr oder Verrat tötete, mangelte es mir nie an Blut. Und doch schlief ich in jenen Jahrzehnten leicht, denn ihre Treue und meine Sicherheit währten nur so lange, wie sie mich fürchteten und respektierten.

Mit der Zeit starb allerdings das Feuer in meinem Herzen. Eines Nachts sah ich mich um und musterte meine zerlumpte Bande, die trinkend und würfelspielend am Feuer saß, und empfand nichts als Ekel und Abscheu. Die ganze ursprüngliche Bande, die ich mir mit der Zeit zu schätzen angewöhnt hatte, war gestorben oder von mir gegangen. Keiner der neuen Rekruten kannte meinen wahren Namen. Ich entdeckte, daß mir die Geräusche der Stadt, die Berührung von Seide und der süße Duft parfümierter Frauen fehlte. Mir fehlten die subtilen Freuden der Dichtung und der Musik. Mir fehlte der Blick von der Veranda meines alten Hauses.

In jener Nacht verließ ich das Lager und kehrte in die Welt zurück – eine Welt, die im Begriff war, den größten Umsturz ihrer Geschichte zu erleben.

1853 segelten die schwarzen Schiffe von Commodore Perry in den Hafen von Nagasaki und verlangten, daß die Regierung das Land dem Handel öffne. Das Zeitalter der Shogune war vorbei.

In den Jahren, die seitdem vergangen sind, scheint mir, daß alles sich gewandelt hat. Wir regieren unser Land wie die *gai-jin*. Wir errichten unsere Gebäude, daß sie wie die ihren aussehen. Wir lernen ihre Wissenschaft, ihre Technik, ihre Sprachen. Alte Männer tuscheln, daß wir unsere Seele an sie verlieren.

Vielleicht tun wir das. Aber ich erinnere mich an die Zeit vor meiner ersten Geburt, als wir unsere Kultur und unsere Regierung von den großen chinesischen Dynastien des Festlandes übernahmen. Wir übernahmen und absorbierten sie und verwandelten sie in das, was wir jetzt Japan nennen. Am Ende werden wir, glaube ich, mit dem Westen dasselbe tun. Das, was unsere Herzen verlangen, daß wir tun und schätzen, werden wir behalten. Mit dem Rest werden wir spielen, bis es aufhört, uns zu interessieren, und dann wird es vergehen, als ob es nie gewesen wäre.

Ich sage immer noch »wir«, als wäre ich den Menschen dieses Landes gleich. Viele Male in meinen langen Jahrhunderten hatte ich das Gefühl, ich sei ein Dämon, der nur die Gestalt eines Menschen hatte. Ich konnte die Menschen meiner Umgebung verstehen und dieses Verstehen dazu nutzen, sie zu manipulieren, aber ich war ihnen nicht gleich. In all den Jahren bin ich nie einem anderen Geschöpf meinesgleichen begegnet. Die Dame des Herbstmondes verschwand, als wäre sie wahrhaftig aus den Seiten der Geistergeschichte getreten, die ich nachahmte, als ich die Geschichte erzählte. Wenn sie noch andere Abkömmlinge ihres Blutes hatte wie mich, dann bin ich jedoch nie auf sie gestoßen.

Jetzt habe ich meinesgleichen gefunden, wenn auch nur auf den Seiten eines Romans. Ich weiß, daß eine fremde Sprache das, was ich bin, »Vampir« nennt, eine andere nennt es *»Nosferatu«*. Wenn es solche Dichtung gibt, und sei sie noch so verzerrt, dann muß sicherlich auch die Wahrheit existieren. Irgendwo verschlafen Geschöpfe wie ich den Tag und erheben sich mit dem Mond, maskieren ihre Gesichter, die sich nie ändern, und träumen von Blut.

Sie werden nicht wie ich aussehen, das ist wahr. Das erste Mal, als ich Menschen aus dem Westen begegnete, kamen sie mir wie fremdartige, häßliche Ungeheuer vor; groß, ungeschlacht, in ihre engen, unbequemen Kleider gehüllt. Inzwischen habe ich mich an sie gewöhnt und gelernt, aus den Hinweisen, die ihr Äußeres gibt, Nationalität und Rang zu beurteilen. Ich habe gelernt, ihren Gesichtsausdruck zu lesen und auf unbestimmte Art zu begreifen, was sie bewegt. Ich frage mich, ob ihre Vampire so in ihrer Mitte wandeln wie ich unter meinem Volk. Ich frage mich, wie es wohl wäre, in jener fremden, schuldbeladenen, gottkontrollierten Welt ein Vampir zu sein.

Ich habe sogar den Menschen aus dem Westen hier den Zutritt zu meinen alten Ländereien erlaubt, die ich mit harter Arbeit und rücksichtsloser Schlauheit zurückgewonnen habe. Meine Gäste sind Gelehrte, die die Dichtung dieses Landes fasziniert, und ich habe eine beträchtliche Sammlung von Schriftrollen bewahren können. Sie bedrängen mich mit Fragen, und ich muß darauf achten, sie nicht zu deutlich zu beantworten. Insgeheim amüsiert es sie, daß mich gewisse Teile ihrer Literatur und ihrer Folklore faszinieren, die sie selbst verabscheuen, aber sie lassen es mich nicht merken.

Ich weiß, daß einige von ihnen mich insgeheim für einen Barbaren halten, der nur die Kleidung eines Menschen trägt, ein exotisches Musterexemplar einer fremden Kultur. Vor dreihundertfünfzig Jahren, als sie das erste Mal unsere Gestade erreichten, hatten wir dieselbe Meinung von ihnen.

Ich glaube, ihr Abscheu bedrückt meinen sterblichen Diener Hiroshi mehr als mich. Ich werde mit ihm darüber sprechen müssen und ihm versichern, daß ich nicht beleidigt bin, auf daß sein Stolz ihn nicht dazu veranlaßt, nicht das Geheimnis zu verraten, das zu schützen er seit seiner Kindheit gelernt hat. Was mich angeht, so empfinde ich ihre Verachtung die meiste Zeit als amüsant. Das ist dann besonders leicht, wenn sie in Geschrei und wortreiche Ergüsse über ein Gedicht ausbrechen und ich nur lächeln und mich stumm an seinen Verfasser erinnern kann. In düstereren Augenblicken erinnere ich mich daran, daß ich jeden von ihnen mit einem einzigen Schlag der Klinge töten könnte, die ich nicht länger tragen darf – oder mit bloßen Händen.

Unter den Menschen aus dem Westen gibt es nur einen, der allem Anschein nach spürt, daß ich nicht alles bin, was ich zu sein vorgebe. Es ist die ruhige Schwester des Aufgeblasensten aus der ganzen Gruppe. Sie ist selbst Gelehrte und hat viel Verständnis für die Dichtung der großen Frauen aus der Zeit meiner ersten Geburt. Ich denke, daß vielleicht ihre Geister dem ihren zurufen, selbst über tausend Jahre hinweg. Es hat Augenblicke gegeben, wo ich gesehen habe, wie sie mich beobachtete, als würde sie meine innersten Gedanken spüren.

Sie ist nicht so schön, wie Tamakatsura das war. Sie hat keine Solidität an sich, keine physische Präsenz so wie Tomoe. Sie hat Haare von der Farbe von Herbstblättern und Augen wie das Meer. Ich habe mich gefragt, wie dieses Haar auf Seide ausgebreitet aussehen würde. Ich habe mich gefragt, wie es sein würde, die blauen Venen nachzufahren, die ich unter der seltsam weißen Haut ihrer Handgelenke sehen kann. Ich habe mich gefragt, was für Träume sie hat und was für Träume sie im Schlaf oder im Wachen begrüßen würde, falls ich in ihr Zimmer treten und sie ihr anbieten sollte.

Ich habe mich gefragt, wie das Blut des Westens wohl schmecken würde.

30

DER SÄNGER WAR sehr schlecht. Takashi Yamagata hörte sich seine in der falschen Tonlage wiedergegebene Version von *Long and Winding Road* an und wünschte sich plötzlich, eine Pistole bei sich zu haben.

Er besaß natürlich eine. Sie war unter dem Sitz der gemieteten Limousine verborgen. Sie in die Karaoke-Bar mitzubringen, wäre ausgesprochen unhöflich gewesen. So etwas überließ er Jiro und seinen anderen Männern.

Yamagata warf einen Blick auf den Tisch auf der anderen Seite des Lokals, wo seine Männer saßen. Sie waren hin- und hergerissen zwischen dem Wunsch, sich zu amüsieren, mitzusingen und mitzutrinken und der Unruhe, die es ihnen bereitete, daß er nur die ganze Breite des Saals von ihnen entfernt war.

Er sollte eigentlich nicht alleine sitzen. Er sollte nicht einmal den Wunsch dazu verspüren. Daß er das doch tat, machte ihn zu einer Art Sonderling, genauso wie seine Harvard-Ausbildung. Das war eine Tatsache, die er zu seinem Vorteil nutzte. Schließlich war der *oyabun* noch viel merkwürdiger als er. Diese Ähnlichkeit zwischen ihnen beiden verstärkte seine Position.

Im Augenblick hätte er nicht klar denken können, wenn seine Männer sich um ihn gedrängt hätten. Er brauchte Freiraum um sich herum und dar anonyme Klagen des Karaoke-Gesangs in den Ohren.

Er hob sein Glas Scotch an die Lippen und nahm einen

Schluck, genoß das Brennen in seiner Kehle. Fühlt es sich so an? fragte er sich. Brennt es, wenn es einem durch die Kehle rinnt, so wie Alkohol?

Die Wärme breitete sich in ihm aus, konnte aber den Druck nicht mildern, der auf seiner Brust lastete. Solange die Fragen nicht beantwortet waren, würde dieser Druck anhalten. Was wußte Fujiwara? Was wollte er hier in Kanada? Wenn er alles wußte, was würde er dann unternehmen?

Die Nachricht, die ihn in seinem Hotel erwartet hatte, war knapp und nichtssagend gewesen. »Halten Sie sich von Dr. Takara fern. Die Angelegenheit wird erledigt.« Kein Name, nur Fujiwaras Stempel.

Woher wußte er es?

Yamagata sah zu den *yakuza* an dem anderen Tisch hinüber. Unter ihnen war natürlich ein Spion. Er hatte schon längere Zeit den Verdacht. Die meisten Männer glaubten, sie hätten die ganze Zeit die Anweisungen des *oyabun* befolgt. Das Risiko, daß sie herausfanden, daß das nicht der Fall war, war gering, schließlich kannten sie Fujiwara nicht gut genug, um ein persönliches Gespräch mit ihm zu führen.

Wie lange hatte Fujiwara Bescheid gewußt? War es möglich, daß er es erst in letzter Zeit herausgefunden hatte? Unwahrscheinlich, räumte Yamagata mit einem halblauten Grunzlaut ein. Fujiwara hatte die ganze Zeit Bescheid gewußt und hatte ihn gewähren lassen, aus Gründen, die nur er kannte.

Was darauf hindeutet, daß er gegenüber deinen Gründen keinen Argwohn hegt, sagte er sich. Du kannst jederzeit rechtfertigen, was du getan hast, kannst behaupten, es sei in seinem Interesse geschehen.

Er trank wieder, diesmal einen größeren Schluck.

Er hatte all das schon tausendmal überdacht. Dr. Takara war off-limits erklärt worden, und das bedeutete, daß sie Fujiwara Dinge gesagt hatte, die sie ihm verschwiegen hatte. Fujiwara hatte ihm nicht befohlen, nach Japan zurückzukehren, und das bedeutete entweder, daß er Yamagata hier haben wollte oder daß es ihm gleichgültig war.

Das Sicherste würde sein, einfach hier in Vancouver zu warten, bis er weitere Anweisungen erhielt.

Aber wenn er das tat, was sicher war, dann würde alles seinen Händen entgleiten, wofür er sich die letzten zehn Monate angestrengt hatte. All die Komplotte, der teure Erwerb der Filme, die Manipulation von Dr. Takara . . . all das würde dann umsonst gewesen sein. Er würde für nichts und wieder nichts auf der Messerschneide des Verrats gewandelt sein.

Jetzt sang jemand anderer eine passable Baßwiedergabe eines weiteren Beatlesliedes. Es erinnerte ihn an den Sommer, in dem er vierzehn geworden war. Er hatte damals, wenn er nicht mit seinen Aufgaben beschäftigt gewesen war, in der Nudelküche seines Vaters gearbeitet.

Damals habe ich ihn das erste Mal gesehen, dachte er und starrte in sein Glas, ohne es jedoch zu sehen. Fujiwara kam in das Lokal, mein Vater verbeugte sich vor ihm und gab ihm den besten Tisch, den wir hatten. Er und seine Männer mußten nichts bezahlen, darauf bestand mein Vater. Seine Männer waren auffällig gekleidet, schwarze Anzüge, weiße Krawatten. Einigen von ihnen fehlten Finger. Er selbst verhielt sich in seinem teuren, handgeschneiderten Anzug und dem weißen Hemd ganz ruhig und zurückhaltend. Vater ließ mich beim Bedienen helfen, und ich sah, wie Fujiwara mich bei der Arbeit beobachtete. Ich erinnere mich noch daran, wie mein Gesicht brannte, als mein Vater mit mir prahlte: »Mein Sohn arbeitet sehr hart und studiert genauso hart. Er wird auf die Universität gehen.« Wahrscheinlich würde ich das. Mein Vater und meine Mutter rechneten damit. Aber ich mußte mich unwillkürlich fragen, ob diese Gangster, die so selbstsicher und wohlhabend aussahen, die Universität besucht hatten. Und dann fragte ich mich, ob *er* auf der Universität gewesen war.

Als sie gegangen waren, fragte ich meinen Vater, wer diese Männer waren. Fujiwara-san, erklärte mein Vater. *Oyabun* der Makato-gumi *yakuza*. Seine Anwesenheit war eine Ehre für uns, versicherte er mir, obwohl ich mich daran erinnerte, wie er die Schutzgelder verfluchte, die er derselben Organisation bezahlen mußte.

Ein Jahr später waren sein Vater und seine Mutter tot, in dem Feuer umgekommen, das die Nudelküche zerstörte. Alles Schutzgeld in der Welt konnte nicht verhindern, daß ein Funke sich entzündete oder das Holz Feuer fing. Als er in den rauchenden Überresten stand und die Zähne zusammenbiß, um nicht in Tränen auszubrechen, schob ihm jemand eine Karte in seine schlaffe Hand. Als er wieder klar genug denken konnte, um sie anzusehen, sah er das Wappen und den Namen.

Von dem Augenblick an waren Fujiwara Sadamori und die Makato-gumi seine Familie. Er hatte die Universität mit dem Geld besucht, das er mit seiner Mitarbeit an ihrem Schutz-, Glücksspiel- und Prostitutionsunternehmen verdient hatte. Die Makato-gumi hatte ihn nach Harvard geschickt, damit er dort als MBA graduierte, um ihnen dann zu helfen, ihr schmutziges Geld in sauberen Geschäften zu waschen und ihren Zugriff über Japan und den Osten hinaus auszudehnen. Er wurde nicht als Schläger ausgebildet, wenn man ihm auch bei brachte, auf ein Dutzend Arten zu töten. Er wurde zu einem raffinierten Geschäftsmann ausgebildet. Die älteren *kobun* hätten es möglicherweise nicht gebilligt, daß ein junger Mann einen so schnellen Aufstieg durchmachte, aber sie verbeugten sich vor den Befehlen des *oyabun* und steckten ihren Anteil der wachsenden Profite der Organisation ein, ohne sich zu beklagen. Als er dreißig Jahre alt geworden war, war er derjenige von Fujiwaras Mitarbeitern, der sein höchstes Vertrauen genoß.

Soviel Vertrauen, daß er seinen *oyabun* so kennenlernen durfte, wie keiner der anderen *yakuza*, so vertraut, daß man ihm sagte, weshalb er etwas tun solle, anstatt ihm einfach nur Befehle zu erteilen. So vertraut, daß ihm mehr und mehr Verantwortung eingeräumt wurde, während Fujiwara anfing, sich aus den alltäglichen Geschäften der Organisation zurückzuziehen. So vertraut, daß er viel Zeit mit Fujiwara verbrachte, um von ihm zu lernen, und manchmal aus keinem anderen Grund, als, weil jeder die Gesellschaft des anderen schätzte.

So vertraut, daß er sein Anwesen in den Bergen aufsuchen durfte, dachte Yamagata mit einem leichten Anflug von Bitterkeit. So vertraut, daß man ihm erlaubte, herauszufinden – auf subtile, feine Art – was der *oyabun* wirklich war. Zwischen ihnen fiel nie ein Wort darüber. Fujiwara zeigte ihm die alten Portraits auf alten Pergamentrollen. Er ließ ihm Gedichte sehen, die vor sechshundert Jahren mit erschütternd vertrauter Handschrift verfaßt waren. Und dann eines Nachts hatte er ihn aus den Schatten heraus den Augenblick miterleben lassen, wo Akiko ihr Handgelenk hob und Fujiwara ihr Blut trank.

Mit einem Schaudern zwang er sich in die Gegenwart zurück, in die lärmende Bar und zu seinem ungelösten Dilemma.

Das Sicherste würde sein, jetzt abzuwarten . . . aber er

war nicht das geworden, was er war, indem er sich auf das Sicherste beschränkt hatte. Er war überzeugt, daß dies die Eigenschaft war, die der *oyabun* am meisten an ihm schätzte: daß er nämlich nicht immer das tat, was von ihm erwartet wurde. Wenn ihn das zu einem Außenseiter, einem Verräter machte, dann war das eben so. Er hatte seinen Weg eingeschlagen und würde ihn weitergehen – seit dem Augenblick, wo er die Videoaufnahme der zerfetzten Kehle eines Mädchens und den blutigen Mund eines Mannes gesehen hatte.

Der Gedanke war auf seltsame Weise tröstend, als ob ein Schicksal, an das er nicht glaubte, seine Handlungen bestimmt hätte und er sie bloß auszuführen brauchte.

Er zog das Handy aus der Tasche und wählte die Ziffernfolge, die ihn mit den eine halbe Welt weit entfernten Büros der Makato verbinden würden. Jemand dort würde wissen, wo Fujiwara war. Kojima oder einer der anderen würde es ihm sicherlich sagen.

Schließlich war er Fujiwaras Vertrauter. Er war Fujiwaras Erbe.

31

DIE WELT HATTE geendet.

Einmal hatte ich geträumt, im Feuer zu sterben. Ich dachte, diese Prophezeiung sei für Tomoe bestimmt, aber das war falsch. Sie war für mich bestimmt. Für jeden.

Ich sitze hier in der Finsternis, im Schutz dieses zerstörten Hauses. Ich weiß, daß es jetzt Nacht ist, obwohl der Himmel, den ich durch die auseinandergefallenen Bretter über mir sehe, nicht anders scheint, nicht dunkler, als er den ganzen Tag über war.

Viele Jahre sind verstrichen, seit ich mich ohne Umhang und ohne Schutz im Tageslicht aufhielt.

Ich habe erneut Blut erbrochen. Die schwarzen Spritzer auf der grauen Asche, die den Boden bedeckt, haben geheimnisvolle Muster erzeugt. Ich hoffe, daß meine Krankheit nur einem Schock zuzuschreiben ist.

Ich kam hierher, um zu entfliehen. Jetzt amüsiert mich der Gedanke daran. Ich floh aus den Feuern und den Bombenangriffen auf Tokio und den Ruinen meines Reiches, so klein es auch gewesen sein mochte. Der Krieg hatte mir beinahe alles genommen. Er hatte Toru, meinen vertrauten, sterblichen Helfer, dahingerafft. Sogar meine Ländereien hatte er mir genommen. Nur hier an diesem einen Ort hatte ich Interessen, die noch unberührt waren; Und so zog ich vorsichtig quer durch das Land meiner Wege.

Die Stadt war von den Bombenangriffen so stark beschädigt worden, daß es mir keine Schwierigkeiten bereitete, in einem halbzerfallenen Gebäude Unterschlupf zu finden. Unter den aufgetürmten Schuttresten fand ich eine Zuflucht, wo ich den Tag verschlafen konnte. Wahrscheinlich hätte ich entdeckt werden können, aber eigentümlicherweise zog ich jenes Risiko der Mühe vor, eine Gaststätte zu finden, wo ich ungestört ruhen konnte. Schließlich schlief ich, den Kopf voll Pläne, für den nächsten Tag ein.

Das heftige Zucken der Erde weckte mich.

Erdbeben. Das war mein erster wirrer Gedanke. Ich hob den Kopf, immer noch halb benommen vom Schlaf, und dann traf etwas auf meine Schulter. Der Schutthaufen über mir stöhnte kurz und schien dann seine Lage zu verändern. Staub rieselte über meine Augenlider, und ich hatte kaum mehr Zeit, meinen Kopf mit den Armen zu schützen, ehe mein ganzes Versteck über mir zusammenbrach.

Seltsamerweise schlief ich wieder. Meine Müdigkeit, die durch den Umstand noch verstärkt wurde, daß ich seit einigen Tagen keine Nahrung mehr zu mir genommen hatte, war so groß, daß selbst die seltsame Zerstörung mich nicht beunruhigte. Der Schutt, der auf mich herunterfiel, betäubte mich halb, richtete aber keinen ernsthaften Schaden an, und ich fühlte mich sogar auf eigentümliche Weise davon geschützt.

Ich weiß nicht, was mich das nächste Mal weckte, aber ich wußte instinktiv, daß nur wenige Stunden verstrichen waren. Auf Erdbeben folgten oft Feuer, wie ich aus schmerzlicher Erinnerung wußte. Wenn ein Feuer ausgebrochen war, dann war es durchaus möglich, daß es ganz in meiner Nähe brannte. Ich schnüffelte und war sicher, selbst in der abgestandenen Luft meines Zufluchtsortes Rauch riechen zu können.

Es dauerte länger, als ich erwartet hatte, aber schließlich hatte ich mich durch all den Schutt nach draußen gearbeitet und spähte durch ein zerbrochenes Brett auf die äußere Welt.

Es war dunkel. Einen Augenblick lang war mein Bewußtsein voll und ganz von diesem verwirrenden Umstand in Anspruch genommen. Ich blinzelte, aber trotzdem trat nicht schmerzhaftes Sonnenlicht an die Stelle der labenden Dunkelheit. Konnte es sein, daß mein Zeitsinn so verändert worden war?

Dann hörte ich das Jammern und Wehklagen. Stimmen schrien voll Schmerzen, riefen nach Müttern und Vätern, weinten um Söhne und Töchter. Kein Erdbeben, dachte ich jetzt. Ein feindlicher Angriff.

Ich schob die letzten Bretter weg und wagte einen Blick nach draußen.

Ich erwähnte schon lange zuvor, daß wir Fujiwaras Dichter sind, daß wir Worte lieben. Aber was für Worte auch immer ich hier schreibe – sie können nichts als blasse Gespenster der schrecklichen Realität sein, die ich sah. Der Himmel war schwarz vom Rauch und vom Staub, und die Sonne brannte nur in einem krankhaften, orangefarbenen Leuchten schwach dahinter. Die Häuser rund um die Ruine meiner Unterkunft lagen jetzt ebenfalls in Schutt und Asche, plattgedrückt, als hätte ein mächtiger Wind sie umgeblasen. Bretter und Töpfe, verbrannte Kleidung und persönliche Habseligkeiten übersäten die Straße.

Gestalten zogen draußen vorbei, und einen wahnsinnigen Augenblick lang dachte ich, es sei die Nachtparade der Hundert Dämonen, dachte, ein jahrhundertealter Aberglaube sei vor mir zum Leben erwacht. Dann wurde mir bewußt, daß das, was dort draußen vorüberging, nicht Dämonen waren, sondern Menschen.

Menschen, die schwarz und rostrot verbrannt waren, das Haar versengt, von Asche weiß, Menschen, denen die Haut wie Fetzen von den Armen hing und das blutrote Fleisch und die weißen Knochen darunter sehen ließ. Frauen, die Kinder trugen, denen die Köpfe mit glasigen Augen herunterhingen, weit von dem Trost entfernt, den ihre Mütter ihnen aus zerbrochenen, vor Durst blutenden Lippen zuflüsterten. Eine Gruppe Schulmädchen humpelte vorbei, vor Schmerz wimmernd von all den Glassplittern, die in ihren nackten Rücken steckten.

Auf dem Boden lagen Leichen herum, die so schwarz und verkrümmt waren, daß ich nicht sagen konnte, ob sie auf dem Rücken oder auf dem Bauch lagen. Aus den Häuserwracks rings um mich kamen schwache Hilferufe, ein Flehen, das die leeräugigen Überlebenden kaum rührte, die vorbeischlurften. Ein weinender Mann grub mit blutenden Händen in den zerfetzten Überresten seines Hauses.

Ich mühte mich aus der Umarmung all der Ruinen heraus und trat in einen Alptraum. Soweit mein Auge reichte, war nichts als Zerstörung, Verwüstung und Feuer und Leichen.

Der Geruch von brennendem Fleisch hing in der schwachen Brise. Als ich auf die Reste meiner Zuflucht kletterte, konnte ich ein paar Häuserblocks entfernt den Fluß sehen, aufgedunsen von den Ertrunkenen, die sich hineingeworfen hatten, um Erleichterung zu finden, als ihre Körper in Flammen standen.

Was auch immer das angerichtet hatte, war keine Brandbombe gewesen und auch nicht das konzentrierte Bombardement, das Tokio bei früheren Angriffen in einen Feuersturm verwandelt hatte.

Mir kam es vor, als hätte ich eine Ewigkeit auf dem Schuttberg gesessen und zugesehen, wie die wandelnden Leichen an mir vorüberzogen. Denn so kamen sie mir vor, auch diejenigen, die unversehrt aussahen.

Ich konnte den Tod an ihnen riechen.

Zuletzt blickte ich nach links und sah, daß das Feuer diese Straße erreicht hatte. Halb betäubt kroch ich in meine Zuflucht zurück und holte meinen Koffer mit Kleidern und Habseligkeiten. Mir blieb nichts übrig, als mich dem Strom der Flüchtlinge anzuschließen, die die Stadt verließen.

Ich ging lange Zeit, zog an der sich langsam bewegenden Prozession vorbei, bis es so aussah, als würde ich sie auf der staubigen Straße anführen.

Der Himmel hatte sich allmählich aufzuhellen begonnen, und ich erkannte, daß ich bald wieder Zuflucht würde suchen müssen.

Aber vorher brauchte ich Nahrung.

Mein Bewußtsein schreckte vor dem Gedanken zurück, meinen Mund an geschwärzte Haut zu legen, aber der alte Überlebensinstinkt war stärker als jegliche Skrupel oder Ekel. Das mußten diese Leute doch ganz sicher verstehen, dachte ich, als ich wieder am Straßenrand stehenblieb und zusah, wie die hohläugige Masse weitertaumelte. Was ist es denn, was sie auf ihren verbrannten Füßen weitergehen läßt, während ihnen die Haut von den Fingerspitzen fällt? Was ist es denn, was ihr Bewußtsein in solchen Schock hüllt, daß sie nicht einmal richtig wissen, was mit ihnen passiert ist? Wir alle auf dieser Straße sind wandelnde Leichen, dachte ich erneut. Ich bin nur derjenige, der das am meisten gewöhnt ist.

Ein paar Meilen weiter auf der Straße entdeckte ich die Ruinen, zwischen denen ich jetzt sitze. Ein Haufen eingestürzter Steinbrocken und Holz – eine Wiederholung dessen, was wir hinter uns zurückgelassen hatten. Ich glaube nicht, daß sonst jemand in der traurigen Parade sie auch nur zur Kenntnis nahm. Ich hatte die Straße verlassen und schickte mich an, das freie Feld zu überqueren, als ich die eingesunkene Gestalt im Graben bemerkte.

Es war ein Junge, höchstens zehn Jahre alt. Die angekohlten Überreste seiner Schuluniform klebten an seinem dünnen Körper.

Die schrecklichen Brandwunden bedeckten seine rechte Schulter, den rechten Arm und seine rechte Gesichtshälfte. Aber der Rest seines Körpers schien unberührt. Trotzdem konnte ich den Tod in ihm fühlen, als ich die Hand auf seine Wange legte.

Er schlug die Augen auf und sah mich glasig an. »Mutter?«

»Schsch, Kind«, machte ich, weil ich das Gefühl hatte, etwas sagen zu müssen, um seine klägliche Frage zu beantworten. Wenn ich ihn im Graben ließ, würde seine Mutter dann vorbeigetrottet kommen und ihn mit Freudenrufen an sich ziehen?

»Sie hat geblutet«, murmelte er. »Über und über Blut, über und über . . .«

Seine Mutter mußte in der ursprünglichen Verwüstung umgekommen sein, entschied ich. Wie leicht es war, das zu entscheiden, einfach zu unterstellen, was in mir die geringste Reue hinterlassen würde. Aber ich entschied es dennoch, ebenso wie ich entschied, daß der Junge sterben würde.

Niemand sagte etwas, als ich mich vorbeugte, um ihn aus dem Schmutz zu heben. Niemand protestierte, als ich mit seinem schlaffen Körper in den Armen über das Feld ging. In düsteren Augenblicken überlege ich mir, daß ich gleich dort im Graben von ihm hätte trinken können, und niemand hätte mich daran gehindert. Was war schon ein weiterer Schrecken nach so vielen? Was ein weiterer Tod?

Der Junge weinte leise, weinte wegen der Schmerzen, die seine Verletzungen ihm bereiteten, als ich ihn im Schatten der Ruinen absetzte. »Hast du gesehen, was passiert ist?« fragte ich neugierig.

»Da war eine B-29. Ich habe sie oben am Himmel gesehen. Wir haben alle darauf gezeigt. Dann war ein großer Lichtblitz, und ich bin umgefallen.«

Der Junge hustete, und dabei rann ihm Blut aus dem Mund. »Ich bin hingefallen.« Er lag einen Augenblick reglos da und sah mich an. »Werde ich sterben?«

»Ja. Ich glaube schon.«

»Das macht mir nichts aus.« Einen Augenblick lang war eine Spur von dem störrischen Trotz in seiner Stimme zu hören, der für kleine Jungen so typisch ist. »Meine Mutter ist tot, alle sind tot. Mir macht das nichts aus.«

Aber das tat es doch, und es zerriß mir das Herz. Ich konnte ihn zur Straße zurücktragen. Ich konnte einen anderen auswählen, um mein Überleben zu sichern. »Willst du, daß ich dich zurückbringe?« fragte ich, und er schüttelte den Kopf.

Ein neuer Hustenanfall plagte ihn und ließ seinen Körper schaudern. Ich wußte, daß ich ihn nicht zurücktragen würde. Konnte ich mir denn einen anderen suchen, der nicht wie er sein würde, hin- und hergerissen zwischen Leben und Sterben? Die Toten würden mir nichts nützen, trotz ihrer Zahl.

Aber wenn ich auch tun würde, was ich mußte, würde ich es doch mit Güte tun, beschloß ich. Ich würde ihm keine Angst machen, denn er hatte doch an diesem schrecklichen Tag sicherlich schon genug erduldet. Ich würde warten, bis er eingeschlafen war.

Ich zog mein Hemd aus und schob es unter seinen Kopf und setzte mich dann neben ihn. Als er nach seiner Mutter wimmerte, nahm ich seine unverbrannte Hand in die meine und staunte über die Kraft, die noch in seinen dünnen Fingern verweilte. Er hatte ein seltsames Fieber in sich und warf sich hin und her und weinte und flüsterte und konnte nicht einschlafen.

Ich konnte den Tod spüren, er lauerte in der zunehmenden Dunkelheit, und ich wußte, daß er ihn vielleicht pakken würde, ehe die Bewußtlosigkeit einsetzen würde. Zuletzt konnte ich nicht länger warten. Ich kauerte mich über seinen hingestreckten Körper und schob seinen Kopf etwas zur Seite, so daß die unverbrannte Seite seiner Kehle frei dalag.

Als ich mich über ihn beugte, schlug er die Augen auf

und sah mich an. Ich weiß nicht, was er sah, denn ich glaube nicht, daß ich es war, aber er lächelte. Ich legte meinen Mund an seine Vene und trank.

Wenn das morgen ohne Gefahr geschehen kann, werde ich seinen Körper wieder neben die Straße legen, so daß man ihn finden und einäschern kann, wie es sich gehört. Ich glaube nicht, daß irgend jemand über die zwei winzigen Male an seiner Kehle nachdenken wird.

Sein Blut blieb nicht sehr lange in mir, aber ich hoffe, daß es genug war, um mich die nächsten Nächte bei Kräften zu halten. Ich muß diesen Ort verlassen, ehe die Bürokratie, die bei Katastrophen einsetzt, anfängt, hier das Regiment zu übernehmen. Das wird natürlich nicht ausreichen. Wahrscheinlich gibt es auf der ganzen Welt nicht genug Medizin, um die Wunden zu heilen, die ich gesehen habe. Ganz sicherlich gibt es in Japan nicht mehr genug Medizin. Ich bin dankbar, daß mir das zumindest erspart sein wird, der lange Alptraum des qualvollen Sterbens.

Ich will nicht daran denken, jetzt weiterzuziehen. Meine Kehle schmerzt. Ich fühle mich desorientiert, verspüre ein seltsames Delirium, wahrscheinlich, weil ich zum ersten Mal seit Jahrhunderten den ganzen Tag wach gewesen bin. Selbst meine Finger fühlen sich taub an, und mit der Zeit fällt mir das Schreiben schwer.

Ich glaube, es ist vorbei. Der Krieg, die Träume der Regierung von einem Weltreich und von Expansion, der alte schreckliche Glaube der Nation an ihre eigene, unvermeidliche Größe.

Für mich ist es auch vorbei. Ich habe hundert Jahre des Friedens und des Wohlstands gehabt, ja sogar des Seelenfriedens. Ich glaube nicht, daß ich es je wieder so gut haben werde. Und wann auch immer das sein wird, wann auch immer sich in mir der Gedanke regen sollte, ich sei über das hinausgewachsen, was ich bin, dann werde ich mich bloß an das Blut eines verbrannten, sterbenden Jungen zu erinnern brauchen.

Ich habe dieses Tagebuch mehr als neunhundert Jahre lang behalten. Ich habe geglaubt, es sei wichtig, eine Aufzeichnung über mein Leben zu führen. Ich habe daran geglaubt, daß die Macht der Worte über die Zeit hinausreicht und länger lebt, als selbst ich zu existieren hoffen kann.

Aber für diesen Tag gibt es keine Worte, keine Worte von Belang. Ich werde noch eine Zeile schreiben und dann dieses Tagebuch beiseitelegen, vielleicht für immer.

Die Welt ist zu Ende gegangen, und selbst ich, der ich das Ende und den Tod so sehr gewöhnt bin, muß mich grämen, ob ich es will oder nicht.

Diese Straße
Hat man mir vor langer Zeit gesagt –
Wird der Mensch am Ende gehen –
Aber ich hatte nicht an das Gehen gedacht
Nicht heute und nicht gestern.

Geschichten von Ise

32

ALS ARDETH ZUM Flughafen kam, hatte sie noch zwanzig Minuten Zeit, die ihr gerade ausreichten, um den Bereich für Privatmaschinen zu finden. Schließlich entdeckte sie am Ende eines langen Korridors Akikos schwarz gekleidete Gestalt, die gerade ihre Aktentasche und einen Koffer aufhob, und rannte auf sie zu, ohne auf die verblüfften Blicke zu achten, die sie damit auf sich zog. Sie holte die Japanerin schließlich an der Tür, die zur Startbahn führte, ein. »Ich habe es mir anders überlegt«, stieß sie außer Atem hervor und sah die junge Frau zum ersten Mal lächeln.

Ardeth war noch nie zuvor mit einer privaten Chartermaschine geflogen. Sie und Akiko saßen alleine im Passagierabteil. Es gab keine Crew außer den beiden Piloten. Falls sie noch irgendwelche sterblichen Bedürfnisse gehabt hätte, hätte man diesen ohne Zweifel entsprechen können, denn an Bord befand sich eine Bar und eine Bordküche von einiger Größe. Für sie war dies ein erster Schimmer davon, was dieser andere Vampir Sadamori Fujiwara sein mochte. War es möglich, daß er im Gegesatz zu ihr und Rossokow den Klischeevorstellungen entsprach, denen sie beide nicht entsprachen? Reich statt arm, mächtig statt gehetzt. Und wenn diese Klischeebilder eines Vampirs auf ihn paßten, galt das dann auch für die anderen – grausam, dämonisch, amoralisch? Ein Frösteln durchlief sie, und sie war plötzlich froh darüber, nach Banff zurückzukehren. Und wäre es nur, weil sie die Vorstellung nicht ertragen konnte, daß sie Rossokow vielleicht verraten und ihn allein einem Feind ausgesetzt hatte.

Akiko verschwand auf ein paar Augenblicke und kam dann gleich wieder mit einer Teekanne und zwei winzigen Porzellantassen zurück. »Möchten Sie gerne welchen haben?« fragte sie, während sie die aromatische Flüssigkeit in ihre Tasse goß. »Fujiwara-san trinkt oft eine Tasse.«

Ardeth nickte und sah ihr zu, wie sie den Tee einschenkte. Ihre Finger waren kurz und doch irgendwie graziös, obwohl sie keine Ringe und auch weder Nagellack noch sonstigen Schmuck trug. Sie hatte ihre weite Jacke ausgezogen und trug jetzt ein kurzes, rotes Top und einen Rock, der ihr fast bis auf die Fesseln fiel, die in schwarzen Stiefeln steckten. Neugierig und für jeden Gedanken dankbar, der sie von ihrem Reiseziel ablenkte, fragte sie: »Wie kommt es, daß Sie für einen Vampir arbeiten?«

»Meine Familie hat mich ihm gegeben, als ich fünf Jahre alt war«, antwortete sie, und dann zuckten ihre Lippen amüsiert. »Sehen Sie mich doch nicht so erschreckt an, Miss Alexander.«

»Ardeth, bitte.«

»Ardeth«, nickte sie. »Das Dorf, in dem meine Eltern lebten, befindet sich auf dem Land, das seit langer Zeit zu den Fujiwara-Besitzungen gehört. Es ist dort altehrwürdige Tradition, dem Herrn Kinder zum Dienst anzubieten. Natürlich wußte niemand, daß es in all den Jahrhunderten immer derselbe Herr war.«

»Aber Sie wegzugeben . . .«

»Man hat sie dafür reichlich entschädigt, mit Geld ebenso wie mit Ehrungen. Es war natürlich vom Gesetz her nicht erlaubt, aber wann hat das schon jemals etwas verhindern können? Ich konnte mich glücklich preisen. Fujiwara-san sorgte dafür, daß ich eine gute Ausbildung bekam und man sich um mich kümmerte. Ich habe keinen Grund zur Klage.«

»Was tun Sie?«

»Ich führe seinen Haushalt. Ich erledige all die Dinge, die er bei Tageslicht nicht tun kann. Außerdem bin ich seine persönliche Leibwächterin.« Dabei lächelte sie leicht, und Ardeth wußte sofort, daß man ihr ihre Skepsis hatte ansehen können. »Wenn Sie sterblich wären, könnte ich sie mit bloßen Händen töten.« Sie nippte an dem dampfenden Tee.

»Weshalb braucht er eine Leibwächterin?«

»Er ist der *oyabun*, der Führer, einer *yakuza*-Organisation. Er ist sehr wohlhabend.« Sie lächelte. »Und außerdem ist er ein Vampir.«

»Und das macht Ihnen nichts aus?« fragte Ardeth. In Büchern und Filmen hatten Vampire häufig menschliche Bedienstete, aber gewöhnlich wurden sie eher als widerwärtige Ungeheuer dargestellt. Sie hatte sich so etwas nie für sich ausgemalt – die Möglichkeit, jemanden zu finden, dem sie in solchem Maße vertraute, schien ihr viel zu weit hergeholt, um sich ernsthaft damit zu befassen.

»Nein. Er ist Fujiwara-san. Das ist alles, worauf es ankommt.«

Es gab da natürlich noch eine weitere Frage, aber Ardeth war zu höflich, um sie zu stellen. Trotzdem konnte sie sich nicht davon abhalten, als Akiko sich wieder Tee einschenkte, einen verstohlenen Blick auf ihre Handgelenke zu werfen. Sie glaubte, auf der hellen Haut die Andeutung von winzigen Narben erkennen zu können . . . aber das konnte auch ebensogut nur ihre Phantasie sein.

»Wenn es Ihnen nichts ausmacht – würden Sie mir erzählen, wie Sie zum Vampir wurden? Das geschah doch erst in jüngster Zeit, wie ich gehört habe.«

»Hat das etwas zu bedeuten?« fragte Ardeth, während sie sich klarzuwerden versuchte, ob es ihr etwas ausmachen würde oder nicht.

»Sie sind von der Art meines Gebieters. Es würde mich sehr interessieren«, erwiderte Akiko, und Ardeth entging nicht, daß Fujiwaras Status sich jetzt von dem des Arbeitgebers zum Gebieter gewandelt hatte.

»Ich hatte die Wahl, getötet zu werden oder ein Vampir zu werden. Zu der Zeit schien mir das keine schwere Wahl«, sagte Ardeth schließlich, um die Frage irgendwie zu beantworten, und zugleich in dem Wissen, daß es ihr tatsächlich unangenehm sein würde, die ganze Geschichte zu erzählen. »Und wie ist es mit Ihnen? Wollen Sie ein Vampir werden?«

Die Frau starrte einen Augenblick lang in ihre Teetasse und blickte dann auf. »Ich glaube nicht. Ich sage das natürlich, weil ich jung bin und mich nicht dem Tod ausgesetzt sehe. Was ich unter solchen Umständen sagen würde, weiß ich nicht. Aber ich glaube nicht, daß es mein Karma ist. Verstehen Sie?«

»Ein wenig«, nickte Ardeth und versuchte sich an das zu erinnern, was sie über den buddhistischen Glauben gelernt hatte. Ist das dann mein Karma? dachte sie mit einem Anflug absurden Humors. Ich muß in meinem letzten Leben irgendetwas Schreckliches getan haben: Wenn das stimmt, was werde ich dann in meinem nächsten Leben sein, wann auch immer das kommen wird?

»Sie haben Ihren Tee gar nicht angerührt«, stellte Akiko fest. »Haben Sie Nahrung aufgenommen?«

Einen Augenblick lang war Ardeth von ihrem gleichmütigen Tonfall zu verblüfft, um zu antworten. »Nein«, gab sie schließlich zu.

»Müssen Sie?«

Was wurde ihr da angeboten? fragte sich Ardeth. Hatte ihr mysteriöser Gebieter das Flugzeug mit Flaschen voll Blut vollgepackt? Oder sollte sie es auf die altmodische Art bekommen? Brauche ich es? Oder, was wichtiger war, will ich es?

»Ich komme schon zurecht«, sagte sie schließlich, und Akiko blickte wieder auf ihre Teetasse. »Wenn ich das nicht könnte . . .« begann Ardeth dann, die das Geheimnis einfach nicht ertragen konnte.

»Dann könnte ich es Ihnen bieten. Fujiwara-san hat gesagt, ich soll dafür sorgen, daß Sie sich wohlfühlen und es Ihnen gutgeht.«

»Ich nehme an, Sie haben das schon früher getan.«

»Selbstverständlich. Seit ich zur Frau geworden bin.«

»Hatten Sie Angst?« fragte Ardeth und hätte ihre Worte am liebsten gleich wieder verschluckt.

»Ja. Aber Fujiwara-san war sehr freundlich. Er schrieb mir ein Gedicht, so wie er als junger Mann den Damen vom Hof Gedichte geschrieben hatte, und schickte es mir mit einer Kirschblüte. Ich hatte immer noch solche Angst, daß ich mich im Garten versteckte. Ich dachte, er würde böse mit mir sein, aber . . .« Sie lächelte, und Ardeth bildete sich ein, sie einen Augenblick lang erröten zu sehen. »Er ist sehr alt, aber noch sehr jung. Sie verstehen?«

Ardeth dachte an Rossokow und an das erste Mal, wo sie ihm aus freien Stücken ihr Blut gegeben hatte, und einen Augenblick lang enthielt ihre Erinnerung nur reine Freude, von nichts umwölkt und ohne Komplikationen. »Ja, das verstehe ich.« Sie riß sich von der Erinnerung los und nutzte den Umstand, daß Akiko ein wenig ins Träumen geraten war. »Wie alt ist er?«

»Sehr alt.« Das Lächeln der Frau blieb unverändert, aber ihre Augen blickten plötzlich wieder wachsam.

»Und Sie können mir wirklich nicht sagen, weshalb er die Bekanntschaft anderer Vampire machen möchte?«

»Das sagte ich Ihnen doch, Ardeth. Er ist alt und möchte seinesgleichen sehen.«

»Haben Sie ihm von Rossokow erzählt?«

»Natürlich.«

»Hat er mit ihm gesprochen?«

»Ich glaube nicht, daß er mit ihm gesprochen hat, nein.«

»Aber er hat mit ihm Kontakt aufgenommen?«

»Das könnte möglich sein. Fujiwara-san wußte, daß Mr.

Rossokow zweifellos ebenso vorsichtig wie Sie sein würde. Deshalb hat er sich überlegt, wie er sich vorstellen und ihrem Gefährten seine Besorgnis nehmen kann. So«, Akiko stellte ihre Teetasse ab, und ihre Bewegung war plötzlich wieder geschäftsmäßig und zielbewußt, »wir werden in etwa zwei Stunden in Calgary eintreffen. Ich habe uns dort in einem Hotel Zimmer bestellt, damit Sie bis heute abend schlafen und wir dann anschießend nach Banff fahren können. Wenn Sie mich jetzt bitte entschuldigen wollen. Ich möchte mich eine Weile ausruhen.«

»Selbstverständlich.« Ardeth sah ihr zu, wie sie ihre beiden Taschen an sich nahm und in einer Kabine im hinteren Teil des Flugzeugs verschwand. Alles, was Akiko ihr gesagt hatte, deutete darauf hin, daß sie von Fujiwara nichts zu befürchten hatten. Der Respekt, den sie ihm entgegenbrachte, ja sogar ihre Liebe, schienen echt. Aber sie war dazu erzogen worden, ihm zu dienen und hatte keine andere Art Leben kennengelernt. Ardeth hatte keine Zweifel, daß sie für ihn ohne zu zögern töten würde ... und für ihn zu lügen, wäre für sie ohne Zweifel ebenso selbstverständlich und natürlich wie das Atmen.

Sie beugte sich etwas zur Seite, um zum Fenster hinauszusehen. Durch die Wolkenfetzen in der Tiefe konnte sie zwei leuchtende, bewegte Lichtpunkte ausmachen und erkannte, daß es sich um die Scheinwerfer eines Autos handelte. Die Stirn ans Fenster gepreßt, sah sie zu, wie der Wagen durch das dunkle Ackerland in der Tiefe nach Westen rollte.

33

DIMITRI ROSSOKOW SASS auf dem Rücksitz der Limousine und blickte durch die getönten Scheiben auf den vorbeihuschenden Wald hinaus. Die Sonne war vor einer Stunde hinter den westlichen Bergspitzen verschwunden. Eine halbe Stunde später war der Wagen eingetroffen, er hatte sich wie ein breiter, schwarzer Hai die schmale Gasse hinaufgeschoben. Ein Chauffeur im dunklen Anzug, mit einer Schildmütze, die seine orientalischen Gesichtszüge zur Hälfte verdeckte, war ausgestiegen. »Mr. Rossokow?« hatte er mit leiser Stimme und mit fremdländischem Akzent gefragt. Und als Rossokow darauf mit einem Nicken geantwortet hatte, hatte er ihm mit einer leichten Verbeugung die hintere Tür geöffnet.

Einen Augenblick lang hatte Rossokow innegehalten; die dunkle Öffnung, die zum Rücksitz der Limousine führte, war ihm plötzlich wie eine mit Velours ausgekleidete Falle vorgekommen. Dann hatte er sein Unbehagen seiner Neugierde untergeordnet und war eingestiegen.

Hinten im Wagen war es still. Das einzige Geräusch, das er zu hören bekam, war das Zischen der Reifen auf dem Asphalt. Eine undurchsichtige Scheibe trennte das Passagierabteil von der vorderen Hälfte des Wagens ab, und nur die Seitenfenster ließen erkennen, daß sie vorwärts kamen. Rossokow hatte keine Ahnung, wo sie waren. Seine Kenntnisse der örtlichen Geographie beschränkten sich auf die Stadt und die Wälder, die er zu Fuß erreichen konnte.

Wieder stellte sich ein Gefühl der Unruhe ein. Alte Stimmen, die zur Vorsicht mahnten, quälend vertraut, quälend verführerisch, wisperten ihm Warnungen zu. Warum hatte er sich darauf eingelassen? Zu einem unbekannten Ort zu reisen und noch dazu auf eine Art und Weise, über die er keinerlei Kontrolle hatte? Sich ohne Waffen oder Plan oder auch nur Wissen in eine Situation zu begeben, die gefährlich, ja tödlich sein konnte? Bloß auf ein Tagebuch hin, von dem er nicht einmal sicher war, ob er ihm glaubten.

Nach der einen Eintragung, die den Tag des Todes und der Verwüstung im Sommer 1945 schilderte, waren keine weiteren mehr gewesen. Rossokows Wissen um den Zweiten Weltkrieg war beschränkt. Er wußte davon, so wie er von den meisten Ereignissen des Jahrhunderts wußte, das er schlafend in einem verlassenen Lagerhaus in Toronto verbracht hatte – aus Ardeths Geschichten, die sie ihm in den langen Nächten in ihrem gemeinsamen Kerker erzählt hatte. Mit Schilderungen aus der Geschichte hatte sie dafür gesorgt, daß er nicht in den Wahnsinn verfiel, und hatte zugleich damit ihre eigene Furcht in Schranken gehalten. Und eine Weile hatte das auch so funktioniert.

Was er seit ihrer Flucht gelesen hatte, hatte ihm offenbart, daß Japan sich von der Niederlage und der Zerstörung erholt hatte und eine bedeutende Wirtschaftsnation geworden war. Rossokow strich versonnen über die dicken Noppen der Polsterung und betrachtete dann die reichlich bestückte Bar im unteren Teil der Trennwand. Allem Anschein nach hatte sich der Vampir, wenn er existierte, ebenso erholt. Automobile wie dieses hier waren in Banff nicht allzusehr verbreitet.

Es hatte keine Tagebucheintragungen nach jenem schrecklichen Tag im August gegeben . . . aber ein Blatt mit einer Nachricht. Es war in derselben eleganten Schrift wie das Tagebuch geschrieben, und er hatte es zwischen den letzten Seiten des Buches gefunden. Er griff unbewußt an die Tasche seines Jacketts, und seine Finger spürten die Umrisse des Buches darunter. Er brauchte die Nachricht nicht noch einmal zu lesen, um zu wissen, was sie ihm mitgeteilt hatte:

Mein Freund,
bitte verzeihen Sie mir diese ungewöhnliche Art und Weise, mit der ich mit Ihnen Kontakt aufnehme. Wenn Sie dieses Tagebuch gelesen haben, wissen Sie, daß es Dinge gibt, über die wir sprechen sollten. Es wäre mir eine große Ehre, wenn Sie sich bereitfinden würden, sich morgen nacht mit mir zu treffen. Mein Wagen wird Sie kurz nach Einbruch der Abenddämmerung abholen.
Ich freue mich auf unsere Bekanntschaft.
Sadamori Fujiwara

Hätte ich ablehnen können, fragte sich Rossokow? Wenn ich einfach nicht dagewesen wäre, als sein Fahrer kam, hätte das der ganzen Sache ein Ende gemacht? Aber er wußte, daß das akademische Fragen waren. Er hätte nicht ablehnen können. Dazu war seine Neugierde zu groß. Und außerdem, wenn Fujiwara eine Bedrohung darstellte, dann konnte er sie nicht dadurch zum Verschwinden bringen, daß er sie ignorierte. Wenn er in Gefahr war, dann war es besser, die Gefahr jetzt kennenzulernen. Sie und seinen Feind.

Er erinnerte sich an die Fragen, die er sich gestern nacht, auf dem Treppensims sitzend, gestellt hatte. Das Tagebuch hatte keine davon beantwortet, aber es hatte ihn in dem unbewußten Glauben bestärkt, daß es nur das Werk eines echten Vampirs sein konnte. Ob jener Vampir noch existierte, war eine andere Frage, auf die es keine Antwort gab.

Sein Verstand fuhr fort, katastrophale Konsequenzen seiner Entscheidung, diese seltsame Einladung anzunehmen, heraufzubeschwören. Möglicherweise würde er sich am Ende als Gefangener einer neuen Macht finden, die vorhatte, ihn auszubeuten und deren Hauptquartier sich in Tokio statt in Toronto befand. Möglicherweise würde er sich im Konflikt mit einem anderen Vampir befinden und zu der Entscheidung gezwungen sein, sich ihm zu stellen oder nachzugeben und das Feld zu räumen. Aber er konnte Banff nicht verlassen, gestand er sich mit reuevoller Ehrlichkeit, nicht solange noch die Chance bestand, daß Ardeth vielleicht doch noch zurückkehren könnte.

Die Erinnerung an seine anderen Überlegungen zog ihm durch den Kopf. Nicht Konflikt sondern Gemeinschaft. Nicht Fragen, sondern Antworten. Er schob die Gedanken von sich, weil sie auf ihre Art viel mehr Schreckliches in sich bargen als jene, die sich mit Verrat und Gewalt befaßten.

Er blickte wieder zum Fenster hinaus und sah nichts als den vorüberhuschenden Wald und die unbestimmten dunklen Linien der Berge vor dem noch dunkleren Himmel. All dies Grübeln würde ihn nicht näher an die Antwort bringen. Das konnten nur die Räder des Wagens. Er mußte einfach Geduld haben. Mit einem leichten Lächeln um die Lippen ließ er sich in den weichen Luxus der Polster sinken und sah zu, wie die Straße am Fenster vorbeifloß.

Eine halbe Stunde später bog der Wagen ab. Die Bäume schienen plötzlich näherzurücken, als die Straße enger wurde. Schwache Lichter tauchten zwischen den Bäumen auf, dann glitt ein Gebäude vorbei. Rossokow konnte einen kurzen Blick auf einen wuchtigen Blockhausbau und eine kleine Ansammlung davor aufgereihter Fahrzeuge werfen. Der Wagen rollte weiter, und der Wald verschluckte die Lichter wieder. Endlich verlangsamte die Limousine ihre Fahrt und hielt an. Er verspürte, wie ein leises Zittern durch das Fahrzeug ging, als die vordere Tür zufiel. Dann wurde die seine geöffnet.

Er trat in die kühle Herbstluft hinaus. Das Gebäude, dem

er sich gegenübersah, war entweder ein großes Haus oder eine kleine Jagdhütte, entschied er. Die Wände waren aus runden, rostrot gestrichenen Baumstämmen zusammengefügt. Das spitze Dach schimmerte grün, als das Licht aus dem Eingang darauf fiel. Die beiden großen Fenster beiderseits der Tür waren mit Vorhängen verhängt, ließen aber ein schwaches, goldenes Leuchten durch.

Die Wagentür fiel hinter ihm ins Schloß, und der Fahrer trat vor ihn und bedeutete ihm mit einer Handbewegung, daß er ihm folgen solle. Er ging den Plattenweg auf das Haus zu und mußte dabei unwillkürlich denken, daß das dichte, immergrüne Gehölz, das den Weg säumte, einem Angreifer Schutz bieten würde. Aber ein so primitiver Angriff würde nicht zu jemandem passen, der ein solches Tagebuch geschrieben hatte, rief er sich ins Gedächtnis. Ein anderer Vampir würde es ganz sicherlich nicht nötig haben, wie ein billiger Meuchelmörder im Gebüsch zu lauern.

Sie erreichten ohne Zwischenfall die Tür. Der Fahrer öffnete sie und komplimentierte ihn hinein. Das Innere des Hauses zeigte dieselbe üppige Farbe wie sein Äußeres. Die über zwei Stockwerke reichende Eingangshalle wurde von einem großen, aus dunklem, polierten Holz gefertigten Lüster beleuchtet. Ein Perserteppich in leuchtender Farbenpracht lag auf dem auf Hochglanz polierten Parkett. Die Wand des vor ihm liegenden Treppenhauses war mit geschnitzten, bemalten Masken behängt, deren Ursprung Rossokow nicht erkannte.

Der Fahrer führte ihn durch die Halle und blieb vor einer offenen Tür stehen. »Mr. Fujiwara erwartet Sie«, sagte er, verbeugte sich kurz und ging dann zum Eingang zurück. Rossokow blickte ihm nach und wartete, bis die schwere Holztür sich geschlossen hatte, ehe er sich der halbgeöffneten Tür vor sich zuwandte.

Er konnte das Knistern eines Feuers hören und den schattenhaften Tanz von Flammen an der Wand sehen. Sein Bewußtsein tastete in den Raum hinein und spürte Leben. Aber nicht mehr als das. Keine schattenhaften Gedanken, keine unbestimmten Gefühle, so wie er sie häufig bei Sterblichen spüren konnte. Das war in sich schon bedeutsam, entschied er. Er dehnte seine Suche auf das ganze Haus aus und spürte keine Präsenz mit Ausnahme der einen, die in dem vom Kaminfeuer erhellten Raum auf ihn wartete.

Jetzt ist's genug, ermahnte er sich streng, als er sich darüber klar wurde, daß er mit diesem Verhalten, so vernünftig es auch war, nur auf Zeit gespielt hatte. Du hast alle Vorsichtsmaßnahmen getroffen, die du kannst. Jetzt gibt es nur eine Möglichkeit, die Wahrheit zu erfahren.

Er legte die Hand auf die Tür und schob sie auf.

Zuerst sah er den Raum selbst. Ein mächtiger offener Kamin aus Granitplatten beherrschte die gegenüberliegende Wand; sein Sims reichte von Wand zu Wand. Zwei Lehnsessel standen davor, behütet von einer schweren Ledercouch, die sie vor dem Rest des Raums schützte. Auch hier musterten ihn fremdartige, bemalte Gesichter von Masken, die die Wände säumten. Schwere, dunkelgrüne Vorhänge bedeckten eine Wand, trafen aber in der Mitte nicht ganz zusammen, so daß Rossokow in der Lücke die undeutlichen Umrisse seines Spiegelbildes in dem Glas der von den Vorhängen verborgenen Türen erkennen konnte.

Ein Mann erhob sich aus einem der Sessel. Rossokow musterte sein breites Gesicht, die dunklen Augen mit dem feinen Netz von Fältchen darum, den kompakten Körper. Er fühlte das Gewicht der Musterung, der ihn der andere Mann unterzog, den neugierigen Blick, der sein eigenes Aussehen registrierte und das Suchen nach Hinweisen und Schlüssen.

Es gibt keine äußeren Hinweise, dachte er. Du kannst uns nicht ansehen und sagen: »Dies ist ein Vampir« oder »Dies ist keiner.« Du weißt es oder du weißt es nicht.

»Vielen Dank, daß Sie gekommen sind«, sagte Fujiwara nach langem Schweigen.

»Ich konnte schlecht ablehnen«, bedeutete ihm Rossokow und ging um die große Couch herum. »Ich mußte wissen, ob das Tagebuch echt ist.«

»Und wissen Sie es jetzt?«

»Ja. Ich war ziemlich sicher, daß ein Vampir das Tagebuch geschrieben hatte. Ich war nicht so sicher, daß die Person, die es mir geschickt hatte, einer ist.« Fujiwara gestattete sich ein kleines Lächeln und nickte leicht mit dem Kopf.

»Sehr vernünftig, wenn man Ihre letzten Erlebnisse bedenkt.« Er wies auf den Sessel. »Wollen Sie nicht Platz nehmen? Ich nehme an, wir werden einen langen Abend haben.«

Rossokow ließ sich auf dem Sessel nieder und beobachtete, wie Fujiwara es ihm gleichtat. Er stellte fest, daß er erleichtert war zu sitzen. Seine Größe, die ihm angesichts des viel kleinwüchsigeren japanischen Vampirs eigentlich Selbstvertrauen hätte verleihen sollen, hatte ihn eher verlegen gemacht. Er musterte das vom Flammenschein beleuchtete Gesicht. Seine Züge ließen sein wahres Alter ebenso wenig erkennen wie seine Haltung, aber einen Augenblick lang sah Rossokow in den schwarzen Augen etwas, das ihn frösteln ließ. Er ist mehr als vierhundert Jahre älter als ich. Wenn man einmal das Jahrhundert, das ich geschlafen habe, nicht mitzählt, habe ich kaum länger als diese Zeitspanne gelebt.

»Sie haben ohne Zweifel Fragen. Beispielsweise, wie ich von Ihnen erfahren habe.«

»Ja, das würde ich gerne wissen.«

»Dr. Takara war, wenn auch widerstrebend, Angestellte eines Angestellten von mir.« Rossokow verspürte einen kurzen Stich des Kummers. Er hatte nicht geglaubt, daß sie sie verraten würde. »Sie dürfen nicht denken, daß sie Schuld hat. Sie ist eine ungemein interessante, junge Frau«, fuhr Fujiwara fort, der seine Gedanken ahnte. »Sie hat sich dem beträchtlichen Druck meines Mitarbeiters widersetzt und ihn belogen. Sie hat mir erst dann die Wahrheit gesagt, als sie entdeckte, was ich bin.«

»Wie haben Sie meinen Aufenthaltsort herausgefunden?«

»Ich glaube, diese Frage sollte ich jetzt noch nicht beantworten. Später wäre besser.«

»Was geschah mit Ihnen seit dem Krieg?«

»Ich wurde wieder zum Banditen.« Rossokows Überraschung mußte sich auf seinem Gesicht abgezeichnet haben, denn Fujiwara lächelte; seine beunruhigend alten Augen verschwanden fast in seinen Lachfältchen. »Japan lag in Schutt und Asche. Mein Reichtum war dahin. Und was ebenso wichtig war, die alten Lebens- und Denkweisen hatten endlich angefangen, für immer zu verschwinden. Die amerikanische Besatzung machte ihnen ein Ende. Wie sehr ich mich auf diese alten Verhaltensweisen und meinen alten Status gestützt hatte, wurde mir erst bewußt, als es sie nicht mehr gab. Aber es gab einen Bestandteil meiner Gesellschaft, der sich viel langsamer änderte und sich an das Althergebrachte festklammerte, das diese Leute mit der Überzeugung jener romantisch verbrämten, wie nur die es konnten, die nicht danach lebten. Durch sie hatte ich einen Weg entdeckt, um wieder zu Wohlstand zu kommen und mich mit einer loyalen Armee zu umgeben. Wissen Sie, was die *yakuza* sind?« Rossokow schüttelte den Kopf. »Sie sind aus den Banditen und Berufsspielern des neunzehnten Jahrhunderts entstanden. Sie sind Japans Unterwelt. Offiziell verfolgt man sie, aber zugleich werden sie öffentlich akzeptiert. Nach dem Krieg gab es viele Möglichkeiten, um zu Geld zu kommen: der schwarze Markt, Schutzgelder, Prostitution, Bespitzelung der Kommunisten für die Amerikaner. Und all das habe ich getan. Seit fünfundvierzig Jahren bin ich jetzt der *oyabun* der Makato-gumi *yakuza*.«

»Es ist doch ganz bestimmt gefährlich, so lange ein und dasselbe zu tun«, stellte Rossokow fest, und Fujiwara nickte. »Und in solcher Gesellschaft.«

»Keine Ehre unter Dieben, wie man bei Ihnen im Westen sagt? Heutzutage ist nirgends mehr viel Ehre. Die *yakuza* haben sich seit vielen Jahren für den alten Samuraikodex und die davon abgeleitete Lebensweise eingesetzt, selbst wenn sie jeder für sich nicht danach leben. Sie schwören mir und der Organisation Treue.. Sie geloben, mein Leben vor das ihre zu setzen. Hie und da kommt es noch dazu, daß einer sich den Finger abschneidet, wenn er mich beleidigt. Aber der Fortschritt macht auch nicht vor den Dieben Halt. Sie haben recht, es fängt an, für mich gefährlich zu werden. Die Zeit für eine Veränderung ist gekommen.«

»Ist das der Grund, daß Sie mit mir Verbindung aufgenommen haben?«

»Teilweise. Und auch, um Sie zu warnen. Aber hauptsächlich, weil ich sehr lange gelebt und nie einen anderen von meiner Art gesehen habe. Sie haben meine Geschichte gelesen. Würden Sie mir die Ehre erweisen, mir die Ihre anzuvertrauen?«

Rossokow sah ihn einen Augenblick lang an. Er hatte noch eine Menge Fragen, die er unbedingt stellen mußte. Fujiwara hatte etwas von Warnung gesagt, und das hatte in ihm die Alarmglocken erklingen lassen. Er sollte genau wissen, wie die Lage war, ehe er sich Reminiszenzen hingab.

Aber auf der ganzen Welt gab es nur eine Person, die seine Geschichte verstehen konnte. Er hatte seine Vergangenheit Ardeth in ihrem gemeinsamen Gefängnis anvertraut, hatte sich wilden Träumen hingegeben, in denen er die Zukunft mit ihr teilte. Und doch konnte sie ihn mit allem Willen, aller Phantasie und aller Liebe, die es auf der Welt gab, nie so verstehen, wie Fujiwara das konnte. Fujiwara war der einzige, der keine Fragen zu stellen brauchte, der kein Urteil fällen würde.

Der andere Vampir wartete geduldig. Seine uralten Augen flößten nicht länger Furcht ein.

Rossokow fing zu reden an.

34

IN DEN SCHEINWERFERBALKEN des Wagens blitzte kurz die Ausfahrttafel nach Banff auf und verschwand dann wieder. Ardeth sah Akiko an.

»Wir fahren nicht nach Banff?«

»Fujiwara-san hält sich in einer Jagdhütte in einiger Entfernung von der Stadt auf. Wir werden ihn dort treffen.«

»Wird Dimitri Rossokow dort sein?«

»Das weiß ich nicht«, antwortete Akiko und blickte kurz zu ihr hinüber. »Ehrlich, Ardeth, ich weiß es nicht.« Mehr sagte sie nicht, und Ardeth begnügte sich mit Spekulationen, auf die es keine Antwort gab.

Die Annahme, daß er dort sein würde, lag nahe. Es war also gut, darauf vorbereitet zu sein. Sie mußte wissen, was sie sagen würde und wie sie es sagen würde. Distanziert, aber nicht unfreundlich, das war vermutlich die beste Haltung, die sie einnehmen konnte. Eine sorgfältig aufgebaute Fassade, um ihre wahren Empfindungen zu verbergen. Einfacher würde es sein, gestand sie sich, wenn sie wüßte, wie ihre wahren Empfindungen tatsächlich waren. Hoffnung und Zorn, Bitterkeit und Sehnsucht schienen miteinander im Wettstreit zu liegen und immer wieder in verwirrender Folge nacheinander die Oberhand zu gewinnen.

Was auch immer sonst geschehen mochte, sie brauchte nicht dort zu bleiben. Sie kehrte hierher zurück, um Fujiwara zu sehen, nicht Rossokow. Wenn es keine Antworten gab, würde sie weiterziehen. Sie würde Toronto vergessen, Banff vergessen und nach Westen weiterziehen, nach Vancouver, und dort ein neues Leben finden. Frei von jeder bisherigen Vergangenheit.

Dieser Entschluß war ihr Stütze, bis Akiko schließlich den Wagen vor der Jagdhütte zum Stehen brachte. Die mechanischen Vorgänge des Entladens des Wagens lenkten sie kurzzeitig ab, aber dann standen sie in der stillen Halle, und Ardeth überkam plötzlich ein Frösteln. Rossokow war hier. Das Gefühl seiner Anwesenheit war wie die leichte Berührung einer unsichtbaren Hand an ihrem Arm, wie der Klang einer fernen, aber deutlich auszumachenden Musik.

Akiko stellte ihre Taschen ab. »Kommen Sie mit«, sagte sie und ging durch die Halle, als wäre sie überzeugt, daß Ardeth ihr folgen würde.

Das tat sie natürlich. Sie hatte die Halle durchquert und war durch die offene Tür in einen vom Kaminfeuer erhellten Raum getreten, ehe sie Zeit gehabt hatte, ihre Entscheidung noch zu bedauern.

Am offenen Feuer saßen zwei Männer. Der eine, der in einem der großen Lehnsessel saß, lächelte, als er zur Tür blickte. Auf den ersten Blick erkannte sie nichts, außer dem glatten, schwarzen Haar, dem breiten, gutgeschnittenen

Gesicht und den eleganten, grauen Anzug. Dann spürte sie das Gewicht der Persönlichkeit hinter dem Lächeln, die Aura, die den kleinen, kräftig gebauten Körper einhüllte, der sich jetzt aus dem Sessel erhob.

Einen Augenblick lang sah sie nichts außer Fujiwara. Dann bewegte sich Akiko, trat in den Raum und zerriß die Szenerie, die jenen langen, eingefrorenen Augenblick beherrscht hatte. Ardeth bemerkte, daß der Fujiwara gegenüberstehende Sessel leer war, abgesehen von einer formlosen grauen Masse, in der sie plötzlich einen gleichgültig hingeworfenen Mantel erkannte. Dann fiel ihr Blick schließlich auf die andere Gestalt, die am Kamin stand. Sie hatte die ganze Zeit gewußt, daß er hier war, erkannte sie, hatte sich aber ganz in den Bann des japanischen Vampirs begeben, um seine Anwesenheit nicht zur Kenntnis nehmen zu müssen. Jetzt hatte er sich halb von den Flammen abgewandt, die er betrachtet hatte, und sah über die Schulter zu ihr herüber.

Distanziert, aber nicht unfreundlich, hallte es spottend in ihrem Bewußtsein nach. Als ob es zwischen Ihnen je so einfach sein könnte. Als ob sie je die schmalen Knochen seines Gesichts und die fahlen Tiefen seiner Augen sehen und etwas empfinden könnte, das ohne Intensität war – Liebe, Haß Wut, Begehren –, gleichgültig was. Das alles empfand sie, jenseits jeglicher Vernunft.

Sie schluckte und hörte, wie Akiko in ihrer Muttersprache etwas sagte. Fujiwara antwortete, als sie auf ihn zuging und sich verbeugte. »Dimitri, ich darf Ihnen meine Assistentin, Akiko Kodama, vorstellen«, sagte er, als fühlte er nichts von der Spannung, die Ardeth beinahe greifbar in der Luft hängend empfand. Akiko verbeugte sich vor der dunklen Gestalt, die sich silhouettenhaft vor dem Feuer abzeichnete. Rossokow reagierte, indem er den Kopf beugte.

»Das ist Ardeth Alexander«, sagte Akiko, und jetzt war es zu spät, sich zurückzuziehen oder sich in den Schatten der Tür zu verbergen. Ardeth fühlte sich nach vorn gezogen, und ihre Füße trugen sie in den Lichtkreis, in dem, wie es schien, die drei anderen standen. Ihre Hand bewegte sich wie selbsttätig, streckte sich Fujiwara entgegen. Seine Finger waren kurz und stark. Er verbeugte sich, und sie merkte, wie sie sich ebenfalls verbeugte.

»Es ist mir eine große Freude, Ihre Bekanntschaft zu machen. Die Bekanntschaft von jemand so Jungem. Ich bin geehrt, daß Sie sich bereitgefunden haben, hierherzukommen.«

»Wenn ich nicht gekommen wäre, hätte ich mich ewig gefragt . . .« drängte es wie von selbst aus ihr heraus, und dann preßte sie die Lippen zusammen, aus Angst vor dem, was sie ihm als nächstes preisgeben würde. Fujiwara drehte den Kopf zur Seite und sah Rossokow an.

»Sehen Sie jetzt, wie ich Sie gefunden habe?«

»Nicht genau.« Seine Stimme war kühl und gleichmäßig. So fern wie einer seiner Sterne, dachte sie. Ein Stern, dessen Herz vor einer Million Jahren gestorben ist. Ohne daß sie wußte woher, schob sich der Gedanke in ihr Bewußtsein, daß diese frostige Distanziertheit ihre Schuld war, daß die Atmosphäre bis zu ihrer Ankunft ganz anders gewesen war. Sie hatten miteinander viel mehr gemein als mit ihr. Einen Augenblick lang wollte sie sie einander überlassen, weggehen ohne sich umzusehen. Aber sie mußte mit Fujiwara reden. Sie hatte das gleiche Recht, hier zu sein wie Rossokow. Nichts verpflichtete sie, es ihm leicht zu machen . . . schließlich war es für sie ganz sicherlich auch nicht leicht.

»Dr. Takara hat uns zu Sara Alexander geführt und die zu Ardeth. Die sich wiederum, wie ich erklären muß, vorsichtigerweise von Dr. Takara zuerst meine Existenz bestätigen ließ, ehe sie Akiko sagte, wo Sie zu finden seien.«

»Dann bist du also nach Toronto gegangen.« Das galt ihr, und Ardeth zwang sich, ihn anzusehen. Er schien nicht ärgerlich zu sein, daß sie seinen Aufenthaltsort preisgegeben hatte. Lediglich interessiert. Sie nickte.

»Wie geht es Sara und Mickey?«

»Gut.«

In der Stille bewegte sich Rossokow ruckartig, löste sich vom Feuer und nahm wieder auf dem Sessel Platz. Ardeth sah, wie Fujiwara Akiko einen Blick zuwarf, und hörte dann, wie die Schritte der Frau sich entfernten. »Möchten Sie sich setzen?« fragte der Vampir höflich, und Ardeth merkte, wie sie wie betäubt nickte und dann in die kühlen Lederpolster der Couch sank. Fujiwara nahm wieder seinen Platz ein, und eine Weile war nur das Knakken eines Holzscheits im Feuer zu hören.

»Wie alt sind Sie?« fragte Ardeth schließlich.

»Ich bin 1045 wiedergeboren worden«, antwortete Fujiwara gleichmütig. »Und Sie?« Ardeth widerstand dem Drang, Rossokow anzusehen.

»Vor sechs Monaten. Warum wollten Sie mich . . . uns finden?«

Falls ihm ihre direkte Art unangenehm war, ließ er sich davon nichts anmerken. »Wie ich schon Dimitri sagte, ich bin sehr alt und habe nie jemanden von meiner Art kennengelernt. Ich konnte mir diese Gelegenheit nicht entgehen lassen.« Einen Augenblick lang spielte ein Lächeln um seine Mundwinkel. »Erlauben Sie mir die Frage, weshalb Sie gekommen sind?«

»Wie ich schon sagte – wenn ich nicht gekommen wäre, hätte ich mir stets die Frage gestellt –«

»Welche Frage?«

»Ob es außer uns noch andere Vampire gibt. Wie sie sind,

wie sie leben.« Während sie die Worte aussprach, drang das, was er gesagt hatte, schließlich in ihr Bewußtsein ein, das von Rossokows stummer Anwesenheit etwas abgelenkt war. »Ich bin nie einem von meiner Art begegnet . . .« Es hat nichts zu bedeuten, sagte sie sich. Bloß weil er jene Antwort nicht besitzt, heißt das nicht, daß er nicht andere hat.

»Es tut mir leid, daß ich Ihnen nur meine eigene Geschichte erzählen kann.«

»Sie haben nie andere Vampire geschaffen?«

»Nein. Ich habe viele Jahre gebraucht, bis ich begriffen hatte, was ich war, weil die Menschen in meinem Land keinen Vampirmythos haben, den sie mir erzählen konnten. Und außerdem schien es mir immer zu gefährlich. Die Gefahr andere zu erschaffen, die Fehler machen und damit sich und mich in Gefahr bringen könnten, war mir zu groß. Wie Dimitri sagte«, meinte er mit einem Lächeln in Rossokows Richtung, »die meisten Menschen, die Vampire sein wollen, sind nicht die Art von Menschen, mit denen man die Ewigkeit verbringen möchte.«

»Und Sie haben nie die Versuchung verspürt?« beharrte Ardeth.

»Oh ja. Aber wenn ich jemanden fand, mit dem ich mein Leben hätte teilen können, ist sie gestorben, ehe ich sie verwandeln konnte.«

»Das tut mir leid.« Die Reaktion stellte sich selbsttätig ein. Die üblichen Worte des Mitgefühls, die die Konvention einem diktierte, ob sie nun einen Sinn abgaben oder nicht. Ardeth verspürte einen Augenblick lang Verlegenheit, in die sich echte Betrübtheit mischte.

»Danke«, sagte Fujiwara ernsthaft, als wären ihre Worte kein Klischee gewesen. »Es liegt über dreihundert Jahre zurück . . . aber ich denke immer noch an sie.«

Er war fast tausend Jahre lang alleine gewesen. Ist es

das, was mir auch bevorsteht? fragte sich Ardeth. Sie konnte sich ein so langes Leben nicht ausmalen. Waren es die Jahre, die jene subtile Aura der Betrübtheit erzeugten, die sie unter seiner gefaßten Haltung spüren konnte? Oder war es etwas anderes, etwas Dunkleres? Etwas wie Verlust? Etwas wie Einsamkeit?

»Sie haben gesagt, Sie hätten eine Warnung für mich«, warf Rossokow plötzlich ein. Fujiwara sah ihn an und nickte. Ardeth, die Rossokows Worte aus ihrer beunruhigten Träumerei gerissen hatte, musterte das Gesicht des alten Vampirs.

»Havendale waren nicht die einzigen Leute, die sich für ihre Entdeckung interessierten. Mein Stellvertreter hat ebenfalls von Ihrer Existenz erfahren, durch einen jener geschmacklosen Filme, an denen man Sie gezwungen hatte, mitzuwirken. Er hat ohne mein Wissen Dr. Takara bedroht und sie in das Laboratorium eingeschleust. Er hat seit dem Brand in Havendale nach Ihnen gesucht.«

»Ohne Ihr Wissen?« fragte Ardeth. Er zuckte die Achseln.

»Eine Weile. Ich fand dann schließlich heraus, was er machte, und folgte seinen Ermittlungen aus eigenem Interesse.«

»Warum interessiert er sich für uns?«

Rossokows Frage erzeugte wieder ein Lächeln im Gesicht Fujiwaras.

»Ich glaube, es ist am besten, wenn wir ihn selbst fragen«, sagte Fujiwara leise, und dann hörte Ardeth hinter sich das schwere Dröhnen der sich schließenden Eingangstür.

35

TAKASHI YAMAGATA HATTE nicht erwartet, daß es so sein würde.

Er war dazu erzogen worden, alle Eventualitäten eines jeden Plans sorgfältig abzuwägen und in Betracht zu ziehen. Darin war er gut, und auch darin, flexibel zu bleiben und jede Chance auszunutzen. Dennoch war er trotz seiner unvoreingenommenen Analyse aller logischen Szenarien unausweichlich in das eine oder andere hineingezogen worden. Eine Zeitlang hatte er geglaubt, seine Umwandlung würde vermittels eines Röhrchens mit Blut oder Serum erfolgen, das auf geheimen Weg von Dr. Takara aus dem Havendale-Laboratorium geschafft wurde. Als Havendale dann vernichtet worden war, hatte er sich auf die Verhandlungen vorbereitet, die es erfordern würde, den ausländischen Vampir dazu zu überreden, ihm das Geschenk freiwillig oder, wenn nötig, auch unter Zwang zu gewähren. Und dann war da noch der älteste seiner Träume, der Traum nämlich von dem Augenblick, wo er in den Augen seines *oyabun* das Angebot echter Verwandtschaft sehen würde.

Erst in diesen letzten Tagen, seit er herausgefunden hatte, daß Fujiwara über seine Machenschaften Bescheid wußte, hatte er sich ausgemalt, daß es so enden würde. Der *oyabun* saß auf dem Sessel, der so sehr dem Thron eines westlichen Fürsten glich. Der ausländische Vampir saß ihm gegenüber. Yamagata hatte ihn nur in den Pornofilmen gesehen. Jetzt war er nur mit Mühe als das Wesen auf jenen Videobändern zu erkennen. Sein langes, graues Haar war aus der Stirn gebürstet, statt ihm wirr ins Gesicht zu hängen. Das Gesicht wirkte gefaßt und menschlich und keineswegs wie ein nur aus Haut und Knochen bestehender Dämonenschädel. Aber an seiner Identität konnte dennoch kein Zweifel bestehen, denn sein Gesicht zeigte einen ähnlichen Ausdruck, wie er ihn von Fujiwara kannte, und seine Haltung strahlte eine ähnliche Würde aus wie die seines *oyabun*.

Am Rande seines Blickfeldes befand sich noch eine weitere Präsenz. Einen Augenblick lang dachte er, das kurzgeschnittene, schwarze Haar gehöre Akiko. Aber dann wurde ihm bewußt, daß die Gesichtszüge darunter unverkennbar kaukasischen Schnitt hatten. Vielleicht die Dienerin des anderen Vampirs, dachte er und entließ die Frau wieder aus seinen Überlegungen.

Er trat zwischen die beiden Stühle und verbeugte sich automatisch vor dem *oyabun*. Fujiwara schien nicht überrascht, ihn zu sehen. Er weiß, daß ich Spione hatte, dachte sich Yamagata. Oder er hat es Kojima erlaubt, mir zu sagen, wohin er gegangen war.

»Mein Stellvertreter, Takashi Yamagata«, sagte Fujiwara nach einem kurzen Augenblick. Es stand außer Frage, was die Vorstellung erforderte. Yamagata verbeugte sich höflich vor dem *gaijin*-Vampir. »Dies ist Dimitri Rossokow, der Mann, den du gesucht hast.«

»Mr. Yamagata.« Die Stimme war leise und wies einen schwachen Akzent auf.

»Mr. Rossokow«, erwiderte Yamagata, wobei er aufrecht stehenblieb und dem Blick aus den blaßgrauen Augen begegnete, die ihn studierten. Hinter sich hörte er das Ächzen von Leder und schloß daraus, daß die Dienerin des Vampirs aufgestanden war. Er sah, wie ihre dunkle Gestalt zur Wand ging und sich dort anlehnte, an einer Stelle, wo der Widerschein des Kaminfeuers gerade noch hinreichte.

Er nutzte die Gelegenheit, einen Schritt zurückzutreten und auf der Couch Platz zu nehmen. Die Erleichterung darüber, den Rücken jetzt nicht mehr ungeschützt zu haben, ließ ihn einen Augenblick lang vergessen, daß die einzigen echten Gefahren in dem Raum vor ihm saßen.

»Bist du alleine gekommen?« fragte der *oyabun* auf Japanisch.

»Ich habe vier Männer mitgebracht. Sie warten draußen.« Er sprach automatisch die Wahrheit, bedauerte es und entschied dann erleichtert und mit einem Maß an Selbstverachtung, daß keine Gefahr darin lag, die Information preiszugeben. Fujiwara hätte nichts anderes von ihm erwartet. »Du hättest nicht alleine kommen sollen.«

»Glaubst du, daß dieser Mann gefährlich für mich sein könnte? Von meinem Blutsbruder?« Er hatte wieder Englisch gesprochen, und Yamagata zwang sich, sich zu konzentrieren. Er beherrschte das Englische gut, war in der Sprache erzogen worden, aber dennoch war es eine Fremdsprache für ihn. Und er kannte sie nicht so lange, wie das bei Fujiwara der Fall war.

»Das hattest du im vorhinein nicht wissen können. Deshalb hättest du es mir überlassen sollen, zuerst Kontakt mit ihm aufzunehmen, so wie ich das geplant hatte.«

»Hattest du das geplant?«

»Natürlich. Ich wollte dich nicht mit hineinziehen, solange ich nicht sicher war, daß dieser Mann von . . . daß dieser Mann von deinem Blut war. Ich habe versucht, seinen Aufenthaltsort ausfindig zu machen.« Er verbeugte sich leicht. »Wie du weißt.« Er weiß, daß du lügst, dachte Yamagata voll Verzweiflung. Hast du wirklich geglaubt, du könntest ihn täuschen? Aber wenn er es nicht zugab, wenn er einfach an seiner Darstellung festhielt, konnte der *oyabun* dann etwas gegen ihn unternehmen? Natürlich kann er das, verspottete er sich selbst. Du hast ihm einen Eid absoluter Loyalität geschworen. Er kann tun, was er will.

Yamagata hatte nur eine Wahl. Er konnte das Märchen

von seiner Zielsetzung aufrechterhalten, ganz gleich, was er gefragt wurde, und darauf vertrauen, daß der *oyabun* sich am Ende dafür entscheiden würde, seine Handlungen zu übersehen. Oder er konnte die Wahrheit sagen und das Risiko eingehen, daß es ihm immer noch gelingen würde, seine Absichten zu verwirklichen. Aber beide Alternativen könnten auch zu seinem Tod führen.

»Takashi.« Der Name, ausgesprochen in jener leisen vertrauten Stimme, zwang seinen widerstrebenden Blick zu den Augen seines *oyabun* zurück. »War dein Leben in der Makato-gumi befriedigend?«

»Ja.«

»Hat es dir nicht eine gute Ausbildung, Macht und Reichtum gebracht?«

»Ja, das hat es.«

»Habe ich dir nicht mehr vertraut als allen Sterblichen mit einer einzigen Ausnahme? Habe ich dir nicht klargemacht, daß du die Organisation befehligen sollst, wenn ich mich dafür entscheide, sie zu verlassen?«

»Ja.«

»Warum belügst du mich dann?«

»Weil *du* mich belügst!« Die Worte waren über seine Lippen gekommen, ehe er ihnen Einhalt gebieten konnte, und einen Augenblick lang erschreckte ihn die nackte Emotion, die aus ihnen klang. Tief in seinem Innersten wand sich etwas in Qualen und sehnte sich nach der Sicherheit stummer Kapitulation. Und doch war da ein anderes Teil seines Wesens, das Freude daran zu empfinden schien, daß er den automatischen Unterwerfungsreflex abgeschüttelt hatte. Es hat angefangen, dachte er erregt. Die ganze Verstellung ist zu Ende, alle Masken sind weg. Jetzt kommt es nur noch darauf an, wie es endet.

»Ich belüge Dich?«

»Denkst du, daß ich dich nicht kenne? Nach all den Jahren, in denen du mein einziger Lehrer, mein einziger Vater warst. Ich kenne dich besser, als dir bewußt ist. Ich weiß, du hast vor, etwas zu unternehmen, etwas Einschneidendes. Alles andere hast du mir anvertraut: Die Gang, das Geld, dein Geheimnis. Aber in diesem einen Punkt wolltest du mir nicht vertrauen.«

»Was für ein Geheimnis glaubst du denn, daß ich dir vorenthalten habe?«

»Du willst weggehen.«

»Aber das wußtest du doch. Weshalb hätte ich dich sonst zu meinem Nachfolger ausbilden sollen?«

»Oh, du hast nie ein Geheimnis daraus gemacht, daß du vorhattest, dich ›zurückzuziehen‹. Aber du hast mir nicht gesagt, daß du nicht zurückkommen willst. Wenigstens nicht zu meinen Lebzeiten.« Er hoffte, damit einen Treffer gelandet zu haben. Die ruhigen Gesichtszüge des anderen ließen nichts erkennen. Aber das Schweigen währte so lange, daß es unerträglich wurde.

»Habe ich dir gesagt, daß ich das würde?« Die Worte bohrten sich wie Messer in ihn.

»Du hast gesagt, ich sei dein Erbe. Daß alles mir gehören würde, wenn ich es mir verdiente.«

»Das wird es.«

»Wird es das? Dann hattest du also vor, es vor deinem Weggang zu tun?« Er bemühte sich, ebenso ruhig und gleichmäßig zu sprechen wie Fujiwara und sah sich dafür durch ein schwaches Zucken in den schwarzen Augenbrauen des anderen belohnt. Konnte es sein, daß er nie etwas geahnt hatte? Oder war dieses Gespräch nur ein sinnloses Ritual, ehe der *oyabun* über sein Schicksal entschied?

»Was tun, Takashi?«

»Mich wie dich machen.« Yamagata hatte das Gefühl, als wäre mit den Worten eine weitere Barriere in ihm gefallen. In all den Monaten der sorgfältigen Planung, der geheimen Ränke, die er geschmiedet hatte, hatte er sie nie laut ausgesprochen. Er sah einen Funken in den Augen des ausländischen Vampirs aufflackern, sah, wie er sich vorbeugte und hörte, wie die Frau an der Wand den Atem anhielt.

»Takashi ...« Die Stimme des *oyabun* war leise und gebieterisch. »Ich habe dir mein Imperium versprochen. Meinen Fluch habe ich dir nicht versprochen.«

»Ein Fluch.« Yamagata lachte trocken. »Wenn es ein Fluch ist, ist es sicherlich meine Pflicht, ihn mit dir zu teilen. Aber du kannst mir nicht weismachen, daß all die Jahrhunderte für dich schmerzlich waren. Du bist kein Feigling. Wenn dein Leben verflucht wäre, hättest du ihm schon vor Jahren ein Ende gemacht.«

»Sie sollten über Dinge, von denen Sie nichts wissen, kein Urteil fällen«, sagte Dimitri Rossokow leise, und Yamagatas Blick wanderte zu ihm hinüber.

»Ich weiß wahrscheinlich mehr darüber, als Sie ahnen. Aber sagen Sie mir, haben Sie je das getan, was mein *oyabun* getan hat? Einen kleinen Jungen genommen und ihn aufgezogen, ihm einen Ehrenplatz gegeben und in ihm den Eindruck erweckt, daß Sie ihm vertrauen würden? Ihm den Eindruck vermittelt, er sei wie ein Sohn, um damit sicherzustellen, daß er Ihnen gehorcht, und ihm dann das einzige Erbe weggenommen, das er sich wünschte?«

»Nein«, antwortete der Vampir nach einer Weile, die endlos lang erschien, und Yamagatas Herz fing zu hämmern an, erfüllt von der plötzlichen Hoffnung, daß dieser Fremde, der seinem *oyabun* so viel bedeutete, vielleicht auf seine Seite gezogen werden konnte. »Ich habe nie einen Sterblichen so nahe an mich herankommen lassen, daß er das hätte glauben können.«

Hoffnung schlug in Verwirrung um. Die Worte schienen

zu leugnen, daß er überredet werden konnte, aber der betrübte Tonfall deutete das Gegenteil an.

»Es tut mir leid, wenn ich bei dir je den Eindruck erweckt habe, daß ich dir etwas anderes als mein sterbliches Imperium hinterlassen würde«, sagte Fujiwara. »Das war nicht meine Absicht.«

»Nein?« fragte Yamagata und sah, wie der Vampir nach einem kurzen Augenblick den Kopf beugte.

»Vielleicht ... tat ich so, als wüßte ich nicht, was du dir erhofftest ... sobald ich zugelassen hatte, daß du erfährst, was ich bin. Ich habe dich das glauben lassen.«

»Weil es mich gehorsam machte. Und vertrauenswürdig.«

»Ich bin kein Narr«, erwiderte Fujiwara mit einem Anflug von Schärfe. »Ich brauchte Gehorsam und Loyalität. Aber wenn ich nicht geglaubt hätte, daß du diese Tugenden bereits hattest, hätte ich dich nie eingeweiht. Takashi, ich hinterlasse dir eine Organisation, die Millionen wert ist. Ich hinterlasse dir meinen Respekt und meine Hochachtung. Damit solltest du zufrieden sein.«

»Was macht es dir aus, wenn ich wie du werde? Denkst du, ich würde etwas Unkluges tun und unsere Existenz verraten? Meinst du, daß ich deines Vertrauens so unwürdig bin?«

»Nein, in all meinen Jahren hat es nur zwei Menschen gegeben, bei denen ich daran gedacht habe, sie zu verwandeln. Der eine war eine Frau, die ich zutiefst geliebt habe. Du bist der andere, der einzige, den es außer ihr in den tausend Jahren gegeben hat. Es gab einmal eine Zeit, da habe ich mich ebenso nach einem Sohn gesehnt, wie du dich jetzt danach sehnst, mein Sohn zu werden. Vielleicht hat dieser Wunsch mich dazu veranlaßt, meine Möglichkeiten falsch einzuschätzen. Aber ich habe lange darüber nachgedacht. Ganz gleich, wieviel mir mein Leben bedeutet hat, ich bin ein unnatürliches Geschöpf. Ich bin Disharmonie und Gefahr. Du weißt, wie ich lebe. Meine Existenz baut auf Lügen und Tricks auf. Ich schütze mich, indem ich die Gesellschaft ausbeute und die Loyalität und die Ehre von Männern wie dir ausnütze. Ich werde diesen Fluch nicht fortsetzen. Ich werde ihn ganz sicher nicht fortsetzen, indem ich den Fluch an *dich,* meinen Sohn, weitergebe, so daß du dann auch verflucht wärst.«

Yamagata blickte in das unnachgiebig strenge Gesicht und die schmalen, unergründlichen Augen. Sein Ausbruch, die schmerzhafte Wahrung seiner wahren Gefühle hatte ihm nichts eingebracht. All die Dinge, die er an Fujiwara bewunderte, hatten sich dazu verschworen, ihn abzuweisen. Wenn der alte Mann einen Entschluß gefaßt hatte, würde er sich nicht davon abbringen lassen. Seine Ehre, die ihm so oft so wenig zu bedeuten schien, würde doch nicht zulassen, daß er sein eigenes Gelübde brach. Selbst die Liebe, die der alte Vampir für ihn empfand, eine Liebe, die eines seiner stärksten Argumente hätte sein sollen, hielt ihn jetzt von seinem Ziel ab. Trotzdem versuchte er es erneut. Diesmal mit einer einfachen Bitte, ohne Zorn und ohne Anklage. »Vater . . . ich bitte dich . . .«

»Nein. Ich werde es nicht tun. Bitte mich nicht noch einmal.« Fujiwara saß aufrecht, die Schultern gerade, in seinem Sessel. Yamagata wußte, daß es jetzt nur noch eine Frage gab, die er stellen konnte. Für Ausflüchte, Vorwände war kein Platz mehr. Wenn er hier in diesem Raum die Antwort, die er brauchte, nicht bekommen konnte, würde er sie nie bekommen. Wenn er hier scheiterte, würde er seinen Traum aufgeben müssen. Wenn sie glaubten, daß er den Traum weiterverfolgte, würde keiner der Vampire jemals wieder zulassen, daß er in ihre Nähe kam.

»Verbietest du es?«

Einen Augenblick lang herrschte Schweigen. Yamagata sah, wie Rossokow zu Fujiwara hinüberblickte, aber der Blick des *oyabun* blieb starr. Zuletzt schüttelte Fujiwara den Kopf. Yamagata sah Rossokow an.

»Ich habe lange Zeit nach Ihnen gesucht. Sie wissen, was ich will. Werden Sie es tun?«

In der Stille hörte Yamagata seinen eigenen Herzschlag wie ein lautes Dröhnen. Er hat sich nicht sofort geweigert, sagte er sich. Man kann ihn überreden, wenn man es richtig anstellt.

»Weshalb sollte ich?« fragte der ausländische Vampir schließlich. Seine Stimme verriet dabei weder Sympathie noch Zorn.

»Weshalb sollten Sie nicht? Ich stelle für Sie keine Bedrohung dar. Selbst mein *oyabun* gibt zu, daß ich dessen würdig bin. Sie brauchen mich bloß zu verändern, dann werde ich dieses Land auf alle Zeit verlassen. Ich werde Sie nie wieder um etwas bitten, nie wieder.«

»Nie wieder ist eine sehr lange Zeit, und ich wiederhole, weshalb sollte ich?«

»Ich bin ein reicher Mann. Nennen Sie mir Ihren Preis, und ich werde ihn bezahlen.«

»Ich habe nur eine einzige Person verändert. Ich glaube, das ist für mich mehr als genug. Es tut mir leid, Mr. Yamagata.«

»Sie haben nicht darüber nachgedacht. Bitte, lassen Sie uns irgendwo hingehen und unter vier Augen darüber sprechen ...« begann Yamagata verzweifelt. Wenn es ihm gelang, Rossokow von Fujiwara wegzubekommen, würde er ihn ganz bestimmt überzeugen können. Welchen Unterschied machte es denn schon für den *gaijin*-Vampir?

»Es tut mir leid ...«

Plötzlich ertönte eine Frauenstimme, wenn auch das, was

sie sagte, in seiner Bitte und der Ablehnung des Vampirs unterging. Yamagata sah sich verwirrt um. Die dunkelhaarige Frau hatte sich von der Wand gelöst und war in das Licht des Kaminfeuers getreten. »Ich sagte, ich werde es tun.«

»Ardeth!« Der Schock, der aus Rossokows Stimme klang, verwirrte Yamagata.

»Was meinen Sie?« fragte er und sah sie zum ersten Mal richtig an. Nicht hübsch, nicht weich, dachte er, sich unwillkürlich ein Urteil über sie bildend. Aber irgendetwas anderes. Etwas mehr.

»Ich meine, wenn Sie ein Vampir werden wollen, werde ich Sie zu einem machen.«

»Sie?« fragte er verwirrt. Sie lachte, es klang bitter, wie ein Bellen. Yamagata sah, wie ihre Augen im Licht des Kaminfeuers sich in Asche und Glut verwandelten. Er hielt den Atem an.

»Wer glauben Sie wohl, daß seine andere Schöpfung ist?« fragte sie spöttisch. »Also, wollen Sie, daß ich es tue oder nicht?«

»Ardeth, du kannst nicht . . .«

Yamagata sah zu, wie sie herumfuhr, während Rossokow aufstand. »Warum nicht? Meinst du, du kannst für uns beide entscheiden? Verbietest du es mir?« Er hörte den Spott in ihrer Stimme, aber darunter hörte er auch einen Schmerz, der ihm seltsam vertraut erschien. Er hatte nur einen Augenblick Zeit, um darüber nachzudenken, wo dieser Schmerz herrührte. Dann stand sie vor ihm, die Hände in die Hüften gestützt. Von einer schrecklichen Faszination erfüllt, blickte er an ihr empor. Sie war ganz in Schwarz gekleidet. Das schmale Oval ihres Gesichts und ihr Hals zeichneten sich davor in fahlem Weiß ab. Bilder zogen durch sein Bewußtsein. Ein Durcheinander aus Schichten seiner Kindheit, die sich mit Dämonen befaßten, und pornographische Impressionen aus seiner Erwachsenenzeit.

Sie streckte ihm die Hand hin.

An der Tür sah sie ihn an. »Haben Sie ein Messer?«

36

DAS OBERGESCHOSS DES Jagdhauses enthielt einige Schlafzimmer. Ardeth öffnete willkürlich eine Tür und blickte in die Dunkelheit. Der Raum würde sich ebenso wie jeder andere eignen, fand sie. Aus dem Augenwinkel sah sie, wie Yamagata nach dem Lichtschalter griff. Sie hielt ihn am Handgelenk fest. Seine Haut hatte sich abgekühlt, als er draußen bei einem seiner Leute ein Messer besorgt hatte.

Er leistete unbewußt Widerstand, und sie sah, wie seine Stirn sich runzelte, als ihm bewußt wurde, welche Kraft in ihrer Hand lag. Dann lockerten sich seine Muskeln, und sie ließ ihn los.

Sie schloß die Tür, ging ans Fenster und zog die dunklen Vorhänge beiseite. Der Mond stand über den Bäumen, und sie lehnte sich einen Augenblick lang in das fahle silberne Licht. In Märchen und Legenden ist der Mond immer ein weibliches Wesen, dachte sie, ein Wesen, das mit Blut und Gezeiten und dem finsteren Drängen der Seele in Verbindung steht. Wenn das zutrifft, dann sollte die Mondgöttin verstehen, was ich jetzt tue. Sie sollte es segnen.

Sie wandte sich vom Fenster ab. Yamagata stand an der Tür, wo ihn das Mondlicht nicht erreichen konnte, aber sie konnte ihn ganz deutlich sehen. Er sah gut aus, wenn auch auf eine fremdartige, starre Art. Die deutlich hervorstehenden Wangenknochen und sein kantiges Kinn verliehen seinem Gesicht Charakter. Sein Haar war ganz kurz geschnitten, fast abrasiert. In der Dunkelheit konnte sie die dünnen Fältchen um seine Augen und seine Mundwinkel nicht sehen. Er war älter als sie, vermutete sie, aber höchstens zehn Jahre. Er hatte ein Gesicht, das zu einem Gangster paßte, dachte sie, aber ebensogut hätte man es sich als das Gesicht eines Zen-Priesters vorstellen können.

Ein Gefühl der Macht wallte in ihr auf, und das Wissen, daß sie die Situation völlig beherrschte, ließ in ihr ein belebendes und zugleich schuldbewußtes Prickeln aufkommen. Es war lange her, zu lange, daß sie so etwas empfunden hatte.

Dies würde ihre Rache sein, die vollkommenste Vergeltung, die sie sich vorstellen konnte. Sie hatte Mark aufgegeben, während Rossokow all das, was sie sich gegenseitig gelobt hatten, um einer anonymen, nichtssagenden Nahrungsaufnahme willen verraten hatte. Ihre Nahrungsaufnahme in Toronto war ebenso fad und banal gewesen, etwas, das von trunkenen Träumen und physischem Bedürfnis gesteuert worden war. Aber Yamagata ... Yamagata war alles andere als anonym. Yamagata hatte ein Gesicht und einen Namen, dachte sie mit einem leichten Lächeln. Ein Gesicht und ein Name, der Rossokow eine Ewigkeit lang daran erinnern würde, daß er sie nicht verlassen und ihr keine Befehle erteilen durfte.

Eine Ewigkeit lang ... einen Augenblick lang wurde ihr bei dem Gedanken kalt. Sie wußte überhaupt nichts über Yamagata, nichts, was über das hinausging, was sie gerade in dem Raum im Erdgeschoß miterlebt hatte. Er war ein gefährlicher Mann, und er würde ein gefährlicher Vampir sein. Vielleicht sogar ihr gefährlich.

Aber für solche Gedanken war es jetzt zu spät, das wußte sie. Außerdem hatte Fujiwara gedacht, daß er würdig sei, verwandelt zu werden. Yamagata hatte gesagt, daß er nach der Verwandlung nach Japan zurückkehren würde. Er stellte also für sie in keiner Weise eine Bedrohung dar.

Sie sah ihn an. Er würde sein Blut nicht ohne es zu wissen aufgeben. Es würde nicht notwendig sein, in ihm Vergessen für das erzeugen, was sie von ihm nahm. Er wollte das, was sie geben konnte. Und er hatte bereits unter Beweis gestellt, daß er alles darum geben würde, es zu bekommen. Alles.

»Legen Sie Ihre Kleider ab«, sagte sie mit weicher Stimme. Sie konnte in seinem kantigen Gesicht eine Andeutung seiner Empfindungen lesen: Zorn im Zucken seiner Oberlippe, Überraschung in den Augenbrauen, die sich ein wenig hochschoben, Begehren in den sich verengenden Augen.

»Ist es üblich, es so zu machen?«

»Ich mache es so. Sonst können Sie es ja auch bleiben lassen.«

Nach kurzem Zögern zuckte er die Achseln und begann, ihrer Aufforderung nachzukommen. Seine Bewegungen waren einstudiert und langsam. Er legte sein Jackett sorgfältig über eine Stuhllehne und legte dann Hose und Hemd mit der gleichen Sorgfalt auf die Sitzfläche des Stuhls. Sein Körper war muskulös und durchtrainiert, und als er ins Mondlicht trat, hielt Ardeth überrascht den Atem an. Seine Oberarme und Schultern waren ebenso wie seine Hüften und Gesäßbacken mit Tätowierungen bedeckt. Ein Glühen schien von ihnen auszugehen. Sie wirkten wie ein Brokatteppich aus Farben und Mustern, die sich veränderten, wenn er sich bewegte. Plötzlich zuckte es in ihren Fingern, die Tätowierungen zu berühren, die Linien auf seiner Haut nachzufahren.

Yamagata stand da und sah sie an und wirkte noch ebenso selbstbewußt, wie er das im angezogenen Zustand gewesen war. Ardeth trat näher und legte die Hand auf seine Brust, zwischen der untersten Linie seiner Tätowierung und seiner Brustwarze. Sie konnte seinen Herzschlag spüren, er verriet ihr all die Gefühle, die sein Gesicht und seine Körperhaltung verbargen.

Sie lächelte und ließ ihre Finger nach oben wandern, eine schmale, elfenbeinfarbene Linie über den dunklen Mustern der Tätowierung. Seine Haut fühlte sich unverändert an, stellte sie überrascht fest. »Und jetzt?« fragte er. Seine Stimme klang ausdruckslos, aber sein Fleisch brannte unter ihrer Hand.

»Sie bedauern, daß ich es bin, nicht wahr? Sie wünschten, es wäre Fujiwara.«

Sein Gesicht drehte sich zur Seite und suchte die düsteren Schatten ab.

»Sie sind nicht Fujiwara«, sagte er schließlich, was überhaupt keine richtige Antwort war. Ardeth verspürte eine Aufwallung von Mitgefühl, ja geradezu Mitleid für ihn. Er hatte sich gewünscht, daß Fujiwara derjenige sein würde, der sozusagen die Einweihungsriten an ihm vollzog, so wie etwa ein Vater seinen Sohn durch die Mannbarkeitsriten seines Stammes geleitete. Statt dessen war er jetzt alleine mit einer Frau, die all seine Erwartungen in nutzlose Spekulationen verwandelt hatte und die ihm jetzt keinerlei Anleitung zuteil werden ließ, der er folgen konnte. Eine Frau, die ihn zu ihrer eigenen Rache benutzte. Wir beide haben dunkle Begierden, dachte sie. Aber die meinen sind dunkler, als du ahnst.

»Nein. Aber das hat auch seine Vorteile.« Sie beugte sich über ihn, und ihre Hand legte sich um seinen Nacken. Er ließ sein Gesicht abgewandt, und sie beugte den Kopf vor und legte die Lippen an den Puls an seinem Hals. Sie spürte, wie seine Muskeln sich spannten, und lachte. »Keine Sorge. Es wird noch nicht geschehen.«

»Was dann?«

»Das weißt du«, flüsterte sie, während sie spürte, daß andere Muskeln an ihm sich spannten und an ihrem Schenkel pulsierten. »Wie *das* geht, weißt du.« Yamagata stand noch einen Augenblick lang reglos da, und dann kam Bewegung in ihn. Ein Arm schlang sich um ihren Körper und zog sie hart an sich, der andere packte ihr Haar und hielt ihren Mund fest für einen Kuß, der beinahe weh tat. Die bewußte Gewalttätigkeit raubte ihr einen Augenblick lang den Atem.

Sonst wurde nichts zwischen ihnen gesprochen, als ihre Kleider auf den Boden flogen und sie dann das Bett fanden. Als hätte er schließlich gespürt, in welchen Schritten diese unerwartete Einführung ablaufen mußte, machte Yamagata ihr den Hof, vollzog das Ritual der Verehrung mit den Händen und dem Mund. Er machte das so gut, daß die Wellen der Lust alle Gedanken an Mark und Rossokow und an Rache wegspülten.

Schließlich löste Ardeth den Mund von dem seinen und flüsterte. »Hol das Messer.« Er zog das Klappmesser aus der Tasche seiner zusammengefaltet auf dem Stuhl liegenden Hose und kehrte an das Bett zurück, wo er vor ihr niederkniete, während sie auf der Bettkante saß. Er klappte die Klinge mit der Präzision eines Rituals auf und reichte ihr das Messer.

Ardeth blickte auf die silbern blitzende Klinge in ihrer Hand. Sie wußte, daß sie sich damit keinen nachhaltigen Schaden zufügen würde, ja, daß es nicht einmal lang weh tun würde. Trotzdem war da etwas in ihr, das davor zurückschreckte, sie anflehte, jetzt noch den Rückzug anzutreten, solange es noch ging.

Sie atmete tief durch und setzte die Klinge oberhalb ihrer Brust an der Haut an. Ein kurzer Stich, dann war es geschehen. Zuerst spürte sie nichts und dann den Anfang eines scharfen, brennenden Stechens. Sie blickte an sich herunter und sah das Rinnsal von Blut, das ihre Haut wie eine primitive Tätowierung zeichnete. Dann blickte sie zu Yamagata auf, der in angsterfüllter Faszination auf die Wunde starrte.

Als sie die Arme ausbreitete, beugte er sich auf den Knien in ihre Umarmung hinein und legte die Lippen über den blutenden Schnitt. Sie fuhr mit den Fingern in die kurze, steife Bürste seines Haares, spürte die Rundungen seines Schädels unter ihren Handflächen und schloß die Augen.

Ardeth fühlte sein Saugen, als er das Blut in seinen Mund hineinsog. Sie hatte nichts dergleichen mehr erlebt seit der Nächte in dem Kellerverlies, als Rossokow aus ihrem Handgelenk, ihrer Armbeuge und beim letzten Mal aus ihrer Kehle getrunken hatte. Diesmal erzeugte die Erinnerung in ihr keinen Schmerz. Ein paar lange, lustvolle Augenblicke lang verspürte sie nichts als schiere Befriedigung, ein allumfassendes Entzücken, das die Narben der Vergangenheit glättete und sie ihr Unglück vergessen ließ.

Yamagata entrang sich ein leiser, kehliger Laut, und seine Hände, die ihren Rücken umfaßt hatten, glitten tiefer, spannten sich um ihre Taille. Ardeth spürte, wie in ihr neues Sehnen aufwallte. Ihr schien es eine Ewigkeit zurückzuliegen, daß sie das letzte Mal Nahrung aufgenommen hatte. Ihre Finger krampften sich in Yamagatas Haar und zogen seinen Mund von ihr weg. Er schlug die Augen auf und starrte sie benommen an, bis sie ihm das Blut von den Lippen küßte.

Das Bett ächzte unter ihnen, als sie ihn auf das kühle Laken hochzog und ihn dann zur Seite drückte, bis er unter ihr lag. Sie zahlte ihm die Lust, die er ihr bereitet hatte, zurück und gab sich ganz ihrem eigenen Sehnen hin, fuhr die Linien seiner Tätowierungen auf seiner Haut nach, versuchte herauszufinden, ob das Rot anders schmeckte als das Grün und das Blau anders als das Schwarz.

Als sie sich auf ihn herabsinken ließ, wurde ihr bewußt, daß ihr auch das gefehlt hatte, dieses Eindringen, das einen Hunger ganz anderer Art stillte. Eine Weile war die Befriedigung jenes Sehnens so süß, daß sie alles andere vergaß.

Der Schlag seines Herzens unter ihrer Hand brachte sie in die Wirklichkeit zurück. Sie konnte spüren, wie sein Blut heiß unter seiner Haut pulste. Sein Duft zog sie herunter, führte ihren Mund an die Vene, die unter der Rundung seines Kinns auf sie wartete.

Dann war sein Blut auf ihrer Zunge und strömte berauschend in ihre Kehle.

Yamagata stöhnte. Seine Hände krampften sich in ihre Schultern, versuchten sie wegzuschieben, während seine Hüften sich gleichzeitig anhoben, damit ihre Verbindung sich nicht löste. Ardeth kauerte über ihm, die Augen geschlossen, den Mund an die süße Quelle seiner Kehle gepreßt. Diesmal brauchte sie nicht aufzuhören, wurde ihr voll wilder Verzückung bewußt, diesmal konnte sie weitermachen, bis sie alles genommen hatte.

Etwas schlug gegen ihre Kehle, machte sie einen Augenblick lang benommen. Funken tanzten vor ihren Augen, und als sie verflogen waren, merkte sie, daß sie ausgestreckt auf dem Rücken lag. Yamagata preßte sich an das Kopfteil, die Hand immer noch wie ein Spaten zu einem Karateschlag geformt.

Er hat mich geschlagen, dachte sie ungläubig und griff sich an den Hals. Das scharfe Blitzen des Messers zuckte durch ihr Bewußtsein, als sie die Finger hob und sie anstarrte und einen wahnsinnserfüllten Augenblick lang erwartete, dort Blut zu sehen. Doch sie waren unverletzt. Er hatte nicht das Messer benutzt, bloß seine Hand.

Sie blickte auf Yamagatas gerötetes, mit Schweiß überströmtes Gesicht. Da war jetzt keine Maske mehr, keine Harmonie der vorstehenden Backenknochen und des ausdruckslosen Mundes. Da war nur nackte Angst, Verzweiflung und Reue.

Was mag wohl mein Gesicht jetzt zeigen, fragte sich Ardeth. Wenn ich mich selbst sehen könnte, würde ich wissen, was ich fühle? Weil ich nicht die leiseste Ahnung habe.

Yamagatas Hand verlor seine Starre und griff nach ihr. »Verzeih mir. Ich bin erschrocken. Ich habe vergessen ... verzeih mir und mach weiter. Ich werde es nicht mehr vergessen.«

Als ob wir weitermachen könnten, dachte sie mit einer Anwandlung absurden Humors und stellte zugleich fest, daß seine Erektion dahin war. Sie schob sich das Haar aus den Augen und holte Atem und begriff dann, daß ihr Hunger, der ihre wie der seine, dahin waren. »Wenn Sie es wirklich gewollt hätten, wären sie nicht in Panik geraten«, sagte sie langsam. »Es ist vorbei.«

Er hielt sie am Arm fest, als sie die Beine über die Bettkante schwang und die Füße auf den Boden setzte. »Nein, ich will es. Ich will es. Sie müssen es tun.« Sie setzte zu einem Kopfschütteln an, aber er zog sie aufs Bett zurück und küßte sie verzweifelt, und seine Hände glitten gierig über ihren Körper.

Etwas flackerte in ihr auf, ein Gespenst des Begehrens, verblaßte aber dann wieder. Sie löste sich aus seiner Umarmung und stand auf. »Nein.« Sie bückte sich, um ihre Bluse vom Boden aufzunehmen.

»Bitte. Ich flehe Sie an.« Seine Stimme klang angsterfüllt, und als sie aufblickte, sah sie ihn neben dem Bett auf dem Boden knien. Er beugte den Kopf. »Ich flehe Sie an.«

Darin lag so viel Verzweiflung, daß er ihr leidtat, daß sie beinahe zu ihm gegangen und ihn getröstet hätte, als hätten sie gerade nicht nur körperliche Intimität geteilt. Doch dann hielt sie inne.

»Nein.« Sie zwang Eis in ihre Stimme, weil sie plötzlich wußte, daß es das war, was er brauchte. Nicht Trost und nicht Mitleid, sondern einen Willen, der stärker war als der seine, um ihm eine Wahrheit aufzuzwingen, der er nicht in die Augen sehen konnte. »Wenn Sie es gewollt hätten, hätten Sie nicht dagegen angekämpft. Das weiß ich. Weil ich nicht gekämpft habe.«

Er blieb reglos knien, während sie ihre Kleider zusammensuchte und sich anzog. An der Tür wandte sie sich noch einmal um. »Ich werde ihm sagen, daß Sie es sich anders überlegt haben«, sagte sie zu seinem gesenkten Kopf gewandt und zu den schmerzlich nach vorn gesunkenen tätowierten Schultern. »Wenn Sie je wirklich *wissen,* daß es das ist, was Sie wollen, werde ich es Ihnen geben.«

Der Korridor war hell erleuchtet, und Ardeth lehnte sich einen Augenblick lang mit geschlossenen Augen an die Wand. Ihre Knie fühlten sich seltsam schwach an, und ihr war, als wäre ihr Körper von ihrem Bewußtsein losgelöst. Yamagatas Blut in ihren Adern war wie ein Adrenalinstoß, der gegen die postkoitale Lethargie ankämpfte. Sie fuhr sich mit der Hand an den Mund und wischte sich unbewußt darüber.

Dann löste sie sich von der Wand und ging langsam die Treppe hinunter. In der Stille des Wohnzimmers saß Fujiwara immer noch auf seinem Sessel, während Rossokow vor dem offenen Kamin auf und ab ging. Sie hatte eigentlich ihre ganze Aufmerksamkeit auf den japanischen Vampir konzentrieren wollen, aber als sie Rossokows gequältes Gesicht und die angespannten Linien um seinen Mund sah, konnte sie den Blick nicht von ihm wenden. Hast du dich gefragt, was da geschah? dachte sie mit einem Groll, der ihr mehr wie ein Reflex als wie echtes Empfinden vorkam. Hast du dich bloß gefragt, oder hast du deine Kräfte eingesetzt, um herauszufinden, ob ich ihn gevögelt habe?

»Er hat es sich anders überlegt«, sagte sie schließlich und zwang sich wieder, Fujiwara anzusehen. »Ich habe ihm gesagt daß er mich aufsuchen soll, wenn er es sich noch einmal anders überlegen sollte.«

Dann ertrug sie es nicht länger, in dem Raum zu sein. Ihre Füße fanden den Fluchtweg, ehe sie ihn bewußt suchte und führten sie quer durch den Raum zu der Terrassentür. Sie schob die Vorhänge beiseite, hantierte an dem Schließmechanismus herum und stand dann draußen in der kühlen Nachtluft. Die Tür öffnete sich auf eine mit Holzdielen belegte Veranda, auf der jetzt unbenützte Picknicktische und Stühle traurig herumstanden. Sie zog ihr Jackett zusammen und ging ans Geländer. Durch die Bäume glaubte sie das Schimmern des Mondlichts auf Wasser erkennen zu können.

Ardeth hörte, wie sich hinter ihr die Türen öffneten und wieder schlossen, weigerte sich aber standhaft wegzulaufen. Eine Gestalt erschien neben ihr. Fujiwara sagte nichts, legte nur die Hände aufs Geländer und blickte in die Nacht hinaus. Bilder wie auf japanischen Drucken und Szenen aus der japanischen Geschichte drangen plötzlich in ihr Bewußtsein und riefen widerstrebend Besorgnis in ihr wach. Einen Augenblick lang wollte sie die Bilder von sich drängen. Yamagata bedeutete ihr nichts, war bloß ein Instrument ihrer Rache. Allenfalls war er ein paar unwirkliche Augenblicke lang ein geschickter Liebhaber ohne Liebe gewesen. Aber jene Augenblicke hatten ihr eigenes Gewicht und hatten doch ihren Eindruck hinterlassen, wenn auch nur von kurzer Dauer. Sie erinnerte sich an die einsame, auf dem Boden kauernde Gestalt und sah Fujiwara an.

»Er war erregt. Er wird doch nicht etwas ... etwas Schlimmes tun, oder?«

»Zum Beispiel *seppuku* begehen ... sich selbst töten? Ich glaube nicht. Nein, das tut heutzutage niemand mehr.« Seine Stimme hatte einen amüsierten Unterton, und dann wurde der Ausdruck des Vampirs ernst. »Ich habe keine solche Absicht an ihm wahrgenommen.« Er fing ihren Blick auf. »Ich habe das überprüft.«

»Ich nehme an, Sie sind mit ihm einer Meinung.« Sie deutete den Themenwechsel mit einer ruckartigen Kopfbewegung zu dem Jagdhaus hin an. »Sie denken, ich hätte es nicht tun sollen.«

»Ist es von Belang, ob ich es billige oder nicht? Der Fluch ist ebenso der Ihre wie der unsere. Sie haben das Recht, ihn so einzusetzen, wie Sie das wollen. Als Vampir würde Takashi für uns keine Gefahr darstellen. Mich interessiert mehr, warum Sie so gehandelt haben. Aber sicher nicht aus Sorge um meinen Stellvertreter.«

»Das ist eine lange Geschichte«, erwiderte Ardeth knapp.

»Das sind sie alle. Ganz besonders unsere Geschichten«, bemerkte Fujiwara mit trockenem Humor. »Einiges kann ich ahnen. Sie sind über Dimitri Rossokow verärgert. Ich weiß nicht, was Sie sich in der Vergangenheit gegenseitig für Wunden zugefügt haben, aber heute nacht hat es Sie verletzt, daß er so von Ihrer Erschaffung sprach, als würde er es bedauern. Und über mich sind Sie auch verärgert. Also haben Sie sich gegen uns beide mit der Waffe aufgelehnt, die Ihnen am schnellsten zur Verfügung stand.«

Es schmerzte sie, ihre Gründe, die ihr doch so kompliziert und eindringlich erschienen waren, in so einfachen

Worten zusammengefaßt zu hören. Noch mehr schmerzte die Erkenntnis, daß jene einfachen Worte die Wahrheit waren. Der Schmerz ließ ihre Stimme scharf klingen. »Warum sollte ich über Sie verärgert sein?«

»Weil Sie hierhergekommen sind, um Antworten zu finden und ich keine habe.«

»Nein, die haben Sie nicht«, erwiderte sie offen und drehte sich zu ihm herum. Ihr Freimut schien ihm nichts auszumachen.

»Selbst wenn ich – oder Dimitri – solche Antworten hätte, sollten Sie sich selbst die Frage stellen, ob Sie darauf hören würden, ob sie mehr darauf hören, als Sie auf Ihre Eltern gehört haben, als Sie noch ein kleines Mädchen waren. Es gibt Dinge, die einem nur im Laufe der Zeit zur Wirklichkeit werden können. Sie werden die wahre Kraft unseres Bedürfnisses erst dann erkennen, wenn Sie versuchen, es aufzugeben. Sie werden so lange nicht wahrhaftig wissen, daß Sie nicht sterben werden, bis Sie am Grab Ihrer Schwester und am Grab der Kinder Ihrer Schwester stehen. Selbst jetzt kann ich Ihnen diese Dinge sagen, und Sie werden vielleicht erwidern, daß Sie mir glauben – aber Sie werden sie erst dann als wahr empfinden, wenn Sie sie selbst erleben. An dieser Existenz gibt es kein Geheimnis. Es gibt kein ›Vampirtum‹, das ich Sie lehren kann. Ich bin meinen Weg alleine gegangen, so wie nur ich ihn gehen konnte. Und Sie müssen den Ihren finden.«

»Ich wußte, daß Sie das sagen würden. Die ganze Zeit wußte ich tief in meinem Herzen, daß Sie genau das sagen würden.«

»Ihr Herz ist weiser, als Ihre Jahre erwarten lassen.«

»Das macht es nicht leichter.«

»Nein«, gab Fujiwara ihr recht. »Haben Sie eine Unterkunft?« Der abrupte Themenwechsel überraschte sie einen Augenblick lang, dann schüttelte Ardeth den Kopf. Sie hatte keinerlei Pläne gemacht und gestand sich jetzt schmerzlich amüsiert ein, daß etwas in ihr erwartet hatte, in die Wohnung in Banff zurückzukehren. »Dann bleiben Sie doch hier. Ich habe morgen nacht etwas zu erledigen und würde sehr geehrt sein, wenn Sie so lange bleiben würden.«

»Was ist das denn, was Sie zu erledigen haben?« fragte sie, aber er lächelte nur und schüttelte den Kopf.

»Morgen nacht reicht. Jetzt muß ich gehen und mit Takashi und Dimitri sprechen. Bleiben Sie hier draußen, und sehen Sie sich den Mond an.« Er lächelte wieder. »Wenn ich hundert Jahre jünger wäre und Sie eine Sterbliche, dann würde ich jetzt vielleicht bei Ihnen bleiben und ein Gedicht oder zwei verfassen.« Ardeth mußte unwillkürlich lachen. Dem Charme zu widerstehen, den dieser Mann fast tausend Jahre lang in sich kultiviert hatte, würde eine stärkere Frau als sie erfordern.

»Ich wette, das haben Sie mit allen Mädchen gemacht.« Fujiwara schmunzelte, und seine Verbeugung, mit der er sich von ihr verabschiedete, war eleganter, als sie je eine Verbeugung gesehen hatte. Dann ließ er sie alleine und überließ es ihr, zu einem Mond aufzublicken, der ihr weder Poesie noch Antworten bot.

37

SIE HABEN SICH in ihre unruhige Zuflucht begeben. Dimitri Rossokow ist mit meinem Fahrer nach Banff zurückgekehrt. Takashi und meine Männer haben sich zwischen diesem Gebäude und dem anderen unten an der

Straße aufgeteilt. Takashi hat das andere gewählt, aber ich bin nicht sicher, ob er damit Ardeth oder mir aus dem Wege gehen will. Ardeth hat ein Zimmer gefunden, und ich bin überzeugt, daß es nicht dasjenige ist, in dem sie und Takashi mit ihren Träumen und ihrer Rache kämpften.

Dimitri hat mir, ehe er mich verließ, dieses Tagebuch zurückgegeben. Wenn er morgen nacht wiederkehrt, werde ich es ihm zurückgeben, konnte aber nicht widerstehen, diesen letzten Eintrag zu schreiben.

Ich verspüre nicht den Wunsch, die Ereignisse dieser Nacht in allen Einzelheiten aufzuzeichnen. Ich fürchte, dann würde entweder ein Melodram oder eine Komödie daraus werden. Der schöpferische Drang hat mich nicht ganz verlassen – und auch nicht der Drang, die Dinge so anzuordnen, daß sie ästhetischen Genuß bereiten.

Selbst in unseren Wunden und Sorgen ist Symmetrie: Dimitri und ich auf die eine oder andere Weise von unseren Vampirmüttern verlassen. Takashi und Ardeth auf der Suche nach neuen Vätern, für die, die sie verloren haben, und im Aufruhr gegen das, was sie fanden. Ardeth und Dimitri, bemüht, eine Art von Liebe zu finden, die ihr unmenschliches Bedürfnis und ihre sterblichen Gefühle in Einklang bringt.

Wäre es mit Tomoe und mir ähnlich gewesen? Wahrscheinlich nicht, denn das war eine andere Zeit, eine andere Welt. Und doch sind bei aller Distanz die Herzen der Sterblichen stets die gleichen gewesen. Es mag zwischen den Kulturen einen Unterschied darin geben, was verboten ist – für den Westen war es der Sexus, der den Geboten ihres Gottes die Stirn bietet, in meinem Land die Liebe, die sich weigert, sich der Pflicht zu beugen. Aber die Herzen und Körper der Sterblichen werden stets das wollen, was ihnen versagt ist. Selbst ich, in einem

Sinne gar nicht sterblich, bin doch in all den anderen sterblich. Auch ich wünschte mir das, was mir versagt war.

Aber ich bin der einzige von den Suchern dieser Nacht, dessen Suche vom Erfolg gekrönt war. Ich bin auf der Suche nach einem anderen Wesen meiner Art in dieses Land gekommen und habe zwei von ihnen entdeckt. Yamagata hatte auf seiner Suche nach der Unsterblichkeit weniger Glück. Und wenn es die Antworten gibt, nach denen Dimitri und Ardeth hungern, dann irgendwo jenseits dessen, was meine Erfahrungen mich gelehrt haben.

Meine andere Suche, die, die ich anfing, nachdem meine Gäste gegangen waren, ist ebenfalls abgeschlossen. Ich habe den Ort gefunden, wo es geschehen soll, ein offenes Ufer an einem See. Das ist nicht der Ort, den ich mir ausmalte, als ich diese Gedanken zum ersten Mal vor Jahren dachte, aber er wird genügen. Die Berge und Bäume dieses Ortes haben manches Echo aus meiner Heimat in sich.

Als ich auf dem Stück Land stand, das ich ausgewählt habe, dachte ich an den Schauspieler Hidekane. Ich habe ihn nie vergessen, ganz wie er es vorhergesagt hat. Zu Hause, unter Verschluß, liegt eine Rolle mit dem Text des Stückes, das er für mich schrieb, unter größter Geheimhaltung und unter hohen Kosten beschafft. Ich habe es in jedem Jahrhundert wenigstens einmal gelesen. Ich kenne die Worte sehr gut. Es war nicht schwer, sie in dem Wind zu hören, der von den Berggipfeln herunterkam, um mich zu finden, als ich neben dem See stand:

Hinter den Bergen
Versinkt der Mond
Wie ich versinken muß.

Aber über den Bergen
Muß der Mond sich wieder erheben
So wie ich mich erheben muß.
Es gibt kein Rasten.

Als ich Japan verließ, kannte ich die Antwort nicht, die ich vielleicht am Ende der Reise finden würde. Und doch, wenn das tatsächlich so ist, weshalb habe ich dann meine Schwerter mitgebracht? Die Muramasa-Klinge erwartet mich eingehüllt in ihre seidene Tasche, träumt von Blut.

Ich kann einen Schritt auf der Treppe hören. Akiko kommt. Sie wird verschlafene Augen und zerzaustes Haar haben, von meinem Ruf aus dem Bett gerissen. An ihr ist immer etwas Friedliches, als besitze sie eine besondere Essenz, eine innere Sicherheit, nach der wir anderen nur im Dunkeln tasten können. Sie bringt meinem unnatürlichen Herzen Linderung. Ich frage mich, ob auch sie irgendeine geheime Narbe trägt und insgeheim nach etwas sucht. Vielleicht werde ich sie fragen.

Ich denke, ich werde sie eine Weile bleiben lassen, wenn wir unseren Tanz des Sehnens und des Überlebens hinter uns haben.

Denn an diesem einen Morgen werde ich in ihren Armen einschlafen, wie sterbliche Liebende es tun.

38

WAS FÜR EINE seltsame Prozession wir doch darstellen müssen, dachte Ardeth, als sie durch das nächtliche Zwielicht dem Weg folgte. Wenn wir unterwegs anderen Wanderern begegnen, werden die Menschen in Banff wahrscheinlich eine Woche über uns reden. Aber die Jahreszeit war schon weit fortgeschritten, und die *yakuza*-Wachen hatten berichtet, daß den ganzen Tag niemand den Weg hinaufgegangen war, so daß die Wahrscheinlichkeit, daß ihnen jemand begegnen würde, recht gering war.

Die Mitglieder der Gang, in ihren dunklen Anzügen und mit ihren finsteren Blicken scheinbar untereinander austauschbar, gingen jetzt hinter ihr her. Gelegentlich konnte sie eine unverständliche Bemerkung von ihnen hören, höchstwahrscheinlich Klagen über das unebene Terrain oder die schmerzenden Füße in ihren Stadtschuhen. Oder über die Distanz, die sie zu ihrem *oyabun* und seinem Stellvertreter einhalten mußten, die die Prozession führten. Ardeth war mitten in eine Auseinandersetzung darüber hineingeplatzt, wenigstens hatte Akiko das so übersetzt. Fujiwara hatte den Streit mit einem schroffen Befehl beendet, aber obwohl alle sich verbeugt hatten, schien keiner von ihnen den Befehl guten Mutes aufzunehmen – wenigstens auf diese sichere Distanz.

Sie vermutete, daß das kurze Lachen, das gelegentlich an ihr Ohr drang und das eindeutig zotig klang, mit ihr zu tun gehabt habe mußte. Wenn sie gewußt hätte, daß Fujiwaras geheimnisvolles Vorhaben einen Marsch durch die Wälder einschloß, hätte sie Jeans und Joggingschuhe angezogen und nicht ihren kurzen Rock.

Akiko, die vor ihr ging, trug vernünftigerweise flache Schuhe und weite Hosen und war in einen Mantel gehüllt. Sie trug eine große Tasche auf den Schultern, hatte aber Ardeth versichert, daß sie ganz leicht sei und damit ihr Angebot abgelehnt, ihr die Tasche eine Weile abzunehmen.

Hinter ihr schritt Rossokow dahin; sein langer Mantel streifte gegen die Büsche, und sein fahler Kopf ragte über die dunklen Köpfe der anderen um ihn herum hinaus. Ardeth bemühte sich, ihn nicht anzusehen, schaffte es aber nicht und merkte, wie seine graue Haarmähne immer wieder ihre Blicke anzog.

Yamagata konnte sie nicht sehen, wußte aber, daß er dicht hinter Fujiwara ging. Sein Gesicht war verschlossen und abweisend gewesen, als sie einander im Jagdhaus begegnet waren, aber in einem unbewachten Augenblick waren ihre Blicke einander begegnet und Ardeth hatte entsetzt festgestellt, daß ihre Wangen sich gerötet hatten, entzündet von einem Gewirr aus Verlegenheit und sexueller Hitze. Er hatte sich schnell wieder abgewandt, und sein Mund hatte sich gespannt. Hatte er so schnell zu innerer Ruhe zurückgefunden? fragte sie sich, während sie über einen langen Baumstamm stieg, der ihr den Weg versperrt hatte. Und wenn ja, wirst du dann dein Versprechen halten?

Um sich von der Frage abzulenken, dachte sie an Fujiwara, der ihre seltsame Gruppe anführte. Sie war überrascht gewesen, ihn in einen grünen, mit Blütenmustern bedeckten Kimono und weißen Seidenhosen bekleidet zu sehen. Zwei Schwerter mit goldenen Griffen und in dunklen Scheiden steckten in der weißen Schärpe an seiner Hüfte. Sie hätte beinahe gelacht, als sie die merkwürdigen Sandalen mit hohen Holzstegen an den Sohlen sah, die er trug, mußte aber jetzt zugeben, daß sie ihn beim Gehen allem Anschein nach überhaupt nicht behinderten.

Ardeth blickte durch die hohen Fichten auf, die den Weg säumten. Der Himmel hatte sich irgendwie verdunkelt und das Blau war im Osten in Indigo, im Westen in ein fahles Purpur übergegangen. Die Sonne mußte jetzt gerade über den Bergen stehen, vermutete sie: Sie würden den Weg in völliger Dunkelheit zurückgehen müssen. Den die Stadt gewohnten *yakuza* würde die Aussicht darauf sicherlich unangenehm sein, und sie beschloß, darauf zu achten, daß sie sich während des Rückwegs in gehöriger Distanz von ihr hielten. Sie hatte die Ausbuchtungen von Schulterhalftern unter ihren Jacketts gesehen und verspürte nicht den Wunsch, im Wege zu sein, falls die Nacht sie nervös machte.

Endlich lichtete sich der Wald um sie, und der Weg endete. Sie standen an einem breiten Uferstreifen, der ziemlich steil zu einem schmalen See abfiel. Vom Waldrand bis zu der Stelle, wo das Gelände abschüssig wurde, betrug der Abstand etwa zehn Meter, und bis zu der Stelle, wo die Bäume wieder bis zum Wasser reichten, war die Entfernung mehr als dreißig Meter. Das Ufer war nach Westen gewandt, dem Sonnenuntergang entgegen, wo orangefarbene Wolken den Himmel säumten. Ardeth sah sich um, nahm den Kreis stacheliger Äste hinter sich, das brüchige, sandfarbene Gras am Ufer und das kalte Graugrün des Sees unter ihnen in sich auf. Auf dem anderen Ufer brannte das Herbstlaub einiger Bäume wie Glut zwischen den Fichten. Hinter dem See türmten sich die Berge in scharfen dunklen Linien ihren weißen, schneebedeckten Gipfeln entgegen. Die ganze Szene strahlte eine eigenartige verlassene Schönheit aus.

Sie fröstelte und schob die Hände in die Taschen ihres Jacketts, als könne sie damit die Eiseskälte verjagen, die sie erfaßt hatte. Einen Augenblick lang verweilte die kleine Gruppe am Rande der Lichtung, dann bewegte sich Akiko. Sie ging mit gemessenen Schritten auf die Mitte der freien Fläche am Rande des Abhangs zu. Dort stellte sie ihre Tasche ab und begann sie auszupacken. Eine große weiße Matte kam zum Vorschein und wurde auf dem Boden ausgerollt. Dann folgte eine kleine Lackkassette, die danebengestellt wurde. Dann faltete sie die Tasche zusammen und legte sie hinter sich und verbeugte sich vor Fujiwara, der in der Nähe stehengeblieben war. Er erwiderte die Verbeugung und kniete in der Mitte der Matte nieder.

Neugierig und unsicher mußte Ardeth unwillkürlich zu Rossokow hinübersehen. Er erwiderte ihren Blick einen Augenblick lang ausdruckslos und hob dann in Andeutung eines Achselzuckens die rechte Schulter. Als sie den Blick wieder von ihm wandte, wurde ihr bewußt, daß Yamagata und seine Männer sich versammelt hatten und jetzt vor ihrem *oyabun* knieten. Yamagata saß alleine, die anderen Männer paarweise hinter ihm. Was auch immer dieses merkwürdige Ritual zu bedeuten hatte, sie wußte, daß dieses formelle Verhalten von ihnen erwartet wurde, wenn sie auch aus den unsicheren Blicken, die zwischen den Männern hin- und herflogen, argwöhnte, daß sie ebenfalls nicht wußten, was ihnen bevorstand.

»Kommt zu mir, meine Freunde, mein Bruder, meine Schwester«, rief Fujiwara ihnen zu. Ardeth schien es unnatürlich, sich niederzuknien, und so stellte sie sich ein Stück links hinter den letzten *yakuza* und registrierte seltsam amüsiert, daß Rossokow eine ähnliche Position auf der rechten Seite einnahm. Ein Versuch, das Gleichgewicht zu halten, dachte sie. Einen endlosen Augenblick lang herrschte Schweigen, während Fujiwara bedächtig die beiden Schwerter aus seiner Schärpe zog und sie vor sich hinlegte, zwei halbmondförmige, ebenholzfarbene Schnitte auf dem Weiß der Matte.

»Ich weiß, Sie müssen sich jetzt über das hier wundern«, sagte er schließlich und blickte auf. »Aber bitte, lassen Sie einen alten Mann gewähren, dem es seit langer Zeit Freude bereitet hat, seine Wirklichkeit als Kunst zu gestalten. Ursprünglich hatte ich daran gedacht, diese Sache ganz für mich alleine in meinem eigenen Land zu tun. Aber selbst meine Pläne verlaufen manchmal nicht glatt, und ich weiß, daß dies der Augenblick ist, an dem es geschehen muß. Mein Herz hat gelernt, was mein Verstand stets wußte – daß ich nicht der einzige meiner Art bin. Ich habe der Wahrheit ins Gesicht gesehen, daß meine Existenz, ja selbst meine Liebe großen Schmerz bereitet hat, obwohl das nie meine Absicht war. Ich habe seit langem gewußt, daß dieser Augenblick eines Tages kommen mußte. Und dennoch, obwohl ich dies weiß, bin ich nicht jenseits der Furcht ... und so erschaffe ich mir meine alte Welt im Ritual, in der Hoffnung, daß mir das Trost spenden wird.«

Ardeth hörte das scharfe Zischen des Atems von dem *yakuza* vor ihr. Yamagatas Schultern spannten sich, als wartete er auf einen Schlag. Plötzlich wechselte Fujiwara auf das Japanische über, und da sie seinen Erklärungen jetzt nicht mehr folgen konnte, konnte sie nur in den Gesichtern und Handlungen der *yakuza* nach Hinweisen suchen. Akiko kroch mit der Lackkassette vor und klappte sie langsam auf. Fujiwara zog ein von Seidenbändern umwickeltes Bündel mit Papieren heraus und legte sie sich auf den Schoß, während er zu Yamagata sprach. Am Ende streckte er ihm das Bündel hin, und der Mann trat vor, um es entgegenzunehmen. Ardeth konnte sehen, daß Yamagatas Hände zitterten. Er stand einen Augenblick gebückt da und sagte etwas, was sie nicht hören konnte. Dann berührte Fujiwara leicht seinen gebeugten Kopf. Als Yamagata an seinen Platz zurückkehrte, sah sie sein Gesicht und erkannte, daß er weinte.

Weshalb weint er? fragte sie sich. Fujiwara hat ihm gerade die Schlüssel zum Königreich übergeben, vermute ich. War es nicht das, was er sich gewünscht hat, das und die Unsterblichkeit? Er wußte, daß Fujiwara vorhatte, sich zur Ruhe zu setzen ... und die schlimme Nachricht über seine Erbschaft hat er schon gestern nacht erhalten, also wird er doch ganz sicher nicht deshalb weinen. Außerdem, dachte sie in bitterem Humor, er weiß, wo er das bekommen kann, wenn er es will.

»Dimitri«, sagte Fujiwara plötzlich und sah Rossokow an.

Seine Kinnlade wirkte verkrampft, seine Schultern zeichneten sich deutlich ab, als gebe er sich Mühe, seine eigenen Empfindungen verborgen zu halten. Er weiß es, dachte sie plötzlich. Was auch immer hier vor sich geht, er weiß es. Sie sah zu, wie er an den Rand der Matte trat und sich mit erstaunlicher Grazie niederkniete. »Ich wäre geehrt, wenn Sie mein Tagebuch behalten würden.« Fujiwara hielt ihm ein dünnes Buch hin, und Rossokow nahm es langsam entgegen, drehte es herum, ehe er es in seinem Mantel verwahrte. Dann erhob er sich und schickte sich an, wegzugehen, aber Fujiwara hielt ihn auf. »Nein. Bitte. Warten Sie hier. Ich muß Sie noch um einen weiteren Gefallen bitten.«

Rossokow erstarrte mit gebeugtem Haupt, dann nickte er und trat zur Seite. Jetzt redete Fujiwara in Japanisch weiter. Als er fertig war, beugten sich sechs dunkle Köpfe bis zum Boden. Als Akiko wieder aufblickte, sah Ardeth Tränen in ihren Augen stehen.

Er geht weg, dachte sie und schluckte dann. Nein, er geht nicht nur weg. Seine Stimme hallte leise und amüsiert in ihren Ohren nach. Sich selbst töten? Das tut heutzutage niemand mehr. Jedenfalls tat das kein moderner Japaner mehr. Aber er war nicht modern. Er war alt, so alt, daß es ihre kühnsten Vorstellungen überstieg.

Protest drängte sich auf ihre Lippen, aber sie biß die Zähne zusammen. Was konnte sie sagen? Gehen Sie nicht, weil ich Sie brauche? Aber er hätte keine Antworten für sie, nur die Antworten, die seine lange Existenz in sich einschloß. Gehen Sie nicht, weil ich Sie lieben könnte? Nicht so, wie ich Rossokow liebe, aber wie einen Bruder, wie den älteren Bruder, den ich nie hatte? Jetzt kam wieder seine Stimme: »Sie werden von vielen Dingen erst dann wissen, daß sie wahr sind, wenn Sie sie selbst leben.« Sie hatte in ihrem Leben einen großen Verlust erlitten – das war der Tod ihrer Eltern gewesen. Jetzt begriff sie, daß der Preis ihrer Existenz mehr war als das Blut. Es war die endlose Folge von Verlusten, die sie von diesem Tag an erleiden würde. Mehr als sich das irgendein Sterblicher vorstellen konnte. Daß der erste Verlust, den sie erlitt, ein Geschöpf von ihrer eigenen Art war, war nur eine weitere jener schrecklichen Ironien, die einen so großen Teil des Vampirzustandes auszumachen schienen.

In ihren Augen standen Tränen, und sie wischte sie beinahe wild weg. Dann sah sie, daß Rossokow wieder an Fujiwaras Seite niedergekniet war. Der japanische Vampir nahm das längere seiner beiden Schwerter und legte es in Rossokows Hände. Ihre Stimmen waren leise, für den *yakuza,* der neben ihr kniete, ohne Zweifel nicht hörbar, aber Ardeth konnte sie deutlich hören: »Sie wissen sicher, wie man ein Schwert führt.«

»Ich habe es nicht vergessen.«

»Ich werde mein kurzes Schwert dazu benutzen, einmal nach rechts und dann nach oben zu schneiden. Wenn ich damit fertig bin, schlagen Sie mir bitte den Kopf ab. Die Klinge ist eine Muramasa und scharf genug.« Ardeth sah, wie seine Lippen sich verzogen. »Sie lechzt nach Blut.«

»Bruder, bitte. . .«

»Meine Zeit ist gekommen. Ich bin müde. Wie ich dies Leben begann, stand nicht in meiner Wahl, aber dafür kann ich wählen, wie ich es beende. Ich bin dankbar, daß die Traditionen meines Landes ein Ritual bieten, das für Vampire ebenso endgültig ist wie für Sterbliche. Der Brauch sieht vor, daß der, der einem Krieger am nächsten steht, ihm den Kopf abschlägt. Es würde mir eine Ehre sein, wenn Sie mir behilflich wären.«

Es dauerte eine Weile, bis Rossokow den Kopf beugte. »Die Ehre ist die meine.« Er stand auf und trat etwas zur Seite, bis er an Fujiwaras rechter Schulter stand. Ardeth sah ihm zu, wie er die Klinge aus der Scheide zog und ihr Heft dann in beiden Händen hielt und ihr Gewicht prüfte. Hinter ihm brannte die Sonne, halb von dem Bergkamm verschlungen. Ihr Licht berührte die hocherhobene Klinge und ließ sie purpurrot leuchten.

Fujiwara zog sein zweites Schwert feierlich aus der Scheide und legte die nackte Klinge dann auf die Matte, während er seine Schärpe löste und Brust und Unterleib freilegte. Sein Gesicht blickte gefaßt und gelassen, als er dann das Schwert wieder hob. War es so leicht, loszulassen, fragte sich Ardeth. Nach tausend Jahren des Mühens, am Leben zu bleiben, konnte er sein Leben so einfach aufgeben? Etwas vibrierte in ihren Nerven; ein Frösteln der Angst, eine dunkle Welle der Verzweiflung und des Bedauerns. Sie konnte nicht sagen, ob es sein Gefühl oder ihr eigenes war, aber einen Augenblick lang drohte es, sie zu überwältigen. Dann löste sich die Dunkelheit von ihr wie eine zurückweichende Flut. Sie wartete darauf, daß etwas anderes an seine Stelle trat, aber da war nichts, nicht Angst, nicht Schmerz, nicht einmal Entschlossenheit. Nur eine große Leere.

Ein Grunzlaut entrang sich ihm, als das Schwert in seinen Körper eindrang. Ardeth fühlte, wie der Schmerz durch sie schoß, und griff sich unwillkürlich an den Leib, nur um festzustellen, daß der Schmerz ebenso schnell wieder vergangen war, wie er gekommen war. Er zog sich die Klinge quer über den Bauch, stieß einen qualvollen Atemzug aus und drehte das Schwert dann zur Seite, um es nach oben zu reißen zu den Rippen hin.

Die von der Sonne berührte Klinge blitzte nach unten, auf die Hinterseite von Fujiwaras Hals zu. Ardeth schloß instinktiv die Augen. Als sie sich zwang, sie wieder zu öffnen, lag ein lebloses Bündel aus grünem Kimono und braunen Gliedern auf dem Boden. Akiko war dabei, etwas in weiße Seide zu hüllen. Blut fing an, die Matte rot zu färben.

Sie sah zu Rossokow hinüber, der über der kopflosen Leiche stand, immer noch das Schwert in der Hand. Er blickte auf, und seine Augen begegneten den ihren. Leid stand in ihnen, aber dahinter auch eine merkwürdige Erleichterung. Ich hätte das vielleicht eines Tages für ihn tun können, dachte sie mit schrecklicher Klarheit. Ich hätte vielleicht ihm eines Tages sekundieren müssen, wenn er einmal beschließt, sein eigenes Leben zu nehmen.

Ihre Füße bewegten sich, während ihre Augen sich erneut mit Tränen füllten. Sie wußten, welchen Weg sie zu gehen hatten, selbst wenn ihr Verstand das nicht wußte. Das Schwert fiel aus Rossokows Händen, und er schloß Ardeth in die Arme, als ob sie sie nie verlassen hätte. Eine Weile waren die alten Schmerzen inmitten des neuen vergessen.

Als sie sich voneinander lösten, stand Yamagata da, die fallengelassenen Schwerter mit beiden Händen haltend. »Sie gehören Ihnen. Er hat Sie als Sekundanten gewählt. Sie gehören Ihnen«, erklärte er, aber Rossokow schüttelte den Kopf. »Er hat Ihnen sein Imperium hinterlassen. Sie gehören Ihnen. Mir hat er genügend Geschenke gegeben«, sagte Rossokow, und Yamagata starrte ihn einen Augenblick lang an und nickte dann.

»Wir werden uns um die Leiche kümmern.« Er sah zu den Mitgliedern seiner Gang, die bereits angefangen hatten, die blutbesudelte Matte einzurollen.

»Glauben Sie, daß es irgendwelche Probleme geben wird?« fragte Ardeth, die dabei an Sterbeurkunden und Autopsien dachte. Yamagata sah sie mit einem grimmigen Lächeln an.

»Nichts, was ich nicht erledigen könnte.« Die Verzweiflung der Nacht zuvor war dahin, und an ihre Stelle war das Selbstvertrauen getreten, das ihm seinen Aufstieg in den Rängen der *yakuza* ermöglicht haben mußte. Er ist jetzt *oyabun,* dachte sie, und er hat Gefallen daran. Für den Augenblick ist das für ihn genug.

Sie wandte sich von den schwarzgekleideten Gestalten ab, die neben der Leiche kauerten. Irgendwie schien es ihr unwürdig, daß er eine Leiche hinterlassen mußte. Besser wäre es, wenn wir uns einfach in Staub verwandeln würden, dachte sie, wie in den Filmen. Sie blickte über den See. Die Sonne war hinter den Zacken der Berge verschwunden und hatte nur eine blutige Linie aus Licht hinterlassen, die sie säumte.

»Willst du nach Hause gehen?« fragte Rossokow leise, und sie nickte.

»Ja.«

39

MARK FRYE SPERRTE die Tür seines Geschäfts ab und steckte den Schlüssel in die Tasche. Auf der Banff Avenue herrschte Ruhe, bloß ein paar Touristen, die nach dem Abendessen zu ihren Hotels unterwegs waren, und einige wenige Einheimische auf dem Weg in die Videothek oder ihre Stammkneipe waren zu sehen. Als er sich dabei ertappte, wie er zum Himmel aufblickte, grinste er bedauernd. Jetzt, wo es ihm eigentlich egal sein konnte, ob der Himmel klar war oder nicht, schienen ihm die meisten Nächte bewölkt zu sein.

Er hatte es nicht besonders eilig, nach Hause zu kommen. Peter, sein Zimmerkollege, hatte seine Freundin zu Besuch und würde ohne Zweifel dankbar sein, wenn Mark sich erst am nächsten Morgen wieder sehen ließ. Er sah auf die Uhr. Es war beinahe halb elf, zu spät fürs Kino oder um sich eine Zeitschrift in der Buchhandlung zu kaufen, aber er hatte die *Globe and Mail* von gestern in seiner Tasche und die würde ihm in einem Café eine Weile die Zeit vertreiben . . .

Er registrierte die Schritte, die hinter ihm hergingen, schon bevor er seinen Namen hörte. Er wußte, wer es war, ehe er sich umdrehte, glaubte es aber trotzdem erst, als er sie sah. Sie stand ein kurzes Stück hinter ihm und lächelte ein wenig verlegen. »Hallo.«

»Hallo«, brachte er heraus.

»Ich habe gesehen, daß Sie noch spät gearbeitet haben, also habe ich gewartet, bis Sie rausgekommen sind«, sagte sie und beantwortete damit eine Frage, die er gar nicht hatte stellen wollen.

»Oh. Wann sind Sie denn zurückgekommen?«

»Gestern abend. Vielen Dank, daß Sie meine Sachen zurückgebracht haben.«

»Gern geschehen.« Das Schweigen hing wie ein Nebel zwischen ihnen. Als Mark es schließlich nicht länger ertragen konnte, sagte er: »Sie werden ja wahrscheinlich wissen, daß ich Ihren . . .«

»Meinen Alten kennengelernt haben?« zitierte Ardeth mit einem Lächeln, das ein wenig belustigt, aber auch ein wenig verlegen war. »Ja. Dimitri hat es mir erzählt.« Sie sah einen Augenblick lang zu Boden. »Ich hatte Ihnen ja gesagt daß mein Leben ziemlich kompliziert ist.«

»Ja, das hatten Sie«, gab er zu. »Ich hatte nicht vor, es noch schlimmer zu machen. Falls ich das getan habe.«

»Ich weiß. Sie können ja nichts dafür. Hören Sie«, er hatte

den Eindruck, als würde sie tief durchatmen, »können wir irgendwo hingehen und miteinander reden?«

Mark ertappte sich dabei, wie er verlegen die halbleere Straße hinunterblickte, als wäre dort die Antwort auf ihre Frage zu finden. Er fühlte sich immer noch zu ihr hingezogen, das war nicht zu leugnen, und jener Teil seiner Person wollte ja sagen. Aber der andere Teil, der sich an die Enttäuschung erinnerte und daran, wie verwirrt er gewesen war, als er den grauhaarigen Mann in ihrer Tür hatte stehen sehen, drängte ihn, kehrtzumachen und so schnell er konnte, wegzugehen. Er hatte schon genug Probleme in seinem Leben: Brauchte er wirklich zusätzliche?

»Ich habe nicht vor, Sie in einen Streit zwischen Liebenden hineinzuziehen oder dergleichen«, versprach sie. Er sah sie wieder an. Sie hatte Ringe um die Augen, und ihr Haar sah so aus, als könnte es einen Schnitt gebrauchen . . . oder wenigstens Kamm und Bürste. Gar nicht so schwer, sie einfach stehen zu lassen, dachte er vernünftig.

»Mein Zimmerkollege hat heute meine Wohnung belegt.«

»Bei mir ist es genauso.«

»Café?«

»Gibt es keinen Ort, wo wir weniger gestört werden?«

Am Ende saßen sie auf einer Bank am Fluß. Mark war froh, daß er eine warme Wolljacke unter seinem Anorak trug und hatte seine Handschuhe in die Taschen gestopft. Ardeth schien die Kälte wie gewöhnlich überhaupt nicht zur Kenntnis zu nehmen.

»Ich würde Ihnen gern erzählen, was ich erlebt habe, weshalb ich hier weg mußte. Sie werden Nachsicht mit mir haben müssen, wenn einiges davon keinen Sinn macht; es gibt auch Dinge, die ich Ihnen nicht sagen *kann*. Aber ich denke, wir könnten Freunde sein.« Er sah, wie ihr Blick, der auf dem Wasser geruht hatte, zu ihm herüberhuschte. »Ich möchte, daß wir Freunde sind und wenn . . . wenn je mehr daraus wird, dann haben Sie Anspruch darauf, daß Sie wenigstens *etwas* über mich wissen.«

Er nickte und hielt den Mund, behielt Fragen für sich, wie zum Beispiel, wie sie sich wohl vorstellte, daß sie mehr als Freunde wurden, ohne damit noch mehr Komplikationen zu erzeugen, als es nach ihrer eigenen Aussage bereits gab.

»Außerdem«, sie zuckte verlegen die Achseln, »brauche ich einfach jemanden, dem ich es erzählen kann. Ich glaube, ich muß einfach laut darüber nachdenken.«

»Dann denken Sie.« Sie lächelte ihm kurz zu und wandte ihre Aufmerksamkeit wieder dem Fluß zu. Nach ein paar Augenblicken des Schweigens fragte er: »Ist etwas?«

»Nein. Ich weiß bloß plötzlich nicht mehr, wie ich anfangen soll«, erwiderte sie mit einem Nachsicht heischenden Lachen.

»Das ist schon okay. Ich verstehe mich ganz gut darauf, Fragen zu stellen. Das wissen Sie ja vielleicht noch. Wo sind Sie denn hingegangen?«

»Zurück nach Toronto.«

»Warum?«

»Ich wollte nach Hause. Aber als ich dort ankam, habe ich natürlich gleich festgestellt, daß ich kein Zuhause mehr habe. Meine Schwester wohnt in meiner Eigentumswohnung. Mein altes Leben – zwei waren es eigentlich – gibt es nicht mehr. Ich habe versucht, dort wieder anzufangen, wo ich aufgehört hatte. Aber das hat nicht funktioniert. Ich müßte mir dazu etwas vorlügen, und ich bringe es nicht mehr fertig, mir einzureden, daß diese Lügen die Wahrheit sind.«

»Warum sind Sie denn weggegangen?«

»Weil Dimitri und ich uns gestritten hatten.«

»Meinetwegen?«

»Nein, es ging um uns, um die Frage, wer wir sind und

was wir voneinander erwarten. Und was wir tun müssen, um zu überleben.« Er wartete, ließ ihr Zeit weiterzureden, und als sie stumm blieb, zwang er sich, nicht all die gefährlichen Fragen zu stellen, nach denen jedes ihrer Worte verlangte. Schließlich ließ er es bei einer ungefährlichen Frage bewenden.

»Warum sind Sie zurückgekommen?«

»Weil es hier jemanden gab, von dem ich dachte, daß ich ihm helfen könnte. Ich dachte, er hätte vielleicht all die Antworten, auf die wir nicht kamen.« Ihre Lippen verzogen sich zu einem betrübten, ein wenig selbstkritischen Lächeln. »Er hatte Antworten – aber es waren nicht die, die ich hören wollte. Keine geheime Formel, keine uralte orientalische Weisheit, keine Versprechungen. Bloß die alten harten Wahrheiten: Daß es keine bequemen Antworten gibt; daß jeder seinen eigenen Weg finden muß; und daß am Ende alles stirbt. Trotzdem bin ich ein paar Dinge losgeworden. Nicht sehr edle Dinge, das gebe ich zu. An Dimitri konnte ich mich rächen.« Ihre Stimme wurde dabei leiser, aber die Bitterkeit dahinter und das Maß ihrer Selbstverachtung war so deutlich, als ob sie es hinausgebrüllt hätte.

»Was hat er Ihnen denn getan?« fragte Mark vorsichtig.

»Das ist ja das Traurige daran. Gar nichts hat er mir getan. Ich habe es ihm angetan. Ich habe ihm die Schuld dafür gegeben, daß er nicht auf alles eine Antwort wußte. Ich habe ihm die Schuld dafür gegeben, daß er auf vernünftige Weise etwas getan hat, was ich in jener Nacht auf dem Gipfel des Tunnel Mountain beinahe auf höchst unvernünftige Weise getan hätte. Ich habe ihm die Schuld gegeben, weil sein Leben überhaupt nicht das war, was es nach der Mythologie hätte sein sollen.« Sie verschränkte die Arme vor der Brust und kuschelte sich in sich selbst zusammen, als ob sie plötzlich die Kälte verspürte. »Wissen Sie noch, wie Sie in jener Nacht sagten, daß man in den Bergen die Knochen der Welt, die Gebeine des Lebens sehen kann?« Er nickte, obwohl sie ihn eigentlich gar nichts gefragt hatte: »Ich kann jetzt die Knochen meines Lebens sehen. Sie sind ganz einfach. Wir brauchen *dies* oder wir sterben. Und wir müssen *jenes* tun, um sicher zu sein. Der Preis für unser Leben ist der Verlust dessen, was wir lieben, so oder so. Ich habe keine Probleme mit den Knochen. Meine Probleme habe ich, wie es scheint, mit allem, was zwischen den Knochen ist, mit all den Dingen, die die Augenblicke unserer Existenz ausmachen.« Sie verstummte wieder. Mark sah etwas an ihrer Wange blitzen, bis sie es mit einer Handbewegung wegwischte. »Ich glaube, Sie haben kein einziges Wort von dem, was ich jetzt gerade gesagt habe, verstanden, oder?«

»Nicht alles, aber einiges davon schon.«

»Es ist schwer zu glauben, aber vor acht Monaten war ich mit mir völlig im reinen. Ich wußte, wie mein Leben verlaufen würde, und hatte für alles eine Antwort. Und wenn etwas nicht dazu paßte, dann drängte ich es einfach in die Dunkelheit in meinem Bewußtsein zurück und gab mir dazu alle Mühe. Dann ging die Welt in Stücke, und als ich sie wieder zusammensetzte, hatte sich das alles für immer verändert.«

»Das ist vielleicht gut so«, meine Mark vorsichtig. Der Blick, den sie ihm zuwarf, war schnell, aber nicht ärgerlich. »Wenn man sich zu sicher ist, ist das gewöhnlich schlecht für einen.«

»Das hat meine Schwester auch immer gesagt ... und sagt es immer noch.« Er sah zu, wie sie sich vorbeugte, gebannt, wie es schien, von irgend etwas, das sie im Fluß sah. »Ich frage mich, ob er sich sicher war. Vielleicht war jene Leere, die ich empfunden habe, Sicherheit. Oder vielleicht war das auch etwas, das darüber hinausging, das über alles hinausging.«

»Er?« Er spürte, wie ihm das Gespräch wieder entglitt.

»Der Mann, für den ich zurückgekommen bin. Der Mann, den ich sehen wollte. Er«, sie hielt einen Augenblick lang inne, als überlegte sie, ob sie ihren Satz zu Ende sprechen sollte. »Er hat sich heute nacht selbst getötet.« Mark schluckte. Was gab es dazu zu sagen? Was erwartete sie? Leere Worte des Mitgefühls? Platitüden des Bedauerns? Sie sah ihn über die Schulter an, und er bemerkte das schwache Aufblitzen ihres Lächelns. »Keine Sorge, Sie brauchen nichts zu sagen. Er war sehr alt und sehr müde. Er hat beschlossen, auf eine Art und Weise zu sterben, die ihm Trost brachte, und das hat er getan. Ich glaube, ich trauere mehr um das, was ich von ihm hätte lernen können, als um ihn selbst. Dimitri . . .« Sie hielt plötzlich inne und wandte sich von ihm ab. »Dimitri trauert um ihn«, sagte sie schließlich mit weicher Stimme.

»Sie haben recht«, meinte Mark nach einer Weile. »Ihr Leben ist sehr kompliziert.« Ardeth blickte immer noch auf den Fluß aber er spürte die Spannung in ihr ebenso, wie er die steife Haltung ihres Rückens sehen konnte.

»Wollen Sie nichts damit zu tun haben?« fragte sie leise. Mark betrachtete ihr Profil. Er dachte an die Nacht, in der sie den Tunnel Mountain bestiegen hatten, erinnerte sich an ihr befreites Lachen, als sie ihren Rhythmus entdeckt hatte, an ihren heißen Mund, als sie ihn geküßt hatte. Dann dachte er an die verschlungene, von Sorge erfüllte Geschichte, die sie ihm gerade erzählt hatte. Er sah Dimitri Rossokows hochgewachsene Gestalt, wie sie sich silhouettenhaft in der Tür ihrer Wohnung abgezeichnet hatte.

Sie würde ihm Probleme bringen, das stand fest. Er konnte deutlich sehen, wie ihr seltsames kompliziertes Leben ihn von den geraden, sicheren Wegen abbrachte, auf denen er sich bewegte, weg von einem Leben, das in seiner eigenen, unkonventionellen Art geordnet war. Er konnte die Aussicht auf Schwierigkeiten und Schmerzen erkennen, und zwar ebenso deutlich wie Wolken, die Schnee verhießen.

Aber was zum Teufel, ein zu geordnetes Leben war auch ungesund. Risiken waren gut für den Blutkreislauf. Er legte die Hand auf ihren Rücken und strich in einer tröstenden Geste über ihr Rückgrat. »Nein. Nicht so lange Sie bereit sind, sich meine Lebensphilosophie anzuhören.«

Ihr Kopf war gebeugt, aber er hörte das Lächeln aus ihrer Stimme heraus.

»Also gut.«

»Immer die Knoten prüfen.«

Ihr Körper zitterte einen Augenblick lang unter seiner Hand, dann richtete sie sich auf und sah ihn an. »Okay.« Das Wort klang wie ein Versprechen und wie eine Prophezeiung. Als sie sich wieder in seinen Arm lehnte und den Kopf auf seine Schulter legte, beschloß er zu glauben, daß es das beides war.

40

AKIKO WARTETE AUF ihn in der Tür der Jagdhütte, ihre Gepäckstücke lagen zu ihren Füßen. Rossokow ließ den Fahrer die Tür der Limousine öffnen und trat dann auf den kiesbelegten Boden der Einfahrt. Hinter ihm wurde das Summen des Motors lauter, und als er sich umsah, konnte er sehen, wie der Wagen wieder die schmale Straße zurückrollte.

»Keine Sorge, Rossokow-san. Er kommt gleich wieder zurück. Er wird Ardeth abholen.«

»Sie ist nicht in dem Apartment«, fühlte Rossokow sich genötigt zu erklären. Als der Fahrer bei Einbruch der Abenddämmerung erschienen war und ihn aus dem tiefen Schlaf geweckt und höflich darauf bestanden hatte, daß Miss Kodama ihn sprechen müsse, war Ardeth bereits weggegangen.

»Es ist arrangiert worden«, versicherte ihm Akiko, und Rossokow fragte sich unwillkürlich, wie das wohl geschehen war. Aber in Wahrheit gab es für ihn eigentlich keinen Grund, es zu erfahren, räumte er ein. Er und Ardeth hatten in den Stunden seit Fujiwaras Tod nicht viel miteinander geredet. Er wußte, daß sie sich auf die Suche nach Mark Frye begeben hatte, und nahm an, daß sie ihn gefunden hatte. Aber das war nicht wichtig. Als die Morgendämmerung angebrochen war, hatten sie die Zuflucht ihres verdunkelten Schlafzimmers aufgesucht und waren, immer noch stumm, eng umschlungen eingeschlafen.

»Reisen Sie ab?« fragte er und wandte seine Aufmerksamkeit wieder der Frau zu, die vor ihm stand. Sie nickte. »Was werden Sie jetzt tun?«

»Ich gehe nach Hause.«

»Was ist mit Yamagata? Werden Sie für ihn arbeiten?«

»Nein. Ich habe für Fujiwara-san gearbeitet, nicht für die Makato-gumi. Ich denke, ich werde mir etwas Zeit nehmen und mir darüber klar werden, was ich tun möchte.« Sie lächelte schwach. »Fujiwara-san war sehr großzügig.«

»Und Sie wollten nicht soviel wie Yamagata.« Das war zur Hälfte eine Feststellung, zur Hälfte eine Frage, aber sie verstand.

»Nein. Aber wie ich schon Ardeth sagte, ich bin jung. Vielleicht sehe ich das anders, wenn ich alt bin, und dann . . .« Ihre Augen senkten sich und blickten dann wieder auf. Rossokow sah ihr in die Augen und empfand eine Art vagen Schock. Die Frau, die er vor zwei Nächten kennengelernt hatte, war ihm wie eine stille Funktionärin vorgekommen, humorlos und unfähig zu verspieltem, tändelnden Humor. Er lächelte und begriff zum ersten Mal, weshalb Fujiwara sie geliebt hatte.

»Wenn das der Fall sein sollte, würde ich es als Ehre betrachten, wenn Sie meinen Rat suchen würden. Aber ich verspreche natürlich gar nichts.«

»Natürlich«, nickte sie und zog dann, plötzlich wieder ganz geschäftsmäßig, einen Umschlag aus ihrer Handtasche. »Das ist für Sie.« Rossokow drehte den Umschlag in den Händen, wunderte sich darüber, wie dick er war, und sah sie dann an. »Wenn Sie wollen, können Sie ihn jetzt öffnen. Er enthält Papiere, mit dem einige von Fujiwarasans Schweizer Bankkonten auf Sie überschrieben werden. Ich nehme an, daß alles in Ordnung ist. Aber wenn es irgendwelche Probleme gibt, dann sollten Sie sich nicht scheuen, mit mir Verbindung aufzunehmen. Ich werde Ihnen nach besten Kräften behilflich sein.«

»Das ist nicht notwendig«, sagte Rossokow ohne nachzudenken, ehe ihm bewußt wurde, wie unsinnig sein Protest war.

»Bitte, machen Sie sich keine Sorgen. Er hat es so gewollt.« Rossokow seufzte und steckte den Umschlag in die Innentasche seines Mantels, wo schon das Tagebuch verwahrt war.

»Ich denke, ich werde zum See gehen«, sagte er, und sie blickte einen Augenblick zu dem Waldweg hinüber, der im tiefen Schatten der Bäume lag.

»Ich habe noch etwas mit Ardeth zu besprechen, und dann muß ich nach Calgary abreisen. Ich werde einen Fahrer hierlassen, der Sie nach Hause bringt. Falls wir uns nicht wieder begegnen sollten, wünsche ich Ihnen alles Gute, Rossokow-san.«

»Das wünsche ich Ihnen auch.« Er erwiderte ihre Verbeugung und ging dann auf den Waldweg zu.

Als er aus der dunklen Umarmung der Bäume ans Ufer trat, war der Mond aufgegangen und ruhte auf den Spitzen der fernen Berge. Ein paar vereinzelte Sterne, die hell genug strahlten, um den dünnen Schleier hoch hängender Wolken zu durchdringen, standen über seinem Kopf.

Rossokow trat an den Uferrand und setzte sich. Er konnte die Wellen weich unter sich an die Steine klatschen hören. Irgendwo im Wald rief ein Nachtvogel seinen einsamen Ruf.

Wie seltsam das ist, dachte er. Er hat mir soviel geschenkt. Das Tagebuch, das lange Gespräch am Kamin, sein Vertrauen auf meinen Schwertarm und das Allerunwichtigste, einen Teil seines Reichtums. Jedes einzelne davon wäre mehr gewesen, als ich verdient habe. Und doch ist sein größtes Geschenk an mich das eine, das mir das meiste Leid hätte bereiten sollen. Ich betrauere seinen Tod. Ich bin traurig darüber, daß ich ihn nie besser kennen werde als in diesem Augenblick. Ich bin betrübt, daß etwas so Altes, Schönes diese Welt verlassen hat. Aber Fujiwaras Tod hatte vielleicht noch mehr als das Leben des anderen Vampirs den Nebel aufgelöst, in dem er sich, wie es ihm vorkam, diese letzten Monate bewegt hatte. Während er über der knienden Gestalt stand und das schöne, tödliche Schwert hob, war etwas in ihm zerplatzt und aufgeflammt, wie ein Stern, der zur Supernova wird.

Ich kann das tun, dachte er mit durchdringender Klarheit. Wenn die Zeit kommt, kann ich das auch tun.

In dem, was Fujiwara getan hatte, war keine Sünde. Kind einer anderen Welt, Produkt einer völlig anderen Kultur, trug er nichts von der Bürde des Glaubens aus Rossokows

Kindheit. Da war keine Frage von Sünde oder dem Bösen, kein sich Quälen über Verdammnis oder Erlösung. Nicht einmal Verzweiflung oder Niederlage war darin. Da war nur der Wille und das Schwert und der endgültige Augenblick der Selbstbestimmung. Da war nur Ehre.

Er brauchte keine Unsterblichkeit zu erdulden, um die er nie gebeten hatte. Er brauchte nicht zuzulassen, daß das schwarze Loch seiner Bedürfnisse ihn zur Unkenntlichkeit verbog und verzerrte. Er konnte in jedem Augenblick, in dem er das wollte, Fujiwara in jene Region folgen, die vielleicht hinter dem letzten Stich des Messers existierte – oder nicht.

Und jetzt, wo er dies wußte, verspürte er nicht den geringsten Wunsch zu sterben. Die Nachtluft war angefüllt mit dem Duft der Pinien. Die Sterne, verborgen hinter ihrem Wolkenvorhang, enthielten Geheimnisse, die er noch nicht einmal angefangen hatte zu begreifen. Selbst die Liebe, die er für Ardeth empfand, kompliziert, konfus und schmerzlich wie sie war, war süßer, als er das je für möglich gehalten hatte.

Er stand auf und wischte ein paar abgestorbene Grashalme von seinem Mantel. Yamagata hatte die Leiche entfernt. Er wußte nicht, wie die *yakuza* seinen Tod erklären oder welche Art von Begräbnis sie abhalten würden. Was auch immer es sein mochte, er würde dabei keine Rolle zu spielen haben. Deshalb hatte er sich für sein eigenes Ritual entschieden, eines, das ihm den Trost spenden sollte, den solche Riten boten.

Rossokow griff in seine Tasche und zog ein kleines Stück Papier heraus. Er hatte es aus dem hinteren Teil von Fujiwaras Tagebuch geschnitten und die Worte sorgfältig darauf kopiert. Er zweifelte nicht, daß sie völlig anders ausgesehen hatten, als Fujiwara sie im 15. Jahrhundert geschrieben hatte, kurz nach seiner Begegnung mit Hidekane, dem Schauspieler. Er kannte die Worte auswendig, hielt aber dennoch inne, um sie noch einmal zu lesen:

Herbstchrysanthemen blühen
Doppelt lieblich ob ihrer Süße
Und der Schatten, die unter ihnen liegen
Und warten, bis sie fallen.

Er faltete das Papier sorgfältig zusammen, faltete es dann ein zweites Mal und sah sich um. Ein kurzes Stück von der Stelle entfernt, wo er stand, war ein Baum. Wahrscheinlich war es früher einmal eine Fichte gewesen. Irgendwann einmal in der Vergangenheit mußte ein Blitzstrahl ihn gefunden haben, denn jetzt war nur noch ein dünner schwarzer Stab übriggeblieben, der aus der Erde ragte.

Er ging auf den Baum zu und strich mit der Hand über das verbrannte Holz. Ein kurzes Stück über Augenhöhe hatte der Blitz den Stamm gespalten, und der dünne Spalt fing dort an und weitete sich oben aus, wo der Stamm in zwei scharfen Spitzen auslief.

»Gottbefohlen, Sadamori«, flüsterte er, als er das Papier in das dunkle Herz des Baums versenkte. »Ich bin dankbar für dein Leben. Dein Tod hat mich gerettet. Ruhe in Frieden, wo ımmer du sein magst.«

Dann drehte er sich um und sah Ardeth oben am Weg stehen.

Er ging nach vorne, ebenso wie sie, und sie trafen sich irgendwo in der Mitte des vom Mond beschienenen Ufers.

»Ich bin auch hergekommen, um mich von ihm zu verabschieden« sagte sie nach einem unsicheren Schweigen.

»Ist Akiko abgereist?«

»Ja.« Ihr Mund verzog sich leicht amüsiert. »Er hat mir etwas Geld hinterlassen.«

»Mir auch.« Er hatte erwartet, daß Fujiwara das tun

würde. Daß er anerkannt hatte, daß sie zwei separate Existenzen waren, hatte Ardeth dem Anschein nach gut getan. Er verspürte einen leichten Stich, aber zu seiner Überraschung war der Schmerz gleich wieder verflogen. »Was wirst du damit tun?«

»Das weiß ich noch nicht. Mark hat mich gefragt, ob ich mit ihm in Kalifornien klettern gehen will.«

»Wirst du das tun?«

»Vielleicht. Ich würde gerne wieder klettern. Aber in Kalifornien ist viel Sonne«, sagte sie dann mit einem kleinen Lächeln. »Und ich muß mich noch entscheiden, ob Ardeth Alexander offiziell tot ist oder nicht. Und du?«

»Ich habe noch nicht darüber nachgedacht. Wirst du eine Weile in Banff bleiben?« Sie erwiderte seinen Blick mit ernsten Augen.

»Möchtest du das?«

»Ja.« Sie wandte sich einen Augenblick lang ab und starrte über den See auf die dunklen Silhouetten der Berge.

»Ich kann nicht lange bleiben. Das weißt du.«

»Ja.«

»Es gibt viele Dinge, die zwischen uns noch ungeklärt geblieben sind. Ich glaube auch nicht, daß wir sie jetzt schon klären können. Fujiwara hat recht gehabt. Ich bin zu jung.«

»Ja, das bist du«, erkannte Rossokow. »Ich weiß, daß unsere Wege sich trennen müssen, damit sie eines Tages wieder zusammenkommen können. Aber ich möchte die Trennung doch eine Weile aufschieben.«

Sie gab nicht gleich Antwort. Er betrachtete ihr Profil und sehnte sich plötzlich mit einer Eindringlichkeit, die ihm Angst machte, danach, sie zu berühren, ihr Haar zu glätten, das der Wind ihr zerzaust hatte, die kühle Rundung ihrer Wange zu fühlen. Dann drehte sie sich schließlich herum und sah ihn an. »Ich auch«, sagte sie leise. »Ich will dich nicht wieder verlassen. Noch nicht.« Sie legte die

Hand auf seine Brust, und ihre Finger griffen nach den Revers seines Mantels, hielten sie fest.

Dann küßten sie sich im Mondlicht auf dem Berg, ein Willkommen und ein Lebewohl.

Band 12649

Jerome Preisler

LAST MAN STANDING

In Texas hat in der Zeit der Prohibition eine ganz einfache Rechnung Gültigkeit: Alkohol bringt Geld, und Geld bedeutet Macht. Und Macht ist genau das, was Doyle und Rossi wollen. Skrupellos kämpfen sie um die Kontrolle über den ins Land geschmuggelten Alkohol. Ihr Bandenkrieg droht die ganze Stadt zu zerstören, und niemand wagt, sie aufzuhalten – bis ein Fremder Jericho betritt.
John Smith nennt sich der Mann ohne Vergangenheit und ohne Zukunft. Auf einmal ist er da und stellt sich und seine 45er in die Dienste des Meistbietenden. Doyle und Rossi reißen sich um ihn. Zu spät erst erkennen sie, daß dies der größte Fehler ihres Lebens ist. Denn John Smith hat seine eigenen Pläne: Wenn der Rauch der Pistolenläufe verflogen ist, wird es nur noch einen einzigen Mann geben, der aufrecht steht ...